Hannah Siebern
Barfuß über Muscheln

Rike hat ein außergewöhnliches Hobby. Sie schreibt den Namen jeder Person, die sie kennenlernt, auf eine Muschel. Es gibt für jeden das passende Exemplar in ihrer Sammlung. Doch für Ethan Wilson wäre selbst ein löchriges altes Schneckenhaus noch zu gut.

Der überhebliche Weiberheld ist der beste Freund von Rikes Bruder und noch dazu ihr neuer WG-Partner, als sie aus einer kleinen Küstenstadt nach London zieht, um sich dort vor ihrer Vergangenheit zu verstecken. Doch die Vergangenheit lässt sich nicht so einfach abschütteln und vielleicht steckt in einem löchrigen Schneckenhaus mehr, als Rike zu Beginn erwartet hätte ...

HANNAH SIEBERN

Barfuß über Muscheln

Verlag: BoD · Books on Demand GmbH, In de Tarpen 42, 22848
Norderstedt
Druck: Libri Plureos GmbH, Friedensallee 273, 22763 Hamburg

Deutsche Erstausgabe 11/2024
ISBN: 978-3-7597-8295-3

Lektorat: Sarah Wedler und Nadine d'Arachart
Cover: Casandra Krammer
Coverschrift: Claudia Kolb
Satz: Grit Bomhauer

Kapitel 1

Rike

Nachdenklich saß ich im Friseursalon vor dem Spiegel und betrachtete meine langen braunen Haare. Sie waren zu lang. Viel zu lang sogar. Nie wieder wollte ich, dass jemand mich daran packte oder daran zog. Hinzu kam, dass ich mich selbst kaum noch ansehen konnte. Ich brauchte eine Veränderung, und zwar sofort.

„Die da müssen ab", sagte ich zu dem Friseur hinter mir und deutete auf meine Haare.

„Kein Problem", erwiderte der ältere Mann. „Wie kurz soll es denn werden? Bis zu den Ohren?"

Ich schüttelte den Kopf. „Nein. Kürzer. Ich will mich selbst nicht mehr im Spiegel erkennen."

Mitleidig sah der Mann mich an. „So schlimm?"

„Sie haben ja keine Ahnung."

Ich hatte noch drei Stunden, bevor mein Flug von Bremen nach London ging und ich wollte die Zeit unbedingt nutzen, um einen Schlussstrich unter mein altes Leben zu ziehen.

„Also gut", sagte der Friseur und band meine Haare zu einem Zopf, bevor er die Schere ansetzte. „Letzte Chance", sagte er. „Sind Sie sicher, dass Sie das tun wollen?"

Ich nickte. „Ja, ich hatte früher schon mal eine Kurzhaarfrisur und die möchte ich jetzt wieder haben."

Damals hatte ich mir die Haare selbst geschnitten und ganz Windholm, das Dorf, aus dem ich kam, hatte geschockt darauf reagiert, weil ich dadurch angeblich wie ein Junge aussah. Doch das hatte mich damals schon nicht gestört und jetzt erst recht nicht mehr. Im Gegenteil. Ein Teil von mir wollte überhaupt nicht als Frau wahrgenommen werden. Zumindest nicht von einer bestimmten Person. Ich hatte immer gerne weite Klamotten getragen, weil ich sie bequemer fand und mich wohl darin fühlte. Oliver hatte sich stets darüber beschwert, dass ich so wenig aus mir machte, und meine Haare hatte ich nur ihm zuliebe lang wachsen lassen. Doch er war inzwischen der allerletzte Mann, dem ich gefallen wollte. Ganz abgesehen davon, dass meine Haare viel zu viel Angriffsfläche boten. Allein bei dem Gedanken, wie er im Bett daran gezogen hatte, wurde mir übel. Daran wollte ich nicht mehr denken. Nie wieder.

Der Friseur nickte und ich spürte, wie die Schere meine Haare abtrennte. Es fühlte sich an, als würde eine tonnenschwere Last von meinen Schultern fallen und ich seufzte erleichtert auf.

Dann hob der Friseur meinen langen Pferdeschwanz hoch und hielt ihn mir entgegen.

„Wollen Sie den behalten?", fragte er, aber ich schüttelte den Kopf.

„Nein, danke. Tun Sie ihn einfach weg."

„Wirklich? Es könnte ein schönes Andenken sein."

„Ich habe genug Andenken bei mir", sagte ich und deutete auf mein Muschelglas, das ich in Luftpolsterfolie eingepackt hatte und das nun vor mir auf dem kleinen Tisch beim Spiegel stand.

„Ach ja? Was ist denn da drin?"

„Muscheln", erklärte ich. „Ich sammle seit Jahren alle Namen von Menschen, die ich kennenlerne und schreibe sie auf Muscheln. Die stecke ich dann als Andenken in mein Glas."

„Oh", sagte der Mann und hob überrascht die Augenbrauen. „Das ist ja eine schöne Idee. Bekomme ich auch einen Platz in diesem Glas?"

„Nur, wenn Sie mir Ihren Namen nennen."

„Aber sicher doch. Ich heiße Adriano und würde mich geehrt fühlen."

Ich lächelte und überlegte bereits, welche Muschel wohl am besten zu ihm passen würde. Ich kannte ihn zwar kaum, aber er war nett zu mir und lächelte viel, daher fand ich eine Herzmuschel passend. Die verwendete ich für die meisten Menschen, die freundlich zu mir waren, weil man sie sehr oft am Strand finden konnte und ich jede Menge davon in meinem Sortiment hatte.

„Darf ich fragen, warum Sie so eine drastische Veränderung wollen?", fragte Adriano, während er an meinen Haaren herumschnippelte. „Meistens steckt ja eine Trennung dahinter."

„Bingo", erwiderte ich. „Ich habe meinen Freund verlassen und fliege in wenigen Stunden zu meinem Bruder nach London."

„Ja. Sowas habe ich mir schon gedacht. Sie würden lachen, wie häufig Frauen nach einer Trennung ihre Frisur ändern."

Ich nickte nur, weil mir im Moment überhaupt nicht zum Lachen zumute war. Das Wort Trennung klang immer so, als wäre es einfach gewesen, eine Beziehung zu beenden. Als hätte man sich nur dazu entschließen müssen, um es durchzuziehen. Doch bei mir war es nicht einfach gewesen. Im Gegenteil. Es war das Schwerste, was ich je in meinem Leben getan hatte und es hatte ewig gedauert, weil ich immer wieder von meinen Schuldgefühlen übermannt worden war. Zwei Jahre lang, um genau zu sein.

Doch damit war jetzt Schluss. Endgültig. Sollte Oliver doch sehen, wo er blieb. Ich würde mich nicht weiter in seinen Abgrund hineinziehen lassen. Das konnte ich nicht mehr und das wollte ich auch nicht. Also lehnte ich mich zurück und ließ den Friseur seine Arbeit tun. Dies hier war der erste Schritt in mein neues Leben und ich konnte es kaum erwarten, mein altes hinter mir zu lassen.

London. Eine Stadt, die lebte und pulsierte. Ganz anders als das kleine Dorf an der Nordsee, wo ich aufgewachsen war und bis gestern gewohnt hatte.

Eigentlich konnte ich Großstädte nicht leiden. Hier war es zu laut, zu voll und die Luft war definitiv zu schlecht. Vor allem, wenn man wie ich unter Asthma litt und mit dem Smog nicht gut zurechtkam. Doch was tat man nicht alles, um seine Vergangenheit hinter sich zu lassen und ein neues Leben zu beginnen? Dafür war eine Großstadt definitiv gut. Hier gab es keine so neugierigen Nachbarn wie in Windholm. Dort kannte mich seit meiner Kindheit jeder und die meisten Leute verurteilten alles, was ich in den letzten Jahren getan hatte. Ganz zu schweigen von meinem überstürzten Weggang, der mich vermutlich zum Gesprächsthema Nummer eins in dem kleinen Örtchen machen würde.

Stattdessen gab es hier etwas, das ich seit meiner Kindheit nie kennengelernt hatte: Anonymität. Und das war im Moment genau das Richtige für mich. Dafür nahm ich sogar die schlechte Luft und die vielen Autos in Kauf.

Ich saß in einem Taxi nach Mile End und konnte immer noch nicht fassen, was ich da eigentlich getan hatte. Nicht nur, dass ich Oliver und meinem Dorf den Rücken gekehrt hatte, sondern auch, dass ich jetzt so vollkommen anders aussah. Meine Haare waren ab. Weg. Unwiderruflich, und obwohl es sich befreiend anfühlte, war es gleichzeitig eigenartig, dass mein Nacken plötzlich so frei war. Denn während meine Haare mir vorher bis zu den Brüsten gereicht hatten, zierte meinen Kopf nun ein Pixie Cut, der mir keine Gelegenheit mehr bot, mich zu verstecken.

„So. Da wären wir", sagte der Taxifahrer, als er vor dem Reihenhaus anhielt, das ich ihm genannt hatte.

Ich sah aus dem Fenster und war positiv überrascht, dass es hier trotz der späten Stunde so nett aussah. Die Wohnung meines Bruders lag offenbar in einem Gebäude, das dem viktorianischen Baustil entsprach. Es hatte drei Stockwerke mit einer Backsteinfassade und vielen Zierleisten und Verzierungen um die Fenster. Obwohl ich ein absolutes Landkind war, gefiel mir das. Ich betrachtete das Gebäude eine Weile. Das Dach war schwarz, während die Fassade hell gestrichen war und im Vorgarten standen dutzende Blumen. Die Straße wurde von den Laternen in ein sanftes Licht getaucht, was wunderschön aussah. Das Einzige, was mich stutzig machte, waren die bunten Lichter, die in einem der Fenster flackerten, als befände sich dort ein Nachtclub. Mein Blick fiel auf mein Handy, wo ich mir alles notiert hatte. Dritter Stock. Verdammt. Wie es aussah, feierte mein Bruder gerade eine Party und hatte deshalb nicht auf meine Anrufe reagiert. Na, super. Das hatte mir gerade noch gefehlt.

Ich griff nach meinem Muschelglas, das ich neben mich auf den Sitz gestellt hatte, und stieg aus. Dann bezahlte ich den Fahrer und nahm meinen Koffer entgegen, den er mir netterweise aus dem Auto gehievt hatte.

„Vielen Dank für Ihre Hilfe ... Phil", sagte ich mit Blick auf das Namensschild an seinem Hemd auf Englisch. „Ich wünsche Ihnen noch einen schönen Tag."

„Ebenfalls", erwiderte er und lächelte mir zu. „Ich hoffe, Sie haben eine wundervolle Zeit in London."

„Danke. Das werde ich bestimmt."

Auch Phils Name würde auf einer Herzmuschel landen, aber das musste warten, bis ich Zeit dafür hatte.

Ich straffte die Schultern und wollte an der Haustür klingeln, als ich feststellte, dass jemand einen Keil dazwischen geschoben hatte, um sie offen zu halten. Wie es aussah, sollte man einfach hinaufgehen. Also trat ich ein und drückte den Knopf am Aufzug. In der dritten Etage stieg ich aus und stellte fest, dass die Tür vor mir zwar verschlossen war, aber trotzdem laute Musik in den Flur schallte.

‚Lasse Wagner' stand auf dem Namensschild und darunter hatte jemand einen Zettel mit ‚Ethan Wilson' geklebt. Ich runzelte die Stirn. Mir war nicht bewusst gewesen, dass mein Bruder mit jemandem zusammenwohnte. War Ethan etwa sein Freund?

Mein Bruder hatte sich geoutet, als er sechzehn gewesen war und wie nicht anders zu erwarten, hatte die ganze Gemeinde darüber geredet. Ich konnte es ihm nicht verübeln, dass er unserem Dörfchen den Rücken gekehrt hatte, sobald er volljährig gewesen war.

In London fühlte er sich ganz offensichtlich wohl. Trotzdem hatte ich ihn in den letzten Jahren schmerzlich vermisst. Immerhin war er mein großer Bruder und ich hätte seine Unterstützung dringend benötigt.

Wenigstens hatte er mir das Gefühl gegeben, jederzeit zu ihm nach London kommen zu können, wenn ich irgendwann die Nase voll von Windholm hatte, und genau deswegen war ich jetzt hier.

Ich stöhnte innerlich auf, als ich drinnen Gelächter hörte und ärgerte mich darüber, dass Lasse meine Anrufe nicht entgegengenommen hatte. Da ich erst gestern entschieden hatte, herzukommen, hätte die Party vermutlich trotzdem stattgefunden, aber dann wäre ich zumindest innerlich darauf vorbereitet gewesen.

Ich drückte auf die Klingel und fürchtete im ersten Moment, dass sie überhaupt niemand hörte. Doch nach circa einer Minute öffnete sich die Tür und mein Mund klappte auf.

Vor mir stand einer der attraktivsten Typen, die ich je gesehen hatte. Er war blond, groß, gut gebaut und sah zum Niederknien aus. Allerdings war er mit Sicherheit schwul, denn er trug eine pinke Federboa um den Hals und hatte seine Augen schwarz umrandet. Außerdem hatte er einen Rock an und stöckelte auf hohen Schuhen durch die Gegend.

„Hi", sagte er mit einer überaus angenehmen Stimme, der man anmerkte, dass er schon einige Drinks intus hatte. „Du musst Bobby sein, richtig? In dem Koffer sind sicher deine Sachen. Ich bin Ethan. Komm mit. Ich zeige dir, wo du dich fertigmachen kannst."

Ich sprach zum Glück sehr gut Englisch und konnte ihn daher problemlos verstehen. Er drehte sich schwungvoll um und stolperte auf seinen Pumps, sodass er sich an der Kommode festhalten musste.

„Warte", rief ich ihm hinterher. „Ist alles okay?"

„Sure. No worries", sagte er mit einem interessanten Akzent, den ich nicht ganz einordnen konnte. Es klang nicht so, als würde er aus England kommen.

Er öffnete eine Tür und deutete in ein Badezimmer, das erstaunlich groß war.

„Hier kannst du dich umziehen", sagte er und betrachtete mich eingehend. „Sorry, wenn ich das so sage, aber du siehst gar nicht aus wie ein Kerl. Ich wette, als Frau wirst du umwerfend sein."

Er grinste mich an und ich lief knallrot an. Er hielt mich für einen Kerl? Nur, weil ich kurze Haare hatte? Zugegeben, sie waren etwas kürzer geraten als ursprünglich beabsichtigt. Außerdem war ich 1,72 Meter groß, hatte wenig Oberweite und eine eher sportliche Figur. Wenn ich mich nicht schminkte, dann konnte es schon vorkommen, dass jemand das verwechselte. Trotzdem war es mir in diesem Moment unangenehm. Was dachte dieser Kerl denn, wer ich war? Irgendeine Art Showact?

„Ich ähm. Das muss eine Verwechslung sein", sagte ich. „Ich bin nicht Bobby, sondern Frederike. Ich wollte zu Lasse."

Ethan blinzelte mehrfach und begann dann zu lachen. „Der war gut", sagte er. „Klar bist du Frederike. Ein hübscher Künstlername, muss ich sagen. Viel besser als Aphrodite oder Venus. Gefällt mir. Dann wirf dich doch mal in Schale und mach dich bereit für die Show. Das mit den Muscheln sieht interessant aus. Gehören die zu deiner Vorstellung?"

„Nein, ich ..."

„Schon gut. Sag mir nichts. Ich lasse mich überraschen. Und jetzt ab mit dir. Ich warte im Wohnzimmer auf dich."

Er gab mir einen spielerischen Klaps auf den Hintern und ich stolperte mit meinem Koffer regelrecht ins Bad hinein. Das war doch nicht zu fassen. Was bildete dieser Typ sich eigentlich ein? Bisher hatte ich mich zurückgehalten, weil das Ganze offensichtlich eine Verwechslung war, aber jetzt reichte es endgültig, denn selbst wenn dieser Kerl mich für einen Mann hielt, hatte er trotzdem nicht das Recht, mich anzugrabschen. Kurzerhand stellte ich meinen Koffer und mein Muschelglas ab und rannte dem Typen hinterher.

„Hey!", rief ich, kurz bevor er das Wohnzimmer erreichte. „Was sollte das gerade?"

„Was denn?", fragte er irritiert.

„Was fällt dir ein, mir auf den Hintern zu patschen?"

„Das ... war doch nicht böse gemeint ... Lasse hat gesagt, Anfassen wäre bei der Show erlaubt."

„Also, erstens weiß ich überhaupt nichts von irgendeiner Show und zweitens hat die ja ganz offensichtlich noch nicht begonnen. Es gibt also überhaupt keinen Grund, sich so zu verhalten. Und wenn du mir noch einmal an den Hintern fasst, dann schwöre ich, dass du es bitter bereuen wirst."

Der Typ vor mir schluckte und legte irritiert den Kopf schief. „Du meinst das ernst, richtig?", fragte er. „Du bist gar kein Travestiekünstler."

Alle Farbe wich mir aus dem Gesicht. Dafür hatte er mich also gehalten? Für einen Travestiekünstler? Das überraschte mich nun doch.

„Ich ... Nein! Natürlich nicht!"

„Rike?!", rief in diesem Moment mein Bruder und kam aus dem Wohnzimmer auf mich zu. „Bist du es wirklich?"

Lasse war sogar noch stärker geschminkt als der Typ vor mir und trug ebenfalls eine Federboa. Seine langen Haare hatte er zu einem Zopf gebunden und mit seinen weichen Gesichtszügen sahen wir uns ziemlich ähnlich. In einer Hand hielt er einen Martini und grinste über beide Ohren, als er mich in eine liebevolle Umarmung zog.

„Was hast du nur mit deinen Haaren gemacht, Süße? Ich hätte dich fast nicht erkannt."

Er fuhr mir über den Kopf und ich drückte seine Hände weg.

„Ich brauchte eine Veränderung", sagte ich dann.

„Ist zwar gewöhnungsbedürftig, aber es steht dir hervorragend. Tut mir so leid, dass ich dich nicht vom Flughafen abgeholt habe. Ich habe deine Nachricht und deine Anrufe gerade erst gesehen. Ich war so beschäftigt wegen der Party, dass ich nicht dazu gekommen bin, sie zu lesen. Ich bin davon ausgegangen, es wäre nichts Wichtiges, weil du mir sonst immer nur witzige Katzenbilder schickst."

Ich biss mir auf die Unterlippe und umarmte Lasse nun meinerseits wieder. Es tat so gut, bei ihm zu sein und fühlte sich wie ein Stück Heimat an. Lasse war vier Jahre älter als ich und ich hatte stets zu ihm aufgesehen.

„Du bist seine Schwester?", fragte Ethan verdutzt und wechselte dabei problemlos ins Deutsche. „Fuck. Da hab ich mich wohl in die Disteln gesetzt."

Lasse lachte. „Das heißt Nesseln. Nicht Disteln. Und warum meinst du das? Sag bloß nicht, du warst unhöflich."

Ethan kratzte sich verlegen den Hinterkopf. „Es könnte sein, dass ich sie mit Bobby verwechselt habe."

„Mit Bobby? Aber der ... Oh nein." Mein Bruder lachte wieder und sah mich an. „Er dachte, du wärst der Travestiekünstler, den wir organisiert haben?"

Ich zuckte mit den Schultern. „Sieht ganz so aus. Noch dazu hat er mir auf den Hintern gehauen."

„I'm so sorry", versicherte Ethan. „Ich hatte ja keine Ahnung. Fuck. Das muss an dem Alkohol liegen."

Immer noch böse funkelte ich ihn an. „Selbst wenn ich Bobby wäre, hättest du dich scheiße verhalten. Sowas macht man nicht, klar? Warum kannst du überhaupt so gut Deutsch?"

Ich war davon ausgegangen, hier in London ausschließlich auf Englisch reden zu müssen, weil abgesehen von meinem Bruder niemand deutsch sprach, aber ganz offensichtlich hatte ich mich da geirrt.

„Well. Das ist kompliziert. Ich komme eigentlich aus Perth in Australia, aber mein Großvater war ein eingewanderter Deutscher und mein Dad hat von klein auf nur Deutsch mit mir geredet."

Australien. Das erklärte seinen interessanten Akzent, der immer mal wieder durchkam.

„Also gut. Ich hoffe trotzdem, dass sowas nicht wieder vorkommt. Wo bin ich hier überhaupt reingeraten? Ihr seht aus, als wolltet ihr zu einer Las Vegas Show."

„Ach, das." Ethan winkte ab. „Unser Kumpel James feiert heute seinen Junggesellenabschied. Lasse ist Trauzeuge, daher findet die Party hier statt."

„Ah", machte ich. „Gott. Und ich platze hier einfach so rein. Tut mir leid, Lasse. Wenn ich das gewusst hätte, dann wäre ich erstmal in ein Hotel gegangen. Ich glaube nur nicht, dass ich jetzt auf die Schnelle noch was finde, insofern ... Ich darf doch bleiben, oder?"

Ängstlich sah ich meinen Bruder an. Immerhin hatte ich ihm noch keine Gelegenheit dazu gegeben, darüber nachzudenken. Er hatte mir an Weihnachten zwar angeboten, dass ich jederzeit zu ihm ziehen könnte, aber das war schon eine Weile her und ich hatte keine Ahnung, ob das noch aktuell war.

„Natürlich kannst du bleiben. Das freie Zimmer hat zwar jetzt Ethan, aber du kannst heute Nacht in meinem Bett schlafen und danach finden wir sicher eine Lösung."

Aha. Ethan hatte also ein eigenes Zimmer. Entweder wollten die beiden sich gegenseitig Privatsphäre geben oder sie waren doch nicht zusammen. Aber was nicht war, konnte ja noch werden.

„Wie lange wirst du bleiben?", fragte Lasse.

„Tja ..." Das war der Knackpunkt an der Sache, aber ich wollte nicht mit der Tür ins Haus fallen. Immerhin feierte mein Bruder hier gerade einen Junggesellenabschied. „Das weiß ich noch nicht genau", behauptete ich.

Mein Bruder runzelte die Stirn, doch bevor er noch mehr dazu sagen konnte, klingelte es erneut und Ethan öffnete die Tür.

Herein kam jemand mit einer knallpinken Perücke und einem Make-up, das mich direkt an Olivia Jones denken ließ. Kein Zweifel. Das musste Bobby sein.

„Hiiiiii!", rief er mit verstellter Stimme. „Ich wette, ihr könnt es kaum noch erwarten. Ich freue mich sooooo sehr, hier zu sein."

Die Leute im Wohnzimmer johlten, als sie Bobby sahen und mir wuchs plötzlich alles über den Kopf.

„Kannst du mir dein Zimmer zeigen?", bat ich meinen Bruder. „Dann bin ich weg für heute und lasse euch in Ruhe feiern."

„Du könntest auch mitfeiern", schlug Ethan vor. „Ich bin sicher, es würde dir gefallen."

Ich winkte ab. „Sorry, aber dafür bin ich heute nicht in der Stimmung. Ich bin müde und will einfach nur ins Bett."

„Kein Problem, Schwesterherz", sagte Lasse und ergriff meine

Hand. „Ich bringe dich zu meinem Zimmer. Und morgen bereden wir dann alles in Ruhe, ja?"

Ich nickte und war erleichtert, als er mich von dem Trubel fortbrachte. In seinem Zimmer würde ich die Musik und das Gelächter zwar noch hören, aber wenn ich die Tür absperrte, hatte ich zumindest etwas Privatsphäre und morgen sah die Welt hoffentlich wieder anders aus.

Kapitel 2

Ethan

Als ich am nächsten Morgen aufwachte, dröhnte mein Kopf und es dauerte eine Weile, bis ich verstanden hatte, wo ich mich überhaupt befand. James' Junggesellenabschied war ein wenig außer Kontrolle geraten. Die Show von Bobby war lustig gewesen und im Nachhinein verstand ich überhaupt nicht mehr, wie ich auch nur eine Sekunde hatte denken können, Lasses Schwester wäre ein Travestiekünstler.

Das musste eindeutig am Alkohol gelegen haben.

Nach Bobbys Vorstellung waren wir alle in Soho feiern gegangen und hatten James grölend dabei unterstützt, Kondome und andere Gegenstände aus einem Bauchladen zu verkaufen. Für mich war diese Tradition neu gewesen, aber Lasse hatte berichtet, dass sie in Deutschland gang und gäbe war und fand es lustig, James mit dieser Aufgabe zu betrauen.

Natürlich wurde ordentlich getrunken und ich wusste schon gar nicht mehr, in wie vielen Pubs wir gewesen waren. Ich versuchte, mich aufzurichten und stellte dabei fest, dass jemand auf meinem Arm lag. Es war eine junge Frau mit langen schwarzen Haaren, einer üppigen Figur und verschmiertem Make-up. Oh, Shit. Daran konnte ich mich überhaupt nicht erinnern. Vorsichtig zog ich meinen Arm unter ihrem Kopf hervor, damit sie nicht aufwachte und zog mir Boxershorts und ein T-Shirt an. Dann schlich ich mich aus meinem Zimmer.

Mein Kopf pochte und ich brauchte dringend eine Schmerztablette. Also öffnete ich schwungvoll die Tür zum Bad und erstarrte, als ich sah, dass jemand in der Badewanne lag.

„Hey!", rief Lasses Schwester empört und ich hielt mir schnell eine Hand vor die Augen.

„Sorry. Ich ... wollte nur eine Schmerztablette."

„Ach, du bist es nur", sagte Rike offenbar erleichtert. „Von mir aus kannst du die Hand wieder runternehmen."

Ungläubig linste ich durch meine Finger und betrachtete Rike. Die Badewanne war voll und über ihrem Körper türmte sich jede Menge Schaum auf, sodass von ihrer Nacktheit wenig zu sehen war. Dennoch hätte kaum ein Mädchen, das ich kannte, so gelassen auf meine Anwesenheit reagiert.

„Ich hätte ja abgeschlossen, aber es war kein Schlüssel da", sagte Rike.

„Ja. Sorry. Den hat vor zwei Wochen irgendein Scherzkeks bei einer Party das Klo runtergespült und wir sind noch nicht dazu gekommen, das Schloss auszutauschen."

„Sowas habe ich mir schon gedacht. Wenn du nur eine Schmerztablette willst, dann hol sie dir einfach."

„Bist du sicher?", hakte ich nach.

„Ja. Immerhin bist du Lasses Freund. Der bist du doch, oder?" Nun wirkte sie wieder unsicher.

„Sure", bestätigte ich und nahm die Hand von den Augen weg. „Lasse ist mein Freund."

Ich konnte durch den Schaum zwar nichts erkennen, aber die Vorstellung, dass sie darunter vollkommen nackt war, gefiel mir ausgesprochen gut. Jetzt, wo ich wieder einigermaßen nüchtern war, verstand ich überhaupt nicht mehr, wie ich auf die Idee gekommen war, sie könnte ein Kerl sein. Sie hatte zwar kurze Haare, aber ihre Gesichtszüge waren eindeutig feminin. Ein bisschen erinnerte sie mich an Penny aus The Big Bang Theory, als diese sich in der 8. Staffel die Haare kurz geschnitten hatte.

Sie war schön. Ungeschminkt und natürlich und ausgesprochen schön.

„Gut", sagte Rike und lächelte. „Dann brauche ich mir ja keine Sorgen machen, dass du mir was wegguckst."

Ich runzelte die Stirn. Inwiefern sorgte die Tatsache, dass ich mit ihrem Bruder befreundet war, dafür, dass ich ihr nichts weggucken konnte? Diese Logik erschloss sich mir nicht, aber wenn sie meinte, dass es so war, dann würde ich ihr sicher nicht widersprechen.

Stattdessen ging ich zum Waschbecken und zog dort eine Schachtel Schmerztabletten aus dem Unterschrank. Dann griff ich nach dem Glas, in dem meine Zahnbürste stand, füllte es mit Wasser und schluckte gleich zwei Tabletten hinunter. Dabei betrachtete ich Rike weiterhin durch den Spiegel und mein Atem stockte, als sie eins ihrer Beine aus dem Wasser streckte und es auf den Beckenrand legte. Erregung durchfuhr mich bei diesem Anblick und ich schaute weg.

„Wie war deine Nacht?", fragte ich, um mich abzulenken. „Hast du gut geschlafen?"

„Wie ein Stein", bestätigte sie. „Ich habe Ohrstöpsel reingemacht, um den Radau nicht zu hören, den ihr gemacht habt. Wann seid ihr nach Hause gekommen?"

„No idea. Gegen vier oder fünf. Wie spät ist es überhaupt?"

„Elf glaube ich. Ich war so müde, dass ich zwölf Stunden am Stück geschlafen habe."

Sie gähnte und eine ihrer Brüste hob sich ein wenig aus dem Wasser, sodass ich fast ihre Brustwarze gesehen hätte. Sogleich regte sich meine Männlichkeit wieder. Und das, obwohl ich überhaupt nichts zu sehen bekommen hatte.

Oh, Mann. In meinem Bett wartete eine komplett nackte Frau, die sicher nichts dagegen hätte, wenn ich sie heute Morgen noch einmal vernaschte und ich bekam einen Steifen, nur weil ich fast einen Nippel gesehen hätte. Das war lächerlich und erneut fragte ich mich, warum es Rike überhaupt nichts ausmachte, dass ich sie so sah.

Gestern hatte ich den Eindruck gehabt, sie wäre eher zickig und zänkisch, aber das hatte vielleicht an ihrer Müdigkeit gelegen. Denn jetzt wirkte sie vollkommen entspannt.

„Ethan", ertönte in diesem Moment eine Stimme. „Wo bist du? Komm doch wieder ins Bett."

Die Unbekannte von gestern kam in ein Laken geschlungen ins Badezimmer und erstarrte, als sie Rike in der Badewanne sah.

„Oh. Wer bist du denn?", fragte sie überrascht.

Schock zeigte sich auf Rikes Gesicht und sie zog die Knie an den Körper.

„Ich? Ich bin Lasses Schwester", sagte sie und wechselte dabei problemlos ins Englische. „Und wer bist du?"

Sie kicherte verlegen. „Ich bin Josie und wollte Ethan zurück ins Bett holen."

„Aber ..." Fassungslos sah sie mich an. „Ich dachte, du wärst schwul."

Prompt verschluckte ich mich an dem Wasser, das ich gerade trinken wollte, und begann zu husten. „Was? Wieso das denn?"

„Na, wegen deines Aufzugs gestern", erklärte sie. „Außerdem hast du gerade noch zugegeben, dass du Lasses Freund bist."

Sie benutzte das Wort boyfriend und ich schüttelte vehement den Kopf.

„Nein, nein, nein", beharrte ich und wechselte vorsichtshalber ins Deutsche. „Ich habe gesagt, er wäre mein Freund. My friend."

„Mein Freund bedeutet doch Boyfriend. Ansonsten hättest du sagen müssen, er wäre ein Freund. Nicht mein Freund."

Das war mir eindeutig zu hoch und ich rieb mir die pochende Stirn.

„Well. Sorry. Dann habe ich mich wohl falsch ausgedrückt. Lasse ist ein Freund. Ein Kumpel. Ein Kollege. Du weißt schon. Er ist nicht mein Boyfriend und ich bin auch definitiv nicht schwul."

Rike wurde rot, griff nach der Seife und warf sie nach mir.

„Und das sagst du mir erst jetzt?", zeterte sie. „Raus hier. Sofort. Bevor ich mich vergesse."

Ich bückte mich, damit sie mich nicht traf und sah zu, dass ich Land gewann. Ich schob Josie vor mir her in den Flur und schloss so schnell ich konnte die Tür.

„Was war das denn?", fragte sie vollkommen irritiert.

„Wie es aussieht, bin ich da wohl in ein Fettnäpfchen getreten", sagte ich und zuckte mit den Schultern. „Ich fürchte, bei Lasses Schwester bin ich jetzt endgültig untendurch."

Eigentlich sollte mich das nicht interessieren, weil sie voraussichtlich sowieso nicht lange bleiben würde, doch irgendwie fand ich es schade. Denn als sie noch dachte, ich wäre schwul, war es für ein paar Minuten richtig nett gewesen, mich mit ihr zu unterhalten. Abgesehen davon, was für eine tolle Figur sie in dem Wasser gemacht hatte.

Kapitel 3

Rike

Gott. Es war mir so peinlich. Wie hatte ich nur dermaßen falsch liegen können? Wenn Ethan tatsächlich schwul gewesen wäre, dann hätte es mich überhaupt nicht gestört, dass er mich in der Badewanne gesehen hatte. So hingegen war es mir total unangenehm und ich verstand nicht, warum er nicht direkt wieder gegangen war, als ihm klargeworden war, dass das Bad besetzt war. Denn genau das hätte er tun sollen.

Stattdessen hatte er so getan, als ob nichts wäre und mich vermutlich durch den Spiegel beim Baden beobachtet.

Schnell angelte ich nach einem Handtuch und schlang es um mich, um danach in Lasses Zimmer zu gehen. Ich war davon ausgegangen, mein Bruder hätte in Ethans Zimmer geschlafen, aber offenbar war das nicht der Fall. Stattdessen sah ich jetzt, dass er auf dem Sofa lag.

Einer seiner Arme hing auf dem Boden und er schlief trotz des Lärms, den ich veranstaltet hatte, tief und fest. Schnell schlüpfte ich in sein Zimmer und verschloss die Tür.

Ich zog mich an und hörte kurz darauf weiteren Krach. Offenbar hatte Ethan seiner Josie zu verstehen gegeben, dass sie die Wohnung verlassen sollte, denn sie regte sich lautstark darüber auf, dass er sie nur für Sex benutzt hätte und ihr wenigstens Frühstück anbieten könnte.

Danach knallte die Tür und sie war fort. Im nächsten Moment klopfte jemand, doch ich zögerte zu öffnen. Was, wenn es Ethan war, der sich bei mir entschuldigen wollte? Auf den hatte ich gerade überhaupt keine Lust. Doch zu meiner Erleichterung ertönte in diesem Moment die Stimme meines Bruders.

„Rike!", sagte er. „Mach bitte auf. Ich brauche frische Klamotten."

Ich ließ ihn rein und setzte mich wieder aufs Bett. Mein Bruder sah grauenvoll aus. Er hatte ganz offensichtlich eine lange Nacht hinter sich und brauchte dringend eine Dusche. Sein langes braunes Haar, das er sonst immer in einem Man Bun trug, war verstrubbelt und seine Schminke war verschmiert. Es amüsierte mich nach wie vor, dass er viel mehr auf sein Äußeres achtete, als ich es tat. Das hatte uns so manchen irritierten Blick in dem kleinen Dorf eingebracht, aus dem wir kamen. Nur, dass Lasse irgendwann verschwunden war und mich mit all den Vorurteilen der Leute allein gelassen hatte.

„Oje. Du siehst ganz schön scheiße aus", stellte ich fest und lächelte meinen Bruder mitleidig an.

„Vielen Dank für das Kompliment. Ich fühl mich auch scheiße. Eigentlich wollte ich noch schlafen, aber bei dem ganzen Krach ist das überhaupt nicht möglich."

Nebenan ging die Dusche an, was mir zeigte, dass Ethan wohl gerade im Bad war.

„Da ist dir wohl jemand zuvorgekommen", sagte ich und sah zu, wie Lasse sich frustriert auf einen Stuhl fallen ließ.

„So ein Mist", sagte er. „Hauptsache, Ethan beeilt sich."

„Zur Not musst du einfach reingehen. Wie ich festgestellt habe, ist das in dieser WG normal."

Lasse zog die Augenbrauen nach oben und sah mich irritiert an. „Wie bitte?"

„Ethan ist vorhin einfach reingekommen, als ich in der Badewanne war."

„Und du hast ihn nicht rausgeworfen?"

„Nicht direkt. Er hat gesagt, er wollte nur Schmerzmittel haben und ich dachte, er wäre schwul, also ..."

Lasse lachte. „Ethan und schwul? Er ist einer der heterosten Menschen, die ich kenne. Allerdings ist er auch absolut nicht homophob, sondern für jeden Spaß zu haben. Er fühlt sich einfach wohl in seiner Haut und ist mit sich und seiner Sexualität total im Reinen. Das findet man selten bei einem Mann."

„Wie auch immer. Ich fand es jedenfalls total scheiße von ihm, dass er nicht sofort gesagt hat, dass er hetero ist. Stattdessen hat er mich in dem Glauben gelassen, ihr beide wärt zusammen."

Erneut lachte mein Bruder. „Ethan und ich? Nee. Echt nicht. Selbst wenn er schwul wäre, würde ich von einem wie ihm besser die Finger lassen. Er schleppt jedes Wochenende eine andere Frau hier an und hat offenbar große Probleme damit, sich festzulegen."

„Das habe ich mir schon gedacht", sagte ich. „Am besten schreibe ich seinen Namen auf ein löchriges Schneckenhaus. Das würde definitiv zu ihm passen."

Lasses Blick fiel auf mein Muschelglas und er runzelte die Stirn.

„Du hast dein Muschelglas mitgebracht?", fragte er. „Wieso das denn? Lässt du es im Urlaub nicht sonst immer zu Hause?"

Ich biss mir auf die Unterlippe. Tatsächlich war es gar nicht so einfach gewesen, das Glas zu transportieren. Ich hatte es extra in Luftpolsterfolie eingepackt und es mit in mein Handgepäck genommen. Es war circa dreißig Zentimeter hoch und hatte einen Durchmesser von fünfzehn Zentimetern. Dadurch war kaum noch Platz für etwas anderes in dem Köfferchen gewesen, aber das war mir egal. Mein Muschelglas war mein Heiligtum. Die Muscheln hatte ich alle selbst am Strand gesammelt und fand es schön, dann und wann ein paar herauszunehmen und mich an die Menschen zu erinnern, deren Namen ich notiert hatte.

„Um genau zu sein, ist das für mich kein Urlaub", stellte ich klar. „Ich habe vor ein paar Wochen die Zusage von der Queen Mary University für die Sommerkurse bekommen. Offenbar ist jemand abgesprungen, sodass ich nachrücken konnte. Und jetzt bin ich hier."

Lasse sah mich fassungslos an. Dann sprang er auf und umarmte mich heftig.

„Wirklich?", fragte er. „Das ist ja wunderbar. Ich freue mich so für dich."

Der Geruch nach Alkohol und Zigarettenrauch kam ihm aus allen Poren, aber ich erwiderte die Umarmung trotzdem und ließ mich von ihm herumwirbeln.

„Danke", sagte ich. „Ich freue mich auch sehr darüber."

„Gott. Damit hatte ich überhaupt nicht gerechnet. Warum hast du mir das denn nicht eher gesagt? Dann hätte ich das Zimmer für dich freigehalten und Ethan nicht erlaubt, sich bei mir einzuquartieren."

„Ich war mir lange unsicher, ob ich es wirklich mache. Oliver war natürlich dagegen und Mama und Papa sowieso."

Unsere Eltern hatten noch nie verstanden, warum ich studieren wollte und nicht mit dem zufrieden war, was ich hatte. Immerhin besaß Oliver jede Menge Geld und an seiner Seite hatte ich quasi ausgesorgt.

„Heißt das, du hast ganz spontan entschieden, trotzdem zu kommen? Wow. Das ... hatte ich nicht erwartet."

„Ja. Ich ... habe es in Windholm nicht mehr ausgehalten."

Lasse legte den Kopf schief. „In Windholm? Oder bei Oliver?"

Mein Herz zog sich zusammen. Es war klar gewesen, dass er mich danach fragen würde, aber am liebsten wollte ich nie wieder über Oliver reden.

„Beides", gab ich zu. „Ich ... habe es beendet. Endgültig. Und es gibt nichts, was er oder sonst jemand sagen könnte, damit ich meine Meinung wieder ändere."

Lasse sah mich mitleidig an und zog mich erneut in seine Arme. „Ich bin stolz auf dich, kleines Schwesterchen", sagte er. „Vermutlich bin ich mit dieser Meinung der Einzige aus ganz Windholm, aber ich finde, dass du etwas Besseres verdient hast als ihn. Er hat dich klein gehalten. Es tut mir leid, was ihm widerfahren ist, aber es war nicht deine Schuld und es war nicht fair, dich all diese Jahre dafür büßen zu lassen."

Ich schluckte schwer und nickte traurig.

„Können wir in Zukunft vielleicht nicht mehr darüber reden?", bat ich.

„Einverstanden. Trotzdem wüsste ich gerne, was Mama und Papa zu deinem überstürzten Abgang gesagt haben."

„Tjaaaaa. Um genau zu sein, wissen sie noch nichts davon. Sie denken, ich wäre bei Oliver."

„Was? Dann musst du es ihnen sagen. Dringend sogar. Erstens machen sie sich sonst Sorgen und zweitens rechnen sie sicher damit, dass du Montag wieder zur Arbeit kommst."

Da hatte Lasse recht. Seit ich mein Abitur gemacht hatte, jobbte ich in dem kleinen Dorfladen meiner Eltern und unterstützte sie, wo immer ich konnte. Zumindest, wenn Oliver mich gerade nicht brauchte. Doch diese Zeit war nun vorbei. Ich hatte eine Entscheidung getroffen und die war nicht mehr rückgängig zu machen. Allein der Gedanke daran machte mir Angst.

All die Jahre waren meine Eltern der Meinung gewesen, dass Oliver das Beste war, was mir überhaupt hätte passieren können. Immerhin war er der Sohn des Bürgermeisters und hatte trotz seines Handicaps jede Menge Geld, weil seine Eltern ihm gleich mehrere Ferienhäuser überschrieben hatten, um ihn finanziell abzusichern. Doch das war nie das Leben gewesen, das ich gewollt hatte und nach über zwei Jahren hatte ich mir das nun endlich eingestanden und Nägel mit Köpfen gemacht. Ich war hier. Jetzt musste ich nur noch zusehen, dass mein neues Leben auch beginnen konnte.

„Ich kann Mama und Papa nicht anrufen", stellte ich klar. „Nicht, bevor ich nicht weiß, wo ich bleiben kann."

„Na, hier natürlich", sagte Lasse sofort. „Wir haben zwar kein Zimmer mehr frei, aber du kannst gerne auf dem Sofa schlafen, bis wir eine Lösung für dich gefunden haben."

Ich nickte. Irgendwie hatte ich mir meinen Neuanfang einfacher vorgestellt. Ich war davon ausgegangen, umsonst bei meinem Bruder wohnen zu können und hier ein Zimmer zu haben. Stattdessen musste ich mich offenbar mit dem Wohnzimmer zufriedengeben. Das war ganz und gar nicht so, wie ich es mir erhofft hatte, aber alles war besser, als in Windholm und vor allem bei Oliver zu bleiben. Ich hatte so die Nase voll davon, dass mein komplettes Leben durchorganisiert wurde und andere darüber bestimmten, was ich tun und lassen durfte. Ich wollte nicht mehr, dass jeder meiner Schritte beobachtet wurde, sondern wollte endlich frei sein. Genau wie Lasse, der sich hier in London eine neue Existenz aufgebaut hatte.

„Du hast ja recht", lenkte ich schließlich ein. „Ich werde Mama und Papa informieren. Das bin ich ihnen schuldig. Ich hoffe nur, dass sie Verständnis dafür haben."

„Darauf solltest du nicht hoffen. Am besten gibst du dich damit zufrieden, wenn sie deine Entscheidung respektieren."

Ich nickte. Mehr als das hatte er ebenfalls nie von unseren Eltern bekommen und es musste vermutlich reichen.

Das Wasser nebenan wurde abgestellt und Lasse nahm seine Sachen.

„Was hältst du davon? Ich gehe jetzt unter die Dusche und du machst uns solange irgendwas zu essen. Und wenn ich fertig bin, dann frühstücken wir gemeinsam."

Ich zog eine Grimasse. „Das ist aber nicht sonderlich gastfreundlich von dir", stellte ich fest.

„Tja. Wenn du mir ein paar Wochen oder wenigstens ein paar Tage Vorlauf gegeben hättest, dann wäre ich sicherlich gastfreundlicher zu dir. Möglicherweise hätte ich dann sogar schon eine Lösung für dein Wohnungsproblem parat, aber so müssen wir halt improvisieren."

Ich seufzte tief. „Also gut. Dann gehe ich schon mal in die Küche und suche was Essbares. Viel Spaß beim Duschen."

Lasse nickte und zog ein paar Klamotten aus seinem Schrank, während ich das Zimmer verließ, wo mir erneut Ethan über den Weg lief. Vermutlich hätte ich besser noch ein paar Minuten warten sollen, bis er sein Zimmer erreicht hatte. So hingegen bekam ich einen wunderbaren Blick auf seine muskulöse Brust und seine nackten Beine, denn er trug nichts weiter als ein Handtuch um die Hüften und ein freches Grinsen im Gesicht.

„Hey", sagte er gut gelaunt. „Immer noch angry? Oder hast du dich wieder ein bisschen beruhigt?"

Ich verschränkte die Arme vor der Brust und funkelte ihn an.

„Eher nicht. Ich warte noch auf eine Entschuldigung."

Er lachte. „Wofür? Denk dran, dass du mir gesagt hast, ich könne im Badezimmer bleiben."

„Aber doch nur, weil ich dachte, du wärst mit Lasse zusammen. Wie kommt es überhaupt, dass du hier wohnst? Vor ein paar Wochen war das Zimmer noch frei, oder?"

Ethan fuhr sich durch das nasse Haar und sah dabei so unverschämt gut aus, dass ich ihm am liebsten selbst durchs Haar gewuschelt hätte. Schnell rief ich mich zur Räson. Denn erstens war es keine drei Tage her, dass ich Oliver verlassen hatte und zweitens war Ethan offenbar ein Weiberheld sondergleichen.

„Well. Um genau zu sein, ist Lasse seit Jahren mein bester Freund. Wir kennen uns von einer Uniparty. Nur, dass er etwas eher mit dem Studium fertig war als ich. Ein Jahr wurde ich in Australien auf der Ranch meines Vaters gebraucht und habe meinen Master in Perth gemacht, aber jetzt bin ich zurück, um in London meinen Doktor zu machen.

„Deinen Doktor? Wie alt bist du denn?"

„26. Und du?"

„21."

Ethan nickte. „Es kränkt mich ein bisschen, dass du gar nichts von mir weißt. Hat Lasse nie von mir erzählt?"

„Nein", sagte ich wahrheitsgemäß. „Aber wenn ich ehrlich bin, dann hat er generell nie von seinen Freunden erzählt, weil Mama und Papa immer davon ausgegangen sind, dass er mit allen männlichen Freunden irgendwelche Gangbang-Partys veranstaltet."

Hinzu kam, dass es in unseren Telefonaten meistens um mich und meine Probleme gegangen war und irgendwie tat mir das leid. Ich wusste viel zu wenig über das Leben meines Bruders. Aber jetzt war ich ja hier und konnte das ändern.

Ethan lachte. „Gangbang-Partys veranstalte wohl eher ich."

Er sagte das so locker und trocken, dass ich es ihm sofort abkaufte. Vor dieser Art Mann hatten meine Eltern mich immer gewarnt, obwohl es im Endeffekt der treueste Mann überhaupt gewesen war, der mich fast zerbrochen hätte.

Verdammt. Ich dachte schon wieder an Oliver und das war das Letzte, was ich wollte.

„Es sei dir gegönnt" sagte ich. „Allerdings musst du dich dabei zukünftig auf dein Zimmer beschränken. Im Wohnzimmer schlafe ich nämlich in nächster Zeit."

Überrascht zog Ethan die Augenbrauen hoch.

„Interesting", sagte er. „Also hast du vor, länger zu bleiben?"

Ich nickte. „Allerdings. Ich habe einen Platz in einigen der Sommerkurse bekommen und werde hier in London studieren."

„Cool. An welcher Uni denn? Im Umkreis von London gibt es 40 Universitäten."

„Ich weiß. Aber ich habe mich bewusst an der Uni beworben, an der auch Lasse studiert hat, weil er so begeistert war."

„Die Queen Mary University. An der habe ich auch studiert und arbeite dort als Dozent, um Geld zu verdienen, während ich an meiner Doktorarbeit schreibe. Wer weiß. Vielleicht laufen wir uns dort mal über den Weg."

Das hätte mir gerade noch gefehlt. War Ethan nicht viel zu jung, um Dozent zu sein? Er machte zwar seinen Doktor, aber irgendwie hatte ich mir Dozenten immer alt und knochig vorgestellt. Nicht so jung und gutaussehend wie Ethan. Vermutlich wurde er von allen Studentinnen angehimmelt.

Erneut fiel mein Blick auf seine nackte Brust, der man deutlich ansah, dass er Sport trieb. Vermutlich ging er regelmäßig ins Fitnessstudio. Seine Haut war von der Sonne gebräunt, was vermutlich daran lag, dass er kürzlich erst aus Australien zurückgekommen war.

„Ich muss mich jetzt erst mal anziehen", sagte Ethan und schenkte mir ein schiefes Lächeln. „Es sei denn, du hast dich noch nicht an mir sattgesehen."

Sofort lief ich knallrot an und räusperte mich. „Doch. Ich meine ... schon gut. Geh dich anziehen. Ich wollte sowieso in die Küche und nach was Essbarem Ausschau halten."

Ethan grinste erneut und nickte mir zu. Dann verschwand er in seinem Zimmer und schloss die Tür hinter sich. Ich versuchte, es nicht zu tun, aber ich schaute ihm trotzdem hinterher. Gott. Dieser Kerl brachte mich noch um den Verstand. Wie konnte ein Mann nur so arrogant sein und gleichzeitig so gut aussehen? Na ja. Vermutlich bedingte das eine das andere. Er zog sein Selbstbewusstsein sicherlich aus der Tatsache, dass er dermaßen hübsch war.

Ich schüttelte den Kopf. Jetzt gab es also noch einen Kerl, der in meinen Gedanken herumspukte, obwohl ich das nun wirklich nicht brauchen konnte.

Ich konnte nur hoffen, dass mein Start an der Uni entspannter ablaufen würde.

Kapitel 4

Ethan

Sie hatte mich abgecheckt. Das war so sicher wie das Amen in der Kirche. Wer hätte gedacht, dass Lasses kleine Schwester so eine süße Maus war?

Er hatte zwar häufig von ihr erzählt, aber ich hatte nie ein Foto von ihr gesehen und sie natürlich auch nie kennengelernt. Denn obwohl Lasse sehr erfolgreich Theater spielte und damit gutes Geld verdiente, hatten weder seine Eltern noch seine Schwester sich bisher dazu herabgelassen, sich eine seiner Vorstellungen anzusehen. Eine Tatsache, die ihn sicherlich kränkte.

Mein eigener Vater war zwar auch selten in London, um mich zu besuchen, aber der hatte immerhin eine gute Entschuldigung. Er saß seit einigen Jahren im Rollstuhl und Australien war auch nicht gerade um die Ecke. Für ihn war es insofern deutlich schwieriger, nach England zu kommen als für Rike oder ihre Eltern. Doch wenn ich es richtig verstanden hatte, dann war Rike bisher durch ihren Freund sehr eingespannt gewesen. Einen Freund, den sie nun offenbar verlassen hatte, wenn sie in London studieren wollte. Oder war sie noch mit ihm zusammen und führte eine Fernbeziehung? Das wäre natürlich möglich und ich sollte unbedingt herausfinden, ob es so war.

Es wäre zwar nicht das erste Mal, dass ich etwas mit einer vergebenen Frau hatte, aber seit der Sache mit Judith hatte ich mir vorgenommen, mich nicht mehr einzumischen, wenn eine Frau Gefühle für jemand anderen hatte.

Judith. Der Gedanke an sie tat immer noch weh. Sie war die Patentochter von meiner Stiefmutter und kam ebenfalls aus Deutschland. Ich hatte damals Mist gebaut und nicht nur ihr wehgetan, sondern ebenso meinem Cousin und letztendlich mir selbst. Doch das war lange her und sollte mich eigentlich nicht mehr beschäftigen.

Ich zog mich an und setzte mich an meinen Schreibtisch, um noch etwas zu lesen, bevor ich mich später zum Lunch mit einer Frau traf. Das Date mit ihr hatte ich schon seit über einer Woche ausgemacht und wollte sie nicht versetzen.

Ich war gerade in eine Abhandlung über die moderne spanische Literatur vertieft, als es klopfte.

„Herein", sagte ich, obwohl ich es nicht leiden konnte, beim Lesen gestört zu werden.

Lasse öffnete die Tür und sah mich an. „Willst du auch etwas essen? Rike hat Pancakes gemacht."

„Nein, danke. Ich treffe mich gleich noch mit jemandem zum Lunch."

Mit Lasse hatte ich von Anfang an nur auf Deutsch gesprochen, wenn wir unter uns waren. Für ihn war es nett, ab und zu seine Muttersprache zu hören und für mich war es gut, um in Übung zu bleiben. Ich liebte deutsche Literatur und las regelmäßig Texte auf Deutsch, aber es zu lesen und es zu sprechen waren nochmal zwei völlig unterschiedliche Dinge.

„Ah, gut. Ich ... ich weiß, dass es sehr spontan ist, aber wäre es okay, wenn meine Schwester ein paar Wochen bleibt, bis klar ist, wie es weitergehen soll?"

„Sure. Allerdings ... wie kommt es überhaupt, dass sie so über-stürzt hergekommen ist? Ist etwas vorgefallen?"

„Ich weiß es nicht", gab Lasse zurück. „Wie es aussieht, hat sie ihren Freund verlassen, aber sie hat nicht genau gesagt, warum. Ich bin mir sicher, dass da etwas vorgefallen ist, das sie dazu gebracht hat einen Schlussstrich zu ziehen. Ich habe nur keine Ahnung, was es war."

Ich nickte nur. „Okay. Es geht mich auch nichts an. Ich dachte nur ..."

„Ich bin sicher, dass sie darüber reden wird, sobald sie so weit ist. Bis dahin gebe ich ihr einfach Zeit."

Das war wohl das Beste und ich hoffte sehr, dass sie mich eben-falls einweihen würde, denn auch wenn es mich nicht interessieren sollte, so tat es das trotzdem und ich war ungeheuer neugierig, was ihr wohl widerfahren war.

Kapitel 5

Rike

„Bist du eigentlich von allen guten Geistern verlassen?", fragte meine Mutter aufgebracht, als ich in Lasses Zimmer saß und mit ihr telefonierte. Ich biss mir nervös auf die Unterlippe und presste mir das Handy ans Ohr. „Wie kommst du dazu, uns einfach so im Stich zu lassen? Und Oliver. Was ist mit dem armen Oliver? Wie soll er ohne dich überhaupt zurechtkommen?"

Ein schlechtes Gewissen überkam mich und ich drängte es zurück. Seit Jahren ging das schon so und irgendwann war es genug. Ich konnte und wollte so nicht weiterleben und das musste ich meinen Eltern ein für alle Mal begreiflich machen.

„Ich kann das nicht mehr", sagte ich daher. „Ich hätte das mit Oliver schon vor Jahren beenden sollen. Du weißt genau, dass ich nur bei ihm geblieben bin, weil er meine Hilfe brauchte, aber so ist es jetzt nicht mehr. Er ist ein erwachsener Mann und kommt wunderbar allein zurecht."

Zumindest redete ich mir das ein, weil das schlechte Gewissen mich sonst umbrachte.

„Er mag erwachsen sein, aber du weißt genauso gut wie ich, dass er immer auf fremde Hilfe angewiesen sein wird."

„Auf fremde Hilfe vielleicht schon, aber nicht auf meine. Nicht mehr."

Meine Mutter knirschte lautstark mit den Zähnen, bevor sie tief durchatmete.

„Also gut. Was ist vorgefallen? Gibt es einen neuen Mann? Bist du deswegen auf und davon?"

„Nein", sagte ich vehement. „Es gibt keinen neuen Mann. Ich habe nur gemerkt, dass ich so nicht weiterleben kann."

„Ach ja? Denkst du etwa, Oliver hätte sich das so ausgesucht? Ohne dich wäre er doch überhaupt nicht in dieser Situation."

Ich schluckte schwer. Ich wusste, dass sie das so sah. Alle im Dorf sahen es so und das war auch der Grund, warum ich so lange dafür gebraucht hatte, mir selbst einzugestehen, was ich wollte. Oft fühlte ich mich wie eine Teenagermutter, die mit sechzehn ungewollt schwanger geworden war und nun vor dem Desaster stand, dass sie auf der einen Seite ihre Freiheit wollte, aber sich auf der anderen Seite für dieses Baby verantwortlich fühlte, weil es nun mal ihres war.

Nur, dass Oliver nicht mein Kind war, sondern mein Freund. Mein Exfreund, um genau zu sein.

„Du verstehst das nicht, Mama. Ich konnte nicht bei ihm bleiben. In den letzten Jahren habe ich alles versucht, um ihm das Leben einfacher zu machen, und er hat mich wie Dreck behandelt. Aber am Freitag hat er endgültig den Vogel abgeschossen."

„Warum? Was hat er denn gemacht?"

„Er hat mich darüber informiert, dass wir im Herbst heiraten werden."

„Was?" Sie klang erfreut. „Oliver hat dir einen Antrag gemacht? Aber das ist doch wunderbar. Ich verstehe ja, dass dich das nervös macht, aber eine Ehe ist nichts, wovor man sich fürchten sollte."

„Mama. Du hörst mir nicht zu. Er hat mir keinen Antrag gemacht, sondern er hat mich darüber informiert, dass wir heiraten werden. Er hat mich nicht gefragt, ob ich das möchte, sondern es einfach so bestimmt, so wie er alles in meinem Leben kontrollieren will. Was ich über diese Sache denke, war ihm vollkommen egal."

Tränen traten mir in die Augen und ich wischte sie weg.

„Ich konnte nicht bleiben. Ich konnte es einfach nicht."

Zur Abwechslung war meine Mutter einen Moment lang still.

„Ich ... also. Ich bin mir sicher, dass Oliver das nicht so gemeint hat", sagte sie dann. „Natürlich interessiert es ihn, was du möchtest."

„Ach ja? Warum hat er dann jahrelang meinen Berufswunsch boykottiert?"

„Redest du von diesem Hobby? Ich meine ... deine Bilder sind ja ganz schön und so, aber das ist doch kein richtiger Beruf, Schätzchen. Ich kann verstehen, dass Oliver das nicht ernst genommen hat."

Nur, dass Oliver nicht der Einzige war, der es nicht ernstnahm, dass ich Manga-Zeichnerin werden wollte. Schon als Kind hatte ich den Kunstunterricht geliebt und mir eigene Geschichten ausgedacht, die ich mit meinen Bildern illustriert hatte. Doch seitdem ich mit Oliver zusammen war, fühlte ich mich an den meisten Tagen wie blockiert. Nicht nur, weil er sich ständig über diese Leidenschaft lustig machte, sondern auch, weil er mir nie die nötige Zeit dafür ließ, die ich brauchte, um kreativ zu sein. Immer benötigte er für irgendetwas meine Hilfe und ständig sollte ich ihn begleiten. Egal, ob er auf den Schießstand oder zum Ansitzen wollte. Ob er einen Arzttermin hatte oder sich mit seinen Freunden traf. Ich musste jedes Mal dabei sein, obwohl es ganz sicher andere Möglichkeiten gegeben hätte.

Mir war klar, dass er nach dem Unfall nicht mehr alles allein machen konnte, aber trotzdem hatte ich das Gefühl, dass er alles tat, um mir bloß keine Zeit für mich selbst zu lassen und das belastete mich. Immerhin hatte ich auch noch ein eigenes Leben, das ich leben wollte.

„Comics sind kein Hobby für mich", stellte ich klar. „Ich liebe das Zeichnen und ich möchte besser werden. Deswegen habe ich hier in London einige Sommerkurse in Kunst und Literatur belegt."

„Du bist also in London? Bei Lasse? Was für eine dumme Frage. Natürlich bist du bei Lasse." Sie seufzte tief. „Also gut. Ich heiße deine Entscheidung zwar nicht gut, aber wir bekommen das im Laden schon irgendwie ohne dich hin. Ich weiß nur nicht, was ich Oliver sagen soll, wenn er nach dir fragt."

„Du musst gar nichts sagen", stellte ich klar. „Ich habe ihm einen Brief hinterlassen, den er inzwischen gefunden haben sollte. Darin habe ich ihm klargemacht, dass meine Entscheidung endgültig ist und dass er gar nicht erst versuchen soll, mich zu kontaktieren. Ich werde in den nächsten Tagen meine Nummer ändern. Ich lasse dir die neue zukommen, aber nur wenn du mir versprichst, sie nicht an Oliver weiterzugeben."

„Ist das dein Ernst? Du willst nicht einmal mehr mit ihm darüber reden? Ist das nicht reichlich ungerecht?"

Nein. Ungerecht war, dass sie immer auf seiner Seite war. Ganz egal, worum es ging. Oliver war immer der liebe, nette Kerl, während ich die Böse war, die den armen Jungen im Stich ließ, nachdem sie ihm das alles überhaupt eingebrockt hatte.

„Es wäre schön, wenn du nur einmal im Leben auf meiner Seite wärst", sagte ich missmutig.

„Aber ich bin doch auf deiner Seite. Du musst nur verstehen, dass du hier eine ganz schöne Lawine lostrittst, Rike. Ich will, dass du glücklich bist, aber wird es dich wirklich glücklich machen, fernab der Heimat zu sein? In einer Großstadt, wo kein Strand weit und breit zu finden ist?"

Da traf sie einen sensiblen Punkt, denn tatsächlich hatte ich mich das auch schon gefragt. Ich liebte das Meer und den Strand. Seit ich ein kleines Kind war, gab es keinen Tag, an dem ich nicht am Meer joggen ging oder im Sand nach Muscheln suchte. Selbst bei Sturm trieb es mich ans Ufer und ich beobachtete mit Hingabe die Wellen und ließ mir den Wind um die Ohren wehen. Das würde hier in London nicht möglich sein, weil der nächste Strand circa 60 Kilometer entfernt lag. Doch alles war besser, als so weiterzumachen wie bisher.

Oliver hatte den Bogen überspannt und ich würde nicht nachgeben. Das hatte ich mir geschworen, als ich in dieses Flugzeug gestiegen war, das mich nach London brachte. Das hier war mein neues Leben und ich würde es in vollen Zügen auskosten. Komme, was da wolle.

Sobald ich das Gespräch mit meiner Mutter beendet hatte, blieb ich erstmal auf dem Bett meines Bruders sitzen und umschlang meine Knie mit den Armen. Ich hatte bereits befürchtet, dass meine Mutter so reagieren würde, wie sie es letztendlich auch getan hatte. Das sollte mich nicht überraschen. Trotzdem tat es weh.

Immerhin war sie meine Mutter und nicht die von Oliver. Dass die mich in Zukunft noch mehr hassen würde als sowieso schon, war ohnehin klar. Vermutlich würde sie eine Voodoopuppe für mich besorgen und jeden Tag eine spitze Nadel in meinen Bauch pieksen. Das hätte zumindest erklärt, warum ich heute solche Magenschmerzen hatte.

Irgendwann klopfte es an der Tür.

„Herein", sagte ich mit heiserer Stimme und mein Bruder trat ein.

„Hey", sagte er und setzte sich neben mich. „Ist alles in Ordnung?"

„Geht so. Ich habe eben mit Mama telefoniert."

Lasse zog eine Grimasse. „Und? Was hat sie gesagt?"

„Dass ich den größten Fehler meines Lebens begehe und dass das ganze Dorf über mich reden wird."

„Gut. Dann hast du eindeutig was richtig gemacht." Er zwinkerte mir zu und ich wischte mir über die Augen.

„Denkst du das echt? Vielleicht habe ich wirklich überstürzt gehandelt und hätte nicht einfach weggehen sollen. Wird Oliver überhaupt ohne mich zurechtkommen?"

„Das wird er. Keine Sorge. Seine Familie hat haufenweise Geld und wenn er etwas braucht, dann kann er es sich kaufen."

Da hatte mein Bruder nicht unrecht. Olivers Familie gehörte das halbe Dorf. Darunter auch das Gebäude, in dem meine Eltern ihren Laden hatten. Ich konnte nur hoffen, dass sie meinen Eltern jetzt nicht die Miete erhöhten oder sonst etwas taten, um ihnen zu schaden. Mama und Papa konnten immerhin nichts dafür, dass ich mich von Oliver getrennt hatte.

„Er wollte mich heiraten, weißt du?", fragte ich. „Er hat mich darüber informiert, dass wir im Herbst heiraten und ich bin abgehauen."

Lasse drückte meine Hand. „Na, siehst du. Ich sage doch, dass du genau das Richtige getan hast. Wer würde bei so etwas denn bitte schön nicht die Beine in die Hand nehmen?"

Ich kicherte. „Ich wusste gar nicht, dass du so wenig von der Institution der Ehe hältst."

„Ach. Die Ehe ist schon okay. Aber erstens bist du mit 21 viel zu jung dafür und zweitens ist Oliver nicht der Richtige für dich. Was ist das denn bitte schön für eine Voraussetzung, wenn man nur aus Schuldgefühlen mit jemandem zusammenbleibt?"

„Das stimmt nicht", versuchte ich zu widersprechen, aber kam dann ins Stocken, denn im Grunde genommen hatte mein Bruder recht.

Ich war nur aus Schuldgefühlen mit Oliver zusammengeblieben, aber ich wollte verdammt sein, wenn ich aus Schuldgefühlen auch noch mit ihm vor den Altar trat. Alles hatte seine Grenzen.

„Ich finde es gut, dass du hergekommen bist", sagte Lasse. „Das war genau die richtige Entscheidung. Jetzt müssen wir nur noch zusehen, dass du nicht rückfällig wirst."

Ich sah zu ihm auf. „Ach ja? Und wie stellen wir das an? Willst du mich zu einem Hypnotiseur schleifen, der mir Oliver aus dem Gedächtnis radiert?"

„Du meinst wie in dem Film ‚Vergiss mein nicht' mit Jim Carrey und Kate Winslet?"

„Ja, genau. Da gibt es doch so ein Verfahren, mit dem alle Erinnerungen an eine Person gelöscht werden."

Der Film war von 2004 und somit schon ziemlich alt, aber meine Mutter liebte die Liebeskomödien aus dieser Zeit und wann immer wir einen gemeinsamen Filmeabend gemacht hatten, hatte sie uns einen davon vorgesetzt.

„Das wäre zwar cool, aber leider kenne ich niemanden, der sowas anbietet", sagte Lasse bedauernd. „Wie wäre es stattdessen mit etwas Ablenkung. Komm. Wir gehen eine Runde spazieren. Dann zeige ich dir die Gegend und wir überlegen weiter, was wir tun könnten."

„Mmmmh, ist das lecker", sagte ich und leckte genießerisch an meinem Zitroneneis.

Die Sonne schien und London zeigte sich von seiner schönsten Seite. Lasse hatte mich in den nahegelegenen Mile End Park entführt. Dieser war sehr weitläufig und es gab verschiedene Spielplätze, Sportplätze, Gärten, Teiche und Wanderwege.

Da Sonntag war, hatten sich jede Menge Familien eingefunden, die genau wie Lasse und ich die Sonne genossen oder Ball spielten.

„Du warst schon immer ein Schleckermaul, was Eis angeht", neckte Lasse mich. „Ein Wunder, dass du trotzdem so schlank bist."

Ich schnaubte. „Hast du das nicht gewusst? Eis macht nicht dick. Schließlich ist es kalt und der Körper verbraucht so viel Energie, um es zu erhitzen, dass es quasi keine Kalorien hat."

Lasse lachte lautstark. „Ich glaube, das ist das Schönste, was ich jemals gehört habe."

Ich schmunzelte und betrachtete ein paar Kinder, die auf dem Rasen Fußball spielten.

„Hier ist es wirklich idyllisch", stellte ich fest. „Gar nicht so grauenvoll, wie ich mir eine Großstadt immer vorgestellt habe. Man kann sogar atmen."

Lasse nickte. „London ist gar nicht so übel", bestätigte er. „Ich glaube in einer Stadt wie Beijing oder Kairo würdest du dich sehr viel unwohler fühlen, was dein Asthma angeht."

Ich nickte und leckte wieder an meinem Eis.

„Vermutlich habe ich mir London so schrecklich ausgemalt, weil ich so eine Entschuldigung hatte, um nicht herzukommen. Es hat überhaupt nichts mit Windholm gemeinsam."

Lasse lachte. „Stimmt. Und das ist ja das Schöne daran."

Mein Herz zog sich zusammen, als er das sagte, denn im Gegensatz zu mir hatte er dem kleinen Örtchen nie viel abgewinnen können. Ich liebte das Meer und die frische Luft. Er hingegen hatte immer vorgehabt irgendwann in die Großstadt zu ziehen und dort auf einer großen Bühne zu stehen. Er hatte sich vorgenommen es allen zu beweisen und das hatte er getan. Nur, dass das in unserer kleinen Kommune keinen interessierte.

Statt mit ihrem Sohn anzugeben, hatten unsere Eltern einfach aufgehört, im Dorf über ihn zu reden und wenn sie doch einmal jemand direkt auf ihn ansprach, dann spielten sie seine Leistungen herunter.

„Lasse? Ach. Dem geht es gut. Er lebt jetzt in London und verdient sein Geld an irgendeiner Theaterbühne. Als was? Ach. Das weiß ich auch nicht so genau. Hauptsache er kommt über die Runden und ist glücklich. Darauf kommt es doch an im Leben, oder?"

Solche Aussagen hatte ich schon mehrfach von meinen Eltern mitbekommen und hatte mir immer auf die Zunge beißen müssen, um das Ganze nicht richtigzustellen. Denn Lasse arbeitete nicht einfach nur an der Bühne, sondern auf der Bühne. Er war Schauspieler und hatte schon einige Hauptrollen bekommen. Ich wusste zwar nicht, welches Stück er zurzeit aufführte, aber er war ein Naturtalent und die Leute liebten ihn. Er hatte sich das alles hart erarbeitet. Ich wollte mir gar nicht vorstellen, wie schwierig es zu Beginn für ihn gewesen sein musste, in London Fuß zu fassen. Meine Eltern hatten ihn zwar finanziell beim Studium unterstützt, aber seinen Platz am Theater hatte er nicht einfach so geschenkt bekommen. Ich wollte gar nicht wissen, was er alles dafür hatte erdulden müssen, um dahin zu kommen, wo er jetzt stand.

Ich leckte an meinem Eis, als mir plötzlich ein Paar ins Auge stach, das auf einer Parkbank saß und sich küsste.

„Ist das da hinten nicht Ethan?", fragte ich und deutete auf den jungen Mann, der mir viel zu bekannt vorkam.

Lasse kniff die Augen zusammen und nickte. „Stimmt. Das ist er. Dann weiß ich jetzt auch, mit wem er zum Lunch verabredet war."

„Sieht so aus, als wäre er direkt zum Dessert übergegangen."

Lasse lachte. „Was dagegen?"

Ich zuckte die Schultern. „Nein. Gar nicht. Es kommt mir nur befremdlich vor, dass er jetzt dieser Brünetten da die Zunge in den Hals steckt, obwohl er es heute Nacht noch mit einer Schwarzhaarigen getrieben hat."

„Ach. Das ist normal", stellte Lasse klar. „An sowas musst du dich in der Stadt gewöhnen. In unserem Alter will sich niemand festlegen. Warum auch? Es ist doch viel schöner, wenn man das Leben genießt und ich finde, das solltest du auch tun."

Ich legte den Kopf schief.

„Du meinst, ich sollte mir alle paar Stunden einen neuen Kerl suchen?"

Lasse winkte ab. „Alle paar Stunden vielleicht nicht, aber alle zwei Wochen könntest du das schon machen."

Ich verzog den Mund. „Du bist mein Bruder. Solltest du mir nicht eigentlich sagen, dass alle Männer böse sind und dass ich bloß die Finger von ihnen lassen soll?"

„Nicht alle Männer sind böse. Wenn du dich nicht verliebst, kann dir auch keiner das Herz brechen. Ich denke, dass es dir ganz gut tun würde, das Leben etwas lockerer zu nehmen. Du gehst doch ab morgen zu diesem Sommerkurs. Wer weiß. Vielleicht ist da ja ein Mann in deiner Klasse, der dir gefällt. Oder eine Frau." Er zwinkerte.

Skeptisch sah ich Lasse an. „Eine Frau wohl kaum. Wenn ich Mama und Papa erzähle, ich wäre jetzt ebenfalls homosexuell, dann bekommen sie vermutlich einen Herzinfarkt."

„Auch wieder wahr. Doch falls du dich je zu einer Frau hingezogen fühlen solltest, darf dich das nicht davon abhalten, dem nachzugehen. Wir sind nicht dazu da, um unsere Eltern glücklich zu machen. Ganz gleich, wie sehr die sich das auch wünschen."

Ich nickte und sah wieder zu Ethan, der seinen Arm um die Brünette gelegt hatte und an ihrem Ohrläppchen knabberte. Ein eigenartiges Gefühl machte sich in meinem Schoß breit, weil ich mir unwillkürlich vorstellte, er würde das bei mir tun.

Himmel. Es war definitiv zu lange her, dass ich Sex gehabt hatte, und das lag eindeutig an mir. Oliver hätte jederzeit mit mir geschlafen, aber in den letzten Wochen hatte ich ihn jedes Mal erfolgreich vertröstet, weil unser Zusammensein mir einfach keine Freude bereitete.

Wenn wir es getan hatten, dann war es dabei immer um ihn und seine Bedürfnisse gegangen. Genau wie in allen anderen Bereichen unserer Beziehung.

Ich schluckte und versuchte nicht mehr daran zu denken.

Ich lehnte mich an Lasse und genoss seine Nähe.

„Ich bin so froh, dass ich dich habe", sagte ich. „Ohne dich hätte ich wirklich nicht gewusst, wohin."

Lasse drückte mir einen Kuss auf den Scheitel und lehnte seinen Kopf an meinen.

„Ich bin immer für dich da, Schwesterchen. Aber jetzt sollten wir langsam zurück. Ich habe morgen den ganzen Tag Proben und muss noch einiges an Text lernen. Nächstes Wochenende starte ich meine neue Rolle."

„Ach, wirklich? Was für eine denn?"

Lasse sah mich nachdenklich an und schüttelte dann den Kopf. „Das verrate ich dir nicht. Wie wäre es, wenn du stattdessen kommst, um es dir anzusehen? Ich besorge dir Karten."

Erneut plagte mich das schlechte Gewissen. Lasse hatte mir schon häufig angeboten, mir Karten zu besorgen, sobald ich nach London kam, um mir eins seiner Stücke anzusehen, aber ich hatte jedes Mal abgelehnt, weil ich Oliver nicht alleine lassen wollte. Doch jetzt war ich hier und würde mir das um nichts auf der Welt entgehen lassen.

„Das wäre so toll", sagte ich. „Ich freue mich schon riesig darauf, dich auf der Bühne zu sehen."

Lasse lächelte und zog mich hoch.

„Gut. Ich könnte mich irren, aber ich denke, dass London dir nach einer Weile noch richtig gut gefallen wird."

Kapitel 6

Rike

Die Queen Mary University war eine bedeutende Universität in London und beherbergte die School of English and Drama, wo ich in Zukunft studieren wollte.

Das Arts One Building hatte eine eher funktionale Architektur mit klaren Linien und großen Fenstern, die viel Licht hereinließen. Die Fassade war eine Mischung aus Glas und Ziegeln, was dem Gebäude ein modernes Aussehen verlieh.

Davor gab es große Grasflächen mit Bänken, auf denen Studenten saßen und die ersten Sonnenstrahlen genossen. Es war Ende Mai und das Wetter war eher wechselhaft. Da ich an der Nordsee aufgewachsen war, war ich es gewohnt, regnerische Tage zu haben, aber dort hatte ich an solchen Tagen zumindest das Meer gesehen. Hier fürchtete ich, dass die Tristesse der Großstadt mir schnell aufs Gemüt schlagen würde, wenn ich nicht aufpasste.

Doch im Moment überwog eindeutig die Aufregung. Ich hatte mich schon vor Monaten für die Sommerkurse in London beworben, weil es schon immer mein Traum gewesen war, meine Fähigkeiten zu verbessern und vielleicht irgendwann vom Zeichnen leben zu können. Nur war das leider gar nicht so einfach. Künstler gab es wie Sand am Meer und kaum jemand schaffte es wirklich, sich damit eine Existenz aufzubauen. Doch ich musste es wenigstens versuchen, wenn ich mich nicht für den Rest meines Lebens fragen wollte, was gewesen wäre, wenn.

Ich sah auf meine Unterlagen. Mein erster Kurs drehte sich um Aktzeichnung und ging über zwei Wochen. Ein Thema, das mich schon länger interessierte, aber das Oliver mir strikt untersagt hatte, weil er keinesfalls wollte, dass ich nackte Männer zeichnete.

Dass ich nun hier stand, war im Grunde genommen also ein Akt reiner Rebellion.

Ich betrat den Raum, der an ein gewöhnliches Klassenzimmer erinnerte und in dem viele Stühle standen, an denen jeweils ein kleiner ausklappbarer Tisch befestigt war.

Ich nahm auf einem der freien Stühle Platz und zog dann aus Gewohnheit mein Handy hervor.

Zehn ungelesene Nachrichten. Alle von Oliver. Verdammt. Ich musste wirklich dringend meine Nummer wechseln. Ich löschte sie alle, ohne sie gelesen zu haben und steckte mein Handy wieder weg, bevor es mir endgültig die Laune versaute. Immerhin war ich hier, um das alles hinter mir zu lassen.

„Hi", sagte in diesem Moment ein Mädchen und deutete auf den Stuhl neben mir. „Darf ich mich setzen?"

„Das ist ein freies Land", erwiderte ich und lächelte sie an.

Sie hatte knallrot gefärbte Haare und trug einen Sidecut. An ihren Ohren hingen jede Menge Ringe. Genau wie in ihrer Nase und an ihrer Oberlippe. Ihre Arme waren tätowiert und sie trug eine Lederjacke zu einem langen Rock und Boots. Genau so hatte ich mir die Kunststudenten in London vorgestellt und wie es aussah, wurde ich nicht enttäuscht. In diesem Kurs gab es eine wilde Mischung an Kleidungsstilen, Altersgruppen und Geschlechtern.

„Danke", sagte das Mädchen und ließ sich neben mich fallen. „Ich bin übrigens Fiona. Und du?"

„Rike."

„Dein Akzent ist lustig. Wo kommst du her?"

Ich errötete. Ich hatte mir immer viel darauf eingebildet, dass ich fließend Englisch beherrschte, weil ich alle Filme und Serien auf dieser Sprache ansah und noch dazu gerne englische Bücher las. Doch wie es aussah, half mir das nicht unbedingt bei der Aussprache.

„Aus Deutschland", gab ich zu. „Und du?"

„Ich bin waschechte Londonerin", erwiderte sie. „Hier geboren und aufgewachsen. An der Uni kenne ich allerdings noch niemanden. Meine Freunde hat es irgendwie alle woandershin verschlagen."

„Das kenne ich nur zu gut. Ich komme aus einem kleinen Dorf an der Nordsee und meine Schulfreunde sind quasi alle nach der Schule weggezogen. Es war, als könnten sie es überhaupt nicht erwarten, endlich aus dem Dorf wegzukommen."

„Und du nicht?"

„Nein. Ich ... hatte Verpflichtungen. Aber die habe ich jetzt hinter mir gelassen und bin bereit, die große Welt zu erkunden."

„Das finde ich gut. Ich bin ja schon gespannt, wen wir heute zeichnen. Ich hoffe auf einen hübschen Kerl, der für uns seine Hüllen fallen lässt."

In diesem Moment betrat eine ältere Frau um die sechzig den Saal und stellte sich an das Lehrerpult. Falls sie das Aktmodell war, dann würde Fiona sicher enttäuscht sein.

„Guten Morgen, liebe Studentinnen und Studenten", sagte die Frau. „Ich bin Professor Margareth Whitfield und ich unterrichte diesen Kurs."

Sie erzählte ein wenig über sich und ihren Werdegang, bevor sie die Tür öffnete und jemanden hereinbat. Dort stand allerdings kein sexy male Model, sondern eine junge Frau mit üppigen Brüsten und breiten Hüften. Sie trug nur einen Bademantel und Badeschlappen.

„Das hier ist Beatrice", erklärte die Professorin. „Sie wird heute für Sie Modell stehen."

„Nicht ganz was ich mir erhofft hatte, aber auch nicht übel", sagte Fiona neben mir und ich nickte.

Mir persönlich war es ganz lieb, dass ich in der ersten Stunde noch keinen nackten Mann sehen musste, denn auch wenn das Ganze hier ein Akt der Rebellion sein sollte, wollte ich es nicht übertreiben. Immerhin quälte mich ohnehin schon das schlechte Gewissen gegenüber Oliver. Da musste man am ersten Tag nicht über die Stränge schlagen.

Der Kurs ging fast den gesamten Tag, sodass ich jede Menge Zeit hatte, mich mit Fiona und ein paar anderen Studentinnen und Studenten anzufreunden. Dabei erfuhr ich auch, woran es lag, dass in diesem Kurs so viele ältere Leute waren. Da die Sommerkurse unabhängig von dem eigentlichen Studium stattfanden, hatten sich viele Leute extra von der Arbeit freigenommen, um teilzunehmen. Genauso hatte ich es ja ursprünglich auch geplant gehabt, aber inzwischen war ich fest entschlossen, mich regulär für das nächste Semester anzumelden.

„Puh", sagte Fiona, als wir endlich fertig waren und unsere Utensilien zusammenpackten. „So lange zu zeichnen, ist ganz schön anstrengend. Darf ich dein Ergebnis sehen?"

Ich zögerte, aber nickte dann. Mir war klar, dass ich aufhören musste, mich für meine Zeichnungen zu schämen, wenn ich irgendwann Geld damit verdienen wollte. Also hob ich meinen Zeichenblock an und zeigte ihn ihr.

„Wow", sagte Fiona. „Das ist wirklich gut. Dagegen ist meins das Bild einer Vorschülerin."

Sie hob ihren Block an und offenbarte eine Abbildung, die tatsächlich so aussah, als wäre sie von einer Anfängerin, doch es hatte eindeutig Potenzial.

„Die Proportionen stimmen nicht ganz", stellte ich fest. „Ich schätze, dass dir da im ersten Schritt bei der Skizze bereits ein Fehler unterlaufen ist."

Sie seufzte tief. „Ich weiß. Ich hasse Skizzen. Ich male am liebsten einfach drauf los. Vermutlich liegt mein Talent eher in der abstrakten Kunst."

„Und warum machst du dann diesen Kurs?"

„Ich weiß nicht. Ich dachte, hier könnte ich noch was lernen."

„Das bestimmt", bestätigte ich.

„Du hingegen kannst doch schon alles. Was machst du dann überhaupt hier?"

Ich errötete wegen des Kompliments, das gleichzeitig wie eine Anschuldigung klang. Fiona war eindeutig eine blaue Schwertmuschel. Sie wirkte so klar in allem, was sie sagte und hatte eine Kämpfernatur. Ich war mir sicher, dass sie sich nicht jahrelang durch ihre Schuldgefühle dazu hätte bringen lassen, bei einem Jungen zu bleiben, den sie längst nicht mehr liebte. Ganz gleich, was die Leute im Dorf darüber dachten. Sie wäre stark geblieben.

„Ich kann ganz sicher nicht alles", widersprach ich. „Für mich ist das die Möglichkeit, mein Können auf ein neues Level zu heben. Bisher habe ich hauptsächlich Mangas gezeichnet, aber ich möchte auf Dauer auch realistische Bilder malen können und dazu muss ich üben, üben und nochmal üben. Hinzu kommt, dass ich quasi noch nie aus dem kleinen Kaff herausgekommen bin, aus dem ich stamme."

„Cool. Also willst du London kennenlernen. Das finde ich super. Dann lass uns heute Abend doch in eine Bar gehen. Ich muss dringend mal wieder unter die Leute."

„Heute?" Ich zögerte. Es stimmte zwar, dass ich hergekommen war, um ein neues Leben anzufangen, aber irgendwie ging mir das jetzt doch alles zu schnell.

„Ich ... ähm."

„Nun komm schon. Was ist schon dabei?"

„Ich habe morgen wieder Unterricht."

„Ach. Bis dahin bist du wieder fit. Du musst dich ja nicht ins Koma saufen, oder?"

Ich überlegte und zuckte dann mit den Schultern. „Also gut", sagte ich. „Sag mir wann und wo und ich werde da sein."

Kapitel 7

Ethan

„Hey guys", sagte ich und hielt mein Handy so, dass meine Familie mich gut sehen konnte. „Wie läuft es so in Australia?"

„Super", sagte meine Stiefmutter Maggie. „Es ist unglaublich, wie viel Glück wir in letzter Zeit hatten. Judith ist ein Naturtalent und hat gleich mehrere Preise mit Ginny abgeräumt. Die beiden sind ein absolutes Dreamteam."

Ich lächelte, als ich das hörte. Meiner Familie gehörte eine Pferderanch im Hinterland von Perth und meine Stiefmutter redete den lieben langen Tag von nichts anderem als von Pferden. Ihre Nichte und Patentochter Judith war ihr, was das anging, unglaublich ähnlich und passte hervorragend dorthin.

Vor über einem Jahr hatte ich mein Studium in England unterbrechen müssen, um meiner Familie in Australien zu helfen, aber inzwischen schienen sie hervorragend ohne mich zurechtzukommen und das freute mich ungemein. Ich liebte meine Familie zwar sehr, aber mein eigenes Leben stellte ich mir vollkommen anders vor, als sie es führten.

„Das stimmt", sagte mein Vater Michael. „Judith ist so ein gro-ßer Zugewinn für die Ranch. Wir haben großes Glück, dass sie beschlossen hat, hierzubleiben."

„Und dass sie sich für Jack entschieden hat und nicht für dich", feixte Maggie und ich verdrehte die Augen.

„Ich hatte doch bei Judith nie wirklich eine Chance", sagte ich, obwohl das nicht ganz stimmte. Als Jugendliche war sie mir absolut verfallen gewesen, doch damals hatte ich das nicht zu schätzen ge-wusst. Als Erwachsene hingegen hatte sie erkannt, dass Jack sie viel mehr liebte, als ich es jemals vermocht hätte und hatte ihr Herz für ihn geöffnet.

Ich freute mich für die beiden. Das tat ich wirklich. Selbst wenn es bedeutete, nicht in allem der Bessere zu sein. Und auch wenn es schade um Judith war. Es gab nicht viele Frauen in meinem Leben, die mich so sehr gereizt hatten wie sie und vielleicht hätte ich es sogar geschafft, für sie einiges in meinem Leben zu ändern.

Doch jetzt war ich zurück in England und irgendwie war ich wieder in alte Verhaltensmuster gerutscht. Zumindest, was Frauen anging. Ich war davon ausgegangen, etwas kürzer zu treten, sobald ich an der Uni als Dozent arbeitete. Immerhin wurde es nicht gerne gesehen, wenn ein Dozent etwas mit einer Studentin hatte. Doch ich achtete stets darauf, dass die Mädchen, mit denen ich schlief, in keinem meiner Kurse waren und ohnehin war es bei mir nie etwas Ernstes. Ich hatte Spaß mit den Frauen und am nächsten Morgen war es wieder vorbei. Das war für mich der einfachste Weg und ich sah keinen Grund, daran etwas zu ändern.

„Judith hat auf jeden Fall die richtige Entscheidung getroffen", wiederholte Maggie. „Sie und Jack fehlen uns im Moment sehr auf der Ranch."

Ich wusste, dass mein Cousin und Judith zurzeit in Deutschland bei Judiths Familie waren. Sie hatte ihre Brüder schrecklich vermisst und vermutlich auch ihre alte Heimat. Immerhin war sie seit fast zwei Jahren nicht mehr dort gewesen.

„Das kann ich mir vorstellen", sagte ich. „Kommt ihr denn zu-recht?"

„Ja natürlich. Das geht schon. Wir haben ein paar Helfer von der Nachbarranch bekommen und es ist ja nicht mehr lange, bis die beiden zurückkommen. Aber nun erzähl doch mal von dir. Wie geht es dir? Wie läuft es mit deiner Doktorarbeit?"

„Gut", versicherte ich ihr. „Ich verbringe viel Zeit in der Bibliothek und arbeite hart daran."

„Ist dein Doktorvater bisher zufrieden?", fragte Michael.

Professor Davis war ein Dozent älteren Semesters, der mich schon in meinem Studium unter seine Fittiche genommen hatte und ich war froh, dass er mich bei meiner Dissertation so unterstützte.

„Das ist er", sagte ich daher. „Ich hoffe, dass ich es innerhalb von drei Jahren schaffe zu promovieren und dann fest an der Uni angestellt werde."

Das war zumindest der Plan. Mir war klar, dass viele Doktoranden vier Jahre oder länger brauchten, um ihre Doktorarbeit zu schreiben. Allerdings hatten die häufig noch Familie, um die sie sich kümmern mussten, was bei mir nicht der Fall war. Ich arbeitete zwar als Dozent, aber konnte mich abgesehen davon voll und ganz auf meine Dissertation konzentrieren. Ein Umstand, den ich sehr genoss.

„Das wäre wunderbar. Wir sind so stolz auf dich", sagte Maggie und lächelte mich an.

„Das stimmt", bestätigte mein Vater. „Und deine Mutter wäre es auch, wenn sie dich jetzt sehen könnte."

Ich schluckte, als er das sagte. Meine Mutter war für mich ein schwieriges Thema. Sie war vor ein paar Jahren an Krebs gestorben und ihre letzten Monate hatten sich für immer in mein Gedächtnis gebrannt. Seit meiner Kindheit waren wir beide ein eingeschworenes Team gewesen. Sie hatte es auf der Ranch nicht ausgehalten und war daher mit mir nach Perth gezogen, als ich noch sehr klein gewesen war. Dort war sie immer für mich da gewesen und selbst als ich älter geworden war, hatte sie für mich stets an erster Stelle gestanden. Umso härter war es dann für mich gewesen, sie zu verlieren. Sie leiden zu sehen und zu beobachten, wie sie nach und nach dahinsiechte, war schrecklich gewesen. So etwas zu erleben, wünschte ich nicht einmal meinem schlimmsten Feind.

„Danke", sagte ich. „Ich wünschte wirklich, sie wäre noch hier."

Mitgefühl zeigte sich in den Gesichtern meines Vaters und meiner Stiefmutter. Sie wussten genau, dass meine Mutter einer der Gründe war, warum ich meine Zukunft nicht in Australien sah. Meine Mutter war gebürtige Engländerin und meine Großeltern wohnten in Whitstable, nur knapp zwei Stunden von London entfernt. Ich besuchte sie, wann immer es mir möglich war, aber nichts würde mir jemals meine Mutter ersetzen können.

„Das wünschte ich auch", sagte mein Vater mit ernster Miene.

Ich wusste, dass er meine Mutter sehr geliebt hatte und dass es ihm das Herz gebrochen hatte, als sie fortgegangen war. Dennoch war er uns damals nicht nach Perth gefolgt, sondern auf der Ranch geblieben, weil ihm die Pferde und das Leben dort offenbar noch wichtiger gewesen war als wir. Ich schluckte und war froh, dass ich in diesem Moment die Wohnungstür hörte. Da Lasse bei den Proben zum nächsten Theaterstück war, konnte es eigentlich nur seine Schwester sein. Diese Ablenkung kam mir gerade recht.

„Wie dem auch sei", sagte ich, um nicht länger über so ein trauriges Thema zu reden. „Ich fürchte, ich muss jetzt Schluss machen. Die Doktorarbeit schreibt sich nicht von alleine. Außerdem ist Rike gerade nach Hause gekommen."

„Rike?", fragte Maggie interessiert. „Wer ist denn Rike? Hast du etwa eine Freundin?"

Ich lachte. „Wohl kaum. Sie ist die Schwester von Lasse und wohnt vorerst hier. Sie macht ein paar Sommerkurse an der Universität."

„Ah. Ist sie denn hübsch?" Die Neugier drang Maggie aus allen Poren.

„Sie ist nicht übel", sagte ich. „Etwas zu androgyn für meinen Geschmack. Als ich sie das erste Mal gesehen habe, dachte ich, sie wäre ein Travestiekünstler."

„Oh. Tja. Das fand sie sicher nicht so lustig."

Ich zuckte mit den Schultern. „Zu meiner Verteidigung: Ich war betrunken. Außerdem habe ich sofort gesagt, dass sie gar nicht aussieht wie ein Kerl."

„Sowas sage ich auch immer zu Maggie, wenn sie meine Klamotten anzieht, weil meine Pullover angeblich so bequem sind."

Maggie boxte ihn gegen den Arm. „Hey", sagte sie. „Sei froh, dass du im Rollstuhl sitzt. Sonst würde ich dich für diese Frechheit übers Knie legen."

Mein Vater lachte. „Na, einen Vorteil muss es ja haben, dass ich nicht mehr laufen kann."

Ich schmunzelte, als ich sah, wie die beiden miteinander scherzten. Mein Vater hatte seine Situation zum Glück relativ schnell akzeptiert und ging inzwischen sehr locker damit um, dass er einen Rollstuhl brauchte. Außerdem war es schön, zu sehen, wie sehr Maggie und er sich liebten. Für mich selbst konnte ich mir so eine Liebe zwar überhaupt nicht vorstellen, aber ich gönnte es ihnen von Herzen.

Ich verabschiedete mich noch von den beiden und verließ dann mein Zimmer, um nach Rike zu sehen. Ich wusste, dass heute ihr Sommerkurs begonnen hatte und wollte erfahren, wie es ihr gefallen hatte.

Doch als ich ins Wohnzimmer kam, saß Rike zu meiner Überraschung auf dem Sofa und hatte eine Tüte mit Muscheln vor sich ausgebreitet. Neben ihr stand das circa 30 Zentimeter hohe Glas, das mir schon bei unserem Kennenlernen aufgefallen war.

„Hi", sagte ich und kam neugierig näher. „Was machst du da?"

Rike schrak zusammen und sah zu mir auf.

„Oh, hi", sagte sie und entspannte sich wieder. „Ich suche passende Muscheln für die Leute aus, die ich heute kennengelernt habe."

Ich runzelte die Stirn. „Du tust was?"

Sie seufzte. „Das ist ein Hobby von mir. Jedes Mal, wenn ich eine Person kennenlerne und die mir ihren Namen nennt, dann schreibe ich diesen zu Hause auf eine Muschel, die mir passend erscheint und stecke sie in mein Muschelglas."

Ungläubig trat ich näher und betrachtete die Muscheln, die bereits im Glas waren. Tatsächlich. Auf jedem davon stand ein Name und dazu noch ein Datum. Fasziniert wollte ich die Hand ausstrecken, um eine davon herauszuholen, aber Rike schlug sie weg.

„Finger weg", sagte sie. „Die sind empfindlich."

Irritiert zog ich meine Hand zurück und setzte mich gegenüber von ihr auf einen der Sessel.

„Du schreibst wirklich den Namen von jeder Person auf eine Muschel", hakte ich nach.

Sie nickte. „Eine Muschel oder ein Schneckenhaus. Je nachdem, was mir passender erscheint. Du hast ein Schneckenhaus bekommen."

Meine Augen wurden groß. „Ernsthaft? Was denn für eins?"

Sie zog zielsicher ein Schneckenhaus aus dem Glas und hielt es mir auf der flachen Hand entgegen. Es war ein langgezogenes graues Schneckenhaus, das spitz nach hinten zulief. Es war nichts Besonderes, sondern hatte sogar ein kleines Loch an der Seite.

„Hübsch ist es nicht gerade", beschwerte ich mich.

„Das ist eine Wellhornschnecke", erklärte Rike. „Sie gehört zu den Raubschnecken und macht sich mit Vorliebe über Muscheln, Würmer und Krebse her. Ich dachte, das passt hervorragend zu einem Schürzenjäger wie dir."

Ich schnaubte missmutig. „Na, immerhin ist sie groß genug, damit man meinen Namen richtig sehen kann."

Tatsächlich hatte Rike mit großen geschwungenen Buchstaben ‚Ethan' auf das Schneckenhaus geschrieben und darunter das Datum unseres Kennenlernens.

„Ich verwende hauptsächlich Muscheln, die eine bestimmte Mindestgröße haben. Sonst ist es schwierig, etwas darauf zu schreiben. Immerhin möchte ich später noch erkennen können, wem ich diese Muschel gewidmet habe."

Ich nickte. „Und die hast du alle selbst gesammelt?"

„Natürlich. Denkst du etwa, ich würde sie mir kaufen?"

Ich zuckte mit den Schultern. „Wenn man sie kauft, sind zumindest keine löchrigen dabei."

Entschieden schüttelte sie den Kopf. „Auf keinen Fall. Wieso hätte ich Muscheln kaufen sollen, wenn ich das Meer direkt vor der Tür hatte. Das wäre doch absolut unsinnig gewesen."

Da hatte sie natürlich recht. Dieses Hobby faszinierte mich.

„Ich habe noch nie davon gehört, dass jemand auf diese Art und Weise Namen sammelt. Wie viele sind da drin?"

„Keine Ahnung. Ich habe sie nie gezählt. Aber ein paar hundert sind es bestimmt. Vielleicht auch schon über tausend."

„Wann hast du denn damit angefangen?"

„Muscheln gesammelt habe ich schon immer gerne. Damals hat mein Großvater mich immer zum Sammeln mit an den Strand genommen und meine Mutter hat aus unseren Fundstücken Dekoration für den Laden gemacht. Als ich schreiben konnte, habe ich dann irgendwann begonnen, Wörter auf Muscheln zu malen." Ihr Blick wurde sehnsüchtig. „Ich habe meinen Großvater sehr geliebt und als er gestorben ist, war ich unglaublich traurig. Ich weiß noch, dass ich am Tag seiner Beerdigung an den Strand gegangen bin und stundenlang dort nach Muscheln gesucht habe. Dadurch fühlte ich mich ihm näher und das hat mich getröstet. Als ich schon wieder nach Hause gehen wollte, habe ich eine ganz besondere Muschel gefunden."

Rike hob das Muschelglas an, sodass man durch den Boden schauen konnte. Dort lag eine besonders große Muschel, die den halben Boden ausfüllte. Sie besaß einen Umfang von circa sieben Zentimetern und das Wort ‚OPA' stand darauf.

„Das ist die größte Herzmuschel, die ich an der Nordsee je gefunden habe", erklärte Rike. „Die habe ich meinem Opa gewidmet und sie in ein Glas getan, damit ich sie nicht verliere und sie nicht kaputtgehen kann. Danach habe ich angefangen, auch andere Namen auf Muscheln zu schreiben. Zuerst die von meiner Familie und meinen Freunden. Dann kamen auch die von Nachbarn oder entfernten Bekannten hinzu, bis ich irgendwann den Namen jeder neuen Person auf eine Muschel geschrieben habe, die ich kennengelernt habe."

„Wow. Das ist eine tolle Geschichte. Für wen suchst du jetzt eine Muschel?", fragte ich.

„Für Fiona. Ich habe sie heute an der Uni kennengelernt und denke, dass wir Freundinnen werden könnten. Sie war total nett zu mir, aber scheint gleichzeitig eine Kämpfernatur zu sein. Deswegen finde ich eine Schwertmuschel sehr passend."

Sie zog ein längliches Exemplar hervor, das tatsächlich einem Schwert ähnelte. Die Schale war braun und meiner Meinung nach ähnlich langweilig wie meine Wellhornschnecke. Dennoch verstand ich ihre Argumentation.

„Kannst du dich an jeden Namen in dem Glas erinnern?", fragte ich interessiert.

Sie schüttelte den Kopf. „Nein. Das wäre vermutlich gar nicht möglich. Ich habe zwar den Großteil meines Lebens in einem einzigen Ort verbracht, aber trotzdem sind viele Menschen dabei, die ich nur einmal kurz gesehen habe."

„Nach welchem Kriterium landet ein Mensch denn in deinem Glas?"

„Wenn er sich mir mit seinem Namen vorgestellt hat."

„Und was, wenn du eine Gruppe neuer Leute kennenlernst? Dann kann man sich doch gar nicht alle Namen merken."

„Doch. Das gelingt mir ziemlich gut. Ich mache mir gerne zwischendurch eine Notiz am Handy, wenn es zu viel wird, aber das ist bisher selten vorgekommen."

„Und was, wenn du den Namen der Person nicht erfährst?"

„Dann landet sie auch nicht im Glas. Es sei denn ..." Sie zögert. „Es sei denn, die Person hat eine besondere Bedeutung für mich."

Ganz offensichtlich dachte sie dabei an jemand Bestimmten, aber ich fand es unhöflich, jetzt nachzubohren, wenn sie nicht von sich aus darüber sprechen wollte. Stattdessen nickte ich nur und lehnte mich im Sessel zurück

„Wie ist es denn an der Uni gelaufen?", fragte ich. „Hat dir dein erster Kurs gefallen?"

„Oh ja. Ich habe eine nackte Frau gemalt."

Ich pfiff durch die Zähne. „War sie hübsch?"

„Das ist Geschmackssache. Du kannst dir gerne selbst ein Urteil bilden."

Zu meiner Überraschung zog sie ihren Skizzenblock hervor und reichte ihn mir.

„Wow. Das hast du gezeichnet?", fragte ich nach und betrachtete das Bild eingehend.

Die Frau auf dem Bild war tatsächlich hübsch, doch das faszinierte mich weniger als die Tatsache, dass Lasses kleine Schwester so etwas Schönes zustande gebracht hatte.

Es wirkte nicht wie die Zeichnung einer Anfängerin, sondern eher wie das Kunstwerk eines Profis. Rike hatte die Frau perfekt eingefangen. Nicht nur ihren Körper, sondern vor allem ihren Gesichtsausdruck, der irgendwie melancholisch wirkte. Ich war zwar kein Künstler, aber ich ging gerne in Museen und sah mir Bilder an. Das hier wirkte so lebensecht, dass es mich tief berührte und damit hatte ich nicht gerechnet.

„Ja. Das ist von mir", bestätigte Rike und wirkte verlegen. „Ich habe schon als Kind gerne gezeichnet und möchte es irgendwann zu meinem Beruf machen."

Ich legte den Kopf schief. „Wow. Das ist ein hohes Ziel."

Sie nickte nur und nahm mir den Zeichenblock wieder ab. „Ich weiß", sagte sie. „Meine Eltern halten nichts davon, aber wenn mein Bruder es geschafft hat, ein erfolgreicher Theaterschauspieler zu werden, dann kann ich es auch schaffen, vom Zeichnen zu leben. Ich muss nur dranbleiben."

„Ich weiß genau, was du meinst. Mein Vater hat auch nie verstanden, warum ich Literatur studieren wollte, statt seine Ranch zu übernehmen. Ich schätze, es ist normal, dass unsere Eltern sich andere Dinge für uns wünschen als wir selbst."

Rike nickte nachdenklich.

„Vielleicht passt die Wellhornschnecke doch nicht so gut zu dir", merkte sie an. „Du bist zwar ein Schürzenjäger, aber wie es aussieht, schlummert mehr in dir, als ich zuerst dachte."

Ich schmunzelte. „Ach ja? Und welche Muschel wäre dann passender?"

Sie deutete auf eine Auster und reichte sie mir. „Diese hier", sagte sie ernst. „Raue Schale, aber vielschichtig im Inneren. Und möglicherweise versteckt sich darin sogar irgendwo eine Perle."

Das verschlug mir tatsächlich für einen Moment den Atem. Ich war es gewohnt, dass Frauen meinem Charme erlagen. Der Unterschied war nur, dass ich bei Rike überhaupt nicht versucht hatte, charmant zu sein. Immerhin war sie für mich keine potenzielle Bettgespielin.

Ich wollte etwas sagen, wusste aber nicht, was. Stattdessen griff ich nach der Auster und berührte dabei Rikes Hand. Der Kontakt durchfuhr mich wie ein Stromschlag, womit ich nicht gerechnet hatte, und einen Moment konnte ich mich nicht rühren. Dann sah ich zu Rike auf, die ähnlich verletzlich wirkte wie ich. Ihre Augen waren eher grün als braun. Etwas, das mir jetzt erst richtig auffiel. Der Kranz um ihre Iris war mokkafarben, weswegen ich bisher angenommen hatte, sie wären komplett braun. Doch so konnte man sich irren. Die Farbe war wunderschön.

Ich wollte gerade etwas dazu sagen, als die Tür aufging und Lasse hereinkam.

Schnell zog ich meine Hand zurück und auch Rike wandte sich von mir ab.

„Hi", sagte Lasse und schaute zwischen uns hin und her. „Hab ich was verpasst? Ihr seht aus, als hätte ich euch bei was Verbotenem erwischt."

„Nein. Ich habe Ethan nur gerade die Bedeutung meines Muschelglases erklärt."

Ich nickte zur Bestätigung und Lasse sah skeptisch von seiner Schwester zu mir und wieder zurück. Dann lächelte er breit.

„Also gut. Ich hol mir was zu trinken aus der Küche. Willst du auch was, Ethan?"

Da es so wirkte, als wolle er etwas mit mir besprechen, stand ich auf und folgte ihm. Vermutlich würde nun der typische Großer-Bruder-Vortrag folgen, den ich bereits erwartet hatte.

Kein Bruder mochte es, wenn sein bester Freund sich an seine Schwester heranmachte und das gerade zwischen uns musste sehr danach ausgesehen haben, als würde ich genau das tun. Dabei hatten wir uns wirklich nur unterhalten.

Sobald wir die Küche erreicht hatten, nahm Lasse den Orangensaft aus dem Kühlschrank und trank direkt aus der Packung. Ich hasste es, wenn er das tat, obwohl es sein Saft war und ich noch nicht einmal Orangensaft mochte.

„Also. Was war das gerade zwischen euch?", fragte Lasse so leise, dass Rike es unmöglich nebenan hören konnte.

Ich zuckte mit den Schultern. „Nichts. Wie gesagt. Sie hat mir nur die Sache mit dem Muschelglas erklärt. Ich finde, das ist ein faszinierendes Hobby."

Lasse nickte. „Das ist es. Meine Schwester ist generell ein faszinierender Mensch. Sie ist hübsch, klug und liebenswert. Allerdings erkennt das nicht jeder und es gibt immer wieder Leute, die sie ausnutzen wollen."

„No worries. Schon klar. Du willst mir sagen, dass ich Rike nicht ausnutzen, sondern die Finger von ihr lassen soll, richtig?"

„Fast", sagte Lasse. „Du sollst sie nicht ausnutzen. Das stimmt, aber das heißt nicht, dass du deine Finger von ihr lassen musst."

Ich runzelte die Stirn. „Wait a minute. What?"

Lasse seufzte und winkte mich näher, damit er sicher sein konnte, dass seine Schwester uns im Wohnzimmer nicht hörte.

„Es könnte ihr helfen endgültig über ihren Ex hinwegzukommen. Nicht, dass sie am Ende ihre Meinung ändert und wieder zu ihm zurückgeht. Wäre nicht das erste Mal, dass das passiert."

„Also soll ich was tun? Mit ihr schlafen, um sie auf andere Gedanken zu bringen?"

Lasse zuckte mit den Schultern. „Warum nicht? Das sollte doch eine deiner leichtesten Übungen sein, oder? Tu mir nur einen Gefallen und sei ehrlich zu ihr. Spiel ihr nichts vor, sondern sag ihr die Wahrheit, damit sie nicht mehr von dir erwartet als das."

Ich schüttelte ungläubig den Kopf. Damit hatte ich nun wirklich nicht gerechnet. Sollte er mir nicht sagen, dass Rike nach der Trennung unglaublich verletzlich war und dass ich sie auf keinen Fall anrühren durfte?

Dass er jetzt regelrecht das Gegenteil tat, irritierte mich.

Ich räusperte mich. „Hör mal", begann ich. „Deine Schwester ist wirklich süß, aber solange sie hier wohnt, werde ich den Teufel tun und mich auf sie einlassen. Ich bevorzuge es, die Frauen rauszuwerfen, wenn ich was mit ihnen hatte. Bei Rike wäre das nicht möglich. Also werde ich ganz sicher nichts mit ihr anfangen. Zumindest nicht, bevor sie keine eigene Wohnung hat."

Lasse klopfte mir auf die Schulter. „Also gut. Ich bin sicher, es findet sich jemand, der da weniger Skrupel hat."

Mir klappte der Mund auf. „Du meinst das ernst", stellte ich fest. „Du willst wirklich, dass deine Schwester mit irgendeinem Typen ins Bett geht, nur damit sie ihren Exfreund vergisst?"

„Ganz genau."

„Aber ... warum?"

Lasse seufzte. „Rike hat eine echt miese Beziehung hinter sich. Sie kämpft seit Jahren mit Schuldgefühlen verschiedener Art. Ich würde dir ja sagen, was passiert ist, aber das steht mir nicht zu. Wenn, dann muss sie es dir selbst erzählen. Fakt ist, dass sie viel zu lange mit einem Kerl zusammen war, der ihr nicht guttut und der sie immer wieder an das erinnert, was damals passiert ist. Wenn es jemand schafft, sie abzulenken, dann ist das eine gute Sache."

Ich lachte. Das konnte er unmöglich ernst meinen. Doch als er mich nur ansah, räusperte ich mich.

„Und was denkt Rike über deinen Plan?"

„Nun. Sie weiß noch nichts davon, aber ich bin mir sicher, dass es ihr gut tun würde, ein paar neue Erfahrungen zu machen. Wenn ihr jemand zeigen kann, was ein Mann ihr im Bett so alles bieten kann, dann doch wohl du. Immerhin habe ich seit Wochen das zweifelhafte Vergnügen, alle paar Tage eine andere Frau in deinem Zimmer stöhnen zu hören."

Verlegen rieb ich mir den Nacken. „Tja. Wie gesagt. Sobald Rike etwas Eigenes gefunden hat, werde ich mit Freuden mein Glück bei ihr versuchen, aber bis dahin lasse ich lieber die Finger von ihr. Am Ende wird sie noch eifersüchtig, sobald ich es beende. Eine Furie in meiner Wohnung, die jedes Mal Stunk macht, wenn ich einen One-Night-Stand mit nach Hause bringe, kann ich wirklich nicht brauchen."

„Verständlich", sagte Lasse. „Vielleicht braucht sie deine Hilfe ja auch gar nicht. Sie hat mir vorhin immerhin eine Nachricht geschickt, um mir zu sagen, dass sie heute Abend verabredet ist."

„Mit einem Kerl?", fragte ich überrascht und wunderte mich selbst darüber, dass mich die Vorstellung störte.

„Nein. Mit einem Mädchen aus ihrem Kurs. Aber wer weiß, wen die beiden aufreißen, wenn sie auf die Piste gehen."

Ich nickte nachdenklich. Ich hatte nicht damit gerechnet, dass sie so schnell anfangen würde auszugehen und wenn ich ehrlich war, dann machte mir das Sorgen. Immerhin kannte Rike sich in London nicht aus. Sie sprach zwar fließend Englisch, aber sie wusste vermutlich nicht, wie sehr man hier aufpassen musste, damit einem niemand etwas ins Glas tat und wie schnell einem das Portemonnaie entwendet wurde.

Damit hatte ich leider schon öfter Erfahrungen machen müssen.

„Wirst du sie begleiten?", fragte ich. „Es wäre vielleicht besser, wenn sie nicht allein unterwegs ist. Immerhin kennt sie sich noch nicht aus."

„Geht leider nicht. Ich bin heute mit James unterwegs, um das Essen für die Hochzeit vorzukosten."

Ich verstand. Lasse tat quasi alles, damit diese Hochzeit ein Erfolg wurde. Und das, obwohl ich die Vermutung hegte, dass James für ihn weit mehr war als nur ein guter Kumpel.

„Hey. Was wäre, wenn du meine Schwester begleiten würdest?", fragte Lasse in diesem Moment.

Bitte, was? Ich schüttelte den Kopf. „Ich sagte doch schon, dass ..."

„Du musst ja nichts mit ihr anfangen. Du sollst sie nur im Auge behalten, damit ihr nichts passiert. Wie du schon sagtest. Sie kennt sich hier nicht aus. Außerdem hat sie Asthma. Für gewöhnlich hat sie das gut im Griff und führt auch immer ihren Inhalator bei sich, aber man weiß ja nie."

„Ich kann nicht mitgehen. Ich bin heute Abend verabredet."

„Dann geh mit deinem Mädchen doch in dieselbe Bar wie Rike."

„Weißt du denn, wo sie hinwill?"

„In den Brainy Brewpub."

Ich nickte. Die Studentenkneipe war früher auch für Lasse und mich eine unserer bevorzugten Anlaufstellen gewesen, weil man dort jede Menge Studentenrabatte bekam. Seit ich nicht mehr studierte, war ich noch nicht wieder dort gewesen, aber es könnte eindeutig interessant werden.

Die Frau, mit der ich mich heute traf war selbst Studentin und hatte sicher nichts dagegen, wenn wir dorthin gingen.

„Also gut", sagte ich daher. „Warum nicht?"

Lasse klopfte mir auf die Schulter. „Danke, Mann. Dafür bin ich dir was schuldig."

Ich lachte. „Wohl kaum. Nach allem, was du für mich getan hast, schulde ich es dir hundertmal, auf deine Schwester aufzupassen. Darum brauchst du dir also keinen Kopf zu machen."

Lasse hatte mich in seiner Wohnung aufgenommen, als ich nach London zurückgekehrt war und das würde ich ihm nie vergessen. Diese Stadt war nicht billig und als Dozent verdiente ich zurzeit noch nicht besonders viel, weil ich nur ein paar Kurse die Woche gab. Ohne ihn wäre es also schwierig geworden, in meine Traumstadt zurückzukehren und das würde ich ihm nie vergessen.

Hinzu kam, dass es mir nichts ausmachte, einen Blick auf Rike zu werfen. Sie war süß und clever. Auch wenn ich meine Worte ernst gemeint hatte, dass ich nichts mit ihr anfangen würde, solange sie bei uns wohnte, so reizte sie mich irgendwie. Das war etwas, das ich nicht abstreiten konnte.

Kapitel 8

Rike

Der Brainy Brewpub war eine urige Kneipe in der Nähe des Campus. Es befand sich in einem historischen Gebäude und strahlte viel Charme aus. Im Inneren gab es schwere Holzmöbel und an den Wänden befanden sich zahlreiche Bücherregale mit antiken Büchern.

Eine solche Kneipe hatte ich noch nie betreten und mochte die Umgebung sofort. Das Einzige, was mir hier Probleme bereitete, war die Luft. Sie war viel zu schwer, sodass ich nicht gut atmen konnte. Dennoch wollte ich keinen Rückzieher machen. Immerhin hatte ich Fiona gerade erst kennengelernt und wollte nicht gleich als problematisch rüberkommen.

Da ich spät dran war, hatte sie mir geschrieben, dass sie an der Bar auf mich warten würde. Ich erkannte sie sofort an ihren roten Haaren, die selbst in dem gedimmten Licht gut zu erkennen waren. Sie unterhielt sich angeregt mit zwei Goth-Typen. Sie waren tätowiert und trugen schwarzen Lippenstift. Einer hatte langes schwarzes

Haar und der andere genau wie Fiona einen Sidecut. Ihre Gesichter hatten sie sehr hell geschminkt und ihre Augen dafür tiefschwarz. Auch ihre Kleidung war ungewöhnlich. Der eine Kerl trug einen schwarzen Mantel und der andere ein schwarzes Hemd mit Rüschen. Beide hatten sich Nietenbänder um die Arme und um den Hals geschlungen, was für mich sehr befremdlich wirkte. Natürlich hatte ich schon Leute mit einem solchen Outfit in den sozialen Medien oder in Filmen gesehen, aber noch nie in natura. In Windholm und Umgebung sah man solch finstere Gestalten eher selten.

Ich zögerte kurz, trat aber dann dazu. Fiona schien mich gar nicht zu bemerken, bis ich ihr auf die Schulter klopfte.

„Oh. Hi", sagte sie, als sie mich erkannte und umarmte mich. „Schön, dass du da bist. Darf ich vorstellen? Das hier sind Pete und Joe."

Sie deutete auf die beiden Männer, die mir ernst zunickten. Lächeln gehörte offenbar nicht zu ihrem Lifestyle. Wenn ich ehrlich war, dann waren die beiden überhaupt nicht mein Typ, aber darum ging es gerade nicht. Ich wollte Spaß haben und das würde mir sicherlich gelingen.

„Hi", sagte ich und reichte ihnen die Hand. „Ich bin Rike."

„Rike. Schöner Name", sagte der Linke namens Pete mit erstaunlich heller Stimme. „Darf ich dir was zu trinken ausgeben?"

„Äh. Klar. Warum nicht?"

„Was möchtest du?"

„Was ... trinkt man denn hier so?"

„Ich kann das Bier sehr empfehlen", sagte Fiona. „Die Bar hat eine Eigenmarke namens Brainy Beer. Das solltest du dringend probieren."

„Ja. Das klingt gut."

Pete winkte dem Barkeeper und kurz darauf hatte ich ein Bier vor mir stehen, das erstaunlich gut schmeckte.

„Wow. Das ist lecker. Irgendwie leichter als das, was ich von zu Hause kenne."

Fiona lachte. „Das ist doch mal ein Kompliment. Wenn eine Deutsche sagt, das Bier sei gut, dann ist es das auch."

Ich hob die Augenbrauen. „Ach ja?"

„Natürlich. Deutsches Bier wird überall gerne getrunken. Es ist für viele der Maßstab für gutes Bier."

So hatte ich das zwar noch nie gesehen, wollte aber auch nicht widersprechen. Immerhin kannte ich mich mit Bier nicht aus. Oliver hatte es immer gehasst, wenn ich Bier trank. Er mochte den Geschmack nicht und wollte mich danach nicht küssen. An manchen Tagen war das für mich ein Grund mehr gewesen, es zu trinken, aber meistens hatte ich mich seinen Wünschen gebeugt. Immerhin war es den Streit nicht wert. Hier jedoch gab es niemanden, dem ich Rechenschaft schuldig war und ich fühlte mich so frei wie schon lange nicht mehr.

„Also dann", sagte ich und hob mein Bierglas. „Auf einen netten Abend."

„Auf einen netten Abend", stimmten die anderen mir zu und wir stießen an.

Zwei Stunden später hatte Pete seinen Mantel ausgezogen und saß bloß noch in einem Netzoberteil vor uns, das nicht viel von seiner schmächtigen Brust versteckte. Insgesamt waren die beiden Jungs auch deutlich lockerer geworden und Fionas direkte Art hatte ihnen schon das eine oder andere Lachen entlockt.

Die beiden Männer waren beste Freunde und studierten zu meiner Überraschung Lehramt und Jura. Ich hätte eher erwartet, sie würden sich genau wie ich für Kunst interessieren oder so etwas wie Philosophie belegen.

„Und du studierst wirklich Mathe auf Lehramt?", hakte ich nach. „Ist das nicht auf Dauer schwer mit deinem Look zu vereinbaren? Darf man in der Schule überhaupt solche Kleidung tragen?"

Pete seufzte. „Nein. Sobald ich das Studium abgeschlossen habe, werde ich mich wohl etwas zurückhalten müssen, was das Ausleben meines Stils angeht, aber bis dahin werde ich noch jede Sekunde Freiheit genießen."

„Und bei dir? Ein Anwalt in so einem Outfit ist mir auch noch nicht untergekommen."

Joe zuckte mit den Schultern. „Ich muss ja nicht unbedingt an den obersten Gerichtshof. Ich könnte auch als rechtlicher Berater für eine Firma arbeiten und je nach Arbeitgeber ist es da egal, wie ich aussehe."

„Das sagst du jetzt", sagte Fiona. „Aber spätestens, wenn du keinen Job bekommst, wirst du dein Outfit überdenken. Da bin ich sicher."

„Wirst du denn dein Outfit ändern?", fragte Pete. „Dein Stil ist cool, aber damit eckst du sicherlich genauso an wie wir."

„Genau deswegen werde ich mir einen Job suchen, in dem es scheißegal ist, wie ich aussehe".

„Ach ja? Und was für ein Job soll das sein? Willst du bei einer Telefonhotline arbeiten, bei der dich keiner sieht?"

„Nein. Aber ich habe vor, mich selbstständig zu machen. Da kann man selbst entscheiden, was man anzieht und wie man sich schminkt."

„Das ist nicht ganz richtig", widersprach ich. „Auch da kommt es darauf an, in welchem Metier du arbeitest. Wenn man sich zum Beispiel als Ärztin mit einer eigenen Praxis selbstständig machst, könnte es unseriös wirken, wenn man bunte Haare und grelle Schminke hat. In anderen Bereichen gibt es sogar Sicherheitskleidung, die Pflicht ist."

„Ja, ja. Das ist mir schon klar. Aber sowas will ich ja alles gar nicht machen. Ich möchte mein eigenes Geschäft mit Antiquitäten, Bildern und außergewöhnlichen Kleidern eröffnen."

„Cool. Das klingt gut. Wird es da auch schwarze Klamotten für unseren Style geben?", fragte Pete.

„Auf jeden Fall. Ich werde auch Ballkleider anbieten und Dinge für Mittelalterpartys. Das ist zumindest der Plan. Mir fehlt nur noch das nötige Investment. Meine Eltern hätten genug Geld, mir unter die Arme zu greifen, aber sie bestehen darauf, dass ich zuerst ein Studium abschließe, bevor sie mich unterstützen. Ich denke, dass sie hoffen, dass ich diese Schnapsidee in ein paar Jahren wieder verworfen habe, aber darauf können sie lange warten."

„Wieso denn Schnapsidee? Ich finde das richtig gut", sagte ich. „Es würde zu dir passen und ich bin mir sicher, dass es in London jede Menge Abnehmer für solche Dinge gibt."

„Danke. Das glaube ich auch. Das mit dem Studium ist allerdings trotzdem keine schlechte Idee. Ich werde einige Kurse in BWL belegen, um mit der Buchhaltung besser zurechtzukommen. Da das so trocken ist, habe ich mich zusätzlich für Kunst entschieden. Es kann nie schaden, wenn man Ahnung von den Dingen hat, die man verkaufen will."

Da konnte ich ihr nur beipflichten.

„Und du studierst auch Kunst?", fragte Pete an mich gewandt und sah mich von oben bis unten an. „Sei mir nicht böse, aber du siehst eher aus, als würdest du zu meinen Kommilitoninnen passen. Lehramt könnte ich mir für dich besser vorstellen. Obwohl du mit deinen kurzen Haaren ein bisschen heraussstichst."

Ich schluckte, weil ich genau wusste, wie brav ich wirkte. Oliver und meine Eltern hatten es immer gut gefunden, dass ich mich unauffällig kleidete und nicht schminkte. In Windholm war das auch okay gewesen, aber hier kam ich mir plötzlich vor wie das letzte Mauerblümchen. Natürlich waren an meiner alten Schule auch Mädchen gewesen, die sich geschminkt hatten, aber bisher hatte mich das nie interessiert. Hier hingegen erschien es mir fast schon eigenartig, dass ich so natürlich unterwegs war.

„Mein Exfreund mochte es nicht, wenn ich mich geschminkt habe", sagte ich. „Aber Kunst war immer schon meine Leidenschaft. Ich zeichne Mangas."

„Ach tatsächlich? Das ist ja cool. Was für Mangas?"

„Hauptsächlich welche für Kinder", erklärte ich. „Die Kleinen in dem Dorf, aus dem ich komme, haben meine Comics von Greenie, der grünen Katze geliebt. Greenie ist ein Genie und hilft jedes Mal aus, wenn im Dorf ein Verbrechen geschieht. Sie hat schon einige Diebe dingfest gemacht und einmal sogar einen Mann aufgestöbert, der eine Frau verletzt hatte."

„Das ist ja süß", sagte Fiona. „Das würde ich unheimlich gerne mal sehen."

„Ich auch", sagte Pete. „Grüne Katzen sind mir bisher noch nicht untergekommen."

„Wie gesagt. Es ist eher eine kleine Spielerei für die Kinder. Auf Dauer möchte ich mich auch an längere Mangas für Erwachsene wagen. Das Problem ist nur, dass das gar nicht so einfach ist. Für einen längeren Comic brauche ich erstmal eine richtige Story. Da reicht es nicht, dass die Katze in ein paar Häuser schlüpft und dann den Täter entlarvt. Deswegen belege ich auch Sommerkurse in Drama und Literatur. Ich hoffe sehr, dass mir das weiterhilft."

„Das wird es bestimmt", sagte Fiona. „Bist du in dem Kurs von Professor Davis, der bald startet?"

„Ja, genau."

„Cool. Dann melde ich mich dafür auch an. Ich war noch unsicher, aber wenn du dabei bist, wird es sicher lustig." Sie nahm einen großen Schluck und hielt dann ihr leeres Glas hoch. „Jungs? Wie wäre es, wenn ihr uns Nachschub besorgt?"

Sie sah die beiden auffordernd an und sie erhoben sich sofort.

„Kommt gleich", versicherte Pete uns, bevor er mit seinem Kumpel in Richtung Bar verschwand.

„Und?", fragte Fiona, sobald sie weg waren. „Was hältst du von den beiden?"

„Sie sind … nett", sagte ich. „Aber mehr auch nicht. Dieser Joe hat ja kaum die Zähne auseinanderbekommen."

„Das stimmt. Er ist sehr schweigsam. Pete hingegen ist irgendwie süß, oder?"

„Na ja. Er ist nicht ganz mein Typ."

„Hm. Das habe ich mir schon fast gedacht. Ist dir eigentlich aufgefallen, dass da hinten ein Kerl sitzt, der immer wieder zu dir rüber sieht? Vielleicht ist der ja eher deine Krangenweite."

„Wo?", fragte ich und sah mich um. Mir war überhaupt nichts aufgefallen und ich war neugierig, wen sie meinte. Sie nickte in eine Ecke und ich musste schlucken, als ich Ethan erkannte. Er saß mit einem Mädchen am Tisch, die wild gestikulierend auf ihn einredete. Ganz offenbar erzählte sie ihm etwas, das ihr am Herzen lag, während er überhaupt nicht auf sie achtete, sondern stattdessen zu mir herübersah. Ein Prickeln überlief mich, als sich unsere Blicke trafen und er mir zuprostete.

„Der Kerl sieht auf jeden Fall zum Anbeißen aus", stellte Fiona fest.

„Stimmt", bestätigte ich und wandte schnell den Blick ab. „Allerdings ist er ein absoluter Weiberheld und sowas kann ich überhaupt nicht leiden."

„Du kennst ihn?" Sie wirkte ehrlich überrascht.

„Allerdings. Er ist der beste Freund meines Bruders und momentan mein Mitbewohner, weil ich noch keine eigene Wohnung habe. Ich penne bei den beiden auf der Couch."

„Oh. Tja. Bei so einem Typen würde ich eindeutig lieber im Bett schlafen als auf der Couch. Weißt du, ob das Mädchen seine Freundin ist?"

„Nein. Das ist sie nicht. Hast du mir nicht zugehört? Ethan ist der Inbegriff einer männlichen Schlampe. Ich bin erst seit drei Tagen in London und das ist bereits das dritte Mädchen, mit dem ich ihn sehe."

„Hm. Ich finde es gut, dass du ihn als männliche Schlampe bezeichnest. Für gewöhnlich wird dieser Begriff nur bei Frauen verwendet und das ist ziemlich ungerecht. Warum ist es bei Männern cool, wenn sie viele Frauen haben, aber anders herum ist das nicht so?"

„Tja. Gute Frage. Fair ist es auf jeden Fall nicht."

„Ganz genau", bestätigte Fiona. „Ich persönlich genieße mein Singledasein und habe überhaupt keine Lust, mich auf einen Kerl festzulegen. Es kann so viel Spaß machen, wenn man sich einfach mal auf etwas einlässt, ohne dass es gleich zur großen Liebe führen muss."

Sie hatte recht. Das war mir klar. Dennoch fiel es mir schwer, mir das für mich vorzustellen. In meinem Leben hatte es bisher immer nur Oliver gegeben und mir war klar, dass sich das dringend ändern sollte. Trotzdem war die Vorstellung befremdlich, mir jetzt irgendeinen anderen Kerl zu suchen.

Wie auf Kommando kamen in diesem Moment Pete und Joe zurück und stellten uns zwei Bier auf den Tisch.

„Danke", sagte Fiona und nahm einen großen Schluck. „Wisst ihr was? Ich brauche dringend meine E-Zigarette. Kommt jemand mit?"

„Ich rauche nicht", stellte ich sofort klar. „Und ich komme auch nicht so gut mit dem Qualm zurecht. Ich habe Asthma."

„Oh. Das tut mir leid. Was ist mit dir, Pete?"

„Ich war gerade schon rauchen, bevor wir euch das Bier geholt haben, aber Joe wird dich sicher begleiten."

Joe nickte und stand auf, um Fiona hinterherzugehen. Vermutlich würde sie ihm die ganze Zeit über ein Ohr abkauen.

Ich nahm ebenfalls einen Schluck von dem Bier und fragte mich, das wievielte es überhaupt war. Ich hatte definitiv schon einiges intus, obwohl ich mir vorgenommen hatte, es langsam angehen zu lassen.

„Du bist wirklich hübsch", stellte Pete fest. „Hat dir das schon mal jemand gesagt?"

Verlegen wich ich seinem Blick aus.

„In letzter Zeit nicht", sagte ich wahrheitsgemäß.

„Dann sage ich es jetzt. Ich mag deine Natürlichkeit. Das ist irgendwie niedlich."

Ich musste kichern. „Dann stell dir mal vor, wir beide wären ein Paar. Gegensätzlicher könnten zwei Menschen gar nicht sein, oder?"

Er hob die Augenbrauen. „Das stimmt. Allerdings redet ja keiner davon gleich ein Paar zu werden, oder? Wie wäre es? Willst du tanzen?"

Ich zögerte. Eigentlich fühlte ich mich ganz wohl, wo ich war. Andererseits war ich hier, um Spaß zu haben. Warum also nicht?

„Okay, aber ich muss dich vorwarnen. Ich bin zwar ganz gut darin, mich führen zu lassen, aber bei Partymusik weiß ich nie, wie ich mich bewegen soll."

„Kein Problem. Für gewöhnlich besteht meine Art zu Tanzen darin, mich langsam hin und her zu wiegen."

„Oh, gut. Das kriege ich hin."

Pete nickte mir zu und reichte mir dann die Hand, um mir aufzuhelfen. Er führte mich zur Tanzfläche und legte mir die Hände an die Hüften. Zu meiner Überraschung war er deutlich größer als ich. Durch seinen schmächtigen Körperbau hatte ich damit nicht gerechnet.

Im Moment lief Bad Guy von Billie Eilish und ich schloss einen Moment die Augen, weil mir schwindelig war. Am Tisch war es mir gar nicht so sehr aufgefallen, aber jetzt merkte ich deutlich, wie betrunken ich war.

Ich stolperte und Pete musste mich festhalten. „Hey. Immer langsam", sagte er. „Alles okay?"

„Ja." Ich kicherte wieder. „Es ist nur alles so lustig gerade. Sag mal. Würde dein Lippenstift beim Küssen eigentlich abfärben?"

Pete hob die Augenbrauen. „Sicher nicht. Ich verwende kussechte Schminke. Alles andere wäre widerlich."

Ich prustete los. „Kussecht. Ich hätte nicht gedacht, dass ich sowas irgendwann mal aus dem Mund eines heterosexuellen Typen hören würde."

Pete wirkte angepisst, versuchte aber, es zu überspielen. „Wenn du wissen willst, wie es ist, mich zu küssen, dann sag das doch einfach. Ich hätte keine Probleme damit."

Er hob die Augenbrauen und ich hielt inne, weil mir schon wieder schwindelig war. Offenbar interpretierte Pete das als Aufforderung, denn im nächsten Moment zog er mich enger an sich und versuchte mich zu küssen.

Sofort versteifte ich mich. Ich hatte noch nie einen anderen Mann geküsst als Oliver und Pete sollte ganz sicher nicht der Erste sein. Seine Lippen klebten, was vermutlich an dem Lippenstift lag und er versuchte sofort, mir seine Zunge in den Hals zu schieben. Das sorgte allerdings dafür, dass das Engegefühl in meiner Brust größer wurde. Er schmeckte nach Rauch und Ekel stieg in mir auf. Also versuchte ich ihn von mir zu schieben, um besser Luft zu bekommen. Ohne Erfolg. Er zog mich nur noch enger an sich und von einem Moment zum anderen hatte ich das Gefühl keine Luft mehr zu bekommen.

Ich stieß ihn heftig von mir und keuchte.

„Luft", sagte ich. „Ich ... bekomme keine Luft."

„Was? Was ist mit dir? Wieso das denn?", fragte Pete irritiert.

Alles drehte sich und ich wollte nur noch raus aus diesem Pub, doch es waren so viele Menschen um mich herum, dass ich keine Ahnung hatte, wie ich das anstellen sollte. Panik erfasste mich und ich stolperte zur Seite. Verdammt. Das war eindeutig ein Asthmaanfall und ich hatte keine Ahnung, wie ich Pete das begreiflich machen sollte.

Kapitel 9

Ethan

To-Do-Liste für heute Abend. Erstens: Mir die Kante geben. Zweitens: Dafür sorgen, dass Rike heil nach Hause kommt. Drittens: Anastasia in mein Bett entführen.

Lasses Schwester sah an diesem Abend sehr hübsch aus. Nicht außergewöhnlich, aber in ihrer Natürlichkeit irgendwie ansprechend. Sie trug ein enges Shirt und einfache Jeans, wodurch man von weitem auch heute nicht gleich erkennen konnte, ob es sich bei ihr um ein Mädchen oder um einen Jungen handelte.

Für gewöhnlich stand ich eher auf Frauen, die weiblich gebaut waren und etwas aus sich machten und auch Anastasia, mit der ich heute in den Brainy Brewpub gekommen war, gehörte zu der Sorte Barbiepuppe.

Sie hatte langes, platinblondes Haar, stark geschminkte Lippen und eindeutig gemachte Brüste. Eine Tatsache, die mich überhaupt nicht störte. Im Gegenteil. Da hatte man wenigstens ordentlich was zum Anfassen. Etwas, das bei Rike sicherlich nicht der Fall wäre.

Es war verrückt, aber ich erwischte mich immer wieder dabei, wie ich zu ihr rüber sah, während sie mit den Kerlen an ihrem Tisch redete und lachte. Zum Glück war noch ein anderes Mädchen dabei, sodass ich nicht fürchten musste, dass die Typen sie gleich in eine dunkle Ecke zerrten und über sie herfielen.

Warum musste sie sich ausgerechnet mit solchen bizarren Kerlen einlassen? Ich persönlich hatte alle möglichen komischen Vögel in meinem Freundeskreis, aber das hieß noch lange nicht, dass ich Verständnis dafür hatte, dass man sich derart verschandelte.

Der Gothic-Look mochte an manchen Frauen ja noch ganz gut aussehen, aber bei Typen war es meiner Ansicht nach vorbei. Einige Frauen standen sicherlich darauf, aber ich fand, dass ein echter Mann nicht mehr Schminke tragen sollte als das Mädchen, mit dem er ausging. Und das sagte ich nicht obwohl, sondern eben weil ich am Wochenende bei diesem Junggesellenabschied selbst geschminkt gewesen war.

Lasse hatte mir dabei geholfen und es hatte sich vollkommen falsch angefühlt. Lustig, aber falsch. Klar achtete ich auf mein Aussehen, aber Schminke brauchte ich nun wirklich nicht.

„Sag mal. Hörst du mir eigentlich zu?", fragte Anastasia und zog einen Schmollmund.

„Aber natürlich", sagte ich. „Du hast mir gerade erzählt, dass deine Freundin letztens geheiratet hat und dass ihre Cousine auf der Hochzeit was mit dem Bruder ihrer besten Freundin hatte, der gleichzeitig der Trauzeuge des Bräutigams ist."

Erstaunt sah sie mich an. „Du hast ja wirklich zugehört. Dabei dachte ich, du wärst viel zu abgelenkt davon, diese komischen Vögel da hinten zu beobachten."

Sie deutete auf Rike und ihre Begleiter.

„Kennst du die?"

„Ja. Das Mädchen mit den kurzen Haaren ist die Schwester meines besten Freundes."

„Wirklich? Will die sich als Junge verkleiden oder warum sieht sie so aus?."

„Nur weil sich jemand nicht so weiblich kleidet wie du, heißt das noch lange nicht, dass er mit seiner Geschlechtsidentität nicht im

Reinen ist. Ich denke, dass sie ganz genau weiß, was sie ist und möglicherweise einfach nur keine Lust hat, alles zu zeigen, was sie hat."

„Wie langweilig", bemerkte Anastasia. „Wozu hat Gott uns denn Brüste gegeben, wenn wir sie nicht benutzen?"

Ich runzelte die Stirn, weil ich davon ausging, dass bei ihr eher der Schönheitschirurg als Gott die Hände im Spiel gehabt hatte, doch es wäre unhöflich gewesen, das zu sagen. Also hielt ich mich zurück und sah stattdessen wieder zu Rike, die offenbar mit einem der Typen auf die Tanzfläche gegangen war.

Missmutig beobachtete ich, wie die beiden anfingen, sich zu bewegen und Rike dabei mehrfach fast stolperte. Sie war eindeutig betrunken und vermutlich war das genau eine dieser Situationen, vor denen ich Lasses Schwester beschützen sollte. Wenn sie Spaß haben wollte, war das kein Problem, aber ich würde nicht zulassen, dass sie am Ende zu betrunken war, um sich an irgendetwas zu erinnern. Spontan ergriff ich Anastasias Hand.

„Komm", sagte ich. „Lass uns tanzen gehen."

„Jetzt?", fragte sie. „Unsere Drinks sind doch noch gar nicht leer."

„Ich kaufe dir nachher einen neuen."

„Na gut", lenkte sie ein und ich zog sie auf die Beine. Gemeinsam mischten wir uns unter die Leute und ich nahm Anastasia in meine Arme.

Sie schmiegte sich sofort an mich, sodass ich ihren Busen an meiner Brust spüren konnte. Sie war schön und ich hätte nichts dagegen, sie heute Abend mit nach Hause zu nehmen. Aber erst, sobald ich sicher war, dass Rike ebenfalls heil nach Hause kam. Das war ich Lasse schuldig.

„Ich möchte mit dir alleine sein", hauchte Anastasia in mein Ohr und sogleich regte sich meine Männlichkeit.

Ich hätte auch nichts dagegen, war aber gleichzeitig abgelenkt, als ich sah, wie der Gothic-Kerl Rike seine Zunge in den Hals steckte. Sie wirkte überrumpelt und schien es nicht gerade zu genießen. Ich versteifte mich, als ich sah, dass sie sogar versuchte ihn wegzudrücken und er nicht reagierte.

Ich wollte gerade eingreifen, als sie es schaffte, sich von ihm zu befreien und begann, heftig zu atmen.

„Ich … bekomme keine Luft", keuchte sie.

Der komische Kerl wirkte so verdutzt, dass er es überhaupt nicht schaffte, irgendwie zu reagieren.

Stattdessen stand er nur da und stammelte vor sich hin, während Rike begann, am ganzen Körper zu zittern.

Meine Reaktion war schnell. Ich stieß den Typen von ihr weg, nahm sie auf den Arm und trug sie aus der Kneipe.

„Ethan?", rief Anastasia, die offenbar nicht kapiert hatte, was los war. „Ethan. Du kannst mich doch nicht einfach so hier stehenlassen."

Doch genau das hatte ich vor. Ich brachte Rike nach draußen an die frische Luft und setzte sie dort auf einen der Stühle im Biergarten.

Rike keuchte und schnappte unkontrolliert nach Luft. Das sah eindeutig nach einem Asthmaanfall aus.

„Rike?", fragte ich. „Du hyperventilierst. Wo ist dein Inhalator?"

„Ha-handtasche", sagte sie und versuchte sie zu öffnen, doch in ihrer Panik bekam sie sie nicht auf.

Sogleich nahm ich sie ihr ab und wühlte darin herum. Verdammt. Wo war nur dieses dumme Ding? Ich kannte mich nicht mit Asthma aus und was ich wusste, stammte aus Filmen, aber ich hatte eine grobe Ahnung, wie das Ding aussehen musste.

Ich war immer davon ausgegangen, die Handtasche einer Frau wäre eine Art Wunderbeutel, in dem sie nicht nur ihre persönlichen Wertgegenstände aufbewahrten, sondern noch dazu Schminkutensilien, Tampons, Ersatzunterwäsche und ein zusammenklappbares Damenfahrrad. In Rikes Tasche hingegen fand ich nur ihr Handy, den Ersatzschlüssel für die Wohnung, ein kleines Portemonnaie und den Inhalator.

Schnell griff ich danach und schüttelte ihn. Ich reichte ihn ihr und sie nahm einen Zug.

Zu meiner Erleichterung schien es ihr augenblicklich besser zu gehen, denn ihre Atmung verlangsamte sich und sie ließ sich erschöpft nach hinten sinken.

„Geht es wieder? Oder soll ich den Krankenwagen rufen?", fragte ich.

„Nein. Schon gut. Ich kenne das bereits. Das Schlimmste ist definitiv vorbei."

„Okay. Also kein Krankenwagen?"

„Nein. Das ist nicht nötig. Ich hatte sowas schon ein paar Mal und kenne mich damit aus. In ein paar Minuten geht es mir wieder besser."

„Oh mein Gott. Rike!", rief in diesem Moment jemand und im nächsten Augenblick kniete das rothaarige Mädchen vor ihr auf dem Boden und sah sie besorgt an. „Was ist passiert? Ist alles in Ordnung?"

„Es geht schon wieder", sagte sie. „Es war da drin irgendwie zu stickig und ich habe keine Luft mehr bekommen, aber Ethan war so nett mich nach draußen zu bringen. Also kein Grund zur Sorge."

„Kein Grund zur Sorge? Du siehst grauenvoll aus. Wo ist denn Pete? Der hätte doch bei dir bleiben sollen."

„Er wusste ganz offensichtlich nicht, was er machen sollte, also habe ich übernommen", erklärte ich.

Das Mädchen fiel mir spontan um den Hals und drückte mich. „Danke schön", sagte sie. „Du bist ein Held."

Rike räusperte sich. „Fiona. Bitte nicht überdramatisch werden. Er hat mir geholfen. Mir geht es wieder gut. Kein Grund, ihm in Zukunft zu huldigen."

Sie zuckte mit den Schultern. „Warum denn nicht? Männer muss man loben, damit sie bei Laune bleiben. Das hat schon meine Mutter immer gesagt."

Ich lachte. „Da hat deine Mutter nicht unrecht. Jeder mag es, gelobt zu werden."

„Na, siehst du." Triumphierend sah Fiona Rike an und ich berührte Lasses Schwester sanft am Arm.

„Geht es wirklich wieder?"

Rike nickte und wich meinem Blick aus. „Ja. Tut mir leid, dass du meinetwegen dein Date stehenlassen musstest."

„Ach. Schon gut. Wenn sie nicht bereit ist, auf mich zu warten, dann findet sich mit Sicherheit zeitnah eine andere."

Rike verzog den Mund, als würde ihr das nicht gefallen, sagte aber nichts weiter dazu.

„Tja. Trotzdem danke. Ich denke, ich sollte jetzt nach Hause fahren."

„Aber doch wohl nicht alleine", sprach Fiona meine Gedanken aus.

„Warum denn nicht?", fragte Rike. „Ich nehme einfach ein Taxi. Das lässt mich direkt vor der Haustür raus."

„Nix da", erwiderte ich. „Ich begleite dich."

Irritiert sah sie mich an. „Und die Frau, mit der du hier bist? Willst du die mitnehmen?"

Ich zuckte mit den Schultern. „Wenn sie Interesse hat, ja."

„Nein, danke. Ich schaue euch sicher nicht im Taxi beim Knutschen zu."

Ich schmunzelte. „Du kannst gerne mitmachen. Ich hätte sicher nichts dagegen."

„Aber ich schon", empörte sich Anastasia in diesem Moment und sah pikiert auf Rike herunter. „Lässt mich einfach sitzen wegen so einem ... Mädchen."

Rike lief knallrot an. „Ich bin kein Mädchen, sondern eine Frau", stellte sie klar. „Ein Mädchen ist man, solange man minderjährig ist, aber ich bin 21."

Anastasia rümpfte die Nase. „Verzeihung. Mein Fehler. Du siehst aus, als wärst du sechzehn."

Das war zwar übertrieben, aber ich konnte nicht abstreiten, dass Rike jung wirkte. Doch das war nicht ihre Schuld und ich fand es ungerecht, dass Anastasia sie so anging.

„Nicht jede Frau macht ihr Selbstwertgefühl von der Schminke abhängig, die sie sich ins Gesicht kleistert", bemerkte ich und Anastasia schnappte nach Luft.

„Du Mistkerl", schimpfte sie. „Eigentlich wollte ich heute Abend ja mit dir nach Hause gehen, aber das kannst du jetzt definitiv vergessen. Du weißt ja gar nicht, was dir entgeht."

Um genau zu sein, wusste ich das doch. Frauen wie Anastasia waren alle mehr oder weniger gleich. Vermutlich war sie im Bett laut und ungehemmt und hätte die ganze Etage zusammen geschrien. Im Grunde genommen sollte ich Rike also dankbar sein, dass ich sie loswurde. Eine Runde Sex wäre zwar ganz nett gewesen, aber es gab mehr Frauen wie Anastasia und es würde sich bestimmt bald etwas anderes ergeben.

Dramatisch wirbelte Anastasia herum und ging von dannen.

„Tja. Da geht sie hin, meine Chance auf Sex heute Abend."

Fiona lachte. „Wenn es dir nur darum geht, stelle ich mich gerne zur Verfügung."

Überrascht sah ich Rikes neue Freundin an und betrachtete sie von oben bis unten. Sie sah mit ihren knallroten Haaren und der Punkerkleidung ziemlich flippig aus, aber sie hatte ein hübsches Gesicht und ihre Figur war auch nicht von schlechten Eltern.

„Von wegen", mischte Rike sich ein. „Wenn du nebenan mit so einer Barbiepuppe Sex hast, ist das eine Sache, aber nicht mit meiner neuen Freundin. Bitte, Fiona. Tu mir das nicht an."

Sie seufzte tief und nickte dann. „Also gut. Du hast ja recht. Komm. Ich helfe dir auf und dann rufen wir dir ein Taxi."

Sie stützte Rike und gemeinsam gingen wir an die nächste Straßenecke, um ein Taxi heranzuwinken. Zum Glück dauerte es nicht lange, bis eines anhielt und Fiona half Rike dabei einzusteigen.

„Sicher, dass ich nicht mitkommen soll?", fragte Fiona nochmal, doch Rike lehnte ab.

„Nein, nein. Wir sehen uns dann morgen wieder im Kurs."

„Oh Gott. Stimmt. Der ist ja schon in ein paar Stunden. Wie grauenvoll."

Sie sah mich eindringlich an. „Sorg dafür, dass Rike sicher nach Hause kommt", forderte sie. „Ich will nicht, dass ihr was passiert."

„Keine Sorge. Ich hüte sie wie meinen Augapfel. Und wer weiß. Vielleicht sehen wir uns ja mal zu einer anderen Gelegenheit wieder."

Ich zwinkerte ihr zu und sie lächelte. „Ich hätte nichts dagegen. Beim nächsten Mal nehme ich dich dann einfach mit zu mir."

Diese Aussicht gefiel mir. Aber vorerst war Rike wichtiger. Also setzte ich mich zu ihr auf den Rücksitz und sagte dem Taxifahrer die Adresse.

Sobald wir losgefahren waren, betrachtete ich Rike, die immer noch ziemlich fertig aussah.

„Ist alles okay?", fragte ich zum gefühlt hundertsten Mal an diesem Abend.

„Ja. Es geht schon. Mir ist nur ein bisschen übel."

„Kotzen Sie mir ja nicht die Sitze voll, Miss", sagte der Taxifahrer und ich machte eine beschwichtigende Handbewegung.

„Keine Sorge. Ich kümmere mich um sie." Ich sah zu Rike. „Musst du dich wirklich übergeben?"

Zum Glück schüttelte sie den Kopf. „Nein. Ich denke nicht."

Erleichtert atmete ich aus, denn in Wahrheit hatte ich keine Ahnung, wie ich mich darum hätte kümmern sollen, falls sie sich wirklich übergab. Bisher war es immer so gewesen, dass ich mit den Frauen nur ein paar Stunden Spaß hatte und sie dann wieder nach Hause schickte. Mich um eine von ihnen zu kümmern, war Neuland für mich und fühlte sich ungewohnt an.

Zum Glück erreichten wir schnell unsere Wohnung. Ich bezahlte den Taxifahrer und half Rike aus dem Auto. Auf dem Weg nach oben fiel mir erneut auf, dass sie ganz schön betrunken war, denn sie konnte kaum gerade gehen. Es war ein Wunder, dass sie es trotzdem schaffte, sich so deutlich zu artikulieren.

„Da wären wir", sagte ich und half Rike aus ihren Schuhen. Sie trug ganz normale Sneakers, was mir bei einer Frau bisher selten untergekommen war, und irgendwie fand ich das sympathisch.

Ihre Socken waren unglaublich niedlich. Sie waren blau und hatten gelbe Quietscheentchen darauf. Ebenfalls etwas, das ich von den Frauen, mit denen ich sonst ausging, nicht kannte.

„So", sagte ich, sobald ich auch meine eigenen Schuhe abgestreift hatte. „Lasse ist heute Abend nicht da, also würde ich vorschlagen, dass du in seinem Bett schläfst. Nicht, dass du am Ende noch betrunken vom Sofa fällst."

Sie kicherte. „Er würde sich aber auch nicht freuen, wenn ich sein Bett vollkotze. Das Sofa ist schon okay."

„Also gut. Ich bringe dir einen Eimer."

Ich ließ Rike auf dem Sofa zurück, wo sie sich sofort langmachte.

Dann ging ich zur Besenkammer, um einen Eimer zu holen und als ich zurückkam, schnarchte sie bereits friedlich vor sich hin. Einen Moment nahm ich mir, um sie zu betrachten.

Ich fand sie in diesem Moment ziemlich bezaubernd und nahm die Decke, um sie über ihr auszubreiten.

Dann ging ich ins Bad, um mir die Zähne zu putzen und mich umzuziehen. Als ich fertig war, wollte ich in mein Bett gehen, hielt aber noch einmal inne, als ich merkte, dass Rike zwischendurch im Schlaf hustete. Was bedeutete das? Hatte das etwas mit ihrem Asthma zu tun?

Ich seufzte, bevor ich meine Bettsachen aus meinem Zimmer holte und mich damit auf den Sessel setzte, zu dem es zum Glück einen passenden Hocker gab, auf den man seine Füße legen konnte. Es war zwar nicht so bequem wie mein Bett, aber falls heute Nacht etwas mit Rike nicht stimmen sollte, würde ich es so immerhin mitbekommen.

Also löschte ich das Licht, machte es mir so bequem wie möglich und schloss die Augen. Das würde keine schöne Nacht werden, aber was tat man nicht alles, um seinem besten Freund einen Gefallen zu tun?

Kapitel 10

Rike

Mein Kopf schmerzte fürchterlich, als ich am nächsten Morgen erwachte. Hinzu kam, dass meine Zunge sich anfühlte, als hätte ich auf dem Fell einer Katze herumgekaut.

„Guten Morgen", sagte eine gut gelaunte Stimme neben mir. Stöhnend richtete ich mich auf und blinzelte.

„Kein guter Morgen", widersprach ich. „Was ist denn passiert?"

„Ich fürchte, du hast es gestern mit dem Alkohol übertrieben", erklärte Ethan mit einem Grinsen und reichte mir ein Glas Wasser. „Ich habe schon einen Beutel Aspirin für dich darin aufgelöst. Na los. Runter mit dem Zeug."

Dankbar nahm ich das Glas entgegen und leerte es in großen Zügen. Es schmeckte bitter, aber Hauptsache es half, wieder einen richtigen Menschen aus mir zu machen. Ich nahm die Beine von der Couch und sah mich um. Jetzt erst erkannte ich die Decke und das Kissen, die auf dem Sessel lagen.

„Hast du etwa hier geschlafen?", fragte ich.

„Ja", erwiderte Ethan und rollte mit den Schultern. „Das wird mein Nacken mir den Rest des Tages übelnehmen."

Mein Mund klappte auf und ich starrte ihn an. „Aber … warum?"

„Nun. Du warst betrunken und hattest noch dazu einen Asthmaanfall. Da wollte ich dich nicht alleine lassen. Lasse hätte mich vermutlich geköpft, wenn dir was passiert wäre."

Ich zog eine Grimasse. „Tut mir leid. Ich hatte sicher ein paar Bier zu viel. Ich bin einfach nichts gewohnt."

„Gerade dann ist es besser, es langsam angehen zu lassen", sagte Ethan ernst. „Ich habe mir wirklich Sorgen um dich gemacht."

„Das wäre nicht nötig gewesen. Wie gesagt. Ich hatte solche Anfälle schon öfters und durch das Medikament beruhigt sich meine Lunge schnell wieder."

„Mag sein, dass du das schon hattest, aber für mich war es das erste Mal, sowas zu beobachten und ich kann mich nur zu gut an die Panik in deinem Blick erinnern. Ich … wollte einfach da sein, falls du etwas brauchst."

Gerührt sah ich ihn an. „Das ist lieb von dir. Ich glaube mit der Wellhornschnecke habe ich dir unrecht getan. Apropos. Ich muss die Namen von diesen beiden Typen von gestern noch aufschreiben, bevor ich sie vergesse. Der Taxifahrer hat uns seinen Namen nicht genannt, oder?"

Ethan schüttelte den Kopf. „Nein. Und ich bezweifle auch, dass er die Ehre verdient hätte in deinem Muschelglas zu landen. Er hat sich die ganze Zeit nur Sorgen um seine Sitze gemacht."

„Darum geht es dabei nicht. Ich tue jeden in mein Glas, dessen Namen ich weiß."

„Aha. Und welche Muscheln bekommen die beiden Wasserleichen?"

Ich schnaubte amüsiert. „Das waren keine Wasserleichen. Die hatten sich nur hell geschminkt."

Ethan lachte. „Ach ja? Also sahen sie darunter sogar noch schlimmer aus?"

Ich verdrehte die Augen. „Es kann ja nicht jeder so eine schöne Australienbräune haben wie du."

Er hob vielsagend die Augenbrauen. „Du findest meine Bräune also schön, ja?", neckte er mich und ich winkte ab.

„Nur deine Bräune. Nicht den Rest von dir", behauptete ich, obwohl das schlichtweg gelogen war. Ethan war ein extrem attraktiver Mann. „Wie kommt es überhaupt, dass du immer noch so braun bist? Wann bist du aus Australien zurückgekommen?"

„Vor drei Wochen", erklärte er. „Und wenn es etwas gibt, das ich hier in London vermisse, dann ist es tatsächlich der milde Frühling. Den Sommer habe ich in Australien nie gemocht, weil es mir zu warm war. Noch dazu kommt es im Sommer immer wieder zu Buschbränden. Es ist gar nicht so lange her, dass die halbe Ranch meiner Familie abgebrannt ist, weil jemand einen Brand gelegt hatte."

Betroffen hielt ich mir eine Hand vor den Mund. „Oh Gott. Das wusste ich nicht. Was ist denn passiert? Wurde jemand verletzt?"

Er rieb sich nachdenklich das Kinn. „Ja. Schon. Mein Cousin und seine Freundin wären fast in dem Feuer gestorben und meine Stiefmutter wurde von einer Giftschlange gebissen. Es war ziemlich heftig. Schuld war so eine verrückte Naturschützerin. Sie war der Meinung, mit einem Brand könnte sie auf den Klimawandel aufmerksam machen, allerdings hat sie dadurch hauptsächlich erreicht, dass noch viel mehr Tiere und Pflanzen sterben mussten als sowieso schon."

Ich schüttelte den Kopf. „Sowas werde ich nie verstehen. Naturschutz ist wichtig, aber zu solch radikalen Mitteln zu greifen, kann doch nicht die Lösung sein."

„Absolutely. Ich liebe Australia, aber die Hitze ist einer der Gründe, warum ich lieber in London lebe als dort."

„Das kenne ich. Ich liebe die Nordsee, aber wenn es so sehr regnet und stürmt, dass die Dämme brechen, dann wünschte ich auch manchmal, woanders zu wohnen. Jede Geschichte hat wohl ihre Schattenseiten." Nachdenklich betrachtete ich die Muscheln in meiner Hand. „Vermutlich werden mir die Muscheln bald ausgehen, wenn ich weiterhin jeden Tag so viele Leute kennenlerne."

„Und was machst du dann?"

Ich zuckte die Schultern. „Dann mache ich mir Notizen, bis

ich wieder Muscheln habe. Aber das dauert zum Glück noch eine Weile."

„Stimmt. Allerdings könnte dir irgendwann die richtige Sorte ausgehen. Also. Was für welche bekommen die beiden Gothic-Typen?"

„Ich denke, Pete ist eine gemeine Napfschnecke. Er war sehr beharrlich, aber irgendwie auch schleimig. Außerdem hat sich der Kuss angefühlt, als hätte ich eine Nacktschnecke im Mund."

Ich erschauerte und Ethan tat so, als müsste er würgen.

„Damn, girl. Setz mir nicht solche Gedanken in den Kopf."

Ich lachte leise. „Sorry. Ist aber so. Der Kuss war grauenvoll."

Ich schrieb Petes Namen und das Datum auf das Schneckenhaus und tat es in das Muschelglas.

„Okay. Und was ist mit dem anderen Kerl?", fragte Ethan.

„Ich denke, Joe ist eine Sandklaffmuschel. Die leben tief im Sand, was irgendwie passen würde. Er war so zurückhaltend und schüchtern. Er hat kaum ein Wort geredet, daher passt das irgendwie." Ich griff nach der entsprechenden Muschel, schrieb Joes Name und das Datum darauf und tat sie ebenfalls in mein Glas.

Dann stand ich auf und streckte mich. Dabei rutschte mein Shirt nach oben und mir fiel auf, dass Ethan wie hypnotisiert meinen Bauch anstarrte.

Schnell zog ich das Shirt wieder herunter, um ihn zu verstecken. Er hatte ohnehin schon viel zu viel von mir gesehen, als er mich in der Badewanne beobachtet hatte. Eine Sache, an die ich ungern zurückdachte.

„Hey. Nicht gucken", sagte ich und er wandte schnell den Blick ab.

„No worries", sagte er und räusperte sich. „Du bist ohnehin nicht mein Typ."

Ich schnaubte. „Das habe ich bemerkt. Wo findest du nur all diese Supermodels?"

Ethan zuckte mit den Schultern. „Wer kann, der kann", erklärte er.

„Pft. Angeber. Ich gehe dann mal ins Bad. Ich brauche dringend eine Dusche und muss mir die Zähne putzen."

Ethan lachte. „Ja. Das wäre definitiv empfehlenswert."

Die nächsten Tage vergingen ohne besondere Vorkommnisse. Ich hatte Kurse in Zeichnen, Malerei und Kunstgeschichte. Noch dazu in englischer Literatur. Nur kreatives Schreiben fehlte noch.

Ich hoffte, dass es mir dabei helfen würde, eine erste Struktur für meinen Manga zu entwickeln. Dabei sollte es um die uneheliche Tochter eines Königs gehen, die ihr Geld als Auftragsdiebin verdiente. Sie hatte ihr halbes Leben auf der Straße verbracht und kümmerte sich seit dem Tod ihrer Mutter hingebungsvoll um ihre kleine Halbschwester.

Als sie jedoch eines Tages bei der Prinzessin des Landes einbricht, um ein wertvolles Armband zu stehlen, wird sie von ihr erwischt. Die Prinzessin stellt überrascht fest, wie ähnlich die Diebin ihr sieht und als sie erfährt, dass es ihre Halbschwester ist, entwickelt sie einen Plan. Ein sehr viel mächtigerer König eines anderen Landes verlangt, dass jede Königsfamilie eine Tochter von königlichem Blut zu ihm schicken soll, damit der Thronfolger sich mit einer von ihnen vermählen kann. Um das zu schaffen, müssen die Prinzessinnen allerdings gefährliche Aufgaben bestehen und davor hat die Prinzessin große Angst. Sie setzt die Diebin mit deren kleiner Schwester unter Druck und zwingt sie, ihren Platz auf der Reise einzunehmen. Dabei stellt sie ihr einen mutigen Hauptmann zur Seite, der sie bei den Aufgaben unterstützen soll.

Am Ende sollte die Bastard Prinzessin sich natürlich verlieben. Entweder in den Hauptmann oder in den Prinzen. Oder erst in den einen und dann in den anderen. Da war ich mir noch nicht so sicher. Hauptsache es kam Liebe darin vor.

Ich hoffte sehr, dass der Kurs mir helfen würde, Ordnung in das Chaos zu bringen, das in meinem Kopf herrschte.

Zum Glück hörte ich in den nächsten Tagen nichts aus Windholm. Ich hatte tatsächlich meine Handynummer gewechselt, sodass ich nicht mehr von Oliver kontaktiert werden konnte und die Mails, die er mir schickte, ignorierte ich.

Es war eigenartig, dass es mich jedes Mal so aufwühlte, wenn er mir schrieb, weil ich eigentlich gedacht hatte, innerlich damit abgeschlossen zu haben, aber dafür war es vermutlich noch zu früh. Immerhin war es gerade mal eine Woche her, dass ich mein altes Leben verlassen hatte, obwohl es sich bereits deutlich länger anfühlte.

„Was machst du am Wochenende?", fragte Fiona am Freitag, nachdem wir eine ältere Frau gemalt hatten, der eine Brust fehlte.

So etwas zu zeichnen war absolut faszinierend gewesen und hatte sich als echte Herausforderung herausgestellt. Zwei nackte Männer hatten uns inzwischen auch schon Modell gestanden, aber das war nur halb so spektakulär gewesen wie erwartet. Ihr Anblick hatte in mir überhaupt nichts ausgelöst, ganz im Gegensatz zu Ethan, dessen nackter Oberkörper sich immer mal wieder in mein Bewusstsein schob.

„Heute Abend habe ich noch nichts vor, aber morgen schaue ich mir ein Theaterstück an, bei dem mein Bruder mitspielt."

„Ach, schade. Heute kann ich nicht. Meine Eltern bestehen darauf, dass ich mindestens einen Tag in der Woche zu Hause bin. Sonst wollen sie mich nicht unterstützen. Es ist so nervig, dass sie alles an irgendwelche Bedingungen knüpfen."

„Sei froh, dass sie dich überhaupt unterstützen. Meine Eltern bezahlen keinen Cent für mein Studium."

„Na ja. Bei meinen Eltern ist das was anderes. Die haben Geld wie Heu und es wäre total geizig, wenn sie mir das Studium nicht zahlen. Deine Eltern haben ja nicht so viel, oder?"

„Stimmt. Sie können teilweise kaum die Miete für ihren Laden bezahlen. Zum Glück haben sie das Haus, in dem sie wohnen, von meinem Großvater geerbt."

„Na, siehst du. Da kann ich es verstehen, wenn sie dir nicht helfen. Bei meiner Mum und meinem Dad wäre das einfach nur dreist."

„Mag sein. Aber hey. Wie wäre es, wenn du am Samstag mitkommst zu dem Theaterstück? Das wird sicher toll."

„Was für ein Stück ist es denn?"

„Das weiß ich um ehrlich zu sein nicht. Mein Bruder wollte es mir nicht verraten. Er hat nur gesagt, er hätte mir Karten für seinen ersten Auftritt besorgt."

„Oh, wow. Das ist ja nett von ihm. Ich komme gerne mit. Treffen wir uns bei dir?"

„Das wäre toll. Ich gebe dir meine Adresse und dann sehen wir uns dort."

Kapitel 11

Ethan

Meine Pläne für heute? Erstens: An meiner Doktorarbeit weitermachen. Zweitens: Ins Fitnessstudio gehen und drittens: Estelle treffen und Sex mit ihr haben.

In den letzten Tagen hatte ich mich mit Frauenbesuch zurückgehalten, weil ich mich an Rikes Kommentar erinnerte, dass sie es nicht so gut fände, mir beim Sex zuzuhören. Bei Lasse war mir das egal, aber es lagen immerhin auch zwei Wände zwischen seinem Zimmer und meinem, weil sich das Wohnzimmer dazwischen befand. Insofern würde es schwer zu verhindern sein, dass Rike dort alles mitbekam, selbst wenn sie mit Ohrstöpseln schlief. Doch heute Abend hatte sie vor zu Lasses Aufführung zu gehen, also hatte ich die Wohnung ein paar Stunden für mich.

Ich machte mich schick und öffnete die Tür meines Zimmers, aber als ich gerade gehen wollte und dazu das Wohnzimmer durchquerte, stockte ich.

„Oh nein", sagte Rike gerade in ihr Handy. „Heißt das, du kannst nicht mitkommen?"

„Nein", erwiderte Fiona, die gerade auf Lautsprecher war. „Es tut mir so leid, Rike. Aber es geht wirklich nicht. Meine Schwester ist gestern überraschend aus Paris wiedergekommen. Sie ist völlig fertig mit den Nerven, weil ihr Freund sie verlassen hat. Ich kann sie jetzt unmöglich im Stich lassen."

„Das verstehe ich natürlich. Die Ärmste. Kümmere dich gut um sie."

„Das mache ich. Aber wir holen das nach, okay? Viel Spaß heute Abend."

Rike legte auf und ich registrierte, dass sie sich heute eleganter gekleidet hatte als sonst. Sie trug eine Stoffhose und dazu eine Bluse, die sie weiblicher wirken ließ. Ihr Haar hatte sie mit einer Spange nach hinten gesteckt, was ihr gut stand. Nur bei den Schuhen hatte sie sich auch heute wieder für Sneakers entschieden.

Ich wollte mit einem kurzen Nicken an ihr vorbeigehen, um meinem ursprünglichen Plan zu folgen, aber die Enttäuschung in Rikes Gesicht ließ mich innehalten.

„Hey. Alles okay?", fragte ich.

Sie riss den Kopf hoch und zuckte mit den Schultern, als sie mich sah. „Ja klar", sagte sie dann. „Alles gut. Fiona hat mir nur gerade abgesagt, was ich sehr schade finde, weil Lasse zwei Karten für mich hinterlegt hat und ich sie wirklich gerne mitgenommen hätte."

„What a pity. Warum fragst du nicht jemand anderen, ob er Lust hat?"

Sie hob die Arme. „Würde ich ja, aber leider kenne ich hier in London nicht viele Leute. In meinem Kurs waren zwar ein paar nette Mädchen, aber mit denen habe ich noch keine Telefonnummern ausgetauscht. Und selbst wenn, wäre es jetzt sicher schon zu knapp. Ich muss in einer halben Stunde am Theater sein."

Traurig ließ sie den Kopf hängen und aus irgendeinem Grund berührte das etwas in mir. Es war verrückt, aber entgegen jeder Vernunft fühlte ich mich für dieses Mädchen verantwortlich, obwohl sie doch Lasses Schwester war und nicht meine. Zum Glück. Denn die Erregung, die sie ab und an in mir auslöste, wäre gegenüber einer Schwester absolut unangebracht gewesen.

„Wie wäre es, wenn ich dich begleite?", schlug ich vor.

Überrascht sah sie auf. „Du willst mitkommen? Ins Theater?"

„Warum nicht? Ich gehe zwar nicht ins Kino, aber ins Theater gehe ich regelmäßig."

„Moment. Du gehst nicht ins Kino? Nie?"

Ich schüttelte den Kopf. „Nein. Ich sehe mir auch nur selten Filme an. Meiner Meinung nach sind die Buchvorlagen grundsätzlich besser."

„Und was, wenn der Film gar keine Buchvorlage hat?"

Ich zuckte mit den Schultern. „Wenn er gut ist, dann kommt irgendwann das Buch dazu heraus, und wenn nicht, dann ist er es auch nicht wert, dass man ihn sich ansieht."

Sie lachte. „Sowas Verrücktes habe ich ja noch nie gehört."

„Was? Dass jemand nicht gerne fernsieht und lieber liest?"

„Ja. Das ist doch völlig verrückt. Ich meine … ich lese auch gern, aber das? Es gibt so viele atemberaubende Filme mit unglaublicher Filmmusik. Die kann man durch kein Buch ersetzen."

„Doch. Indem man sich den Filmsoundtrack beim Lesen anhört." Ich zwinkerte ihr zu und sie schüttelte den Kopf. „Auch das ist nicht dasselbe. Gott. Ich hätte nie gedacht, dass ich das mal sage, aber es gibt Filme, die besser sind als das Buch. Nicht viele, aber es gibt sie."

„Unmöglich."

Sie hob die Augenbrauen. „Wollen wir wetten?"

„Um was?"

„Keine Ahnung. Was möchtest du denn?"

Im Moment wollte ich mich am liebsten nach vorne beugen und sie küssen, weil ich es so niedlich fand, wie sie sich in Rage reden konnte. Doch das würde ich ihr sicher nicht sagen.

„Wenn ich gewinne, dann möchte ich, dass du dich mal richtig für mich in Schale wirfst", sagte ich.

Pikiert sah sie mich an. „Du meinst mit Schminke und all sowas?"

Ich nickte. „Warum nicht? Ich habe ja verstanden, dass du lieber im Schlabberlook herumläufst, aber ich würde zu gerne sehen, wie du aussiehst, wenn du ein Kleid trägst und dich schminkst."

Unbehaglich rieb sie sich über die Arme.

„Ich weiß nicht", sagte sie. „Ich fühle mich nicht wohl in Kleidern. Das ist einfach nicht mein Stil."

„Das verstehe ich. Ich will ja auch nicht, dass du generell deinen Stil änderst, sondern nur dass du es mal versuchst. Für mich."

Erneut wirkte sie unsicher, aber nickte dann. „Also gut. Ich glaube sowieso nicht, dass ich verlieren werde, also bin ich einverstanden."

„Und was soll passieren, wenn du gewinnst?"

„Dann darf ich eine Woche lang in deinem Bett schlafen."

Ich hob die Augenbrauen. Damit hatte ich nun nicht gerechnet.

„Bitte was?"

„Ohne dich, versteht sich", stellte sie klar. „Und mit frisch gewaschenem Bettzeug. Die Couch ist furchtbar unbequem."

Ich lachte. „Also gut. Von mir aus. Damit habe ich kein Problem."

„Gut. Also wenn dein Angebot noch steht, dann nehme ich es gerne an. Wir sollten uns allerdings beeilen. Sonst kommen wir am Ende zu spät."

„Kein Problem. Es ist nicht weit von hier."

„Ach ja? Also hast du das Stück schon gesehen?"

„Das nicht, aber ich war einmal bei den Proben dabei. Dein Bruder ist ein Genie und spielt Scorpius einfach nur genial."

„Scorpius?"

„Ja, er … Moment. Weißt du überhaupt nicht, wen dein Bruder da verkörpert?"

Sie lachte. „Ich weiß ja noch nicht einmal was für ein Stück es ist. Lasse hat nie darüber geredet und als er mir die Karten versprochen hat, sagte er, ich solle mich überraschen lassen."

Das wiederum brachte mich zum Lachen. „Unglaublich. Lasse ist so ein Schlitzohr. Na, dann komm. Ich wette, du wirst ein bisschen Zeit brauchen, um mit der Überraschung klarzukommen."

„Okay. Jetzt habe ich Angst."

„Brauchst du nicht. Ganz offensichtlich liest du viel und schaust auch gerne Filme. Darunter auch Fantasy?"

„Auf jeden Fall. Ich liebe Twilight, Vampire Diaries und Supernatural."

„Okay. Dann gehe ich davon aus, dass du Lasses Rolle ebenfalls lieben wirst. Also los. Ich kann es kaum erwarten dein Gesicht zu sehen."

Kapitel 12

Rike

„Oh. Mein. Gott", brachte ich hervor und hielt mir eine Hand vor den Mund, als wir das London Palace Theatre erreichten. Das Theater war in einem historischen Gebäude, das mich an ein richtiges Schloss erinnerte. Es hatte eine rote Backsteinfassade mit vielen Sandsteinverzierungen und verschiedenen Türmchen.

Was mich jedoch viel mehr aus dem Konzept brachte, war der Name des Stücks, der vorne am Eingang prangte.

„Ist das Lasses gottverdammter Ernst?", fragte ich. „Er spielt bei Harry Potter mit?"

Ethan lachte laut. „Ich wusste, dass es dir gefallen würde."

„Gefallen? Ich liebe Harry Potter! Ich habe die Bücher alle mindestens fünfmal gelesen und die Filme sicherlich zwanzigmal geschaut. Ich habe angefangen, sie zu lesen als ich zehn war und musste meine Mutter anflehen, damit ich auch Teil 5-7 haben durfte, weil ich dafür eigentlich noch zu jung war. Vor allem der letzte Teil ist ja schon recht brutal für ein Kinderbuch. Zum Glück hat sie es irgendwann erlaubt. Das Theaterstück wollte ich immer schon mal sehen, aber es hat sich irgendwie nie ergeben. Und mein Bruder hat in dem Stück wirklich eine Rolle?"

„Ja. Er hat gesagt, er hätte dich bisher immer zu seinen Stücken eingeladen."

Ich biss mir auf die Unterlippe. Das stimmte. Allerdings hatte ich nicht genug Geld gehabt, um mal eben nach London zu fliegen und Oliver hätte es mir vermutlich ohnehin wieder ausgeredet, so wie er mir so ziemlich alles in meinem Leben madig gemacht hatte, was mir Spaß hätte bereiten können.

„Gott. Ich dachte, er hätte eine Rolle in Hamlet oder Ein Sommernachtstraum ergattert, was natürlich auch cool gewesen wäre. Aber das? Das ist unglaublich. Ich bin so stolz auf ihn."

Erneut lachte Ethan. „Du bist stolz? Dabei hast du ihn doch noch gar nicht auf der Bühne gesehen."

„Das macht nichts. Ich bin so schon stolz, einfach nur weil er die Rolle bekommen hat. Das ist soooo cool. Ich wollte das Stück immer schon mal sehen und jetzt das? Gott. Wen spielt er? Ist dieser Scorpius irgendein Nebencharakter?"

„Um genau zu sein ist er einer der Hauptcharaktere. Scorpius Malfoy ist der Sohn von Draco Malfoy. Du erinnerst dich?"

„Ob ich mich erinnere? Muss ich mich wiederholen? Ich habe die Bücher inhaliert. Draco ist der Junge, der Harry Potter von Anfang an das Leben schwer gemacht hat und am Ende dann doch noch zu so einer Art Freund geworden ist."

„Ganz genau." Ethan schmunzelte. Offenbar amüsierte es ihn, mit wie viel Leidenschaft ich über Harry Potter sprach. „Albus Potter, der Sohn von Harry, und Scorpius Malfoy sind die Hauptpersonen in dem Stück, weil sie beide eher Außenseiter an der Schule sind und sich direkt anfreunden. Albus Potter wird übrigens von unserem Kumpel James gespielt."

„Der Kerl, in dessen Junggesellenabschied ich geplatzt bin?"

„Ja. Er hat Lasse geholfen, die Rolle zu kriegen. Vorher war sie von jemand anderem besetzt, aber der Kerl hatte einen Unfall und fällt lange aus, daher hat Lasse die Rolle bekommen. Aber jetzt sollten wir reingehen. Sonst verpassen wir den Anfang."

„Oh, mein Gott. Ja. Lass uns reingehen. Ich kann es kaum erwarten. Hätte ich gewusst, dass wir hierhin gehen, dann hätte ich mir einen Zauberumhang besorgt und natürlich einen Zauberstab."

Ethan grinste. „Es würde mich sehr wundern, wenn dein Bruder dafür nicht gesorgt hätte."

„Meinst du wirklich?"

„Finden wir es heraus."

Wir betraten das Gebäude und gingen zu einer der Kassen, wo ich meinen Namen nannte. Sogleich bekam ich nicht nur zwei Karten, sondern noch dazu zwei Umhänge und Zauberstäbe überreicht. Mir schossen Tränen in die Augen, als ich das sah und schnell wischte ich sie weg.

„Lasse ist so ein Blödmann", sagte ich. „Warum hat er mir nicht gesagt, dass er eine Hauptrolle in Harry Potter ergattert hat. Das ist ein riesen Ding. Wirklich. Wenn ich das gewusst hätte, dann ..." Ich brach ab, weil ich plötzlich ein schlechtes Gewissen hatte. Entgegen meiner vorherigen Behauptung machte es doch einen Unterschied für mich, was für ein Stück es war. Beschämt wandte ich den Blick ab.

„Du musst mich für eine schreckliche Schwester halten", stellte ich fest. „Es sollte egal sein, in welchem Stück mein Bruder mitspielt. Selbst wenn er die Amme in Romeo und Julia wäre, sollte ich dabei sein."

„Das stimmt. Allerdings kann ich es verstehen, dass du aufgeregt bist, wenn du Harry Potter so sehr magst. Dein Bruder hat schon zig kleinere Rollen gehabt, bevor er diese hier bekommen hat. Du hättest unmöglich bei jeder einzelnen Aufführung dabei sein können."

Ich biss mir auf die Unterlippe. „Früher war ich es. Wenn er in Deutschland irgendwo eine Theaterrolle hatte, war ich immer dabei. Bei jeder Schulaufführung und später auch als er in Wilhelmshaven eine Nebenrolle am Theater bekommen hat. Ich war sozusagen sein größter Fan und es war hart für mich, als er weggezogen ist."

„Das kann ich mir vorstellen. Ich hatte zwar nie Geschwister, aber mein Cousin Jack ist wie ein Bruder für mich, daher weiß ich ungefähr, wie das sein muss."

Ich nickte dankbar und legte mir den Umhang um. „Nimmst du auch einen?", fragte ich zögerlich.

Irgendwie konnte ich mir Ethan nur schwer in einem Umhang von Harry Potter vorstellen. Er war immer so gut gekleidet. Doch offenbar mochte er es mich zu überraschen.

„Natürlich", sagte er und nahm ihn entgegen. „Das gehört doch zum Erlebnis dazu."

Er hängte ihn sich um und ich musste lachen. „Du siehst aus wie Cedric Diggeroy."

„Wird der nicht von demselben Schauspieler gespielt wie dieser Blutsauger aus Twilight?"

Ich errötete. „Woher weißt du das? Ich dachte, du schaust keine Filme."

„Das nicht, aber das heißt nicht, dass ich keine Ahnung habe. Ich lese Zeitung und surfe im Internet. Irgendwie muss man sich ja up to date halten."

„Tst", machte ich. „Wie auch immer. Lass uns reingehen. Die Show beginnt jeden Moment und ich muss vorher noch auf die Toilette."

„Typisch Frau", bemerkte Ethan, doch ich sah ihm an, dass er es mir nicht übelnahm.

Kapitel 13

Ethan

Ich hätte nie gedacht, dass es mich so sehr berühren könnte zu sehen, wie ergriffen jemand davon war, in die Welt von Harry Potter abzutauchen. Ich hatte die Bücher als Kind gerne gelesen, um nicht zu sagen geliebt, aber ich war nicht ansatzweise so verzaubert davon gewesen, wie Rike es ganz offensichtlich war.

Mein Interesse galt eher den Klassikern der Literatur. Ich las Texte von Goethe, George Orwell oder Tolstoi. Ab und an auch Klassiker von Shakespeare oder Emily Brontë, aber gewöhnliche Schundromane interessierten mich nicht besonders.

Doch selbst wenn ich Harry Potter nicht gekannt hätte, so wäre Rikes Begeisterung ganz sicher auf mich übergesprungen. Ihre Augen leuchteten regelrecht, als es losging und sobald ihr Bruder zum ersten Mal die Bühne betrat, krallte sie ihre Finger in meinen Arm, als könnte sie sich kaum daran hindern aufzuspringen und zu ihm zu laufen.

Es war einfach zu süß und erneut wunderte ich mich, wie sehr es mir gefiel, für sie da zu sein. Herrgott. Ich kannte dieses Mädchen doch kaum und trotzdem weckte sie meinen Beschützerinstinkt auf eine Art wie ich es lange nicht mehr erlebt hatte.

Als der erste Teil des Stücks vorbei war und der Vorhang zuging, wirkte Rike ehrlich verwirrt.

„Was ist denn nun los?", fragte sie. „Ist es etwa schon vorbei? Da fehlt doch noch ganz viel von der Geschichte. Was passiert mit Scorpius und Malfoy? Was haben sie vor und wie endet das Ganze? Die können einen doch nicht so hängen lassen."

Ich lachte. „Das tun sie auch nicht. Keine Sorge. In zwei Stunden geht es weiter."

Rikes Mund klappte auf. „Was? In zwei Stunden? Was ist das denn bitte schön für eine Zeitspanne?"

Ich zuckte mit den Schultern. „Das ist bei dem Theaterstück von Harry Potter normal. Es geht insgesamt über fast sechs Stunden, daher hat man es in zwei Parts aufgeteilt. Wusstest du das etwa nicht?"

„Nein. Wie gesagt. Ich war noch nie in dem Stück und habe mich bisher auch nicht danach erkundigt."

„Tja. Jetzt weißt du es."

„Das erklärt immerhin, warum Lasse mir Karten für den Nachmittag gegeben hat."

„Es gibt wohl auch eine kürzere Variante, aber das hier ist das Original und das dauert seine Zeit. Du hättest auch an zwei aufeinanderfolgenden Abenden gehen können. Die Möglichkeit besteht ebenfalls."

„Oha. Nein. Dann finde ich es so herum besser. Was machen wir denn jetzt in der Zwischenzeit?"

„Wie wäre es, wenn wir etwas essen gehen?", schlug ich vor. „Du siehst aus, als könntest du was zu beißen gebrauchen."

„Du hast recht. Ich verhungere gleich. Was gibt es denn hier in der Nähe?"

„Alles Mögliche. Willst du lieber was auf die Hand oder ein richtiges Restaurant?"

„Ganz ehrlich? Ich hätte Lust auf einen richtig fettigen Hotdog mit ganz viel Ketchup."

„Really?" Skeptisch sah ich sie an.

Keins der Mädchen, mit denen ich bisher ausgegangen war, hätte je zugegeben, dass sie Hotdogs aß, geschweige denn, es vor meinen

Augen getan. Für gewöhnlich aßen diese Frauen in meiner Gegenwart nur Salat mit Hühnchen. Ich wusste von Freunden, dass sich das nach ein paar Monaten Beziehung änderte und die Frauen dann ihr gefräßiges wahres Ich zeigten, aber soweit war ich nie mit einer Frau gekommen.

„Klar. Warum nicht? Ich liebe Hotdogs und in Windholm bin ich viel zu selten dazu gekommen, sowas zu essen."

Sie verzog den Mund und ich vermutete, dass ihr Essverhalten wie so vieles in ihrem Leben von ihrem Freund bestimmt worden war. Wie eigenartig. Warum hatte sie sich von diesem Kerl nur derart herumkommandieren lassen? Auf mich wirkte sie überhaupt nicht so als entspräche das ihrem Naturell. Doch vielleicht täuschte das auch.

„Hotdogs sind eigentlich nicht so mein Ding", gab ich zu. „Ich esse generell kein Fastfood."

„Wie bitte? Was stimmt nicht mit dir? Du bist doch ein Kerl. Da ist es sozusagen genetisch vorgesehen, dass du ungesunde Dinge in dich hineinstopfst. Es sei denn, du bist auf Diät. Dann ist das natürlich was anderes."

„Moment. Also hat dein Exfreund ungesunde Dinge gegessen und dir gesagt, du darfst das nicht?"

„Nein. Das hat er mir nicht gesagt. Es war eher der Blick, den er mir zugeworfen hat, wenn ich Pommes oder Pizza essen wollte. Dieser ‚Bist du sicher, dass das gut für dich ist'-Blick."

„Das verstehe ich nicht. Warum denn? Weil es ungesund ist?"

„Einmal das. Und weil er nicht wollte, dass ich dick werde. Meine Mutter hat deutlich zu viel auf den Hüften und seitdem ich Oliver kenne, hat er mir nach jedem Treffen gesagt, dass er froh sei, dass ich nicht so aussehe und dass ich es auf keinen Fall so weit kommen lassen dürfe."

„Oh. Das ist hart."

Sie nickte. „Er konnte ganz schön gemein sein, wenn er wollte. Also was ist jetzt? Hotdogs?"

Ich seufzte. „Also gut. Aber nicht diese langweiligen Nullachtfünfzehn-Hotdogs. Wenn, dann essen wir etwas Besonderes."

Kapitel 14

Rike

„Wow", sagte ich und genoss den Geschmack in meinem Mund. „Die sind der Hammer."

Ethan hatte mich zu einem Ort in der Nähe des Theaters gebracht, der Soho Square Park hieß. Hier gab es einen ganz speziellen Hotdog-Stand, wo die Würstchen nicht einfach nur lieblos in ein Brötchen gepackt wurden, sondern wo man sie mit Salat, Kartoffelbrei und Röstzwiebeln in Tortillas eingerollt bekam. Am Ende kamen Ketchup und Mayo oben drauf. Auf diese Art und Weise hatte ich noch nie ein Würstchen gegessen und staunte, wie gut es mir schmeckte.

„Sag ich doch", schmunzelte Ethan.

„Ist das was typisch Englisches?"

„Definitely not. Keine Ahnung woher das kommt, aber ich habe es vor ein paar Jahren einmal probiert und es ist mir gut in Erinnerung geblieben."

„Kann ich verstehen. Darauf muss man erstmal kommen. Die Kombination ist genial."

Wir setzten uns auf eine Bank in die Sonne und beobachteten die anderen Besucher des Parks.

Auch hier gab es viele Grünflächen und ich staunte über die Statuen und Denkmäler, die dem Park ein besonderes Flair verliehen.

„Ich hätte nicht gedacht, dass es in London so friedlich sein kann", stellte ich fest.

Ethan sah mich von der Seite an. „Ach nicht? Wie hast du es dir denn vorgestellt?"

„Laut, stickig und dreckig."

„Well. Einige Teile von London sind laut, stickig und dreckig. Genau wie in allen Großstädten, aber London kann auch richtig schön sein. Wenn du möchtest, dann zeige ich dir demnächst mal ein paar der Sehenswürdigkeiten, die es hier gibt."

„Das würdest du tun?"

„Klar. Warum nicht? Immerhin bist du Lasses Schwester."

Seine Worte versetzten mir einen Stich. Natürlich. Er tat das alles nur Lasse zuliebe. Warum sollte er es auch mir zuliebe tun, wenn er mich überhaupt nicht kannte?

Ich räusperte mich. „Nett von dir, aber ich denke, Fiona kann mir die Stadt genauso gut zeigen. Immerhin ist sie hier aufgewachsen."

„Das mag sein, aber ich wette, ich kenne Ecken von London, die sie noch nie gesehen hat."

„Was denn für Ecken? Die Nationalbibliothek?"

Ethan hob die Augenbrauen. „Die ist beeindruckender als du vielleicht denkst."

Eigentlich hatte ich ihn nur aufziehen wollen, als plötzlich mein Handy klingelte. Die Nummer war unbekannt, was kein Wunder war, da ich nur sehr wenig Nummern eingespeichert hatte. Doch da sie aus Deutschland stammte, ging ich dran, weil ich vermutete, dass es meine Mutter oder mein Vater war.

„Ja?"

„Rike. Endlich."

Mein Herz sackte mir in die Hose und mit einem Mal war mir der Appetit vergangen.

„Woher hast du diese Nummer?", fragte ich.

„Von deiner Mutter. Sie wollte sie mir zuerst nicht geben, aber ich konnte sie überzeugen, dass es wirklich wichtig ist, dass wir miteinander reden."

Es fühlte sich an, als hätte ich einen dicken Stein in meinem Magen. Ich gab Ethan ein Zeichen, dass ich gleich wiederkommen würde und entfernte mich ein paar Meter, um mich dort an einen Baum zu lehnen.

„Was willst du, Oliver?", zischte ich dann. „Es hat einen guten Grund, warum ich dir meine Nummer nicht gegeben habe und die besteht darin, dass ich nicht mehr mit dir reden will. Das zwischen uns ist vorbei. Ein für alle Mal."

„Und du hattest nicht den Mumm, mir das ins Gesicht zu sagen?"

„Das habe ich. Mehrfach. Du hast mich nur nie für voll genommen."

„Weil sich bisher nie etwas geändert hat. Woher hätte ich wissen sollen, dass es diesmal anders sein würde?"

„Weil das, was du gesagt hast, alles verändert hat. Ich kann dich nicht heiraten, Oliver. Auf gar keinen Fall."

Oliver seufzte tief. „Das hat deine Mutter mir schon gesagt. Sie meint, du hättest kalte Füße bekommen und das ist okay. Wir müssen nicht diesen Herbst heiraten. Damit können wir uns auch noch Zeit lassen. Hauptsache, du kommst zurück nach Hause."

Mir wurde übel als er das sagte. Die Wohnung, von der er da sprach war für mich nie mein Zuhause gewesen. Windholm. Ja. Das Dorf hatte ich als meine Heimat angesehen, aber die Wohnung definitiv nicht.

„Das werde ich nicht", stellte ich klar.

„Und warum nicht?"

„Weil das zwischen uns vorbei ist. Ich kann nicht atmen, wenn ich in deiner Nähe bin. Du erdrückst mich."

„Liegt es an meinem Rollstuhl?", fragte er. „Ist das das Problem? Verdammt. Ich wusste ja immer, dass ..."

„Nein!" Ich schrie es regelrecht. „Das ist nicht der Grund und das weißt du genau."

„Ach ja? Weiß ich das? Es fühlt sich nämlich anders an. Ich sitze nur deinetwegen in diesem beschissenen Rollstuhl und jetzt willst du mich verlassen, weil ich deswegen ein bisschen unzufrieden bin?"

Unzufrieden war wohl die Untertreibung des Jahrhunderts. Er kam überhaupt nicht damit zurecht, sondern gab mir zu jeder sich bietenden Gelegenheit die Schuld an allem. So wie jetzt auch wieder.

Ich rieb mir über das Gesicht und versuchte, die Kopfschmerzen zu ignorieren, die in mir aufstiegen.

„Ich kann das nicht mehr, Oliver", sagte ich. „Es tut mir leid. Ich habe es wirklich versucht. Zwei Jahre lang habe ich es versucht, aber ich kann nicht bei dir bleiben, nur weil ich Schuldgefühle habe."

„Nein. Ganz offensichtlich nicht. Stattdessen lässt du mich im Stich. Dir ist schon klar, dass ich auf dich angewiesen bin, oder?"

„Das bist du nicht. Du hast jede Menge Geld und kannst dir problemlos einen Pfleger leisten, wenn du Hilfe brauchst."

„Ich will aber keinen gottverdammten Pfleger. Ich will die Frau, die ich liebe und das bist, welch Überraschung, nun einmal du. Verdammt, Rike. Du musst wiederkommen. Ich krepiere hier ohne dich. Was, wenn ich die Treppe runterfalle oder im Bad stürze? Dann ist niemand da, der mir helfen kann. Gestern erst bin ich aus dem Rollstuhl gerutscht, als ich mir die Zähne putzen wollte und habe über eine Stunde gebraucht, bis ich wieder drin war. Ich brauche dich hier! Oder willst du nochmal schuld sein, falls mir etwas passiert?"

Tränen liefen mir über die Wange, als er das sagte, aber ich durfte nicht nachgeben. Das hatte ich viel zu oft getan und ich ertrug es einfach nicht mehr, jedes Mal als sein Boxsack zu fungieren. Selbst wenn ich dafür von allen Menschen verurteilt wurde.

„Ich kann das nicht", sagte ich erneut. „Es tut mir leid, Oli. Ruf deine Mutter an. Die soll dir helfen. Ich bin nicht mehr dazu imstande."

Mit diesen Worten legte ich auf und schaltete das Handy ab. Ich versuchte mich zusammenzureißen, aber die Tränen liefen ungebremst über mein Gesicht, bis sich plötzlich jemand vor mich kniete und sie mit dem Daumen von meinen Wangen wischte.

„Hey, girl", sagte Ethan und sah mich mitleidig an. „Komm her."
Er setzte sich neben mich und legte mir ohne ein Wort einen Arm
um die Schultern und zog mich an sich.

Das brachte mich erst recht zum Weinen.

„Oh Gott", schluchzte ich. „Tut mir leid. Jetzt hast du lauter Fle-
cken auf deinem Shirt."

„No worries. Die gehen wieder raus. Immerhin trägst du keine
Mascara."

Er zwinkerte mir zu und in diesem Moment war ich so froh, dass
er bei mir war, dass ich gar nicht wusste, was ich sagen sollte.

„Geht es wieder?", fragte er, nachdem ich mich ein bisschen beruhigt hatte und ich nickte.

„Ja. Danke. Es ... ist schon okay."

„Was war denn los?"

„Tja. Wie es aussieht, muss ich schon wieder meine Handynummer ändern. Und diesmal gebe ich sie meiner Mutter nicht mehr.
Wenn sie mit mir reden will, dann soll sie mir eine Email schreiben
und ich rufe sie zurück."

„War das am Telefon dein Exfreund?"

„Ja."

„Willst du darüber reden?"

„Eigentlich nicht."

„Okay. Falls du deine Meinung änderst, gib mir Bescheid. Ob du
es glaubst oder nicht, ich bin ein guter Zuhörer."

Das brachte mich zum Schmunzeln. „Ach wirklich? Bisher hatte
ich den Eindruck, dass du dich vor allem gerne selbst reden hörst."

„Ich habe ja auch eine ganz besonders schöne Stimme", sagte
Ethan scherzhaft.

„Die hast du tatsächlich. Dieser australische Akzent ist zuckersüß."

„Verdammt. Und ich dachte, den hätte ich mir inzwischen ab-
trainiert. Immerhin habe ich fast ein Jahr lang jeden Tag daran gearbeitet, als ich auf der Ranch meinem Vater und meinem Cousin
geholfen habe.

„Sprechen die beiden denn perfektes Deutsch?"

„Oh ja. Viel perfekter geht es gar nicht. Auf der Ranch wird generell hauptsächlich Deutsch gesprochen, weil meine Stiefmutter nicht besonders gut Englisch kann."

„Das stelle ich mir eigenartig vor so mitten in Australien."

Ethan zuckte mit den Schultern. „In Australia gibt es einige deutsche Einwanderer und sehr viele Leute, die dort Work and Travel machen. So ungewöhnlich ist das also nicht."

„Das klingt spannend. Ich wäre auch gerne eine Zeitlang ins Ausland gegangen nach dem Abi."

„Tja. Dann ist es ja gut, dass du jetzt hier bist."

Ich wischte mir die Augen trocken und nickte. „Stimmt. Ich habe es zwar nicht bis Australien geschafft, aber England ist zumindest ein Anfang."

„Absolutely. Und wenn du irgendwann nach Australia willst, kann ich dich gerne begleiten und dir das Land zeigen. Oder zumindest einen Teil davon, denn um ganz Australia zu sehen, braucht man sicherlich mehr als ein Jahr."

Ich lächelte. „Das kann ich mir vorstellen und danke für das Angebot. Vielleicht komme ich irgendwann darauf zurück."

Ethan sah auf seine Uhr und blickte mich fragend an.

„Möchtest du zurückgehen? Die Vorstellung geht bald weiter. Oder soll ich dich lieber nach Hause bringen?"

„Auf gar keinen Fall. Ich werde mir von Oliver bestimmt nicht schon wieder den Spaß verderben lassen. Immerhin erwartet Lasse, mich im Publikum zu sehen und ich will ihn um keinen Preis wieder enttäuschen."

„That's my girl", sagte Ethan und zog mich auf die Beine. „Dann los, bevor wir zu spät kommen."

Kapitel 15

Ethan

„Lasse", rief Rike so laut, dass mir fast das Trommelfell platzte und fiel ihrem Bruder um den Hals. „Du warst toll. Einfach wunderbar. Und ich bin verdammt sauer auf dich, weißt du das?"

Sie ließ ihn wieder los und boxte ihm gegen den Arm.

„Aua", sagte Lasse und rieb sich die Stelle, obwohl es ganz sicher nicht wehgetan hatte. „Warum bist du sauer auf mich? Ich dachte, ich war gut."

„Das warst du auch, aber ich fass es nicht, dass du mir nichts davon erzählt hast, dass du bei Harry Potter mitspielst. Ich meine, mal ernsthaft: Harry Potter!"

Lasses Miene wurde weich. „Weißt du. Ich wollte es dir mehrfach erzählen, aber in den letzten Wochen kam jedes Mal was dazwischen. Wann immer wir telefoniert haben, hast du nur von Oliver geredet und davon, wie schwierig die Situation ist. Da wollte ich nicht mit so etwas Banalem ankommen."

Rike wirkte bedrückt und wich seinem Blick aus.

„Es tut mir leid", sagte sie dann. „Ich wollte dir nie das Gefühl geben, dass du mir nicht davon erzählen kannst, wenn in deinem Leben etwas Wichtiges passiert. Oliver hat viel zu viel Platz in meinem Leben eingenommen, aber damit ist jetzt endgültig Schluss. In

Zukunft will ich es jedes Mal wissen, wenn du eine neue Rolle hast, selbst wenn du nur die kleine Maus von Cinderella spielst."

Lasse lachte. „Einverstanden, Schwesterherz. Hat es dir auch gefallen, Ethan?"

„Allerdings. Es ist zwar nicht das erste Mal, dass ich die Show sehe, aber es ist jedes Mal wieder gut. Hinzu kommt, dass sich Kleinigkeiten im Theater ändern und das macht es für mich so viel interessanter als Kino. Da ist ein Film jedes Mal gleich. Mir ist zum Beispiel aufgefallen, dass du deinen Text diesmal besser draufhattest als bei der Probe. Da musste die Souffleuse dir ein paarmal helfen."

Lasse nickte. „Äh, ja. Danke, dass du mich daran erinnerst."

„Kein Problem. Dafür sind doch Freunde da."

Lasse verdrehte die Augen. „Na, wie auch immer. Wie sieht es aus? Wollt ihr noch eine Führung durch die Kulissen?"

Sofort begannen Rikes Augen zu glänzen. „Das geht?", fragte sie.

„Nicht für alle, aber für ausgewählte Zuschauer ist das okay. Und immerhin bist du meine Schwester."

„Dann ja. Auf jeden Fall."

„Was ist mit dir, Ethan. Kommst du auch mit?"

Ich sah auf die Uhr. Eigentlich hatte ich noch ein Date, zu dem ich gehen wollte, aber Rikes flehender Blick brachte mich dazu, es mir anders zu überlegen.

„Also gut. Warum nicht? Hinter der Bühne war ich immerhin auch noch nicht."

„Klasse. Dann mal los", sagte Rike und hakte sich bei mir ein, während wir ihrem Bruder nach hinten folgten.

Hier herrschte rege Betriebsamkeit. Alles musste abgebaut werden und die Schauspieler waren dabei, sich wieder abzuschminken. Obwohl ich erst unsicher gewesen war, ob ich mitkommen sollte, fand ich es überraschend interessant. Lasse zeigte uns, wie einige der Special Effects funktionierten und stellte uns ein paar der anderen Schauspieler vor.

„Darf ich vorstellen?", fragte er, sobald wir bei James angekommen waren. „Das hier ist James Dawson. Du hast ihn schon mal kurz gesehen. Vielleicht erinnerst du dich."

„Ja, klar. Tut mir leid", sagte Rike und errötete. „Ich hoffe, ich habe an deinem Junggesellenabschied nicht allzu viel durcheinandergebracht."

„Unsinn. Ich habe von der ganzen Sache kaum was mitbekommen. Es freut mich riesig, dass du da bist und dir das Stück angesehen hast. Lasse redet von nichts anderem mehr als von dir."

Lasse errötete und ich fragte mich nicht zum ersten Mal, ob er nicht mehr für James empfand, als er zugeben wollte. Verständlich wäre es. James sah gut aus für einen Kerl. Er war groß, hatte ebenmäßige Gesichtszüge und dunkles Haar, das er für seine Rolle hatte wachsen lassen, sodass es ihm leicht verstrubbelt vom Kopf stand. Er war einer der nettesten Typen, die ich kannte und es war offensichtlich, dass Lasse an ihm hing. Nur war James leider verlobt.

„Das freut mich", sagte Rike und lächelte James offen an. „Ihr habt beide ganz wunderbar gespielt. Ich habe mich total in die Welt von Harry Potter versetzt gefühlt."

„So soll es sein. Willst du den Schauspieler von Harry Potter auch noch kennenlernen?", bot James an und Rikes Augen wurden groß.

„Das geht?", fragte sie.

„Natürlich", bestätigte Lasse und winkte uns hinter sich her. „Benjamin ist ein richtig netter Kerl."

Wir folgten ihm und Rike hatte ganz offensichtlich einen kleinen Fangirl-Moment, als sie dem Darsteller von Harry Potter begegnete, der dem Schauspieler Daniel Radcliffe überaus ähnlich sah. Sie durfte sogar ein Foto mit ihm machen und unterhielt sich eine ganze Weile mit ihm und der Darstellerin von Hermine Granger.

„Ich freue mich, dass du Rike herbegleitet hast", sagte Lasse, der neben mir stand und mit mir zusammen beobachtete, wie glücklich seine Schwester gerade war. „Es wäre ein Jammer gewesen, wenn sie die Show alleine hätte sehen müssen."

„Wieso das? Ich meine … klar. Zu zweit macht es mehr Spaß, aber es ging bei der ganzen Sache doch hauptsächlich darum, dass sie dich endlich mal wieder auf der Bühne sieht."

Lasse schüttelte den Kopf. „Wenn man gemeinsam Dinge macht, dann schafft das eine Verbindung und Verbindungen kann Rike gut brauchen. Seitdem sie die Schule beendet hat, ist sie in dem kleinen Kaff, aus dem wir kommen, ganz schön vereinsamt. Sie hat sich zwei Jahre lang nur um Oliver gekümmert und natürlich um das Geschäft unserer Eltern. Für andere Dinge war einfach kein Platz. Aber ich wünsche ihr so sehr, dass sie endlich mal für sich selbst lebt und ich habe die Hoffnung, dass sie das jetzt tun wird."

Ich nickte nachdenklich. „In der Pause vorhin hat dieser Oliver sie offenbar angerufen. Rike war außer sich und ist danach weinend zusammengebrochen. Ich dachte, das solltest du wissen."

Lasse runzelte besorgt die Stirn. „Danke, dass du es mir gesagt hast. Oliver ist so ein Mistkerl. Woher hatte er ihre Nummer?"

„Von eurer Mutter."

Lasse rieb sich die Stirn, als hätte er Kopfschmerzen. „Oh nein. Mama. Wie konntest du nur?" Er schüttelte den Kopf. „Unsere Eltern verstehen nicht, wie toxisch diese Beziehung zwischen Rike und Oliver ist. Niemand versteht das. Alle sehen nur den armen Kerl, der nach dem Unfall nie wieder derselbe sein wird, aber keiner versteht, dass es für Rike genauso ist. Sie mag zwar körperlich unversehrt sein, aber trotzdem hat sich für sie alles geändert und sie muss einen Weg finden, damit klarzukommen. Jahrelang hat sie versucht, ihre Schuldgefühle damit zu bekämpfen Olivers Schuhabtreter zu sein, aber ich hoffe, dass das nun endgültig vorbei ist."

Ich hatte Fragen. So viele Fragen, aber bevor ich eine davon stellen konnte, war Rike schon wieder bei uns und strahlte in die Runde. „Ich habe Fotos mit Harry, Ron und Hermine. Das ist so cool. Mein früheres Ich wäre unglaublich neidisch auf mich."

Ich schmunzelte aufgrund ihrer kindlichen Begeisterung und nickte. „Kann ich verstehen. Obwohl ich persönlich lieber ein Foto mit dem sprechenden Hut hätte."

Lasse lachte. „Das lässt sich arrangieren", versicherte er mir. „Na los. Der Hut befindet sich bei den Requisiten."

Kapitel 16

Rike

Es war bereits spät, als ich mit Ethan ein Taxi zurück zur Wohnung nahm. Lasse würde nachkommen, weil er noch ein paar Dinge zu erledigen hatte und ich war immer noch geflasht von der ganzen Magie, die ich an diesem Tag erlebt hatte.

„Gott. Ich kann es immer noch nicht fassen", bemerkte ich, als wir zusammen auf der Rückbank des Taxis saßen. „Es war einfach nur unglaublich."

„Das stimmt. Nicht zu fassen, dass der Hut mich zu Slytherin schicken wollte."

Ich lachte aus vollem Halse. „Das hat mich allerdings auch überrascht. Ravenclaw wäre doch bei dir viel passender. Die sind klug, kreativ und intelligent. Ich hingegen fühle mich bei Hufflepuff ganz wohl."

„Wofür stehen die?"

„Treue und Gerechtigkeit."

„Unfassbar. Woher weißt du sowas alles?"

Ich errötete. „Was denkst du denn? Ich habe damals jeden Harry Potter Test gemacht, der mir in die Finger gekommen ist. Angeblich habe ich viel Ähnlichkeit mit Luna Lovegood."

„Ah. Die mochte ich immer sehr. Irgendwie hatte ich damals erwartet, sie oder Hermine würden am Ende bei Harry landen."

„Geht mir genauso. Ich fand Hermine immer viel zu klug für Ron. Das passte überhaupt nicht. Keine Ahnung, warum so viele Fans sich das gewünscht haben."

Ethan schmunzelte. „Philosophieren wir gerade über Harry Potter? Solche Gespräche führe ich sonst eher, wenn es um Goethes Faust geht."

„Oh. Das habe ich zwar gelesen, aber das ist schon ziemlich lange her. Wenn du darüber diskutieren willst, müsste ich mich erst nochmal schlau machen."

„Schon gut. Ich freue mich schon, dass du überhaupt so viel Interesse an Büchern hast. Die letzte Frau mit der ich länger als ein paar Stunden zusammen gewesen bin, hat überhaupt nicht gelesen. Etwas, das ich kein Stück nachvollziehen kann."

„Und wer war das?"

„Judith. Die Patentochter meiner Stiefmutter."

„Die Frau, die jetzt mit deinem Cousin zusammen ist?"

Ethan nickte und ich runzelte die Stirn.

Es kam mir eigenartig vor, dass er sie erwähnte, wenn sie doch die Freundin von seinem Cousin war, aber wie es aussah, hatten er und diese Judith auch eine Vorgeschichte.

„Okay", sagte ich und beugte mich vor. „Ich bin neugierig. Was hat es mit dir und dieser Judith auf sich?"

Ethan kratzte sich verlegen am Hinterkopf. „Das ist eine lange Geschichte. Die erzähle ich dir vielleicht ein andermal."

Das Taxi hielt an und Ethan bezahlte wie selbstverständlich den Fahrer. Dann stieg er aus und hielt mir die Hand entgegen, um mir rauszuhelfen.

Ich zögerte kurz, beschloss aber dann, dass es lächerlich gewesen wäre, sie abzulehnen. Also ergriff ich sie und spürte sogleich ein Kribbeln in meinen Fingern als sie seine Haut berührten. Sobald er mich hochzog, standen wir einen Moment ganz nah voreinander und ich versank regelrecht in seinen blaugrünen Augen, die mich ein wenig an das offene Meer erinnerten. Unsere Blicke verhakten sich und eine Sekunde hatte ich das Gefühl, die Welt würde stillstehen. Solange, bis sich jemand neben uns räusperte.

„Ethan?", fragte eine junge Frau und wir ließen einander abrupt los. „Ist das dein Ernst? Du versetzt mich wegen einer anderen?"

„Estelle? Was machst du denn hier?", fragte Ethan. „Ich hatte dir doch geschrieben, dass wir das Date verschieben müssen."

„Ja, aber das habe ich erst gesehen, als ich schon auf dem Weg hierher war. Und wer ist das da? Ist sie etwa der Grund, warum du heute nicht kannst? Himmel. Ich hatte dir wirklich einen besseren Geschmack zugetraut."

Das saß. Ich wusste zwar, dass ich mit den Modelfrauen nicht mithalten konnte, mit denen Ethan sich offenbar traf, aber dennoch tat es weh, das so direkt vor den Latz geknallt zu bekommen.

„Ich ... ähm. Gehe dann jetzt rein", sagte ich und wandte mich der Tür zu.

„Nein. Rike. Warte. Ich komme mit."

„Ach. Jetzt willst du mich auch noch stehen lassen, ja?", patzte Estelle.

„Schon gut, Ethan", sagte ich. „Ich gehe schon mal nach oben. Ich bin sowieso müde."

„Sie geht nach oben?", keifte Estelle. „Also hast du jetzt vor die Nacht mit ihr zu verbringen?"

„Sie ist nicht mein Date, sondern nur die Schwester meines Mitbewohners", erklärte Ethan und aus irgendeinem Grund tat es nochmal weh, das zu hören. Es stimmte zwar, aber so, wie er das sagte, klang es, als wäre es vollkommen abwegig, dass ich sein Date sein könnte und irgendwie störte mich das.

Ich sollte mir dringend ein dickeres Fell zulegen. So viel war klar.

Was Estelle auf Ethans Worte erwiderte, bekam ich gar nicht mehr mit, weil ich da bereits die Tür geöffnet hatte und in das Haus getreten war. Ich hatte keine Lust auf den Aufzug zu warten, also nahm ich die Treppe und war froh, als ich kurze Zeit später in der

Wohnung ankam. Am liebsten hätte ich mich in mein eigenes Zimmer verkrümelt, aber leider hatte ich keins. Also ging ich in die Küche und sah in die Schränke, bis ich eine Flasche Prosecco fand, die ganz sicher meinem Bruder gehörte. Ich holte sie heraus, öffnete sie und nahm einen großen Schluck. Dann schnappte ich mir eine Packung Chips, warf mich mit den Sachen auf die Couch und zappte mich durch Netflix.

Für meinen Geschmack gab es einfach zu viel Auswahl, also landete ich am Ende bei einem Film, den ich schon immer gerne gesehen hatte. Stolz und Vorurteil. Oliver hatte es immer gehasst, wenn ich solche Liebesfilme schaute, daher bereitete es mir jetzt eine besondere Genugtuung, auf Play zu drücken und mich in die Welt von Elizabeth und ihrem Mister Darcy ziehen zu lassen.

Zu meiner Überraschung dauerte es allerdings keine fünf Minuten, bis auch Ethan die Wohnung betrat. Allerdings ohne Estelle. Gleich drückte ich auf Pause und sah ihn an.

„Was ist los?", fragte ich. „Wollte sie nicht mehr mitkommen?"

Er schüttelte den Kopf. „Ich habe sie weggeschickt. Ich habe keine Lust auf komplizierte Frauen und Estelle gehört eindeutig zur Kategorie kompliziert."

Dem konnte ich nicht widersprechen, sondern drückte wieder auf Play.

„Was guckst du da?", fragte Ethan neugierig.

„Stolz und Vorurteil", erklärte ich. „Die Version mit Keira Knightley. Sie ist einfach genial."

„Hm", machte er. „Was dagegen, wenn ich mitgucke?"

Ich runzelte die Stirn. „Ich dachte, du schaust keine Filme."

„Tue ich auch normalerweise nicht, aber wir haben immerhin eine Wette abgeschlossen und Stolz und Vorurteil ist ein Klassiker, daher habe ich das Buch selbstverständlich gelesen."

Ich zögerte. Ich war zwar nach wie vor davon überzeugt, dass es Filme gab, die besser waren als das Buch, aber ich war mir unsicher, ob dieser hier dazu gehörte.

„Also gut", sagte ich dann. „Aber wir nehmen einen anderen Film. Stolz und Vorurteil ist zwar gut, aber es gibt Bessere."

„Okay. Was schlägst du vor?"

„Hast du The Green Mile von Stephen King gelesen?"

Ethan lachte. „Seriously? Ich habe alle seine Romane gelesen und The Green Mile ist genial. Der Film kann unter gar keinen Umständen besser sein als das Buch. No way."

„Lass es uns herausfinden. Probieren geht über Studieren."

Mit Ethan einen Film zu schauen war anders als mit Oliver oder Lasse. Mit Oliver hatte ich damals hauptsächlich Actionfilme oder Krimis geschaut. Eigentlich war ich kein großer Fan von solchen Dingen, aber The Green Mile hatte selbst mich berührt und ich hatte deshalb später noch das Buch gelesen. Es war gut. Sehr gut sogar, aber es kam meiner Ansicht nach nicht an den Film heran.

Ethan schien er auch nicht kalt zu lassen, denn er starrte wie gebannt auf den Fernseher und steckte sich ab und zu Chips in den Mund. Ich hatte das Gefühl, als würde er jede Kleinigkeit aufnehmen und analysieren. So als wäre die Story für ihn überhaupt nicht so wichtig, sondern als würde er ständig versuchen irgendwelche Dinge zu finden, die er später kritisieren konnte. Dennoch zeigte sich Mitgefühl auf seinen Zügen, als die Maus des Hauptcharakters starb.

Als der Film vorbei war und der Abspann lief, konnte ich nicht anders, sondern drehte mich zu Ethan um und sah ihn herausfordernd an.

„Und?", fragte ich.

Ethan steckte sich einen weiteren Kartoffelchip in den Mund und nickte dann widerwillig.

„Er war gut. Richtig gut sogar. Die schauspielerische Leistung war genial, das Setting perfekt und die Musik toll. Trotzdem bin ich nicht sicher, ob ich es besser als das Buch fand. Stephen King ist einfach ein Genie."

Enttäuscht verzog ich den Mund. „Was heißt das jetzt? Unentschieden?"

Ethan nickte. „Unentschieden klingt fair. Sobald es sich ergibt, darfst du eine Nacht in meinem Bett schlafen und dafür ziehst du bei nächster Gelegenheit mal ein Kleid an."

„Gut. Das ist ein Deal."

Ich stand auf und merkte erst jetzt, dass ich ein wenig beschwipst war. Ich vertrug wirklich gar nichts.

„Hey. Immer langsam", sagte Ethan. „Wie viel hast du denn getrunken?"

Ich sah die Flasche Prosecco an und stellte überrascht fest, dass sie bis auf einen kleinen Schluck leer war.

„Ich ... hicks. Habe wohl etwas übertrieben."

Ich fühlte mich nicht betrunken, aber ich war definitiv angeheitert.

„Ich bringe mal die Flasche in die Küche und dann ..."

Weiter kam ich nicht, denn ich stolperte über die Teppichkante und wäre sicher gefallen, wenn Ethan mich nicht aufgefangen hätte. Die Sachen glitten mir aus der Hand und ich landete auf Ethans Schoß. Ich musste so sehr lachen, dass mir der Bauch wehtat.

Ethan schüttelte amüsiert den Kopf und sah auf mich hinunter.

„Du solltest wirklich keinen Alkohol trinken", bemerkte er.

„Vielleicht", bestätigte ich. „Aber nach diesem Mist heute habe ich das irgendwie gebraucht. Ich kann nicht fassen, dass meine Mama Oliver meine neue Nummer gegeben hat. Sollte sie nicht eigentlich auf meiner Seite sein?"

Ethan nickte. „Das sollte sie definitiv."

Nachdenklich betrachtete ich Ethans Mund, der aus der Nähe unglaublich gut aussah. Er war glatt rasiert und ich war mir sicher, dass sich seine Haut weich anfühlen musste.

„Wusstest du, dass ich noch nie einen anderen Mann geküsst habe als Oliver?", fragte ich.

Ethan legte den Kopf schief.

„Du meinst abgesehen von der Wasserleiche?"

Ich errötete und winkte ab. „Der zählt doch gar nicht. Den Kuss habe ich immerhin abgebrochen, bevor er richtig intensiv werden konnte."

„Und vor Oliver war auch nie was?"

„Nein. Wir sind zusammengekommen, als ich sechzehn war und vorher hatte es sich irgendwie nie ergeben."

„Tja. Vielleicht hättest du es machen sollen wie in Stolz und Vorurteil. Wie es aussieht, sind Küsse da erst ab der Ehe erlaubt."

Ich nickte und ehe ich mich daran hindern konnte, hatte ich die Hand ausgestreckt und fuhr ihm mit dem Finger über die Wange.

„Würdest du mich küssen, Ethan?", fragte ich aus einem Impuls heraus und konnte die Ader an seinem Hals pochen sehen, als sein Herzschlag sich erhöhte. Ganz offensichtlich hatte er mit dieser Frage nicht gerechnet.

„Ich … ähm." Er räusperte sich. „Ich glaube nicht, dass das eine gute Idee ist."

„Ich glaube schon. Ich finde, es wird höchste Zeit, dass ich jemanden küsse, der nicht Oliver ist und ich denke, dass du dafür genau der richtige bist. Oder findest du mich hässlich?"

Ethan lachte leise. „Ich finde dich nicht hässlich und darum geht es auch gar nicht. Aber du wohnst hier und wenn etwas zwischen uns läuft, dann könnte das alles kompliziert machen. Du bist immerhin Lasses Schwester."

„Hat er dir etwa verboten was mit mir anzufangen?"

„Schön wär's. Er hat mich sogar dazu ermutigt. Er meinte, du bräuchtest unbedingt Ablenkung und da wäre ich genau der Richtige."

„Ah. Ja. Das passt eher zu ihm. Lasse war immer der Meinung, dass ich viel zu wenig Erfahrung mit Männern habe und dass es wichtig wäre, verschiedene Sorten Käse zu probieren, bevor man beschließt, dass Ziegenkäse der einzig Wahre ist."

Das brachte Ethan jetzt richtig zum Lachen. „Ziegenkäse also, ja? Ich weiß ja nicht, aber es könnte sein, dass mein Aroma für deinen Geschmack zu würzig ist."

Ich zuckte die Schultern. „Solange du kein Stinkekäse bist, ist alles gut. Das Risiko gehe ich ein."

Jetzt wurde Ethan ernst und sah mich eindringlich an. „Ich würde dich gerne küssen, Rike. Aber ich glaube wirklich nicht, dass das eine gute Idee ist. Ich bin kein Kerl für eine Beziehung. Außerdem hast du getrunken. Ich will nicht, dass du es morgen bereust."

Ich hob die Hand und legte sie feierlich auf meine Brust. „Ich gelobe, dass ich nichts weiter von dir will als diesen Kuss. Ich erwarte weder, dass wir in die Kiste springen, noch einen Heiratsantrag. Ich möchte einfach nur wissen, wie es ist, wenn ich es wirklich will, verstehst du?"

„Wie meinst du das? Wolltest du es bei Oliver nicht?"

„Doch. Am Anfang schon. Ich war neugierig und er sah gut aus. Ich wollte unbedingt mit ihm zusammen sein, aber irgendwie war das Küssen mit ihm nicht so gut, wie ich es mir vorgestellt hatte. Und später ... da haben wir uns nur noch geküsst, weil man das als Pärchen halt so macht. Ich habe mich regelrecht dazu verpflichtet gefühlt und es nicht getan, weil ich es genossen habe."

Ethan sagte nichts und so langsam beschlich mich das Gefühl, dass es falsch war, ihn so zu drängen. Das stand mir überhaupt nicht zu. Er hatte gesagt, dass er mich nicht küssen wollte und es war erbärmlich, dass ich ihn jetzt darum anbettelte, nur weil ich wegen des Telefonats mit Oliver frustriert war.

„Weißt du was?", fragte ich und versuchte von Ethans Schoß zu klettern. „Vergiss es. Das war eine doofe Idee."

Doch als ich aufstehen wollte, hielt Ethan mich zurück.

„Hiergeblieben", sagte er und rollte sich mit mir herum, sodass ich plötzlich unter ihm lag. „Nur ein Kuss", sagte er dann. „Kein Sex. Keine Verpflichtungen."

Ich nickte atemlos und mein Körper begann vor Vorfreude zu zittern, weil ich es kaum noch erwarten konnte.

„Einverstanden", flüsterte ich, weil ich das Gefühl hatte, er müsste es hören.

Und dann beugte er sich zu mir herunter und küsste mich.

Kapitel 17

Ethan

Das war die dümmste Idee aller Zeiten. Das wurde mir spätestens klar, als meine Zunge die von Rike berührte, die leicht nach Prosecco schmeckte und ein Feuerwerk durch meinen Körper jagte, mit dem ich nicht gerechnet hatte.

Ich hatte schon viele Frauen in meinem Leben geküsst. So viele, dass ich längst den Überblick verloren hatte. In meinen wildesten Zeiten hatte ich mehrere Frauen pro Woche in meinem Bett gehabt. Teilweise sogar zwei auf einmal. Aber das hier? Das war anders. Ich nahm mir selten die Zeit eine emotionale Bindung zu einer Frau aufzubauen, bevor ich mit ihr schlief und das hier war nur ein Kuss.

Doch der war so bittersüß und schön, dass es mir den Atem raubte. Rike verhielt sich nicht ausgehungert und leidenschaftlich wie die meisten Frauen, mit denen ich ins Bett ging. Sie war zurückhaltend und schüchtern, aber gleichzeitig neugierig und mutig und diese Kombination faszinierte mich.

Verdammt. Wie konnte das sein? Rike war überhaupt nicht mein Typ und dennoch fühlte es sich so unglaublich richtig an, sie zu küssen. Es schmeckte nach mehr und ich fühlte, wie mein Körper auf sie reagierte.

Mein Glied wurde hart und ich fuhr mit meinen Händen Rikes Körper entlang, um herauszufinden, was sich unter ihren weiten Klamotten verbarg.

Ich hatte mich selten so sehr für ein Mädchen interessiert, weil mir für gewöhnlich klar gewesen war, dass ich sie ohnehin nie wiedersehen würde. Doch bei Rike? Bei ihr war das nicht so. Sie faszinierte mich, weil sie so anders war.

Ich meine, wer sammelte bitte schön die Namen von den Menschen, die er kennenlernte in einem Muschelglas?

Und welche Frau bat einen Kerl, den sie kaum kannte, um einen Kuss, weil sie in ihrem Leben nur von einem einzigen Mann richtig geküsst worden war?

Gegen meinen Willen erinnerte mich die Situation an die Sache mit Judith damals. Sie war sogar noch unerfahrener gewesen als Rike und das hatte mich auf ähnliche Weise gereizt. Nur, dass ich Rike in vielerlei Hinsicht faszinierender fand.

Sie stöhnte, als meine Hand unter ihren Pullover fuhr und meine Finger über ihren nackten Bauch strichen. Himmel. Ihre Haut war so warm und weich und ich wollte unbedingt mehr von ihr.

Es war falsch. So falsch. Und dennoch konnte ich nicht aufhören, sie zu küssen. Ich drang mit meiner Zunge tief in ihre Mundhöhle ein und vergrub meine freie Hand in ihrem kurzen Haar, das sich weich und seidig anfühlte.

Rike mochte keine großen Brüste haben, aber sie war definitiv begehrenswert und ich wollte sie so dringend spüren, dass ich es kaum aushielt. Doch dieser Kuss war nicht für mich, sondern für sie.

Es war das erste Mal, abgesehen von diesem Pete, dass sie nicht ihren Ex küsste und es überraschte mich, wie dringend ich wollte, dass es schön für sie war.

Warum? Was hatte dieses Mädchen an sich, das mich derart berührte?

Meine Hand wanderte weiter nach oben, bis sie ihren BH erreichte. Ich schob meine Finger darunter und umschloss ihre Brust mit meiner Hand. Sie seufzte, als ich sanft ihre Brustwarze neckte und drängte sich gegen mich.

„Ethan", hauchte sie, was dazu führte, dass ich noch härter wurde. „Bitte."

Ich küsste ihren Hals, der verführerisch duftete und vergaß völlig, dass wir abgemacht hatten, nicht weiter zu gehen.

Denn Herrgott. Ich wollte weitergehen. Ich wollte sie in Besitz nehmen und zum Schreien bringen, bis sie vergaß, dass ihr Exfreund überhaupt existierte. Ich wollte sie so sehr, dass es fast schon wehtat. Doch gerade, als ich kurz davor war, ihre Hose aufzumachen, öffnete sich die Wohnungstür und Lasse kam herein.

„Ich bin wieder da", rief er vom Flur aus und Rike und ich fuhren auseinander.

Na, toll. Wenn das nicht das perfekte Timing war.

Kapitel 18

Rike

So ein verdammter Mist. Lasse war da. In einer Sekunde hatte ich noch mit Ethan knutschend auf der Couch gelegen und den schönsten Kuss meines Lebens bekommen und im nächsten Augenblick stieß ich mir heftig den Kopf an dem Couchtisch, weil ich versucht hatte, unter Ethan hervorzukommen und dabei vom Sofa gerollt war.

„Au, verdammt", rief ich und hielt mir die Hand an die Stirn.

„Alles in Ordnung?", fragte Ethan und half mir, mich wieder hinzusetzen.

„Was ist denn hier passiert?", fragte Lasse irritiert, der in diesem Moment das Wohnzimmer betrat. „Ist alles okay?"

„Ja. Ich bin nur gestolpert und habe mir den Kopf gestoßen", behauptete ich, was im Großen und Ganzen ja der Wahrheit entsprach. Den Kuss dazwischen behielt ich vorsichtshalber für mich.

Lasse schüttelte grinsend den Kopf, als er die Flasche Prosecco am Boden sah. „Hast du etwa getrunken? Dann wundert mich das gar nicht. Du hast früher schon nichts vertragen."

„Hör auf, mich auszulachen und hol mir lieber einen Eisbeutel", verlangte ich.

Doch zu meiner Überraschung stand Ethan an seiner statt auf und ging in Richtung Küche.

„Das mache ich", sagte er und gab mir damit das Gefühl, als wollte er Abstand zwischen uns herstellen. Die Frage war nur, warum.

Für mich war dieser Kuss das absolut Wundervollste gewesen, was ich je mit einem anderen Menschen geteilt hatte. Nie hatte ich mich jemandem derart nahe gefühlt. Doch vielleicht war es ihm nicht so gegangen. Im Gegensatz zu mir hatte er sicher schon hunderte Frauen geküsst. Im Vergleich schnitt ich sicherlich ganz schön schlecht ab.

Lasse setzte sich neben mich und schob mir die Haare aus dem Gesicht, um meine Beule zu begutachten.

„Du bist wirklich ein Tollpatsch, Schwesterchen", sagte er. „Du solltest besser auf dich aufpassen."

Seine Worte versetzten mir einen Stich. Oliver hatte mich auch immer als Tollpatsch bezeichnet. Allerdings nicht auf so neckende Weise wie Lasse, sondern vielmehr herablassend und gemein.

Ich stand tatsächlich manchmal etwas neben mir und schaffte es über meine eigenen Füße zu stolpern, aber das war noch lange kein Grund, mir das immer wieder unter die Nase zu reiben.

„Hier", sagte Ethan und reichte Lasse einen Beutel mit gefrorenen Erbsen, den er in ein Küchentuch gewickelt hatte. „Einen Kühlakku haben wir leider nicht."

„Das wird auch gehen. Danke", sagte Lasse und drückte den Beutel gegen meine Beule.

Ich zischte. „Das ist ganz schön kalt."

„Stimmt. Aber es ist besser, als wenn dir am Ende ein Hörnchen wächst."

„Ich ... gehe dann mal ins Bett", verkündete Ethan und vergrub seine Hände in den Hosentaschen.

Er wirkte verlegen, was mir eigenartig vorkam. War ihm der Kuss etwa unangenehm? Eigentlich hatte ich gedacht, es hätte ihm gefallen, aber was wusste ich schon?

„Okay", sagte ich. „Danke ... für alles heute."

Ethan nickte nur. Ihm war sicher klar, dass ich damit nicht nur den Kuss meinte, sondern auch dass er für mich da gewesen war als Oliver mich angerufen hatte und dass er mich überhaupt zu dem Theaterstück begleitet hatte.

„Keine Ursache", sagte er und ging dann in sein Zimmer.

Ich sah ihm hinterher und betrachtete seine geschlossene Tür noch eine ganze Weile, bis Lasse sich neben mir räusperte.

„Da scheint ja definitiv was zwischen euch zu laufen", sagte er.

Geschockt sah ich ihn an. „Nein! Wie kommst du darauf?"

„Verkauf mich nicht für dumm, Rike. Dass da irgendwas zwischen euch ist, war eindeutig. Was ist wirklich passiert? Habt ihr euch geküsst?"

Ich wurde rot und wich seinem Blick aus. „Ja", gestand ich. „Aber das war völlig harmlos. Ich ... ich wollte nur mal wissen wie es ist, einen anderen Typen als Oliver zu küssen."

„Und?" Mit einem erwartungsvollen Grinsen sah Lasse mich an. „Wie war es?"

Ich versuchte, ein Lächeln zu unterdrücken, aber es gelang mir nicht. „Unglaublich", gab ich zu. „Ich hätte nicht gedacht, dass es so schön sein könnte. Gott. Ich bin so ein Luder. Immerhin habe ich mich erst vor einer Woche von Oliver getrennt."

Ich versteckte mein Gesicht in den Händen, aber Lasse zog sie wieder weg.

„Unsinn", beharrte er. „Im Grunde genommen war das zwischen Oliver und dir schon seit zwei Jahren vorbei. Ich verstehe ohnehin nicht, wie er es geschafft hat, dich immer wieder davon zu überzeugen bei ihm zu bleiben. Das war einfach nicht gesund."

Ich biss mir auf die Unterlippe und nickte dann. „Ich weiß", gab ich zu. „Aber du hast keine Ahnung, wie schwer es ist, aus so einer Beziehung herauszukommen. Vor allem, wenn alle Welt denkt, Oliver wäre das Opfer. Vor allem unsere Eltern."

„Hast du denn je versucht, ihnen die Wahrheit zu sagen?"

„Natürlich habe ich das, aber sie spielen das Ganze jedes Mal herunter und sind der Meinung, ich übertreibe. Ich liebe Mama und

Papa, aber ich habe das Gefühl, dass sie es manchmal schaffen mit Scheuklappen durch die Gegend zu laufen, um die Wahrheit nicht zu erkennen."

„Wem sagst du das?", fragte mein Bruder. „Als ich ihnen gesagt habe, ich wäre schwul, ist Mama aufgestanden und hat gesagt, es wäre Zeit fürs Abendessen."

An diese Szene erinnerte ich mich noch gut. Unsere Mutter hatte Lasses Worte einfach ignoriert, während unser Vater dagesessen und Lasse angestarrt hatte, als wäre er ein Alien. Ich war die Einzige, für die das Ganze nicht überraschend gekommen war, weil Lasse mir gegenüber vorher schon ein paar Andeutungen gemacht hatte. Wären meine Eltern aufmerksamer gewesen, dann wären ihnen die Hinweise ebenfalls aufgefallen. Mein Bruder hatte mit sechzehn nie eine Freundin mit nach Hause gebracht und auch nie für ein Mädchen geschwärmt. In seinem Zimmer hingen nur Poster von männlichen Rockstars und kein einziges von einer halbnackten Frau. Außerdem interessierte er sich mehr fürs Schminken als ich und trug, seitdem er seine Frisur selber bestimmen durfte, lange Haare. All das hätte ihnen eigentlich zu denken geben müssen.

„Ich fand es schlimm, dass Mama so getan hat, als wäre nichts", erinnerte ich mich. „Sie wollte gar nichts davon hören."

„Stimmt. Obwohl Papa noch schlimmer war. Er hat mir schlichtweg verboten, schwul zu sein."

Ich lachte, obwohl es eigentlich nicht lustig gewesen war. „Jaaaa. Als er endlich kapiert hat, was du damit meinst, hat er auf den Tisch gehauen und erklärt, so etwas gäbe es in seinem Haus nicht und dass er nie wieder etwas davon hören wolle. Außerdem hat er von dir verlangt, deine Haare kurz zu schneiden, weil du ein Junge bist und kein Mädchen."

Lasse wirkte nun traurig. „Ich weiß. Er hat mich sogar zum Friseur geschleift und dafür gesorgt, dass ich nicht kneife."

„Stimmt. Und als ich das gesehen habe, habe ich mir die Küchenschere genommen und meine Haare ebenfalls kurz geschnitten."

Lasse lächelte. Vermutlich erinnerte er sich noch genauso gut daran wie ich. Ich war damals dreizehn gewesen und Lasse hatte mir so unglaublich leidgetan. Also hatte ich eine Schere genommen und mir mein langes braunes Haar ratzekahl kurzgeschnitten. Meine Mutter hatte bei dem Anblick fast einen Herzanfall bekommen und mein Vater hatte vor Wut einen Glastisch zerdeppert und war mit drei Stichen genäht worden.

Danach hatte er nie wieder ein Wort über meine oder Lasses Frisur verloren, aber auch klargestellt, dass er nie wieder über das Thema Sexualität reden wollte.

„Für diese Aktion habe ich dich so geliebt", sagte Lasse und sah mich liebevoll an. „Immerhin hat Mama mich irgendwann zur Seite genommen und mir gesagt, dass sie mich immer liebhaben wird. Egal, mit wem ich zusammen bin. Ich sollte ihr nur den Gefallen tun und ihr erst jemanden vorstellen, wenn es mir wirklich ernst sei. Da das bisher nicht der Fall war, habe ich nie jemanden mit nach Hause gebracht."

„Ich freue mich auf Papas Gesicht, wenn es irgendwann so weit ist", sagte ich amüsiert. „Mir darfst du übrigens auch deine Typen vorstellen, wenn es noch nicht so ernst ist. Ich möchte wieder Teil deines Lebens sein. Das ist mir wichtig. Und wer immer gerade einen Platz in deinem Leben hat, den möchte ich kennenlernen."

„Das ist lieb, Schwesterchen, aber im Moment gibt es da leider niemanden. Zumindest niemanden, der erreichbar wäre."

„Wie meinst du das? Hast du ..." Ich stockte. „Oh Gott. Sag mir bitte nicht, dass du in Ethan verknallt bist."

„In Ethan? Oh Gott, nein. Das Thema hatten wir doch schon. Dieser Weiberheld ist überhaupt nicht mein Typ. Wir sind Freunde. Gute Freunde, um genau zu sein, aber ich werde ganz sicher nie was mit ihm anfangen."

„Okay. Aber wen meintest du dann?"

„Ich sage es dir, aber das muss unter uns bleiben, ja?"

Ich nickte und hielt ihm die Hand entgegen. „Heiliger Fingerschwur drauf", sagte ich und er verhakte seinen kleinen Finger mit meinem.

„Also gut. Erinnerst du dich an den Kerl, für den ich den Junggesellenabschied geschmissen habe, als du angekommen bist?"

„James? Er ist es, auf den du stehst?"

Verlegen nickte Lasse. „Es ist falsch. Ich weiß. James ist seit Jahren vergeben und es ist nicht richtig, mir zu wünschen, dass diese Hochzeit nie stattfinden wird, aber ich kann nicht anders." Er seufzte tief. „Na, was soll's. Irgendwann werde ich schon darüber hinwegkommen."

Aus einem Impuls heraus umarmte ich meinen Bruder und drückte ihn an mich. „Das tut mir so leid, Lasse. Wann findet die Hochzeit denn statt?"

„In zwei Wochen. In Whitstable. Würdest du mich vielleicht begleiten? Ich möchte dort nicht allein auftauchen."

„Natürlich begleite ich dich. Und keine Sorge. Irgendwann findest du schon noch den richtigen Mann für dich. Und ich hoffentlich auch."

Lasse sah mich an. „Du bist die beste Schwester, die man sich wünschen könnte, weißt du das?"

„Und du bist der beste Bruder. Das Theaterstück war so toll heute. Am liebsten würde ich jeden Tag hingehen."

Lasse lachte. „Du musst wissen, dass ich dort nur vorgesprochen habe, weil ich genau wusste, dass es dir gefallen würde, wenn ich die Rolle kriege."

„Wirklich?" Meine Augen wurden groß.

„Wirklich. Ich mag Harry Potter zwar auch, aber ich war nie so begeistert davon wie du."

Ich presste die Lippen aufeinander und drängte die Tränen zurück, die mir schon wieder in die Augen stiegen.

„Gott, Lasse. Ich liebe dich so sehr, weißt du das?"

„Ich dich auch, Süße. Aber langsam solltest du schlafen gehen. Sonst wirst du endgültig emotional."

Ich rieb mir die Augen und konnte ein Gähnen nicht unterdrücken.

„Du hast recht", gab ich zu. „Es war ein langer Tag, aber morgen kann ich zum Glück ausschlafen. Darauf freue ich mich schon."

„Ich mich auch. Wenn du Lust hast, unternehmen wir morgen etwas zusammen. Sonntags spielt immer die Zweitbesetzung."

Ich nickte heftig. „Sehr gerne. Ich freue mich schon darauf."

Lasse drückte mir einen Kuss auf die Stirn und wünschte mir eine gute Nacht. Er löschte das Licht und ich war in der Dunkelheit allein. Eigentlich war ich todmüde und dennoch juckte es mich in den Fingern, zu Ethan hinüber zu gehen und in sein Bett zu krabbeln. Ob er mich abweisen würde, wenn ich es tat? Der Kuss war unglaublich gewesen, aber danach hatte er sich eigenartig verhalten.

Ich beobachtete das Licht, das unter seiner Tür hervorschien und dann erlosch. Eine Sekunde überlegte ich noch, ob ich zu ihm gehen sollte, doch dann übermannte mich die Müdigkeit und im nächsten Augenblick war ich eingeschlafen.

Kapitel 19

Rike

Am nächsten Morgen wurde ich wieder einmal von der Sonne geweckt, die ins Innere des Wohnzimmers schien. Gott. Ich sollte den Jungs dringend Vorhänge besorgen, wenn ich länger hier wohnen wollte.

So konnte es auf Dauer nicht weitergehen. Ich gähnte ausgiebig und setzte mich auf. In diesem Moment kam Ethan in Trainingskleidung aus seinem Zimmer und verharrte, als er sah, dass ich wach war. Sofort musste ich an den Kuss vom Vortag denken und zog die Decke über meine nackten Beine. Mit dem verstrubbelten Haar und den verquollenen Augen sah ich bestimmt schrecklich aus.

„Guten Morgen", murmelte ich.

„Morgen", erwiderte Ethan und ging an mir vorbei in Richtung Flur.

„Wo willst du denn hin?", fragte ich, obwohl es eigentlich offensichtlich war.

„Ich gehe joggen", verkündete Ethan.

„Kann ... kann ich vielleicht mitkommen?"

Skeptisch sah Ethan mich an. Jetzt gerade sah ich mit Sicherheit nicht so aus, als wäre ich dazu imstande zu joggen, aber zu Hause war ich dreimal die Woche laufen gegangen und hatte mich dabei gar nicht so doof angestellt. Es war meine Auszeit gewesen. Meine Möglichkeit, etwas nur für mich zu tun.

„Ich denke nicht, dass das eine gute Idee ist", sagte Ethan.

„Warum nicht? Ich bin schneller als ich aussehe und mein Asthma ist auch kein Problem. Solange ich mich nicht überanstrenge, ist Joggen sogar hilfreich, weil es meine Lunge stärkt."

Ethan schüttelte den Kopf. „Das meinte ich nicht. Ich denke nicht, dass wir mehr miteinander machen sollten als notwendig. Im Gegenteil. Du solltest dir dringend eine neue Wohnung suchen, denn sonst werde ich das tun."

Wie vor den Kopf gestoßen starrte ich ihn an. Damit hatte ich nicht gerechnet. Natürlich war mir klar gewesen, dass er mich nicht um ein Date bitten oder mir ewige Liebe schwören würde, aber ich hatte gedacht, dass wir zumindest so etwas wie Freunde werden könnten. Immerhin hatten wir gestern einen wirklich schönen Tag miteinander verbracht. Von dem Kuss ganz zu schweigen. Den würde ich nämlich nie wieder vergessen.

„Okay", sagte ich und merkte selbst, wie hoch meine Stimme plötzlich klang. „Dann haue ich mich noch eine Stunde aufs Ohr und gehe später joggen. Am besten erstellen wir eine Art Wohnungsplan, damit wir einander einfacher aus dem Weg gehen können. Ist wohl besser, wenn wir uns so wenig wie möglich begegnen, bis ich etwas Neues habe."

Mit diesen Worten legte ich mich hin und schloss die Augen.

Zu meiner Enttäuschung widersprach Ethan nicht, sondern verließ die Wohnung. Frustriert stöhnte ich auf und zog mir die Decke über den Kopf. Schlafen konnte ich natürlich nicht mehr. Also stand ich auf und ging unter die Dusche. Als ich fertig war, stand Lasse bereits in der Küche und buk Pfannkuchen für uns. Meine absolute Leibspeise.

„Danke", sagte ich, als er mir gleich drei davon auf einen Teller tat. „Das brauche ich jetzt dringend."

„Oha. Hast du schlecht geschlafen?"

„Das nicht unbedingt, aber wie es aussieht, hat Ethan beschlossen, dass wir einander jetzt ignorieren sollten."

Lasse seufzte tief. „Tut mir leid. Das hätte ich kommen sehen müssen. Er ist es gewohnt, dass er die Mädchen, mit denen er was laufen hatte, danach nie wiedersehen muss. Doch mit dir ist das schwierig. Das war genau der Grund, warum er nichts mit dir anfangen wollte. Wie kam es denn dazu, dass trotzdem was passiert ist?"

Ich errötete und machte jede Menge Marmelade auf meinen Pfannkuchen.

„Das war meine Schuld", gab ich zu. „Ich war so frustriert, weil Oliver mich gestern angerufen hat, also habe ich Ethan regelrecht angefleht, mich zu küssen, weil ich wissen wollte wie es ist. Ich hätte allerdings nicht gedacht, dass er nach so einem schönen Kuss vor mir Reißaus nimmt. Aber vielleicht hat es ihm auch nicht so gut gefallen wie mir."

„Ich schätze, dass das Gegenteil der Fall ist."

Ich nahm einen großen Bissen und sah meinen Bruder an. „Wie meinst du das?", fragte ich nuschelnd.

„Ich denke, dass es ihm sehr gut gefallen hat und er jetzt nicht weiß, wie er damit umgehen soll."

„Ja klar. Das klingt nach dem größten Klischee aller Zeiten."

Lasse zuckte mit den Schultern. „An jedem Klischee ist was Wahres dran. Denk mal darüber nach. Es ergibt total Sinn. Ethan ist ein toller Kerl und ein guter Freund, aber in Bezug auf Frauen ist er total gestört. Seitdem ich ihn kenne, hatte er noch keine einzige feste Freundin und dafür jede Menge One-Night-Stands. Mit ein paar Frauen hatte er mal eine längere Affäre. Vor allem, wenn es vergebene Frauen waren, aber damit hat er wohl aufgehört, als er aus Australien zurückgekommen ist. Von vergebenen Frauen lässt er seither die Finger."

„Tja. Ich bin aber nicht vergeben. Nicht mehr."

„Stimmt. Aber vielleicht mag er dich und das ist er nicht gewohnt."

„Das ist mir echt zu hoch. Männer sind so eigenartig. Das soll mal einer verstehen."

Lasse lachte lauthals. „Sagen Männer das sonst nicht immer über Frauen?"

„Ich denke, das beruht auf Gegenseitigkeit. Du hast es gut. Du stehst auf dein eigenes Geschlecht. Vielleicht sollte ich das auch mal versuchen."

Lasse verdrehte die Augen. „Glaub mir. Das ist auch nicht einfacher. Männer können zu Männern genauso arschig sein wie zu Frauen. Und andersherum ebenso. Ich denke, dass das Geschlecht gar nicht so eine große Rolle spielt, sondern dass es eher um den Charakter eines Menschen geht."

Ich nickte. „Da hast du Recht", sagte ich und schob mir das nächste Stück Pfannkuchen in den Mund. „Was machen wir denn jetzt heute?"

„Ich habe mir gedacht, dass wir uns ein paar Fahrräder ausleihen und gemeinsam London erkunden. Es gibt so viele schöne Ecken hier, die du unbedingt kennenlernen solltest."

„Das ist ein guter Plan", verkündete ich, sobald ich geschluckt hatte. „So komme ich auch noch zu meiner Bewegung heute. Wann geht es los?"

„Direkt nach dem Frühstück würde ich sagen. Wir müssen nur vorher aufräumen und ich muss mich anziehen. Dann bin ich startklar."

London war sehr viel schöner, als ich je zu träumen gewagt hätte. Lasse zeigte mir Big Ben, den Tower of London sowie die Tower Bridge, die ich bisher nur vom Flugzeug aus zu sehen bekommen hatte. Außerdem fuhren wir zum Buckingham Palace. Das Wetter spielte die meiste Zeit mit und wir amüsierten uns sehr.

Die nächsten Tage zogen nur so an mir vorbei. Lasse nahm sich, wann immer er konnte, Zeit, um etwas mit mir zu unternehmen und auch mit Fiona freundete ich mich immer weiter an.

Wer mich allerdings komplett ignorierte, war Ethan. Wenn ich tagsüber in der Wohnung war, war er nicht vor Ort und abends ging er direkt in sein Zimmer, um zu schlafen. Es war fast schon lächerlich, wie er mir aus dem Weg ging.

Meine Suche nach einer eigenen Wohnung oder einem Studentenzimmer war leider nicht von Erfolg gekrönt. Wie es aussah, waren außer mir noch jede Menge anderer Leute auf der Suche nach einer bezahlbaren Unterkunft und die waren in London nun einmal Mangelware. Das war immerhin auch der Grund, warum Ethan überhaupt bei Lasse eingezogen war. Immerhin hatte er im Gegensatz zu mir ein richtiges Gehalt und hätte sich mit Sicherheit etwas Eigenes leisten können.

Die Kurse, die ich belegte, machten mir weiterhin Spaß und ich hatte schon so einiges gelernt. An der Uni war ich Ethan bisher nicht begegnet, daher war ich fassungslos, als ich am Montag zu „Kreatives Schreiben" ging und statt des alten Professor Davis, der in der Kursliste stand, plötzlich Ethan das Klassenzimmer betrat. Ich hätte nicht überraschter sein können, wenn er im Zeichenkurs plötzlich als Nacktmodel vor mir gestanden hätte.

„Hey. Ist das nicht dein Mitbewohner?", fragte Fiona neben mir und ich nickte.

Sie riss die Augen auf. „Wie krass ist das denn?"

Das fand ich auch und saß wie erstarrt auf meinem Stuhl.

„Guten Tag", sagte Ethan in die Runde. „Ich bin Ethan Wilson und übernehme in diesem Kurs die Vertretung für Professor Davis. Er fällt aus gesundheitlichen Gründen aus und es ist noch nicht sicher, wann er wiederkommen wird."

Betretene Oh-Rufe ertönten und Ethan legte seine Tasche auf den Tisch. „Ich weiß, ich weiß. Sie hatten sich mit Sicherheit alle auf die kompetenten Ratschläge von Professor Davis gefreut, der immerhin schon zehn veröffentlichte Bücher und eine große Anzahl an Artikeln in Zeitschriften vorweisen kann. Wer bin dagegen also ich?"

Er machte eine Pause und sah sich im Raum um. Als er mich sah, stockte er für einen Moment, fing sich aber schnell wieder. Offenbar hatte er hier genauso wenig mit mir gerechnet wie ich mit ihm. Tja. Wenn er mir nicht so konsequent aus dem Weg gegangen wäre, dann hätte ich ihm davon berichten können, dass ich diesen Kurs besuchte.

Karma is a Bitch, dachte ich mir und sah ihn herausfordernd an.

„Die Wahrheit ist", fuhr Ethan fort, „dass ich 26 Jahre alt bin und bisher weder ein Buch veröffentlicht, noch besonders viele Artikel geschrieben habe. Der längste Text, den ich je verfasst habe, war meine Masterarbeit."

Verhaltenes Gelächter.

„Ich mache gerade meinen Doktor in englischer Literatur und arbeite nebenher als Dozent. Meine Erfahrung hält sich also in Grenzen und ich verstehe es, wenn Sie glauben, ich könnte Ihnen nichts beibringen. Wer diesen Kurs also verlassen möchte, der hat jetzt die Gelegenheit dazu. Je kleiner die Gruppe ist, desto intensiver können wir arbeiten. Also …"

Er machte eine Handbewegung in Richtung Tür und tatsächlich standen einige Studentinnen und Studenten auf. Ich hingegen blieb, wo ich war. Vermutlich hatte Ethan gehofft, er könnte mich damit vertreiben, aber da musste ich ihn enttäuschen. Ich würde diesen Kurs nicht verlassen. Da konnte er sich auf den Kopf stellen.

Kurz darauf war der Kurs von fünfzig Leuten auf circa fünfzehn geschrumpft. Eine Tatsache, über die Ethan nicht unglücklich wirkte.

„Sehr schön", sagte er, sobald er uns gezählt hatte. „Mit dieser Gruppengröße lässt es sich viel besser arbeiten."

Er lehnte sich lässig an seinen Schreibtisch. „Da es in diesem Kurs um kreatives Schreiben geht und wir in den nächsten Wochen viel Zeit miteinander verbringen werden, fände ich es sinnvoll, wenn wir uns ein wenig kennenlernen. Daher möchte ich, dass ihr alle eure Namen nennt und dann drei Dinge über euch erzählt. Zwei Lügen und eine Wahrheit. Alle anderen raten dann, welches davon die Wahrheit war. Ihr habt fünf Minuten, um euch etwas zu überlegen. Dann fangen wir an."

„Das klingt lustig", sagte Fiona, die zu den wenigen Leuten gehörte, die da geblieben waren. „Da fällt mir sofort einiges ein."

Sie begann fleißig zu schreiben und ich überlegte, was ich nehmen könnte. Es sollten am besten Dinge sein, die nicht allzu offensichtlich eine Lüge waren. Sonst machte das Spiel keinen Sinn. Ich war gerade fertig mit meinen Notizen, als Ethans Uhr piepste.

„Also gut. Die Zeit ist um. Ich fange an. Da wir so eine kleine Gruppe sind und ich sogar jünger bin als einige von euch, schlage ich vor, dass wir uns duzen. Wenn jemand dagegen ist, hebt er bitte die Hand."

Niemand meldete sich. Nicht einmal der ältere Herr hinter mir, der wirkte, als wäre er bereits in Rente.

„Gut. Wie gesagt. Mein Name ist Ethan und hier kommen meine drei Aussagen. Erstens: Ich spiele hervorragend Klavier. Zweitens: Ich kann länger als drei Minuten unter Wasser die Luft anhalten. Drittens: Ich hasse Schokolade."

Er sah in die Runde und ich überlegte. Ich hielt es für unwahrscheinlich, dass Ethan es schaffte drei Minuten die Luft anzuhalten. Ich schaffte nicht einmal eine Minute. Vielleicht hasste er Schokolade. Zuzutrauen wäre es ihm. Das mit dem Klavier hätte allerdings auch zu ihm gepasst.

„Also. Wer denkt, dass das mit dem Klavier die Wahrheit ist?", fragte Ethan und ein Großteil der Leute hob die Hand.

„Okay. Wer glaubt, dass ich länger als drei Minuten die Luft anhalten kann?"

Niemand hob die Hand.

„Und wer glaubt, dass ich Schokolade hasse?"

Ich hob den Arm. Genau wie Fiona und drei andere.

„Tja. Ihr liegt alle daneben. Ich spiele kein Klavier, sondern Gitarre. Und Schokolade ist eins meiner Laster, auch wenn ich versuche, mich zurückzuhalten. Was hingegen stimmt, ist die Sache mit dem Luftanhalten. Ich bin zwar kein professioneller Apnoetaucher, aber ich habe schon als Kind mit meinem Cousin gewettet, wer es länger unter Wasser aushält und meistens habe ich gewonnen."

Einige Leute lachten.

„Gut", sagte Ethan dann. „Wer will es als Nächstes versuchen?"

„Ich", rief Fiona.

„Gut. Dann stell dich bitte vor."

Sie nickte und begann. „Also gut", sagte sie. „Mein Name ist Fiona und hier kommen meine Aussagen. Erstens: Ich besitze eine Vogelspinne. Zweitens: Ich habe eine zweieiige Zwillingsschwester. und drittens: Mein Vater ist der stellvertretende Bürgermeister von London."

Mit großen Augen sah ich sie an. Wir hatten uns in den letzten Wochen so oft unterhalten und dennoch hatten wir keins dieser Themen angesprochen. Ich war insofern völlig ahnungslos, was davon stimmte. Besaß sie ein Haustier? Falls ja, dann hatte sie es nicht erwähnt. Dass sie eine Schwester hatte, wusste ich, aber waren die beiden Zwillinge? Und war ihr Vater stellvertretender Bürgermeister? Möglich wäre es. Immerhin waren ihre Eltern eindeutig wohlhabend. So viel wusste ich.

„Gut", sagte Ethan. „Dann stimmen wir mal ab. Wer denkt, dass das mit der Vogelspinne stimmt?"

Acht Leute hoben die Hand. Rein optisch wäre ihr das immerhin zuzutrauen.

„Wer denkt, dass das mit der Zwillingsschwester wahr ist?"

Ich zögerte, ließ meine Hand dann aber unten, weil ich nicht davon ausging, dass sie mir das verschwiegen hätte. Doch alle übrigen Leute hoben die Hand.

„Okay. Und wer denkt, dass das mit ihrem Vater der Wahrheit entspricht?"

Ich streckte meine Hand nach oben und Ethan zu meiner Überraschung ebenfalls.

Fiona strahlte mich an. „Es stimmt", sagte sie dann. „Mein Vater ist Robert Henderson. Stellvertretender Bürgermeister von London. Spinnen kann ich nicht ausstehen und ich habe zwar eine Schwester, aber keinen Zwilling."

Einige Leute nickten erstaunt und Ethan lächelte. „Vielleicht war es ungerecht, dass ich deinen Nachnamen in der Liste gesehen habe", sagte er. „Da konnte ich mir ganz gut vorstellen, dass Robert Henderson dein Vater ist."

„Viele wissen aber noch nicht einmal wie der stellvertretende Bürgermeister von London überhaupt heißt", sagte Fiona. „Das spricht definitiv für dich."

„Deine Freundin hatte ja offenbar auch den richtigen Riecher." Er nickte in meine Richtung und ich zuckte die Schultern. „Ich bin nach dem Ausschlussverfahren gegangen", gab ich zu.

„Gut. Warum machst du dann nicht weiter?"

Ich nickte und sah auf meine Notizen. „Also gut. Ich heiße Rike und ich habe mal einen Bernstein am Strand gefunden, in dem ein winziges Blatt eingeschlossen war. Ich kann sehr gut kitesurfen und habe als Kind sogar einen Jugendpreis gewonnen. Außerdem haben sich meine Eltern bei einer Hochzeit kennengelernt und sind zusammen durchgebrannt. Er war der Bräutigam und sie die Schwester der Braut."

Fiona hob die Augenbrauen und sah mich interessiert an.

„Das klingt alles sehr spannend", sagte Ethan. „Dann wollen wir doch mal sehen. Wer denkt, dass das mit dem Bernstein stimmt?"

Einige meldeten sich. Darunter auch Fiona. Vermutlich dachte sie es könnte stimmen, weil ich ihr von meinem Muschelglas erzählt hatte.

„Gut. Was ist mit dem Jugendpreis beim Kiten?"

Die Mehrheit hob die Hand, was mir irgendwie schmeichelte. Offenbar wirkte ich so sportlich, als könnte man mir das zutrauen.

„Und wer denkt, dass Rikes Eltern durchgebrannt sind?"

Ethan selbst hob die Hand und ich verdrehte innerlich die Augen. Klar. Vermutlich hatte Lasse ihm davon erzählt.

„Und?", fragte Fiona neugierig, als ich nichts sagte. „Na ja. Das mit dem Bernstein stimmt leider nicht. Ich habe zwar schon einige gefunden, aber da war nie was drin. Kiten kann ich auch nicht. Aber Nummer drei stimmt. Meine Mutter ist mit dem Verlobten ihrer Schwester durchgebrannt. Das nimmt meine Tante ihr auch fünfundzwanzig Jahre später noch übel und auf dem Dorf wird nach wie vor darüber geredet."

Fiona lachte. „Kann ich mir vorstellen."

„Da sieht man mal wieder, dass jeder so seine Geheimnisse hat", sagte Ethan und betrachtete mich einen Moment nachdenklich, bevor er sich dem nächsten Studenten zuwandte. Bei den anderen Leuten machte ich mir ein paar kurze Notizen, damit ich die Namen später in mein Muschelglas stecken konnte. Insgesamt kamen interessante Informationen bei dem Spiel heraus. Ein Mann gab offen zu, dass er polygam war und mit einem Mann und einer Frau in einer Dreiecksbeziehung lebte. Der Rentner hinter mir offenbarte, dass er seit kurzem zum sechsten Mal verheiratet war und ein Mädchen sagte uns, dass sie mit ihrer Nase Flöte spielen konnte.

Nachdem alle dran gewesen waren, übernahm Ethan wieder das Wort.

„So. Da wir uns jetzt ein wenig besser kennen, können wir ja mit dem eigentlichen Projekt beginnen. Wer von euch hat denn schon mal eine Geschichte geschrieben, die nicht für die Schule oder für die Uni war?"

Alle hoben ihre Hand.

„Hat auch schon jemand etwas veröffentlicht?"

Zu meiner Überraschung hoben erneut einige die Hand. Darunter auch Fiona.

„Okay. Was denn?", fragte Ethan und wandte sich an Fiona.

„Es war eine Geschichte mit sehr expliziten Szenen, die ich als E-Book selbst veröffentlicht habe. Ich habe sehr gutes Feedback bekommen."

„Ah. Nicht schlecht. Das ist zumindest ein Anfang. Denn beim kreativen Schreiben ist das Wichtigste für gewöhnlich in allen Geschichten gleich. Es gibt immer eine Einleitung, eine sich steigernde Handlung, einen Höhepunkt und einen Schluss."

Ein Junge namens Brody kicherte. Er hatte bei dem Spiel offenbart, dass er gerne Nutellabrote mit Salami verspeiste. „Manchmal gibt es auch mehrere Höhepunkte", bemerkte er.

Alle lachten, aber Ethan ließ sich davon nicht aus der Ruhe bringen.

„Das ist richtig und zwar nicht nur in der erotischen Literatur. Auch ein normaler Roman kann mehrere Höhepunkte haben. Meistens sind diese eine Art Wendepunkt in der Geschichte. Etwas, das die Dinge ändert und dafür sorgt, dass alles, was bisher in dem Buch passiert ist, in Frage gestellt wird. Allerdings sollte man damit vorsichtig sein, denn wenn es zu spannend ist, kann es passieren, dass sich das Ganze abnutzt. Immerhin will man als Leser ja am Ende überrascht werden."

„Sowas kann auch nur ein Mann sagen. Ich denke nicht, dass ein Höhepunkt sich abnutzen kann. Egal wie oft man ihn hat", widersprach ein Mädchen namens Jane. „Das ist doch nur eine Ausrede, um es bei einem zu belassen."

Das entlockte Ethan ein Schmunzeln. Er ging auf Jane zu und ich schaute kurz auf meine Notizen. Ach ja. Sie hatte gesagt, sie würde sich mit Poledancing das Studium finanzieren. Irgendwie passte das so gar nicht zu ihrem ansonsten recht unscheinbaren Äußeren, aber offenbar verbarg sich hinter dem strengen Dutt eine leidenschaftliche Frau.

„Du kannst in deine Geschichte so viele Höhepunkte einbauen, wie du willst", sagte er und sah dabei demonstrativ zu mir. „Du musst nur zusehen, dass der außergewöhnlichste Höhepunkt kurz vor dem Schluss kommt."

Mein Mund wurde trocken, als er das sagte, doch Ethan beendete das Geplänkel sofort wieder.

„Genug jetzt mit den Zweideutigkeiten", sagte er streng. „Nicht, dass ich am Ende noch eine Klage wegen sexueller Belästigung bekomme."

Alle lachten, aber ich war mir ziemlich sicher, dass er seine Worte ernst meinte. Immerhin war er an der Uni angestellt und heutzutage konnte man vermutlich schon wegen der verrücktesten Kleinigkeiten angezeigt werden.

„Damit ich weiß, woran ihr im Moment interessiert seid, bitte ich euch nun, mir einen Fragebogen auszufüllen", sagte Ethan und hielt einen Zettel mit einem QR-Code hoch. „Ich habe ihn für euch online erstellt, um ihn schneller auszuwerten. Bitte gebt dabei euren richtigen Namen an, damit ich eure Aussagen auch zuordnen kann. Nur so können wir sinnvoll miteinander arbeiten."

Er reichte den QR-Code herum und ich scannte ihn mit meinem Handy ein. Seitdem ich eine neue Nummer hatte, waren keine Anrufe mehr von Oliver eingegangen. Wie auch? Meiner Mutter hatte ich die Nummer dieses Mal nicht gegeben und Lasse würde einen Teufel tun, Oliver zu kontaktieren. Er war schon immer auf meiner Seite gewesen und unterstütze mich voll und ganz.

Auf meinem Smartphone öffnete sich eine Umfrage, die Ethan offenbar in aller Eile gestaltet hatte. Das merkte man daran, dass die Startseite sehr schlicht gehalten war und die Fragen kurz waren.

Was erwartest du dir von diesem Kurs? Für welche Textart interessierst du dich am meisten? Was bringst du an Erfahrungen mit?

Und so weiter. Es waren zehn Fragen, die ich alle schnell beantworten konnte. Am Ende stand noch. Hast du sonst noch Anregungen oder Fragen an mich?

Ich zögerte, aber dann tippte ich: „Ja. Warum hast du mir nicht gesagt, dass du diesen Kurs leitest?"

Dann drückte ich auf Abschicken. Als ich aufsah, bemerkte ich, dass die meisten anderen auch fertig waren und Ethan tippte auf seinem Tablet herum, als könne er die Antworten dort live einsehen.

„So", sagte er. „Ich werde mir eure Antworten in Ruhe anschauen. So lange habe ich eine kleine Kreativaufgabe für euch. Nehmt bitte Stift und Zettel zur Hand und beginnt einen Text mit den Worten: Ich wünsche mir für die Zukunft. Dann schreibt ihr alles auf, was ihr euch für eure Zukunft wünscht. Ihr habt zehn Minuten dafür."

Brody hob die Hand. „Ähm. Warum sollen wir Zettel und Stift verwenden? Können wir das nicht auch auf dem Laptop oder dem Tablet machen?"

Ethan schüttelte den Kopf.

„In diesem Falle nicht. Ich weiß, dass es heutzutage nicht mehr so üblich ist wie früher, dass man mit der Hand schreibt, aber etwas mit einem Stift zu Papier zu bringen, hat eine andere Wirkung, als wenn man es irgendwo eintippt oder gar diktiert. Es führt außerdem dazu, dass man es nicht einfach löschen kann. Worte auf Papier zu haben, hat eine besondere Wirkung auf uns. Ganz allgemein dient das Ganze übrigens nicht nur als Schreibübung, sondern hilft euch außerdem dabei, eure Wünsche sichtbar zu machen und sie dadurch leichter zu realisieren. Geschriebene Worte haben eine große Macht, die man nie unterschätzen sollte."

Niemand widersprach und ich zückte meinen Block. Ethan hatte recht. Es war inzwischen wirklich nicht mehr üblich etwas per Hand aufzuschreiben. Zumindest abgesehen von ein paar Notizen oder einem Einkaufszettel.

Ich wünsche mir für die Zukunft ..., schrieb ich und kam dann ins Stocken, weil das gar keine so einfache Frage war.

Frei zu sein, ergänzte ich dann und spürte, wie mein Herz schneller schlug. Dann beugte ich mich vor und schrieb weiter.

 Kapitel 20

Ethan

Als ich die Antworten der Studenten durchsah, hielt ich automatisch nach denen von Rike Ausschau. Ich hatte nicht damit gerechnet, dass sie in diesem Kurs sein würde, obwohl es eigentlich nur logisch war. Immerhin hatte sie mir gesagt, dass sie Sommerkurse in Kunst und kreativem Schreiben belegen wollte und dieser Kurs hier war perfekt dafür.

Doch die Info von Professor Davis, dass ich den Kurs übernehmen sollte, war so überraschend gekommen, dass ich gar nicht mehr darüber hatte nachdenken können.

Ich war kaum vorbereitet und konnte mich nur an den Unterlagen orientieren, die Professor Davis mir gegeben hatte. Ein Jammer, dass er ins Krankenhaus musste. Warum genau hatte er mir verschwiegen, aber es klang nicht so, als würde er den Kurs bald wieder übernehmen können.

Rikes Antworten waren klar und strukturiert, verrieten mir allerdings nicht viel Neues über sie. Sie wollte eine Art Graphic Novel im Mangastil schreiben. So viel hatte ich schon gewusst. Außerdem erhoffte sie sich von dem Kurs neue Erkenntnisse in Bezug auf das Plotten und Erstellen einer Struktur in ihrer Geschichte. Den meisten anderen im Kurs schien es ähnlich zu gehen. Viele bekundeten Interesse daran, einen eigenen Roman zu schreiben.

Verständlich. Auch ich wollte gerne früher oder später ein eigenes Buch verfassen. Allerdings keine schnöde Unterhaltungsliteratur. Nein. Mein Anspruch war es, etwas herauszubringen, das es später einmal in die Kategorie der Klassiker schaffen könnte. Allerdings war mir bewusst, dass jeder mal klein anfing und dass ich meine Ziele zurückschrauben sollte, um überhaupt etwas zu Papier zu bringen.

Möglicherweise konnte dieser Kurs mir da genauso weiterhelfen wie meinen Studenten.

Ich überflog alle Antworten und landete schließlich bei den Kommentaren und Fragen. Die meisten wollten wissen, wie hoch die Wahrscheinlichkeit war, dass Professor Davis wiederkommen würde, doch Rike hatte etwas anderes geschrieben. Sie wollte wissen, warum ich ihr nicht erzählt hatte, dass ich diesen Kurs übernehmen würde. Tja. Ganz einfach. Erstens hatte ich bis vor kurzem nichts davon gewusst und zweitens versuchte ich nach wie vor ihr aus dem Weg zu gehen. Das war ihr doch sicher aufgefallen.

Ich sah zu ihr hinüber und musste schmunzeln, als ich ihren konzentrierten Gesichtsausdruck sah. Auch hier an der Uni war sie gänzlich ungeschminkt, doch ich fand sie trotzdem wunderschön. Der Pixie stand ihr gut und es fiel mir schwer, mir vorzustellen, wie sie wohl mit langem Haar ausgesehen hatte. Es schien überhaupt nicht zu ihr zu passen.

Schnell sah ich wieder auf das Tablet, um weiterzulesen. Immerhin war ich hier, um zu unterrichten und etwas mit einer meiner Studentinnen anzufangen, kam überhaupt nicht in Frage. Man konnte mir viel vorwerfen, aber so etwas hatte ich noch nie getan. Wenn, dann wartete ich grundsätzlich, bis der Kurs vorbei war, um meinen Job nicht zu gefährden. Abgesehen davon hatte ich ohnehin längst entschieden, dass ich von Rike die Finger lassen würde, solange sie bei uns wohnte. Das machte alles nur unnötig kompliziert. Ganz gleich wie schön der Kuss mit ihr gewesen war und wie sehr ich mir wünschte, ihn zu wiederholen.

Als meine Uhr piepste, hatte ich alle Antworten meiner Kursteilnehmer durchgesehen und legte das Tablet weg.

„So. Die Zeit ist um", sagte ich und lehnte mich wieder vorne ans Pult. „Ich bin gespannt, was ihr zu Papier gebracht habt. Keine Sorge. Es gibt kein richtig und kein falsch bei dieser Übung. Rike. Würdest du vielleicht anfangen?"

Überrascht sah Rike mich an und errötete, bevor sie nickte.

„Also gut. Ja. Warum nicht." Sie räusperte sich und sah auf ihren Collegeblock.

„Ich wünsche mir für die Zukunft, frei zu sein", las sie dann vor. „Ich wünsche mir, tun zu können, was immer ich möchte, ohne dass jemand mich dafür verurteilt. Ich wünsche mir, dass ich aufhöre, mir Gedanken über die Dinge zu machen, die andere Menschen von mir erwarten oder denken. Ich wünsche mir, dass es genug ist, dass ich mich selber mag. Dass ich mich im Spiegel ansehen und sagen kann: Du bist gut so, wie du bist. Nein. Du bist nicht nur gut, sondern ich liebe dich. Ich liebe dich mit allem, was du bist. Deinem Körper, deinem Geist, deinen Gedanken und deinem Sein. Denn du bist ich und ich bin du und genauso sollte es sein." Sie sah zu mir. „Weiter bin ich nicht gekommen, aber das war auch erstmal das Wichtigste. Es ist vermutlich etwas kitschig geraten."

„Nein, das …" Ich räusperte mich. „Das war wirklich gut."

Ich nickte anerkennend und merkte, dass ihre Worte mich tatsächlich berührt hatten. Ich hatte keine Ahnung gehabt, dass sie sich so fühlte.

„Hat jemand einen Kommentar dazu?"

Mehrere Hände gingen in die Höhe.

„Ja. Jane."

„Ich fand den Text richtig schön", sagte sie. „Jetzt habe ich die Befürchtung, komplett das Thema verfehlt zu haben. Bei mir geht es nur darum, was ich für berufliche Ziele habe und dass ich später gerne mal Kinder haben will."

„Keine Sorge. Wie gesagt. Bei der Übung gibt es kein Richtig und kein Falsch. Jeder wünscht sich andere Dinge und das ist auch völlig in Ordnung. Wer möchte als Nächstes lesen?"

„Ich bitte", meldete sich Fiona und lächelte.

„Sehr gerne."

„Also gut. Ich wünsche mir für die Zukunft, erfolgreich zu sein. In allen Bereichen. Ich will meinen eigenen Laden eröffnen und möchte, dass die ganze Stadt darüber spricht. Ich will, dass mich jeder kennt und dass ich meine Verehrer kaum noch zählen kann. Ich will in Zukunft mehr Sport machen und ein paar Kilos verlieren. Und ich will ein Cabriolet haben, das ich von meinem eigenen Geld bezahlen kann. Ich will Unabhängigkeit von meinen Eltern und möchte, dass es mir immer gut geht."

Sie sah auf und lächelte. Alle klopften auf ihre Tische und ich nickte.

„Sehr schön. Möchte dazu jemand etwas sagen?"

Es meldeten sich ein paar Leute und kommentierten Fionas Text, aber ich blieb mit meinen Gedanken trotzdem bei Rike und ihren Worten. Sie hatte es innerhalb weniger Zeilen geschafft, dem Kurs etwas von ihrer Seele zu offenbaren. Damit hatte sie sich verletzlich gemacht und gleichzeitig so viel gegeben wie es die wenigsten Leute gewagt hätten. Keiner der anderen Texte ging so tief wie ihrer und das fügte eine weitere Schicht in ihrem vielfältigen Charakter hinzu, den ich bereits viel zu sehr mochte.

Vermutlich war es gut, dass sie jetzt meine Studentin war, denn nichts hätte eine klarere Grenze für mich ziehen können. Rike war eine großartige Frau. Ganz ohne Frage, aber zwischen ihr und mir durfte nichts passieren. Das musste ich mir immer wieder ins Gedächtnis rufen.

Kapitel 21

Rike

Die Doppelstunde verging sehr viel schneller als erwartet und am Ende freute ich mich unheimlich auf alles, was ich in den nächsten Wochen lernen würde. Wir hatten auch eine kleine Hausaufgabe bekommen und sollten bis morgen eine halbe Stunde lang alles aufschreiben, woran wir uns aus unserer Kindheit erinnerten.

„So", sagte Ethan und packte seine Sachen zusammen. „Danke für eure Aufmerksamkeit. Einige hatten die Frage gestellt, wann Professor Davis zurückkommen wird. Dazu kann ich leider nichts sagen. Ich schätze, dass wir uns darauf einstellen müssen, dass ich diesen Kurs bis zum Ende führen werde. Allerdings werde ich mich bemühen einen Gastredner zu finden, der bereits einige Romane veröffentlicht hat und dem ihr eure Fragen stellen könnt. Wir sehen uns dann morgen wieder. Da geht es um die Charakterentwicklung. Ein sehr spannendes Thema. So viel ist klar."

Alle klopften auf ihre Tische und packten dann ihre Sachen zusammen.

„Na, das war doch mal eine interessante Einführung", sagte Fiona und grinste mir zu. „Gehen wir zusammen in die Mensa?"

„Nein. Tut mir leid. Ich möchte noch kurz mit Ethan sprechen."

„Ist gut. Dann sehen wir uns nachher dort."

Ich nickte und ging auf Ethan zu, der sich gerade noch mit dem Rentner unterhielt, dessen Namen ich schon wieder vergessen hatte. Gut, dass ich mir Notizen für mein Muschelglas gemacht hatte.

Sobald er fertig war, trat ich vor und verschränkte die Arme vor meiner Brust.

„Hast du meine Anmerkungen in dem Fragebogen gelesen?", fragte ich.

Ethan nickte. „Habe ich. Und die Antwort ist, dass ich weder wusste, dass du in diesem Kurs bist, noch dass ich ihn überhaupt geben würde. Das kam alles sehr spontan."

„Okay. Und warum gehst du mir aus dem Weg?"

Ethan seufzte tief. „Ist das nicht offensichtlich?", fragte er. „Ich mag dich, Rike. Aber ich habe kein Interesse an einer Beziehung. Erst recht nicht mit jemandem, der bei mir wohnt."

„Ja. Das sagtest du bereits. Ich denke allerdings nicht, dass ich dich darum gebeten habe."

Er runzelte die Stirn. „Worum bittest du mich dann?"

„Freundschaft? Oder zumindest ein normales Miteinander. Hör zu. Ich weiß, dass ich es war, die dich um diesen Kuss gebeten hat, aber wenn ich gewusst hätte, dass du mich danach behandelst wie eine Aussätzige, dann hätte ich nie damit angefangen."

Ethan lehnte sich zurück und sah mich nachdenklich an. Dann seufzte er erneut. „Es war nicht deine Schuld, sondern meine. Du hast mich zwar darum gebeten, aber ich hätte nicht darauf eingehen dürfen. Immerhin hattest du getrunken und ich hätte der Vernünftige sein sollen. Und der werde ich jetzt auch sein. Du bist seit heute meine Studentin. Da wäre selbst eine Freundschaft unangebracht. Immerhin könnten die Leute uns zusammen sehen und die falschen Schlüsse ziehen. Stattdessen sollten wir einen gewissen Abstand wahren. Was die Wohnung angeht, brauchst du übrigens nicht weiter zu suchen. Ich ziehe so bald wie möglich aus."

Mein Mund klappte auf. „Was?"

Er nickte. „Du hattest recht mit dem, was du gesagt hast. Ich habe ein eigenes Gehalt und habe deutlich bessere Chancen eine Wohnung zu finden als du. Außerdem ist es nur fair, dass du mit deinem Bruder zusammenwohnen kannst."

„Das ähm … Danke", stotterte ich.

„Gern geschehen. Ich habe mir bereits ein paar Optionen angesehen und hoffe, dass es bei einer davon klappt. Aber ein paar Wochen werden wir noch miteinander auskommen müssen."

Ich nickte. „Okay. Ich denke, das sollten wir schaffen."

„Gut. Dann sehen wir uns später?"

„Ist gut. Ich bin dann die, die schlafend auf dem Sofa liegt."

Seine Mundwinkel zuckten, aber er widersprach nicht, was ein deutliches Zeichen dafür war, dass er tatsächlich vorhatte, erst nach Hause zu kommen, sobald ich schlief. So wie es in den letzten Tagen auch schon gewesen war. Das war zwar nicht ganz das, was ich mir erhofft hatte, aber jetzt waren zumindest die Fronten geklärt und das war vorerst das Wichtigste.

Kapitel 22

Ethan

Rike in meinem Kurs zu haben, war eine sehr viel größere Ablenkung als ich erwartet hatte. Dabei versuchte sie wirklich Distanz zu mir zu wahren, wenn wir uns an der Uni sahen. Sie hielt sich mit Fragen zurück und wenn, dann waren sie immer aufs Thema bezogen. Zu meiner Überraschung machte sie dank meiner Hilfe große Fortschritte. Die Geschichte, die sie sich ausgedacht hatte, klang interessant und hatte eindeutig Potenzial. Ich war froh, dass sie sich nicht für eine schnulzige Liebesgeschichte entschieden hatte, sondern für ein Fantasyepos. Das musste nur noch sinnvoll geplottet werden. Genau wie bei den meisten anderen Leuten in meinem Kurs.

„Um es vorweg zu sagen", begann ich die Stunde, in der es um das Strukturieren des Romans ging. „Nicht jeder Autor plottet. Es gibt genug Leute, die einfach aus dem Bauch heraus schreiben. Die nennt man Pantser. Das stammt von der Redewendung ,by the seat of their pants'. Viele kommen damit gut zurecht. Dennoch gibt es einige entscheidende Vorteile, wenn ihr plottet. Erstens geht es schneller. Sobald ihr eine Struktur habt, nach der ihr euch richten könnt, ist es sehr viel unwahrscheinlicher, dass ihr an einer Schreibblockade leidet, weil ihr ja genau wisst, was als Nächstes kommen soll. Und zweitens verzettelt ihr euch nicht so schnell. Ich weiß von einem Autor, der hundert Seiten seines Romans neu schreiben musste, weil er zum Ende eine geniale Idee hatte und die dann einfach nicht mehr mit dem Rest zusammengepasst hat. Wenn man vorher plottet, kann einem das eigentlich nicht passieren."

„Eigentlich ist eine Verneinung", sagte Fiona leise und ich hob die Augenbrauen, weil es nicht leise genug gewesen war.

„Da hast du recht", bestätigte ich ihre Aussage. „Eigentlich ist eine Verneinung, denn natürlich zwingt euch niemand, euch sklavisch an eine bestimmte Struktur zu halten. Wenn ihr im Laufe des Romans merkt, dass etwas anderes besser passt, dann könnt ihr immer noch von dem Pfad abweichen, den ihr ursprünglich einschlagen wolltet. Trotzdem ist es schwierig, ein Ziel zu erreichen, wenn ihr den Weg nicht kennt. Und noch schwieriger ist es irgendwo anzukommen, wenn ihr nicht einmal wisst, was euer Ziel sein soll. Zumindest das solltet ihr vorher wissen."

„Und was, wenn ich die Charaktere erst besser kennenlernen muss, um zu wissen, was das Ziel ist?", fragte Rike. „Ich meine ... in meiner Geschichte steht die Heldin sozusagen zwischen zwei Männern. Muss ich da wirklich jetzt schon festlegen, für wen sie sich am Ende entscheidet?"

„Das ist eine gute Frage", bestätigte ich. „Ich könnte dir sagen, was sinnvoll ist und was das Handbuch rät. Aber du könntest die Frage auch einfach an jemanden richten, der sehr viel mehr praktische Erfahrung hat als ich."

Ich lächelte in die Runde, als es genau in diesem Moment an der Tür klopfte. „Ich hatte euch ja versprochen, dass ich jemanden organisieren würde, der bereits praktische Erfahrung hat und das ist mir heute gelungen."

Ich öffnete die Tür und grinste breit, als ich Brandon davor stehen sah. Ich umarmte meinen alten Kumpel und bat ihn dann ins Klassenzimmer.

„Darf ich vorstellen? Das ist Brandon Lionel Cox. Bestsellerautor und Verfasser der Reihe ‚Rise of the Dragonking'."

Kapitel 23

Rike

Mir stockte der Atem und ich konnte es kaum glauben, als Brandon Lionel Cox unseren Schulungsraum betrat. *Der* Brandon Lionel Cox.

Er war eins meiner absoluten Idole und ich wünschte mir seit Jahren, ihn irgendwann einmal zu treffen. Er hatte während seines Studiums hier in London angefangen, Fantasyromane zu schreiben und sie ursprünglich wie so viele andere Autoren auch im Selfpublishing veröffentlicht. Das wurde allerdings schnell zu einem Selbstläufer und noch ehe er sein Studium beendet hatte, war er mit seinen Büchern weltberühmt geworden. Der erste Teil seiner Reihe würde sogar bald als Netflix-Serie erscheinen und sollte angeblich noch epischer sein als Game of Thrones.

Hinzu kam, dass er unglaublich jung und gutaussehend war. Er war groß, hatte dunkles Haar und braune Augen. Er war sogar noch trainierter als Ethan und ich wusste schon gar nicht mehr, wie häufig ich schon sein Foto angeschmachtet hatte.

Mit Mitte zwanzig hatte Brandon bereits mehr erreicht, als die meisten anderen Leute in ihrem gesamten Leben. Ich wusste zwar nicht, wie viel man mit einem internationalen Bestseller verdiente, aber ich war mir sicher, dass er finanziell bereits ausgesorgt hatte.

„Hallo", sagte Brandon in die Runde. „Ich freue mich sehr, hier zu sein. Da ich vor ein paar Jahren selbst noch ein unbedeutender Student an dieser Uni war, konnte ich natürlich nicht Nein sagen, als Ethan mich gefragt hat, ob ich bereit wäre euch ein paar Fragen zu beantworten. Wir haben zusammen studiert und waren auf einigen sehr lustigen Studentenpartys."

Er schlug Ethan auf die Schulter und die beiden grinsten einander an, was ich irgendwie befremdlich fand. Ethan war mit Brandon Lionel Cox befreundet? Gott. Warum hatte er mir das nicht längst erzählt? Ich hätte sonst was dafür getan, um ihn kennenzulernen. Aber vielleicht redete er deswegen nicht darüber. Ich konnte mir vorstellen, dass Brandon ständig von Fans belagert wurde und das musste ganz schön anstrengend sein.

„Also erst einmal die Frage an alle", begann Brandon. „Weiß jeder von euch, wer ich bin und was ich schreibe? Wer keine Ahnung hat, hebt bitte die Hand."

Niemand tat es. Nicht einmal der Rentner, dem ich gar nicht zugetraut hätte, dass er Fantasybücher las. Doch so konnte man sich täuschen.

„Gut. Dann brauche ich euch ja gar nicht viel zu erklären. Ich schreibe Fantasygeschichten, seit ich fünfzehn bin. Allerdings wollte kein Verlag mein Geschreibsel haben, also habe ich angefangen zu studieren, um was Vernünftiges zu lernen. Mein erstes Buch habe ich dann mit 21 selbst veröffentlicht. Seither habe ich sieben Bände herausgebracht, die alle in die internationalen Bestsellerlisten gekommen sind und inzwischen reißen sich die Verlage um mich. Ihr seht also: Man darf nie aufgeben und sollte immer an sich und seine Fähigkeiten glauben."

Er zwinkerte uns zu, wobei sein Blick kurz an mir hängenblieb. Mein Herz schlug sofort höher.

„Soweit ich weiß, habt ihr mit Ethan ja schon einiges über das Geschichtenschreiben besprochen. Bei welchem Thema seid ihr denn gerade?"

„Beim Plotten", sagte Ethan und sah zu mir. „Rike. Wiederhol doch bitte mal deine Frage von vorhin."

Ich wurde blass und mein Gehirn war plötzlich wie leergefegt.

„Ich?", fragte ich. „Ja, natürlich. Meine Frage. Was war nochmal meine Frage?"

Ethan hob erstaunt die Augenbrauen, so als könnte er nicht glauben, dass ich das nicht mehr wusste.

„Du wolltest wissen, was man tut, wenn man die Charaktere noch nicht gut genug kennt, um festzulegen, wie der Roman enden soll", erinnerte Ethan mich.

„Ja, genau." Erleichtert nickte ich. „In meiner Geschichte gibt es zwei mögliche Love Interests und ich bin noch nicht sicher, bei welchem von beiden die Heldin am Ende landen wird."

Brandon nickte verstehend. „Ah. Das Dilemma der Dreiecksgeschichte. Nun. Es hat eindeutig Vorteile, wenn du dich vor dem Schreiben festlegst, bei wem deine Heldin enden soll. Dann kannst du die gesamte Geschichte auf dieses Ziel hin auslegen und ganz anders vorgehen, als wenn du im Dunkeln tappst. Aber du kannst das Ganze auch einfach auf dich zukommen lassen. So mache ich es. Ich schreibe aus dem Bauch heraus und lege vorher nur grob fest, wie der Roman ausgehen soll. Alles Weitere entsteht beim Schreiben."

„Also rätst du uns, nicht zu plotten?", fragte ich irritiert, weil Ethan ja vorhin noch das Gegenteil gesagt hatte.

„Das muss jeder für sich selbst herausfinden. Das Wichtigste ist auf jeden Fall, zu schreiben, zu schreiben und noch mehr zu schreiben. Löschen und ändern kannst du am Ende immer noch, aber eine leere Seite kann man nicht überarbeiten."

Diesem Argument hatte ich nichts entgegenzusetzen, denn es stimmte. Selbst wenn man nur Unsinn produziert hatte, so war es vermutlich immer noch besser, als wenn man gar nichts schrieb. Oder in meinem Fall, zeichnete.

„Hast du noch weitere Fragen?", wollte Brandon wissen und lächelte mich an.

Ob ich noch Fragen hatte? Tausende. Ich wusste nur nicht, wo ich anfangen sollte.

„Ich ... möchte einen Manga zeichnen", sagte ich schließlich. „Denkst du, dass sich der Prozess dabei anders gestaltet als beim normalen Schreiben?"

Überrascht hob Brandon die Augenbrauen, weil er damit offenbar nicht gerechnet hatte.

„Du willst ... Oh, wow. Das ist cool. Die meisten Leute, mit denen ich zu tun habe, wollen Romane schreiben. So wie ich." Er rieb sich das Kinn. „Ich habe noch nie einen Manga gezeichnet, daher bin ich mir nicht sicher, wie man dabei am besten vorgeht, aber ich schätze, dass der Prozess der Geschichtenentstehung ähnlich ist. Um zu wissen, was du zeichnen sollst, musst du dir ja erstmal eine Geschichte ausdenken. Und die solltest du grob im Kopf haben, bevor du loslegst. Ich schätze, du fängst am besten mit den Charakteren an und zeichnest die. Das ist etwas, das ich immer von einem Designer habe machen lassen, weil ich überhaupt kein Talent fürs Zeichnen besitze."

„Das ist längst geschehen", sagte ich lächelnd und holte die Bilder meiner Protagonisten aus der Mappe. Ganz obenauf lag ein Bild von Raven, meiner Heldin. Sie trug ein Outfit, das ein wenig an Robin Hood erinnerte. Nur ohne den lächerlichen Hut. Mir war klar, dass die Frauen auf den Fantasycovern in der Regel Kleider zu ihrer Armbrust trugen, aber das erschien mir vollkommen unrealistisch. Raven musste immerhin klettern und rennen können und das war in einem Kleid so gut wie unmöglich. Stattdessen trug sie Hosen und ein enges Hemd sowie einen Umhang, in dem sie sich verhüllen konnte. Interessiert trat Brandon näher und betrachtete die Skizzen.

„Wow. Die sind wirklich gut", stellte er fest. „Hast du denn schon mit dem Zeichnen begonnen?"

„Ja. Die ersten Kapitel stehen bereits und den Hauptteil habe ich auch grob im Kopf, aber ich bin mir noch nicht sicher, wie es enden soll."

„Dann würde ich an deiner Stelle zumindest ein paar Stichpunkte machen wie es weitergehen könnte. Das kann helfen. Was ich auch manchmal mache, ist, einen Protagonisten zu interviewen, um ihn besser kennenzulernen. Stell Raven Fragen darüber, wer sie ist und wie sie sich ihr Leben vorstellt. Das hat bei mir Wunder gewirkt. Ansonsten würde ich einfach weitermachen wie bisher und schauen, wohin der Wind dich trägt. Es ist zwar ärgerlich, falls du später einen Teil deiner Zeichnungen wieder verwerfen musst, aber es ist nie für die Katz. Immerhin bringt jede weitere Zeichnung dich voran. Du wirst mit der Zeit immer besser werden, dein Stil wird sich verfeinern und du entwickelst dich weiter. Davor solltest du keine Angst haben, sondern es als Chance ansehen.“

Ich nickte nachdenklich. Das war ein guter Denkansatz.

„Okay. Danke“, sagte ich und lächelte ihn an. „Das werde ich versuchen.“

„Gut. Wer hat sonst noch Fragen?“

Alle Hände gingen nach oben und Brandon musste lachen. „Also gut. Dann lasst mal hören“, sagte er und deutete auf Jane.

Ich nahm meinen Stift zur Hand und machte mir Notizen zu fast allem, was Brandon sagte. Er bekam die typischen Fragen gestellt, die vermutlich jeder Autor ab und an beantworten musste. Wie sieht dein Schreiballtag aus? Was tust du gegen Schreibblockaden? Hast du bestimmte Techniken für Dialoge, Spannung und Beschreibungen? Aber natürlich kamen auch ein paar konkretere Fragen zu seinen eigenen Büchern. Zum Beispiel: Wann kommt dein nächstes Buch? Worum wird es gehen? Wie lange dauert es, bis Teil eins bei Netflix erscheint? Wie fühlt es sich an ein Megabestsellerautor zu sein?

Ich hing die ganze Zeit über an Brandons Lippen und inhalierte alles, was er sagte. Der Kurs verging viel zu schnell und am Ende gab Brandon uns sogar noch die Möglichkeit, ein Foto mit ihm zu machen oder eine Unterschrift auf einer seiner Autogrammkarten zu bekommen. Fiona und ich waren die Letzten, die drankamen und Brandon lächelte, als ich vor ihm stand.

„Ah. Das Mädchen mit dem Manga“, sagte er. „Ich mag deine

Zeichnungen sehr. Mein Agent hat mir mal erzählt, dass er gerne eine Mangaka in seiner Karteiliste hätte. Wenn du willst, kann ich ja mal ein gutes Wort für dich einlegen."

„Wirklich?", fragte ich ungläubig. „Das wäre der Wahnsinn. Vielen lieben Dank."

„Keine Ursache. Tatsächlich hatte Ethan mir schon von dir erzählt. Ihr wohnt im Moment zusammen, richtig?"

„Sie schläft auf der Couch", stellte Ethan klar. „Und es ist nur vorübergehend."

„Trotzdem würde ich mich freuen, wenn wir uns wiedersehen. Du bist die Schwester von Lasse, oder?"

Ich nickte eifrig. „Das stimmt. Kennst du ihn etwa auch?"

„Nur flüchtig, aber ich bin mit James und Eddy befreundet. Wir hatten damals ein paar Kurse zusammen und ich werde auf jeden Fall bei seiner Hochzeit sein. Bist du ebenfalls dort?"

„Nein, sie ...", begann Ethan, während ich gleichzeitig nickte.

„Natürlich werde ich da sein."

Irritiert sah Ethan mich an.

„Wirst du?"

„Ja, klar. Hat Lasse dir das nicht gesagt? Er hat mich als seine Begleitung eingeladen."

„Nein. Das hätte er ruhig erwähnen können. Immerhin findet die Hochzeit im Hotel meiner Großeltern statt."

Das war mir neu. „Bitte was?"

Ethan nickte. „Als ich erfahren habe, dass James am Meer heiraten will, habe ich ihm das Hotel meiner Großeltern empfohlen. Ich war zwar zu dem Zeitpunkt noch in Australien, aber Lasse hat den Kontakt hergestellt. Es ist kein riesiges Hotel, aber groß genug für eine Hochzeit ist es auf jeden Fall."

„Okay. Das war mir neu. Aber ich verstehe nicht, wo das Problem liegt."

„Das ..." Er verstummte, als wäre ihm gerade selbst klargeworden, dass es im Prinzip überhaupt kein Problem gab. „Ach, schon gut. Ich hätte es einfach nur gerne gewusst. Das ist alles."

Ich nickte und sah dann wieder zu Brandon, der die Unterhaltung interessiert beobachtet hatte.

„Also sehen wir uns dann bei der Hochzeit. Ich freue mich schon. Wollen wir noch ein Foto machen?"

„Auf jeden Fall", sagte ich und reichte Ethan mein Handy, damit er Brandon und mich fotografieren konnte.

Brandon legte mir sogar eine Hand um die Schultern und zog mich an sich. Seine Nähe fühlte sich gut an und meine Wangen glühten vor Aufregung. Wir lächelten in die Kamera und Ethan verdrehte beinahe die Augen, als er abdrückte.

„Danke", sagte ich, sobald er fertig war. „Ein Autogramm hätte ich auch gerne, wenn es geht."

„An sich gern, aber die Autogrammkarten sind alle weg. Soll ich was anderes signieren? Deinen Arm vielleicht?"

Das brachte mich zum Lachen. „Bloß nicht. Am Ende höre ich noch auf, den zu waschen. Wie wäre es damit? Du signierst mir einfach ein weißes Blatt und ich zeichne anhand des Fotos, das wir gerade gemacht haben, darüber ein Bild von dir und mir. Das wäre die perfekte Erinnerung."

Brandon hob überrascht die Augenbrauen. „Gerne. Das Bild will ich dann aber unbedingt sehen."

„Kein Problem. Bei der Hochzeit zeige ich es dir."

Ich lächelte und überließ dann Fiona das Feld, die sich ebenfalls noch kurz mit Brandon unterhalten wollte und am Ende ihr Federmäppchen unterschreiben ließ. Währenddessen stellte ich mich etwas abseits neben Ethan, der seine Arme missmutig vor der Brust verschränkt hatte.

„Wenn ich gewusst hätte, dass du so ein riesiger Fan bist, dann hätte ich einen anderen Autor organisiert."

Das gab meiner Euphorie einen Dämpfer.

„Wieso denn das?"

„Du hast dich aufgeführt wie ein Groupie. Bitte sag mir, dass du dich auf der Hochzeit mehr zusammenreißen wirst."

Ich errötete und biss mir auf die Unterlippe. „Es tut mir leid. Ich konnte nicht anders. Du kanntest ihn ja schon, als er noch nicht berühmt war, aber für mich war das ein echtes Wow-Erlebnis. Stell dir mal vor, du begegnest deiner Lieblingsschauspielerin."

„Ich schaue keine Filme. Das hatten wir doch schon."

„Ach, stimmt ja. Dann halt dein Lieblingsmusiker. Den wirst du bestimmt haben, oder?"

Ethan schwieg einen Moment und seufzte dann. „Also gut. Wenn ich Bob Dylan begegnen würde, dann wäre das für mich vermutlich auch ein Fanmoment. Trotzdem hättest du Brandon nicht so anschmachten müssen."

In genau diesem Moment legte Fiona ihre Hand auf Brandons Oberarm und die beiden lachten miteinander.

„Du meinst, ungefähr so?", fragte ich und hob die Augenbrauen.

„Ganz genau."

„Na gut. Wenn ich Brandon auf der Hochzeit sehe, werde ich versuchen, so zu tun, als wäre er nicht eines meiner Idole, sondern ein ganz normaler, gutaussehender Mann."

„Du findest ihn gutaussehend?"

„Du nicht?"

Ethan schüttelte den Kopf. „Ich bin ein Kerl. Das interessiert mich nicht."

„Mein Bruder ist auch ein Kerl und ihn würde es interessieren."

Nun verdrehte er wirklich die Augen. „Lasse ist schwul. Das ist etwas anderes."

Ich zuckte mit den Schultern. „Ich bin hetero, aber trotzdem kann ich es erkennen, ob ich eine Frau schön finde oder nicht."

„Heißt es nicht immer, Schönheit liegt im Auge des Beschauers?"

„Fast. Es heißt im Auge des Betrachters. Aber ja. Da stimmt. Der Charakter kann einen schönen Menschen hässlich machen und einen hässlichen Menschen schön."

Genau in diesem Moment hatten Brandon und Fiona ihr Gespräch offenbar beendet und traten zu uns.

„Ich muss leider los", sagte Brandon und klopfte Ethan auf die Schulter. „Aber ich freue mich, wenn wir uns nächste Woche bei James' Hochzeit sehen."

Ethan lächelte und erwiderte den Abschiedsgruß. „Ich freue

mich auch schon. Und danke nochmal, dass du heute da warst. Ich glaube, das hat einige für das Fehlen von Professor Davis entschädigt."

„Entschädigt?", fragte Fiona. „Das war tausend Mal besser als der alte Tattergreis."

Ich lachte. „Er ist doch kein Greis."

„Na, mit Brandon Lionel Cox kann er trotzdem nicht mithalten."

„Danke, Ladies. Es war mir eine Ehre", sagte Brandon und tippte sich an einen imaginären Hut. Dann verschwand er aus dem Raum und Fiona schickte sich an, ihm zu folgen.

„Ich muss dann auch mal los", sagte sie. „Wir sehen uns Montag wieder."

Sie lächelte und verschwand.

Ethan packte seine Sachen am Pult zusammen und sah dann zu mir. „Hast du noch was vor?", fragte er. „Oder sollen wir zusammen die Bahn nehmen?"

Das Angebot überraschte mich, weil er sowas noch nie vorgeschlagen hatte. Gleich schüttelte ich den Kopf.

„Nein. Ich habe nichts mehr vor und es wäre nett, wenn wir zusammenfahren könnten. Zumindest, wenn das nicht gegen deinen Ethikkodex geht. Immerhin bin ich deine Studentin."

„Es ist Wochenende und außerdem wohnst du bei mir. Ich denke, da wird sich wohl kaum jemand beschweren, wenn wir dieselbe Bahn nehmen."

„Auch wieder wahr. Es wäre immerhin lächerlich, wenn ich die nächste nehme, nur um nicht mit dir gesehen zu werden."

Ethan nickte und wir gingen gemeinsam zur S-Bahn, die nicht weit von der Uni aus fuhr. Es war ziemlich voll, sodass wir beide stehen mussten. Dabei wurde ich im Gedränge enger an Ethan gedrückt, als mir lieb war.

„Aber hallo", sagte er amüsiert und sah auf mich hinunter. „Hatten wir uns nicht darauf geeinigt, Abstand zu halten?"

„Würde ich ja gerne, aber das ist heute gar nicht so einfach."

Als die S-Bahn hielt, drängelte sich jemand an mir vorbei und zwickte mir dabei in den Hintern.

„Hey", rief ich und wollte nach ihm Greifen, aber da war er bereits nach draußen geschlüpft. Zu meiner Überraschung sah Ethan dem Kerl gar nicht hinterher, sondern hielt stattdessen den Arm einer Teenagerin fest, die offenbar gerade versucht hatte mein Portemonnaie aus meiner Handtasche zu klauen.

„Finger weg", sagte Ethan ernst und sah sie eindringlich an. „Verschwinde besser, bevor ich die Polizei rufe."

Das Mädchen riss ihre Hand zurück und schaffte es gerade noch, aus der Tür zu springen, bevor diese sich schloss und die S-Bahn weiterfuhr.

„Was ...", begann ich, doch Ethan schüttelte nur den Kopf.

„Lass gut sein. Die beiden sind längst über alle Berge."

Ich tastete nach meinem Handy und meinem Schlüssel, aber zum Glück schien noch alles da zu sein.

„Puh. Es fehlt nichts. Danke", sagte ich zu Ethan.

„Keine Ursache. Wenn es so eng ist, musst du immer besonders vorsichtig sein."

„War das mit dem Kerl, der mir an den Hintern gefasst hat, ein Zufall? Oder hatten die beiden sich abgesprochen?"

„Ich glaube nicht an Zufälle", stellte Ethan klar. „Vermutlich waren die beiden Komplizen. Er sollte dich ablenken und sie sollte dich bestehlen. Wenn es so voll ist, musst du deine Handtasche immer eng an dich gedrückt halten."

Ich nickte und legte meine freie Hand darüber. Theoretisch hatte ich zwar gewusst, dass so etwas passieren konnte, aber praktisch kam ich nun mal aus einem Dorf, in dem man sich über Diebstahl wenig Gedanken machen musste.

„Danke", wiederholte ich. „Schade, dass ich die Namen der beiden nicht weiß. Die hätten definitiv löchrige Muscheln von mir erhalten."

Ethan lachte. „Denk dir doch was aus. Bonny und Clyde wäre passend. Sagtest du nicht, dass manchmal auch Menschen in deinem Muschelglas landen, deren Namen du nicht weißt?"

„Stimmt. Das wäre auf jeden Fall eine Überlegung wert."

Die S-Bahn hielt erneut und wir stiegen aus. Von hier aus waren es nur wenige Meter bis nach Hause und ich stellte fest, dass ich den Gedanken eigenartig fand, dass Ethan ausziehen wollte. Natürlich war ich froh, wenn ich endlich ein eigenes Zimmer bekam, aber trotzdem würde ich ihn vermissen, wenn ich ihn nicht mehr regelmäßig zu Gesicht bekam.

„Gibt es was Neues bei der Wohnungssuche?", fragte ich.

Doch zu meiner Erleichterung schüttelte Ethan den Kopf. „Leider nein. In London eine bezahlbare Wohnung zu finden, die noch dazu in der Nähe des Campus liegt, ist verdammt schwierig. Selbst, wenn man ein eigenes Gehalt hat. Mit Lasse in einer WG zu wohnen, ist eine Sache, aber ich habe keine Lust, mir das Zuhause mit einem Fremden zu teilen. Immerhin mache ich gerade meinen Doktor und arbeite als Dozent. Da sollte es doch möglich sein, dass ich eine Bleibe finanzieren kann."

Er schloss die Tür auf und ließ mir den Vortritt.

Ich zog meine Schuhe aus und hörte schon im Flur die Stimmen aus dem Wohnzimmer.

„Oh. Sieht ganz so aus, als hätte Lasse Besuch."

Ethan runzelte die Stirn und schüttelte dann den Kopf. „Ich kenne diese Stimmen und ich glaube, der Besuch ist nicht für Lasse, sondern für mich."

„Ethan!", rief in diesem Moment eine junge Frau und stürmte in den Flur.

Völlig perplex sah ich zu, wie sie ihm um den Hals fiel und ihn eng an sich drückte. Wer um Himmels willen war das und was hatte sie hier zu suchen?

Kapitel 24

Ethan

„Judith", sagte ich und erwiderte ihre Umarmung. „Damn girl. Was machst du denn hier?"

„Na, was wohl?", fragte Jack in diesem Moment und kam ebenfalls aus dem Wohnzimmer, um uns zu begrüßen. „Wir wollten dich besuchen."

Mein Cousin war ein ganzes Stück größer als ich und füllte mit seinem breiten Kreuz den ganzen Flur aus. Als er mir seine große Hand freundschaftlich auf den Rücken schlug, ging mir das durch Mark und Bein.

Ich lachte und erwiderte seine Umarmung. „Ich dachte, ihr wärt in Deutschland, mate", sagte ich, weil ich mit so einem Besuch nicht gerechnet hatte.

„Waren wir auch", bestätigte Judith. „Aber da es von Deutschland aus sehr viel einfacher ist mal eben nach London zu fliegen als von Australien, haben wir beschlossen, die Gelegenheit zu nutzen, und dich zu überraschen. Lasse hat uns reingelassen, aber musste dann gehen, weil er noch eine Vorstellung hat. Er hat uns angeboten heute hier zu übernachten und in seinem Bett zu schlafen. Er bleibt bei irgendeinem Kumpel."

Judith strahlte und sah dabei so schön und natürlich aus, dass es mir einen Stich versetzte. Mit ihrem langen hellen Haar und den Sommersprossen war sie Rike gar nicht so unähnlich, wie mir jetzt auffiel. Sie waren rein optisch ein ähnlicher Typ Frau. Nur, dass Rike sich für eine Kurzhaarfrisur entschieden hatte, während Judith einen Pferdeschwanz trug.

Schnell sah ich wieder zu meinem Cousin, der mit sich und der Welt absolut im Reinen zu sein schien. Wenn ich nicht ohnehin vorgehabt hätte so bald wie möglich zurück nach London zu kommen, dann hätte spätestens das Glück von Jack und Judith mich früher oder später vertrieben. Es war fast schon lächerlich, wie happy die beiden wirkten. Das kannte ich zwar schon von meinem Vater und Maggie, aber bei Jack und Judith war es noch extremer, weil sie nach wie vor ihre rosarote Brille trugen und nur schwer die Finger voneinander lassen konnten.

„Well. Das kommt tatsächlich überraschend", sagte ich. „Aber ich freue mich, dass ihr hier seid. Darf ich euch Rike vorstellen?"

„Hi", sagte Rike und reichte Judith die Hand. „Freut mich, dich kennenzulernen. Ich habe schon von dir gehört."

„Oh, schön", sagte Judith überrascht. „Leider weiß ich nicht, wer du bist."

„Ich bin Lasses Schwester und ..."

„Sie ist meine Freundin", sagte ich aus einem Impuls heraus.

Rike sah mich so perplex an, als hätte ich soeben behauptet, sie wäre meine Sexsklavin. Also legte ich ihr demonstrativ meinen Arm um die Schulter und drückte sie an mich.

„Ja. Es ... ist noch sehr frisch", stellte ich klar. „Es war sozusagen Liebe auf den ersten Blick."

„Oh mein Gott. Wie wunderbar", sagte Judith und umarmte Rike fest. „Das freut mich so für euch. Ich hatte ja keine Ahnung."

„Du alter Schwerenöter hast endlich eine Freundin?", fragte Jack mit einem Grinsen. „Mann. Und ich hatte schon befürchtet, ich müsste den Rest meines Lebens Angst haben, du könntest mir Judith wieder ausspannen."

„Tst", machte Judith. „Als wenn er da überhaupt eine Chance hätte. Du weißt genau, wie sehr ich dich liebe."

„Genau wie ich dich", erwiderte Jack, zog Judith enger an sich und küsste sie auf die Schläfe.

Die beiden waren so zuckersüß zusammen, dass man Karies bekam und genau das war der Grund, warum ich soeben zu dieser kleinen Notlüge gegriffen hatte. Ein Jahr lang hatte ich meiner Familie auf der Ranch geholfen, um sie nach dem Brand wieder aufzubauen und ein Jahr lang hatte ich Jacks und Judiths mitleidige Blicke ertragen müssen, weil die beiden so unanständig glücklich waren und es für mich partout nicht die richtige Frau zu geben schien. Die zwei verstanden nicht, dass ich überhaupt keine Frau an meiner Seite wollte. Zumindest nicht dauerhaft. Es genügte mir voll und ganz, immer mal wieder eine in meinem Bett zu haben. Wenn sie dachten, ich wäre endlich vergeben, würden sie mich vielleicht in Ruhe lassen.

Als ich Rike noch stärker umklammerte, rammte sie mir ihren Ellenbogen in die Seite.

„Oh. Entschuldige", sagte sie. „Das war keine Absicht. Ich ... brauche dringend was zu trinken. Begleitest du mich, Ethan?"

„Sure."

Ich warf Jack und Judith ein Lächeln zu. „Wollt ihr auch was haben?"

„Nicht nötig. Lasse hat uns schon mit dem Wichtigsten versorgt", sagte Jack und deutete auf den Couchtisch, wo ein Bier und ein Wasserglas standen.

Rike ging voraus in die Küche und holte ein weiteres Glas aus dem Schrank. Sobald ich hinter ihr herkam, fuhr sie mich an.

„Du hast eine Minute, um mir zu erklären, was das soll", zischte ich. „Sonst gehe ich da raus und sage Jack und Judith die Wahrheit."

„Das kann man nicht so schnell erklären."

„Dann versuch es zumindest. Die Zeit läuft."

„Es ist eine lange Geschichte", wollte ich mich rausreden, aber Rike ließ nicht locker.

„Ich bin sicher, du kannst sie zusammenfassen."

„Well. Maybe. Aber ich komme nicht besonders gut dabei weg."

„Das macht nichts. Ich habe dich ja ohnehin schon als löchrige Wellhornschnecke einsortiert. Viel schlimmer kann es wohl kaum werden."

Meine Mundwinkel zuckten, bevor ich nickte.

„All right. Ich habe dir ja schon gesagt, dass Judith die Patentochter meiner Stiefmutter ist, aber zwischen uns war damals mehr. Ich habe sie schon gekannt, als Jack, sie und ich noch Teenager waren und sie war damals total verknallt in mich. Ich fand sie auch ganz süß. Also kam eins zum anderen und wir sind im Bett gelandet. Für sie war es das erste Mal."

„Oh. Und was war mit Jack?"

„Er ist ein paar Jahre jünger als ich und sogar ein bisschen jünger als Judith. Er war damals einfach noch keine Konkurrenz für mich und es war mir egal, dass er total auf sie stand. Nach dieser Nacht habe ich was mit Judiths Freundin angefangen und Judith war verständlicherweise sauer auf mich."

Rike zischte durch die Zähne. „Mann. Das war echt keine Glanzleistung von dir. Ich meine … sie hat dir ihre Jungfräulichkeit geopfert und du?"

„Ja, ja. Ich weiß. Jetzt bereust du es sicher, dass du nicht irgendwas noch Ekligeres für mich gefunden hast als eine Wellhornschnecke."

„Was Schlimmeres habe ich gar nicht in meinem Arsenal. Aber gut. Wie ging es dann weiter?"

„Ein paar Jahre später kam Judith nach Australien, um auf der Farm zu helfen und hat sich dort in Jack verliebt. Ich muss gestehen, dass ich den beiden ziemlich viele Steine in den Weg gelegt habe."

„Warum? Weil du Judith mochtest? Oder weil du den beiden ihr Glück nicht gegönnt hast."

„Irgendwie beides", gab ich zu. „Die ganze Situation war ziemlich vertrackt, aber ich habe aus meinen Fehlern gelernt und werde mich sicher nicht wieder einmischen, wenn zwei Menschen verliebt sind. So viel Anstand habe ich inzwischen."

„Gut. Sonst müsste ich mir wirklich etwas für dein Schneckenhaus überlegen, um es weiter zu verunstalten."

Ich schmunzelte. Sie immer mit ihren Muscheln und Schneckenhäusern. Dieses Hobby machte sie echt sympathisch.

„Also spielst du mit?", fragte ich hoffnungsvoll.

Rike sah mich nachdenklich an und schüttelte dann den Kopf. „Nein. Denn irgendwie erklärt das alles immer noch nicht, warum du behauptet hast, ich wäre deine Freundin. Was bezweckst du damit?"

Ich stöhnte auf. „Ist das nicht offensichtlich? Ich ertrage das Mitleid der beiden nicht. Ein Jahr lang musste ich mir jeden Tag ansehen wie glücklich sie miteinander sind. Das brauche ich hier in London nicht auch noch."

„Heißt das, Jack hat recht? Du empfindest noch etwas für Judith? Willst du sie mit mir eifersüchtig machen?"

„Nein", sagte ich schnell. „No worries. Judith und ich sind nur Freunde, aber es wäre trotzdem schön, nicht ständig nur der Kerl zu sein, den sie abserviert hat. Es war auch keine gut durchdachte Entscheidung zu behaupten, dass wir zusammen sind, sondern es ist mir so rausgerutscht und jetzt kann ich es nicht mehr rückgängig machen, ohne das Gesicht zu verlieren."

„Na gut", sagte Rike. „Einverstanden. Ich spiele deine Freundin. Aber nur für dieses Wochenende. Das hier wird sicher keine dieser Fake-Dating Geschichten, in denen wir am Ende noch deinen Eltern vorspielen, wir wären verlobt oder so."

Ich lachte. „Keine Ahnung wovon du redest, aber ich hatte nicht vor, dich meinen Eltern vorzustellen. No worries."

„Okay. Dann mal auf in den Kampf."

Kapitel 25

Rike

Ich hätte nicht gedacht, dass ich jemals die Freundin von irgendjemandem spielen würde und erst recht nicht die von Ethan.

Zum Glück war es nicht schwierig so zu tun, als wären wir zusammen, weil ich mich tatsächlich zu Ethan hingezogen fühlte und Jack und Judith mir auf Anhieb sympathisch waren.

Wir beschlossen zum Abendessen in einen englischen Pub am Ufer der Themse zu gehen und bestellten dort Fish and Chips sowie Shepherd's Pie.

„Ich muss sagen, die Fischbrötchen in Deutschland schmecken mir besser", stellte Judith fest und brachte mich damit zum Lachen.

„Ja, oder?", fragte ich. „Ich komme von der Nordsee und da gibt es tausend Mal besseren Fisch als den hier."

Jack schnaubte. „Nichts von alldem schmeckt so gut wie der Fisch, den wir in Australien an der Küste fangen."

„Okay", gab Judith zu und lehnte sich an ihn. „Du hast gewonnen. Wenn man ihn direkt zubereitet, dann schmeckt der Fisch sowieso am besten."

Ich fand es süß wie Jack und Judith miteinander agierten. Sie schienen wie zwei Puzzleteile zu sein, die einfach zusammengehörten und ich verstand, dass Ethan sich dabei wie ein Fremdkörper fühlte. Es musste hart gewesen sein, sich das ein Jahr lang Tag für Tag anzusehen und ich bewunderte ihn dafür, dass er nicht früher Reißaus genommen hatte.

Ob er wirklich keine Gefühle mehr für Judith hegte? Er behauptete es zwar, aber ganz sicher war ich mir nicht.

„Wie hat es dich eigentlich nach London verschlagen?", fragte Jack und riss mich aus meinen Gedanken. Zu meiner Überraschung hatte er überhaupt keinen Akzent im Deutschen, obwohl man den auch bei Ethan kaum hörte.

„Na ja", begann ich zögerlich. „Ich komme aus einem sehr kleinen Dorf an der Nordsee und als meine Beziehung in die Brüche gegangen ist, wusste ich nicht, wo ich sonst hinsollte. Eigentlich war es nicht London, was mich gereizt hat, sondern die Tatsache, dass mein Bruder hier ist. Hätte er in Shanghai gelebt, wäre ich vermutlich dorthin geflogen."

Judith nickte verstehend. „Das kann ich gut nachvollziehen. Ich habe zwei Brüder und vermisse sie schrecklich, wenn ich in Australien bin. Vor allem Yannick. Er und ich waren immer ein Herz und eine Seele."

„Dann muss es ziemlich hart sein, dass ihr jetzt so weit auseinander lebt."

Judith nickte. „Schon. Sehr sogar. Aber zum Glück gibt es inzwischen das Internet und Videotelefonie. Ich will mir gar nicht vorstellen, wie es vor zwanzig Jahren gewesen sein muss. Da konnte man sich zwar schon Mails schreiben, aber ins Ausland zu telefonieren war viel zu teuer, um es ständig zu tun."

„Das stimmt", bestätigte ich. „Sowas ist heutzutage schwer vorstellbar. Deswegen bin ich umso glücklicher jetzt bei meinem Bruder zu sein."

„Und deine Eltern?"

Ich nahm einen Schluck von meinem Bier. „Was soll mit denen sein?"

„Na. Die vermisst du doch sicher auch, oder?"

„Ein bisschen", gab ich zu. „Ich liebe meine Eltern sehr, aber ... es ist kompliziert."

„Das verstehe ich. Mit meiner Mutter ist es auch schwierig und von meinem Vater fange ich lieber gar nicht erst an."

„Warum nicht?", fragte ich irritiert. „Was ist mit ihm?"

Judith zog eine Grimasse. „Er ist im Gefängnis wegen sexueller Nötigung. Allerdings hatte ich schon vorher viele Jahre keinen Kontakt zu ihm. Zum Glück. Wer weiß, was er sonst mit mir gemacht hätte."

Ich schluckte schwer. Das war krass und so viel schlimmer als die Sache mit meiner eigenen Familie. Ich hätte mir zwar mehr Unterstützung von meinen Eltern gewünscht und mein Vater konnte ganz schön engstirnig sein, aber immerhin saß er nicht im Gefängnis.

„Das ... tut mir leid", sagte ich, doch Judith winkte ab.

„Ach, schon gut. Wie gesagt. Ich kenne ihn kaum und mir gegenüber hat er sich nie falsch verhalten. Deswegen berührt es mich nicht so sehr. Obwohl ich mir manchmal schon wünschen würde, so einen guten Vater zu haben wie Ethan."

Sie sah ihn an und der nickte.

„True", sagte dieser. „Dad ist der Beste."

„Der Allerbeste", stimmte Jack mit ein. „Und in Maggie hat er die perfekte Frau für sich gefunden."

Wir stießen alle darauf an und kurze Zeit später gingen die beiden Männer an die Bar, um uns neue Getränke zu besorgen, weil es in dem Lokal inzwischen voll geworden war. Somit blieb ich mit Judith am Tisch allein zurück.

„Du hast ja keine Ahnung wie sehr es mich freut, dass Ethan endlich jemanden gefunden hat", sagte sie, sobald die beiden außer Hörweite waren.

Ich lächelte. „Du klingst, als könntest du es kaum fassen."

„Na ja. Ich kenne ihn jetzt schon mein halbes Leben und er hatte noch nie eine feste Freundin. Noch nie. Ich denke, das sagt einiges über ihn aus."

Da musste ich ihr recht geben. Nur, dass ich leider auch nicht seine echte Freundin war, und es tat mir leid, Judith etwas vorspielen zu müssen. Sie war nett. Richtig nett sogar und ich konnte mir gut vorstellen, mich mit ihr anzufreunden. Schade, dass sie am anderen Ende der Welt wohnte und wir uns vermutlich nie wiedersehen würden.

„Vielleicht hat Ethan bisher einfach nie die Richtige kennengelernt", mutmaßte ich.

Sofort nickte Judith. „Sein normales Beuteschema ist grottig. Er schaut grundsätzlich nur nach dem Äußeren und versucht noch nicht einmal die Frauen kennenzulernen. Ich denke ja, dass das etwas mit seiner Mutter zu tun hat."

Das machte mich hellhörig. „Mit seiner Mutter?"

„Ja. Ich meine ... Ein Schwerenöter war er immer schon. Seine Eltern haben sich getrennt, als er noch sehr jung war, und Jack hat mir mal erzählt, dass Ethan damit nie gut zurechtgekommen ist. Seine Mutter muss ihm immer geraten haben, dass er sich auf keinen Fall fest binden soll, weil man am Ende sowieso immer alleine dasteht. Tja. Und dann ist sie gestorben und hat ihm damit sogar noch bewiesen, dass sie recht hatte."

Mein Herz schmerzte, als ich das hörte und unwillkürlich sah ich in Ethans Richtung. Er stand mit Jack am Tresen und lachte, während sie auf die Getränke warteten. Die beiden Männer waren so unterschiedlich wie Tag und Nacht. Und gleichzeitig verband sie so viel. Sie hatten beide ihre Mutter verloren und Michael und Maggie waren alles an Familie, was ihnen noch geblieben war. Außerdem liebten sie dieselbe Frau oder hatten sie zumindest einmal geliebt, denn dass Ethan eine Zeitlang in Judith verknallt gewesen war, war für mich eindeutig. Selbst wenn es jetzt nicht mehr so sein sollte.

„Ethan hat auf jeden Fall große Probleme damit, sich zu binden", gab ich Judith recht. „Allerdings ist das zwischen uns wie gesagt noch frisch. Ich komme selbst aus einer schwierigen Beziehung und finde es gar nicht so schlecht, wenn wir es langsam angehen lassen."

Judith nickte verständnisvoll. „Das verstehe ich. Aber tu mir einen Gefallen und brich ihm nicht das Herz. Er tut immer so gleichgültig, aber jeder Blinde sieht, dass du ihm viel bedeutest."

Meine Augen weiteten sich vor Überraschung. Also entweder war Ethan ein guter Schauspieler oder Judith hatte recht und er wollte sich einfach nur nicht eingestehen, dass da etwas zwischen uns war.

„Ich denke, die Wahrscheinlichkeit ist größer, dass er mir das Herz bricht", murmelte ich.

Doch Judith schüttelte den Kopf. „Das glaube ich nicht. Wenn er bereit ist, dich als seine Freundin zu bezeichnen, dann muss er es ernst meinen. Sonst hätte er das nicht getan."

Ich biss mir auf die Zunge, um ihr nicht zu sagen, dass er diese ganze Show nur ihretwegen aufzog. Und natürlich wegen Jack. Vermutlich wollte er, dass sein Cousin beruhigt war und sich keine Sorgen mehr machen musste, Judith zu verlieren. Erneut sah ich zu den beiden Männern und fragte mich, was Ethan seinem Cousin wohl gerade über mich erzählte.

Kapitel 26

Ethan

„Rike ist süß", stellte Jack fest, als wir bei der Bar ankamen und darauf warteten, dass der Barkeeper Zeit für uns hatte.

Das Lokal hatte sich in der letzten Stunde so sehr gefüllt, dass die Bedienung überhaupt nicht mehr hinterherkam.

Ich lachte. „Süß? Das klingt als wäre sie fünfzehn. Dabei ist sie 21."

„Aber sie sieht jung aus. Das musst du zugeben."

„Jung schon. Aber nicht so jung."

Ich sah zu Rike und Judith hinüber, die am Tisch sitzengeblieben waren und sich unterhielten.

Es war eigenartig die beiden Frauen zusammen zu sehen. Abgesehen von meiner Mutter und Maggie waren Judith und Rike vermutlich die einzigen Frauen, mit denen ich je länger als ein paar Tage zu tun gehabt hatte und die ich mehr als nur oberflächlich kannte.

„Sie ist auch ziemlich hübsch", fügte Jack hinzu. „Auf eine feine, feenhafte Art und Weise."

Das war tatsächlich ein Unterschied zwischen Judith und Rike. Judith war zwar auch sehr natürlich, aber sie war hart im Nehmen. Sie hatte ihr Leben lang mit Tieren gearbeitet und liebte es, in der Natur zu sein.

Rike schien ihre Liebe zur Natur zwar zu teilen, aber durch ihre zarte Gestalt und das Asthma kam sie mir sehr viel zerbrechlicher vor.

„Das stimmt. Sie ist etwas empfindlich", gab ich zu. „Aber in gewisser Weise gefällt es mir, ihr Beschützer zu sein."

Jack schlug mir auf den Rücken und lachte. „Das kann ich mir vorstellen. Du mochtest immer schon Frauen, die zu dir aufsehen."

Da hatte Jack zwar recht, aber mit Rike war es irgendwie anders. Sie war zwar empfindlich, aber keine Tussi und genau das mochte ich an ihr.

Sie hatte etwas Reines an sich und war ganz anders als jede andere Frau, die ich kannte. Das gefiel mir.

„Ich hätte nur nie gedacht, dass du auf so einen Schlabberlook und auf kurze Haare stehst", bemerkte Jack und ich verdrehte die Augen.

„Es ist nicht die Frisur, die mir gefällt und auch nicht ihre Klamotten, sondern sie als Person. Sie könnte auch Haare bis zum Boden haben oder einen Müllsack tragen. Sie würde trotzdem anziehend auf mich wirken."

Jack nickte und betrachtete mich nachdenklich. „Es ist dir wirklich ernst mit ihr, oder?"

Ich sah Jack an und unterdrückte den Impuls es abzustreiten. Es war mir nicht ernst mit Rike. Wir waren noch nicht einmal zusammen und abgesehen von diesem einen Kuss, der mir seither nicht mehr aus dem Kopf ging, war nichts zwischen uns passiert. Allerdings sollte es mir zu denken geben, dass ich keine Frau mehr in meinem Bett gehabt hatte, seitdem ich Rike geküsst hatte und dass sie ständig in meinem Kopf herumgeisterte. Damn. Wenn wir nicht zusammen wohnen würden, dann hätte ich sie bestimmt längst verführt. So hingegen musste ich mich mit der Vorstellung daran begnügen und das frustrierte mich.

„Ich weiß es nicht genau", sagte ich schließlich wahrheitsgemäß zu meinem Cousin. „Ich habe keine Erfahrung, was diese Beziehungssache angeht. Rike ist ... etwas Besonderes und ich will es nicht vermasseln."

„Dann tu es nicht. Was immer es ist, das dich quält, rede mit ihr darüber. Das hilft. Glaub mir. Judith und ich sind ein Paar geworden, als wir endlich ehrlich zueinander waren. Das würde dir sicher auch guttun."

Da hatte er recht. Trotzdem war ich froh, als der Barkeeper uns endlich drannahm und wir unsere Getränke bestellen konnten.

Kurz darauf kehrten wir zu den beiden Frauen zurück und ich reichte Rike ihren Cocktail. Sie hatte sich für einen Sex on the Beach entschieden und ihr Lächeln als sie sich bedankte, sorgte dafür, dass mein Herz höher schlug.

Jack hatte recht. Rike war für gewöhnlich nicht mein Typ. In vielerlei Hinsicht. Und trotzdem kaufte er mir ab, dass ich mich in sie verliebt hatte. Das sprach dann wohl eindeutig dafür, dass sie irgendwie zu mir passte, selbst wenn ich das selbst nicht wahrhaben wollte.

Als wir alle ausgetrunken hatten, beschlossen wir noch ein wenig an der Themse spazieren zu gehen und Judith überredete uns, eine Runde mit dem London Eye zu fahren, damit sie zumindest einen Teil der Stadt von oben sehen konnte.

„Ich kann nicht glauben, dass du schon so lange in London lebst und noch nie mit diesem Riesenrad gefahren bist", sagte Rike, als wir einstiegen.

Ich zuckte mit den Schultern. „Ich bin kein großer Fan von Riesenrädern und die Sehenswürdigkeiten hier in London kenne ich alle in- und auswendig."

Tatsächlich war das London Eye allerdings nicht vergleichbar mit den Riesenrädern, die man von Jahrmärkten kannte. Denn erstens war es viel größer und zweitens gab es keine kleinen Gondeln für zwei Personen, sondern jede einzelne Kabine fasste bis zu fünfundzwanzig Leute.

Man konnte innerhalb der Kabine herumlaufen und zu allen Seiten nach draußen gucken. Da es schon recht spät war, hatten wir

Glück und abgesehen von uns waren nur noch zehn andere Leute in der Gondel, sodass wir alles in Ruhe betrachten konnten. Als Reiseführer fühlte ich mich voll und ganz in meinem Element und zeigte Rike, Jack und Judith eine Sehenswürdigkeit nach der anderen und gab zum Besten, was ich alles darüber wusste.

„Oh. Ich glaube, da hinten erkenne ich sogar was", sagte Rike und deutete aufgeregt nach vorne. „Da ist Big Ben. Den Turm habe ich schon vom Flugzeug aus gesehen und dann nochmal mit Lasse."

Ich lächelte und stellte mich hinter sie. „Um genau zu sein ist Big Ben nicht der Name des Uhrenturms, sondern nur der Name der Glocke. Doch mit der Zeit hat es sich eingeschlichen auch den Turm oder sogar das gesamte Parlamentsgebäude als Big Ben zu bezeichnen."

Ich legte meine Arme rechts und links von Rike auf der Stange ab, an der sie gelehnt stand und deutete auf den Palace of Westminster. Dabei kam ich Rike sehr nahe und erwartete fast, dass sie sich wieder von mir losmachen würde. Doch stattdessen atmete sie tief ein und wieder aus, bevor sie sich gegen meine Brust lehnte. Es war ein unglaublich schönes Gefühl, das mein Herz schneller schlagen ließ.

„Erzähl mir mehr", sagte sie dann mit einem frechen Grinsen und ich räusperte mich, weil ich für den Moment alle Fakten über Big Ben vergessen hatte.

„Der ... Uhrenturm ist 96 Meter hoch", dozierte ich dann. „Und die Glocke wiegt 13,5 Tonnen."

„Wow. Es war sicher nicht einfach, die da hochzubekommen."

Ich nickte und war mir mit jeder Faser meines Körpers Rikes Nähe bewusst. Ich sah aus dem Augenwinkel, wie Judith Jack anstieß und die beiden uns lächelnd beobachteten, als wären sie meine stolzen Eltern und ich der kleine Junge, der endlich seine erste Freundin hatte. Doch es war mir egal was sie dachten. In diesem Moment war mir quasi alles egal. Abgesehen von Rikes warmem Körper, der sich viel zu gut in meinen Armen anfühlte.

Ich legte meinen Kopf an ihren und atmete ihren Geruch ein, der mir durch und durch ging.

„Oh mein Gott. Ist das da hinten der Buckingham Palace?", rief

Judith in diesem Moment. „Ach, Mann. Es ist so schade, dass wir morgen Vormittag schon wieder losmüssen. Ich hätte mir all diese Dinge so gerne aus der Nähe angeschaut. Vielleicht hätten wir sogar jemanden aus der Königsfamilie gesehen."

Jack lachte leise. „Seit wann interessierst du dich für die Königsfamilie?"

„Ich bin vielleicht kein großer Fan, aber spannend finde ich das Ganze schon."

„Geht mir ähnlich", sagte Rike und machte sich nun doch von mir los. „Ich verfolge die Taten der Royals nicht im Netz oder so, aber es wäre trotzdem spannend sie mal zu sehen."

Sie wirkte verlegen und ich merkte sofort, dass mir ihre Nähe fehlte. Ich hätte sie gerne noch länger im Arm gehalten, doch nun war der Moment vorbei und ich gab stattdessen ein paar Fakten über das Königshaus zum Besten. Dabei konnte ich allerdings nicht aufhören mich zu fragen, ob Rike meine Nähe wohl genauso sehr genossen hatte wie ich die ihre.

Kapitel 27

Rike

Als wir wieder in unserer Wohnung ankamen, waren wir alle ziemlich fertig. Der Abend war wunderschön gewesen, aber jetzt wollte ich nur noch auf mein Sofa.

Doch sobald Jack und Judith sich in Lasses Zimmer verzogen hatten und ich es mir gemütlich machen wollte, schüttelte Ethan den Kopf.

„Du kannst heute Nacht nicht im Wohnzimmer schlafen", sagte er leise. „Dann hätten wir uns die ganze Scharade auch sparen können. Sobald Jack oder Judith auf die Toilette müssen und sehen, dass du auf dem Sofa pennst, wissen sie doch gleich, was los ist."

Ich hob die Schultern. „Wir könnten uns ja gestritten haben."

„Dann würde wohl eher ich auf dem Sofa schlafen."

„Bitte. Tu dir keinen Zwang an. Du schuldest mir ohnehin noch eine Nacht in deinem Bett."

Ethan schmunzelte und mir wurde klar, wie zweideutig das geklungen haben musste.

„Das ähm. Du weißt schon, wie ich das meine."

„Klar. Und die Nacht in meinem Bett wirst du heute bekommen. Also los. Du schläfst heute bei mir."

Er nahm mein Bettzeug aus dem Bettkasten unter dem Sofa und trug es zu seinem Zimmer. Etwas überrumpelt folgte ich ihm und staunte nicht schlecht, als er meine Decke und mein Kissen ablegte und seine eigenen Sachen auf dem Boden platzierte.

„Du ... schläfst auf dem Teppich?", fragte ich.

„Sieht ganz so aus. Wenn ich auf dem Sofa schlafe, komme ich genauso in Erklärungsnot wie du."

„Das schon, aber ... also. Es macht mir nichts aus, wenn du mit im Bett schläfst. Ich meine, wir sind immerhin erwachsen und der Teppich sieht nicht unbedingt bequem aus."

Ethan runzelte die Stirn. „Bist du sicher?"

„Ja. Es sei denn, du möchtest unbedingt auf dem Boden schlafen."

„Nein. Das will ich nicht. Ich wollte dir nur nicht zu nahe treten. Immerhin spielst du dieses Spiel nur meinetwegen mit."

Am liebsten hätte ich ihm gesagt, dass es gar kein Spiel sein müsste, wenn er es nicht wollte. Ich hatte es den ganzen Nachmittag genossen, seine Freundin zu spielen. Die kleinen Berührungen und seine Nähe hatten sich gut angefühlt und wenn es nach mir ging, dann wollte ich dringend mehr davon.

Aber mir war klar, dass er das alles nur getan hatte, um seinem Cousin und seiner Ex zu beweisen, dass er über sie hinweg war. Und wie es aussah, hatte das auch gut funktioniert.

Judith zumindest schien ihm die Geschichte abgekauft zu haben und sich sehr für ihn zu freuen.

„Also gut", sagte Ethan und hob seine Bettwäsche wieder auf. „Hast du eine Lieblingsseite?"

Überrascht sah ich ihn an und war gerührt, weil er das fragte. Ich dachte einen Moment nach und nickte dann.

„Ich möchte links schlafen", sagte ich.

Mit Oliver hatte ich immer rechts geschlafen, weil er links besser aus dem Bett gekommen war. Aber als ich noch bei meinen Eltern gewohnt hatte, war links immer meine bevorzugte Seite gewesen.

„Gut. Dann schläfst du links", sagte Ethan und legte sein Bettzeug auf der rechten Seite ab. „Mir ist es eigentlich egal. Ich kann überall schlafen."

„Auch auf dem Fußboden?", feixte ich.

„Wenn es sein muss, schon. Hast du deine Meinung etwa geändert?"

„Unsinn. Wie gesagt. Ich habe keine Probleme damit, das Bett mit dir zu teilen."

Obwohl das in Wahrheit nicht ganz stimmte. In der Theorie machte es mir nichts aus, aber in der Praxis war die ganze Sache komplizierter. Immerhin war Oliver der einzige Mann, mit dem ich je das Bett geteilt hatte und der Gedanke war eigenartig, dass jetzt jemand anders neben mir liegen würde.

Doch ich blieb bei meiner Aussage. Es wäre kindisch, Ethan auf dem Boden schlafen zu lassen, nur weil ich es nicht gewohnt war neben einem Mann zu schlafen, der nicht Oliver war.

„Ich … gehe dann mal ins Bad", sagte ich und stahl mich davon.

Ich putzte mir die Zähne und zog mir Schlafshorts und ein T-Shirt an. Beides war nicht besonders sexy und ich war froh, dass ich nie zu den Mädchen gehört hatte, die gerne Negligés trugen.

Auf meinem Shirt prangte ein Bild von Micky Maus und ich trug Socken mit Einhörnern darauf. Ethan lächelte, als er das sah.

„Ich glaube, ich war noch nie mit einer Frau im Bett, die solche Klamotten trägt."

Ich errötete und schlüpfte unter die Decke.

„Tja. Dann ist es ja gut, dass ich nicht vorhabe, dich zu verführen."

„Oh. Ich bin sicher, dass dir das auch mit Micky Maus und Einhörnern gelingen würde, wenn du es darauf anlegst."

Ich schnaubte und zog meine Decke bis zum Kinn.

„Kein Interesse", behauptete ich, obwohl das Gegenteil der Fall war.

Als wüsste Ethan genau, was in meinem Kopf vor sich ging, lächelte er und verschwand ebenfalls im Bad. Als er kurze Zeit später zurückkam, trug er nur eine Boxershorts und ich musste lachen, als ich sah, dass darauf ein Bild von Superman prangte. In Kombination mit seinem muskulösen Oberkörper wirkte das nicht einmal übertrieben.

„Ernsthaft?", fragte ich. „Superman? Bei dir hätte ich eher Einstein erwartet."

„Die Boxershorts mit Einstein ist gerade in der Wäsche", sagte er mit voller Ernsthaftigkeit. „Außerdem dachte ich, Superman passt besser zu Micky."

„Hm. Nicht wirklich. Micky ist schließlich kein Superheld."

„Ich glaube mich zu erinnern, dass es das eine oder andere Comic gibt, in denen Micky auch als Superheld unterwegs ist."

„Ich glaube, du verwechselst das mit Donald Duck. Micky taucht zwar ein paarmal als Super-Micky auf, aber Donald hat eine komplett eigene Superhelden-Identität als Phantomias."

„Oh ja. Ich erinnere mich. Sag bloß, du hast früher die lustigen Taschenbücher gelesen?"

„Ja klar. Jedes einzelne, das mir in die Finger gekommen ist. Ich hatte ein ganzes Regal voll mit Comics und Mangas."

„Warum wundert mich das nicht? Vermutlich weißt du tausend Mal mehr über Superman und Co. als ich."

„Vermutlich", bestätigte ich und rutschte ein wenig zur Seite, als Ethan sich neben mich legte. Sein Bett war nicht klein, aber auch nicht riesig. Ich schätzte, es maß 1,60 mal 2 Meter. Genug Platz für ein Pärchen, aber etwas eng, wenn man versuchte Abstand zu halten so wie es bei uns der Fall war. Dafür war es sehr bequem und eine Wohltat nach all den Nächten, die ich auf dem Sofa verbracht hatte.

Ethan streckte sich neben mir aus und gähnte. Dabei berührte seine Hand meinen Arm und ich rückte von ihm ab.

„Wir sollten eine Grenze ziehen", bestimmte ich und griff nach einer Wolldecke, die am Fußende lag. Dann rollte ich sie der Länge nach zusammen und legte sie zwischen uns. „Das hier ist meine Bettseite und das ist deine. Jeder bleibt auf seiner Seite. So kommen wir uns nicht in die Quere."

„Na gut", sagte Ethan und schmunzelte. „Keine Sorge. Ich werde auf meiner Seite bleiben. Ich schalte jetzt das Licht aus und wünsche dir eine gute Nacht."

„Gute Nacht", erwiderte ich und drehte ihm den Rücken zu. „Schlaf gut."

Ethan löschte das Licht und im nächsten Moment umhüllte uns beide die Dunkelheit. Sogleich fühlte ich mich unwohl. Solange ich Ethan sehen konnte, war alles in Ordnung, aber jetzt, wo ich ihn nicht mehr sah, fühlte es sich noch intimer an, mit ihm in einem Bett zu schlafen. Verdammt. Warum hatte ich sein Angebot, auf dem Boden zu liegen, nicht angenommen?

Weil es lächerlich war und das wusste ich. Und trotzdem musste ich mich dazu zwingen ruhig zu atmen und mich zu entspannen. Das hier war nicht Oliver, der neben mir lag. Er würde nicht im nächsten Moment meine Hand auf seinen Schritt drücken und von mir erwarten, dass ich ihn befriedigte.

Nein. Ethan war anders. Wenn überhaupt, dann würde er vermutlich mit mir schlafen wollen. Er würde sich über mich beugen, mich küssen und sich zwischen meine Beine legen. Er ...

Der Gedanke sorgte dafür, dass ich ganz kribbelig wurde und wohlige Schauer durch mich hindurchfuhren.

Ich lag stocksteif da und starrte an die dunkle Zimmerdecke, als ich Ethans müde Stimme hörte.

„Hey. Alles in Ordnung?", fragte er. „Ich kann dich denken hören."

Ich schluckte. „Ja klar. Es ist nur ungewohnt. Es ist das erste Mal, dass ich mit einem Mann in einem Bett schlafe, der nicht Oliver ist. Oder mein Bruder."

Ethan lachte leise. „Wenn es dir hilft, dann stell dir vor, ich wäre Lasse."

Sogleich schüttelte ich den Kopf. „Oh nein. Das hilft mir nicht."

In den schmutzigen Gedanken, die ich gerade hatte, war kein Platz für meinen Bruder.

„In Ordnung. Was könnte dir dann helfen?"

„Ich weiß nicht. Ich denke, es wäre hilfreich, wenn ich sicher wüsste, dass du es bist, der neben mir liegt. Es ist gut, wenn ich deine Stimme höre."

„Hm. Also soll ich dir eine Gute-Nacht-Geschichte erzählen?"

Ich lachte leise. „Kennst du denn welche?"

„Nicht wirklich. Aber ich wette, ich kann mir was aus den Fingern saugen. Mein Dad hat mir damals immer Geschichten vorgelesen, wenn ich als Kind bei ihm zu Besuch war."

„Okay. Klar. Die Idee finde ich toll."

„Also gut. Es war einmal vor langer Zeit ein Mädchen namens Blaukäppchen."

„Du meinst Rotkäppchen", sagte ich sofort.

„Nein. Blaukäppchen. Erzähle ich die Geschichte oder du?"

„Du natürlich. Tut mir leid. Ich bin ja schon still."

„Also gut. Blaukäppchen wurde so genannt, weil sie eine Schnapsdrossel war und sich bei jeder Gelegenheit betrank."

„Sie betrank sich? Ich dachte, sie war ein kleines Mädchen."

„Ein Mädchen. Von klein hat niemand was gesagt. Sie war bereits achtzehn, okay?"

„Na gut. Auch wenn sie damit kein Mädchen mehr wäre, sondern eine junge Frau."

Ethan seufzte. „Soll ich jetzt weitererzählen oder nicht?"

„Ja klar. Sorry. Ich will natürlich unbedingt wissen, wie es weitergeht."

„Also gut. Blaukäppchen wollte eines Tages ihre Schwester im Wald besuchen. Aber sie hatte Angst, dass sie sich verirren könnte, also nahm Sie Brot mit und verteilte auf dem Weg in den Wald hinein Brotkrumen."

„Das ist aus Hänsel und Gretel. Nicht aus Rotkäppchen."

„Das liegt daran, dass ich nicht Rotkäppchen erzähle, sondern Blaukäppchen. Und jetzt Ruhe im Karton. Sonst höre ich auf."

Ich biss mir auf die Unterlippe, um ein Lachen zu unterdrücken, weil ich es so unglaublich süß fand, dass Ethan eine völlig abstruse Geschichte erzählte.

„Also gut. Blaukäppchen verteilte Brotkrumen, aber der Wolf war hungrig und lief dem Mädchen hinterher und fraß die Brotkrumen alle auf. Als das Blaukäppchen schließlich mitten im Wald stand, kam der Wolf von hinten an und setzte sich neben sie. ‚Hallo Blaukäppchen', sagte er. ‚Hast du noch mehr Brot für mich?' Irritiert sah Blaukäppchen ihn an. ‚Was? Hast du etwa mein ganzes Brot gegessen? Wie soll ich denn jetzt zurückfinden?' ‚Wenn du mich ganz lieb bittest, dann bringe ich dich wieder nach Hause', versprach der Wolf. ‚Oh. Das ist aber nett von dir. Aber bring mich doch bitte zuerst zu meiner Schwester. Sie wohnt in einem hohen Turm und ich möchte sie befreien. Sie hat ganz langes Haar und kann ihren Zopf nach unten lassen.'"

„Moment", unterbrach ich. „Ist das jetzt Rapunzel?"

„Nein. Es ist immer noch das Märchen von Blaukäppchen."

„Okay. Erzähl weiter."

Ethan seufzte. „Jetzt hast du mich rausgebracht. Also gut. Kürzen wir das Ganze ab. Der Wolf bringt Blaukäppchen zu ihrer Schwester und sie rettet sie aus dem Turm. Dann will der Wolf sie beide fressen und die Schwester erwürgt ihn mit ihren langen Haaren. Als sie den Weg zurück zum Dorf suchen, kommen sie an ein Pfefferkuchenhaus und die Hexe erklärt ihnen den Weg und gibt ihnen noch ein Stück von ihrer Tür, damit sie nicht verhungern. Als sie zurück sind, besaufen sie sich gemeinsam. Und wenn sie nicht gestorben sind, dann trinken sie noch heute. Ende."

Ich lachte. „Ernsthaft? So endet dein Märchen? Ich kann nur hoffen, dass du keine Neffen oder Nichten hast, die du mit deinen Geschichten erschrecken kannst."

„Pah. Die meisten Märchen enden so grausam, dass meins noch harmlos ist im Vergleich. Immerhin sind bei mir alle glücklich."

„Du meinst abgesehen von dem Wolf."

„Okay. Abgesehen von dem. Da hast du Recht. Wie wäre es damit. Der Wolf war in Wirklichkeit gar nicht tot, sondern nur bewusstlos. Die Hexe findet ihn und nimmt ihn als ihr Haustier wo er fortan jeden Tag Pfefferkuchen fressen kann. Gefällt dir das besser?"

„Viel besser", bestätigte ich und musste gähnen. „Vielen Dank für diese nette Geschichte. Allerdings weiß ich immer noch nicht, ob ich jetzt schlafen kann."

„Warte. Dann habe ich eine andere Idee. Wie wäre es mit einem Gute-Nacht-Lied?"

„Du kannst singen?", fragte ich überrascht.

„Not really, aber für ein Gute-Nacht-Lied sollte es reichen."

Er rumorte neben mir und zu meiner Überraschung hörte ich im nächsten Moment die Klänge eines Musikinstruments.

„Du hast eine Gitarre?", fragte ich.

„Of course. Das habe ich doch bei dem Kennenlernspiel in der Uni erzählt. Du erinnerst dich?"

Jetzt wo er es sagte, erinnerte ich mich tatsächlich, aber ich hätte nie damit gerechnet, dass er für mich singen würde. Das rührte mich irgendwie und ein Schwall von Zuneigung für Ethan überkam mich.

Ethan spielte ein paar Takte und ich versuchte ihn in der Dunkelheit auszumachen, doch das gelang mir nicht.

Dann begann er zu spielen und stimmte das Lied ,Twinkle, twinkle little Star' an. Ich hatte es noch nie gehört, aber wurde sofort stutzig, weil mir die Melodie so bekannt vorkam.

„Ist das nicht die Melodie von einem Weihnachtslied?", fragte ich und unterbrach Ethan damit.

Er stoppte. „Das stimmt. Weißt du auch von welchem?"

„Natürlich. Das ist die Melodie von ,Morgen kommt der Weihnachtsmann'. Das haben wir als Kinder immer in der Adventszeit gesungen."

„Du hast recht. Das Lied gibt es in vielen Varianten. Die Melodie stammt im Original allerdings von dem französischen Lied ,Ah! vous dirai-je, maman' aus dem 18. Jahrhundert."

Erstaunt hob ich die Augenbrauen. „Woher weißt du solche Sachen immer?"

„Vielleicht ist es dir noch nicht aufgefallen, aber ich lese viel."

„Ich lese auch viel und weiß sowas nicht."

„Tja. In Harry Potter lernt man halt eher was über Quidditch und nichts über Kinderlieder und deren Geschichte."

Ich schüttelte den Kopf. Es faszinierte mich, wie belesen Ethan war und dass er diese Dinge nicht nur in sich aufnahm, sondern sie sich offenbar auch merken konnte.

„Also. Soll ich nun für dich singen oder nicht?", fragte Ethan und ich nickte heftig, obwohl er das nicht sehen konnte.

„Ja bitte", sagte ich und lehnte mich zurück, um ihm zu lauschen.

Ethan hatte eine schöne Stimme, obwohl einige Töne nicht ganz

gerade waren. Was allerdings perfekt zu sein schien, war sein Gitar-
renspiel. Er traf jeden Ton und sang das Lied sogar zweimal, bevor
er die Gitarre zur Seite tat und sich wieder neben mich legte.

„Ethan?", fragte ich schläfrig.

„Hm."

„Danke, dass du das für mich tust."

„Das ist doch das Mindeste, nachdem ich dich einen Tag gezwungen habe, meine Freundin zu spielen. Und falls es dir doch zu eng
wird im Bett, dann musst du nur Bescheid sagen. Immerhin schulde
ich dir diese Nacht hier und auf dem Fußboden komme ich sicherlich auch zurecht."

Gerührt tastete ich nach Ethans Hand und drückte sie.

„Danke", sagte ich. „Das ist wirklich lieb von dir."

„Gern geschehen." Ethan erwiderte den Druck und Schmetter-
linge tanzten in meinem Bauch, als er das tat. Schnell zog ich meine
Finger zurück, drehte Ethan den Rücken zu und war kurze Zeit
später eingeschlafen.

Kapitel 28

Ethan

Es dauerte noch eine ganze Weile, bis ich es schaffte in den Schlaf zu finden. Für mich war es zwar nicht das erste Mal, dass ich neben einer Frau einschlief, doch es war das erste Mal, dass ich mit besagter Frau vorher keinen Sex gehabt hatte.

Ich liebte Frauen. Jede Art von Frauen, aber ganz besonders diejenigen, die einfach bloß Sex wollten und danach wieder aus meinem Leben verschwanden. Bei Rike war das nicht einmal ansatzweise der Fall. Wohl eher im Gegenteil. Denn den Sex mit ihr hatte ich mir untersagt und es war auch nicht absehbar, dass ich Rike bald wieder loswerden würde. Das Eigenartigste an der Sache war allerdings, dass ich das gar nicht mehr so schlimm fand wie noch vor ein paar Wochen.

Ich mochte Rike. Sehr sogar. Ich mochte ihre Motivsocken, ihren Schlabberlook und ihr kurzes Haar. Ich mochte ihr Muschelglas, ihr Faible für Mangas und ihre kleinen Macken.

Wann immer sie von ihrem Exfreund sprach, wollte ich ihm am liebsten den Hals umdrehen, weil er sie offenbar stark unter Druck gesetzt hatte und es auf irgendeine Art und Weise geschafft hatte, sie durch Schuldgefühle an sich zu binden.

Und ich mochte Rikes Geruch sowie die kleinen Geräusche, die sie machte, während sie schlief. Sie schnarchte ganz leise und gab hin und wieder ein Seufzen von sich, was mich dazu verleitete, noch näher zu ihr zu rücken und sie in meine Arme zu ziehen.

Doch ich beherrschte mich und folgte ihrem Beispiel, indem ich ihr den Rücken zukehrte und die Augen schloss.

Doch ich hatte das Gefühl, erst wenige Minuten geschlafen zu haben, als ich durch Rikes Gemurmel wieder geweckt wurde.

„Nein", sagte sie. „Ich will nicht. Heute nicht. Bitte lass das."

Sogleich schnürte sich mir die Kehle zu und ich drehte mich zu ihr. Ein Blick zur Uhr sagte mir, dass es fünf Uhr morgens war und draußen langsam die Sonne aufging.

Ich konnte nur Rikes Umrisse erkennen, aber bemerkte sofort, dass sie ängstlich und angewidert aussah. Sie träumte von etwas und ich fürchtete, dass sie das selbst erlebt hatte.

„Fass mich nicht an", sagte sie und warf ihren Kopf hin und her. „Ich weiß, dass es meine Schuld war, aber ich will das trotzdem nicht. Bitte. Hör auf damit. Verdammt, leg die Waffe weg."

Okay. Das reichte mir. Ich machte die Nachttischlampe an. Dann griff ich nach ihren Schultern und rüttelte sie sanft.

„Rike", sagte ich. „Rike. Wach auf."

Erneut warf Rike den Kopf hin und her und begann nun, sich gegen mich zu wehren.

„Nein! Fass mich nicht an!", sagte sie. „Fass mich nicht an. Ich will das nicht!"

Panik schlich sich in ihre Stimme und nun hatte ich erst recht das Bedürfnis, sie zu wecken.

„Rike! Wach auf. Du träumst nur. Ich bin es. Ethan."

Sie stemmte sich gegen mich, aber schlug in diesem Moment die Augen auf.

„Was … Wie … Wo bin ich?", fragte sie ängstlich und versuchte Abstand zwischen uns zu bringen, indem sie zurückwich. Ich ließ sie los, um ihr nicht noch mehr Angst zu machen, aber konnte dadurch nicht verhindern, dass sie vom Bett plumpste.

„Autsch", sagte sie und rieb sich den Hintern.

Das schien immerhin ihre Lebensgeister wieder zu wecken, denn sie sah zu mir auf.

„Alles okay?", fragte ich. „Bist du verletzt?"

„Das gibt sicher einen blauen Fleck am Po", bemerkte sie und rieb sich die schmerzende Stelle.

Dann sah sie wieder zu mir auf und ich bemerkte, dass Tränen in ihren Augen glitzerten und sie zitterte.

„Tut mir leid", sagte sie. „Ich habe ganz offenbar geträumt."

Ich nickte und deutete auf das Bett. „Willst du wieder hochkommen?"

Sie erwiderte nichts, sondern krabbelte schweigend zurück ins Bett.

Ich lehnte mich an das Kopfteil und musterte Rike eingehend. Am liebsten hätte ich sie in meine Arme gezogen, aber ich wusste nicht, ob sie das wollte.

„Erinnerst du dich an den Traum?", fragte ich stattdessen. „Willst du mir davon erzählen?"

Sie schüttelte den Kopf und rieb sich über die Arme.

„Nein. Ich meine doch. Ich erinnere mich daran, aber ich weiß nicht, ob ich darüber reden will."

„Es klang so, als hätte man dich zu etwas genötigt", sagte ich vorsichtig. „Hat man dich ... ich meine ... wurde dir Gewalt angetan?"

Sie lachte freudlos und wich meinem Blick aus.

„Wie man es nimmt. Wenn du wissen willst, ob ich vergewaltigt wurde, dann ist die Antwort Nein. Das wurde ich nicht. Ich hätte mich jederzeit aus der Situation befreien können. Ich war Oliver körperlich überlegen und wäre dazu imstande gewesen, mich zu wehren. Also nein. Mir wurde keine Gewalt angetan."

Mein Herz zog sich zusammen, denn ihre Worte sagten das eine, aber ihre Körperhaltung verriet etwas ganz anderes.

„Du hast von einer Waffe gesprochen."

Rikes Augen wurden groß und sie wich meinem Blick aus.

„Das … war nichts", versicherte sie mir. „Oliver … er hat einen Jagdschein und ist vor dem Unfall oft auf die Jagd gegangen. Danach wurde das schwierig, aber er ging trotzdem noch Ansitzen und auf den Schießstand. Er besitzt mehrere Langwaffen und eine Pistole. Die braucht man manchmal, um ein Tier zu erlösen."

Ich nickte, weil mir das logisch erschien. Ich verstand nur nicht, warum sie von der Waffe geträumt hatte.

„Hat er dich mit der Waffe bedroht?", mutmaßte ich.

„Nein. Nicht wirklich. Aber er hatte sie gerne unter dem Kopfkissen liegen. Das ist in Deutschland eigentlich verboten. Dort muss man sie immer im Waffenschrank einschließen, aber Oliver meinte, er würde sich sicherer fühlen, wenn er sie bei sich hat. Ich habe das gehasst. Ich kann Waffen nicht ausstehen und habe mich immer dagegen gewehrt, wenn ich ihn zum Schießstand begleiten sollte. Er hat sie nie gegen mich gewendet, aber sie war immer da. Wie eine Drohung. Selbst wenn er sie nicht benutzt hat."

Ich schluckte schwer und fixierte Rike mit meinem Blick.

„Es gibt mehr Arten, jemanden zu etwas zu zwingen, als nur durch körperliche Überlegenheit", stellte ich klar. „Und mit Gewalt ist nicht nur physische Gewalt gemeint, sondern auch psychische. Also. Was hat Oliver gemacht?"

Rike schlug sich die Hände vor das Gesicht und begann zu schluchzen.

„Er wollte, dass ich ihm zu Diensten bin. In jeder erdenklichen Weise und wann immer es ihm passte. Meistens hat es ihn dabei nicht interessiert, was ich wollte oder ob ich gerade Lust auf Sex hatte."

„Und du hast dich nicht dagegen gewehrt?"

„Doch. Schon. Manchmal zumindest. Aber er hat mich immer wieder darauf aufmerksam gemacht, dass ich ihm etwas schulde und dass es ihm nur meinetwegen so schlecht ginge. Außerdem meinte er, wir wären ein Liebespaar und da sollte man auch Dinge tun, zu denen man gerade keine Lust hat."

Mein Magen drehte sich um, als ich das hörte. Ich konnte nicht fassen, dass Rike diesem Mistkerl tatsächlich so hörig gewesen war.

Das passte gar nicht zu ihr. Er musste etwas Schreckliches gegen sie in der Hand haben und ich hätte zu gerne gewusst, was das war.

„Warum?", fragte ich daher. „Warum ist es deine Schuld, dass es ihm schlecht geht? Was hast du getan?"

Doch sie schüttelte nur den Kopf. Es fiel mir schwer, doch ich wusste, dass ich das akzeptieren musste. Statt weiter zu drängen, breitete ich meine Arme aus und forderte sie stumm dazu auf, sich an mich zu kuscheln. Zu meiner Überraschung nahm sie das Angebot an. Sie krabbelte über die Wolldecke hinweg zu mir und schmiegte sich an mich, sodass ich sie halten konnte.

Ich zog sie so nah an mich, wie ich nur konnte und streichelte beruhigend über ihren Rücken. Dabei schluchzte sie erneut und ich fühlte ihre Tränen an meiner Brust. Ihre Verletzlichkeit und ihr schmaler Körper in meinen Armen rührten mich so sehr, dass ich in diesem Moment alles getan hätte, um sie zu beschützen.

„Alles wird gut", versprach ich ihr. „Du bist jetzt hier und du musst nie wieder zu ihm zurück."

Sie nickte. „Ich weiß. Ich wünschte nur, ich könnte endlich diese Gewissensbisse loswerden."

Solange sie mir nicht sagte, was genau sie quälte, konnte ich ihr die leider nicht nehmen, also antwortete ich nicht, sondern drückte ihr bloß einen Kuss auf das kurze Haar und hielt sie fest. So lange, bis sie sich in meinen Armen in den Schlaf geweint hatte.

Kapitel 29

Rike

Als ich das nächste Mal erwachte, war es hell im Zimmer und ich stellte überrascht fest, dass mein Kopf immer noch auf Ethans Brust gebettet lag. Seine Wärme hüllte mich ein wie ein Kokon und schien mich vor allen schlimmen Dingen dieser Welt zu schützen, indem er einfach nur da war.

Ich war froh, dass er nicht weiter nachgefragt hatte, als es um meine Schuldgefühle ging. Es reichte schon, dass das gesamte Dorf, aus dem ich kam, die Geschichte kannte und mir die Schuld an allem gab. Da brauchte ich nicht auch noch Ethans vorwurfsvolle Blicke. Denn das Schlimmste war, dass ich genau wusste, dass es stimmte. Ich war schuld und niemand würde mich je vom Gegenteil überzeugen können.

Doch ich war nicht länger bereit für den Rest meines Lebens die Konsequenzen zu tragen und vor einem Mann zu kuschen, den ich nicht mehr liebte und der mich behandelte wie den letzten Dreck.

Ich schloss noch einmal die Augen und atmete tief Ethans Duft ein, der mir in die Nase stieg. Er roch so gut. Nach Zitrone und Minze und einfach nach Ethan. Noch nie in meinem Leben hatte ich mich so wohl gefühlt und war fast schon enttäuscht, als er sich unter mir regte.

„Hey", sagte er mit heiserer Stimme. „Na? Ausgeschlafen?"

Verlegen hob ich den Kopf und nickte. „Ja", sagte ich. „Danke. Tut mir leid, dass ich die Grenze nicht eingehalten habe, die ich selber gesteckt hatte."

Ethan lachte. „Schon gut. Ich habe dich immerhin dazu eingeladen, die Grenze zu überschreiten. Geht es dir besser?"

„Ja. Danke für deine Unterstützung."

„Schon gut. Allerdings sollten wir an der Uni besser so tun, als hättest du nicht in meinen Armen geschlafen. Falls das herauskommt, könnte ich ernsthafte Schwierigkeiten bekommen. Vielleicht verliere ich sogar meine Anstellung als Dozent."

Betroffen hielt ich mir die Hand vor den Mund. Daran hatte ich gar nicht mehr gedacht.

„Du hast recht", gab ich zu. „Obwohl das natürlich niemand erfahren muss. Ich schätze die Aktion gestern war viel gefährlicher für dich, oder?"

Ethan nickte. „Da hast du recht. Ich habe nicht darüber nachgedacht und das war fahrlässig. Ich denke in Zukunft sollten wir wieder dazu übergehen, Abstand voneinander zu halten."

Das ernüchterte mich, weil ich damit nicht gerechnet hatte. Ich war davon ausgegangen, die gemeinsame Nacht hätte uns einander nähergebracht, doch wie es aussah, machte Ethan nun erneut einen Rückzieher.

„Also gut. Ich ... gehe dann jetzt mal joggen."

Ich brauchte das gerade, um den Kopf frei zu kriegen.

„Willst du dich denn gar nicht mehr von Jack und Judith verabschieden? Ich bringe die beiden gleich zum Flughafen."

Ich schüttelte den Kopf. „Tut mir leid, aber nein. Ich brauche jetzt etwas Zeit für mich."

Ethan nickte nur, als wäre ihm das ganz lieb und ich ging ins

Wohnzimmer, um meine Sportsachen aus der Kommode zu holen, die Ethan und Lasse extra für mich freigeräumt hatten.

Dann zog ich mich im Bad um und verließ die Wohnung. Sobald ich an der frischen Luft war, rannte ich los und stellte mir vor, ich wäre endlich wieder am Meer. Keine Autos und keine Hochhäuser. Nur die frische Meeresluft und das Kreischen der Möwen, die über dem Wasser kreisten. Eine Träne lief mir über die Wange und ich wischte sie unwirsch fort.

Ethan wollte mich nicht. Fein. Damit musste ich leben. Trotzdem würde ich ihm nie vergessen, dass er für mich da gewesen war, als ich ihn gebraucht hatte. Er war mir ein echter Freund gewesen und das wusste ich zu schätzen.

Kapitel 30

Ethan

„Es ist so schade, dass Rike heute Morgen so früh wegmusste", sagte Judith, als sie mich ein letztes Mal umarmte. „Ich hätte mich zu gerne von ihr verabschiedet."

„Das stimmt", sagte ich bedauernd. „Aber ich kann ihr liebe Grüße von dir ausrichten."

Rike heute Morgen joggen gehen zu lassen, hatte zu den schwierigsten Dingen gehört, die ich je getan hatte. Am liebsten hätte ich sie sofort zurück in mein Bett gezogen und ganz andere Dinge mit ihr gemacht, als sie nur im Arm zu halten. Es war absolut unlogisch, aber aus irgendeinem Grund stand ich auf die kleine Elfe.

Sie war wundervoll, auf ihre ganz eigene Art und Weise und ich war ihrem Zauber absolut verfallen. Dennoch war es vernünftig gewesen zurückzurudern. Wäre das zwischen uns nur Sex, dann wäre es ungefährlich, aber zwischen mir und Rike könnte es niemals ‚nur' Sex geben. Da war ich mir sicher. Ganz abgesehen davon, dass sie ganz offensichtlich ein Trauma aufzuarbeiten hatte, war ich zurzeit ihr Dozent und die Uni hatte ganz klare Vorschriften, was das anging. Es war nicht komplett verboten als Dozent eine Beziehung mit einer Studentin derselben Universität zu haben, aber auf keinen Fall mit einer Studentin aus dem eigenen Kurs. Und da ich wusste, wie wichtig Rike dieser Kurs war und ich gleichzeitig meinen Professor nicht hängenlassen konnte, durften wir auf keinen Fall etwas miteinander anfangen, bevor der Kurs nicht vorbei war.

„Tu das auf jeden Fall", bat Judith. „Dafür drücke ich Maggie und Michael von dir."

„Danke", sagte ich und wurde gleich sentimental.

Ich liebte London. Ich fühlte mich hier zu Hause und sah meine Zukunft in England, aber das bedeutete nicht, dass Maggie und Michael mir nicht fehlten. Ganz zu schweigen von Jack und Judith, die ich nun vermutlich viele Monate nicht mehr sehen würde.

„Grüßt auch die Pferde von mir", bat ich und umarmte Jack ebenfalls, der mich ein ganzes Stück härter drückte und mir fast dabei die Rippen brach.

„Machen wir", versprach Jack, sobald er mich wieder abgesetzt hatte. „Und du vermassele es nicht mit Rike. Sie ist was Besonderes. Das merkt man sofort."

„Das stimmt. Ihr zwei passt so gut zusammen", fügte Judith hinzu, während sie ihre Hand mit der von Jack verflocht.

Vor einem Jahr hätte mir das noch einen Stich versetzt, aber inzwischen konnte ich sagen, dass ich über Judith hinweg war. Sie war die erste Frau gewesen, mit der ich mir mehr als nur Sex hätte vorstellen können und ich hatte sie an meinen Cousin verloren. Das war nur fair, nach allem, was ich ihr angetan hatte. Ich konnte bloß versuchen, es in Zukunft besser zu machen, auch wenn das leichter gesagt war als getan. Immerhin waren Rike und ich nicht wirklich ein Paar und würden es vermutlich auch nie sein.

„Danke", sagte ich dennoch, weil ich nicht vorhatte unser Schauspiel noch in letzter Sekunde aufzuklären. Sollten die beiden ruhig glauben, dass ich glücklich vergeben war. Maggie würde sich freuen, davon zu hören. Immerhin machte sie sich ständig Sorgen um mich, weil es ihrer Ansicht nach nicht gut sein konnte, wenn man sein Leben allein verbrachte.

Sobald Jack und Judith durch die Sicherheitsschranke gegangen waren, winkte ich ihnen noch ein letztes Mal hinterher und verließ dann den Flughafen. Ich überlegte nach Hause zurückzukehren, aber entschied mich schließlich dagegen. Stattdessen machte ich mich direkt auf den Weg zur Bibliothek, um dort an meiner Dissertation weiterzuarbeiten.

Es war besser, wenn ich Rike so wenig sah wie möglich. Zumindest, solange sie noch meine Studentin war und wir zusammenwohnten. Danach ... ja. Danach konnte ich für nichts mehr garantieren.

Kapitel 31

Rike

Ich hasste Hochzeiten. Schon immer. Nicht, weil ich nichts davon hielt, wenn zwei Menschen zueinander fanden, sondern weil ich nie wusste, was ich anziehen sollte.

Ich war keine von diesen Frauen, die den Schrank voller Kleider hatten und trotzdem behaupteten, sie hätten nichts zum Anziehen. Nein. Ich hatte wirklich nichts zum Anziehen. Zumindest nichts für eine Hochzeit und das machte mich wahnsinnig.

Geld zum Shoppen hatte ich nicht, aber ich wollte auch nicht in Jeans und weitem Shirt hingehen, also hatte ich beschlossen, meinen Bruder um Hilfe zu bitten.

Zum Glück fand Lasse an der Bühne das perfekte Kleid für mich. Es hatte eine weiße Korsage mit bunten Blümchen drauf und einen knallbunten Rock, der um mich herum flatterte, wenn ich mich drehte. Von oben wirkte ich dann vermutlich wie ein buntes Glücksrad. Dazu sahen meine weißen Sneakers gar nicht so verkehrt aus, denn mit hohen Schuhen wollte ich es gar nicht erst versuchen.

„Wow. Du siehst spitze aus", sagte Lasse. „Ich kann es einfach nicht fassen, wie gut dir das steht."

„Danke schön", erwiderte ich und lächelte. „Ich fühle mich zwar nicht wie ich selbst, aber auf einer Mottoparty ist es vermutlich okay, wenn man verkleidet ist."

„Absolut. Aber jetzt solltest du es wieder ausziehen, damit es auf der Fahrt nicht zerknittert. Ethan wartet sicherlich schon auf uns."

Ich nickte und zog dann eine Grimasse. Die ganze Woche über waren Ethan und ich uns so gut es ging aus dem Weg gegangen. Während des Kurses in der Uni mussten wir uns zwar zusammenreißen und normal miteinander reden, aber zu Hause interagierten wir so wenig wie möglich miteinander. Was irgendwie lächerlich war. Immerhin war nichts passiert zwischen uns. Zumindest fast nichts.

Wir hatten zwar die Nacht im selben Bett verbracht, aber das war keine große Sache. Zumindest für jemanden wie Ethan, der ständig neue Frauen anschleppte, obwohl ich ihm zugute halten musste, dass er sich, was das anging, in den letzten Wochen zurückgehalten hatte. Er hatte keine Frauen mehr mit nach Hause gebracht, wofür ich ihm sehr dankbar war.

Es war verrückt, aber ich konnte einfach nicht aufhören an ihn zu denken. Ethan hatte mir nie etwas versprochen und trotzdem litt ich unter Liebeskummer, weil er mir dermaßen die kalte Schulter zeigte. Dabei wusste ich natürlich, dass er recht hatte. Wir durften nichts miteinander anfangen, solange er mein Dozent war. Das stand gar nicht zur Debatte. Doch es schmerzte mich trotzdem.

„Du siehst so unglücklich aus", stellte Lasse fest. „Willst du lieber hierbleiben?"

„Nein", antwortete ich schnell. „Immerhin kann ich dich in dieser Situation ja schlecht Alleinlassen. Hast du nochmal mit James geredet?"

Lasse schüttelte den Kopf. „Nein. Habe ich nicht. Ich weiß auch nicht. Es fühlt sich irgendwie falsch an."

„Das sehe ich anders. Du solltest mit ihm reden, bevor die Hochzeit stattfindet. Sonst wirst du es für immer bereuen."

„Und was, wenn er meine Gefühle nicht erwidert? Dann gefährdet das unsere Freundschaft."

„Und was, wenn doch? Dann heiratet er am Ende den Falschen. Das kannst du doch auch nicht wollen, oder?"

Lasse schmunzelte. „Du bist wirklich unglaublich, Rike. Aber gut. Ich denke, wir sollten jetzt los. Es sind immerhin knapp zwei Stunden bis zur Küste."

Ich zog das Kleid wieder aus und schlüpfte in mein übliches Reiseoutfit, bestehend aus einer Jogginghose und einem weiten Shirt und ging zurück ins Wohnzimmer. Ethan wartete tatsächlich schon auf uns und schmunzelte, als er mein Outfit sah.

„Du bist die einzige Frau, die ich kenne, die mit Rentiersocken zu einer Hochzeit geht."

Mein Blick fiel auf die Weihnachtssocken und ich zuckte mit den Schultern.

„Ich hatte keine anderen mehr. Die sind alle in der Wäsche. Aber no worries. Morgen bei der Hochzeit trage ich meine Sneakers barfuß."

Ethan schüttelte den Kopf, aber winkte uns dann hinter sich her. „Let's go. Der Zug wartet nicht auf uns."

Es war offensichtlich, dass es ihm genauso wenig passte, dass wir ein Wochenende zusammen verbringen mussten wie mir. Aber Lasse hatte mich darum gebeten, ihn zu begleiten und deshalb war es mir egal, was Ethan darüber dachte.

Wir gingen nach unten zu dem Taxi, das uns zum Bahnhof bringen würde und ich warf einen letzten Blick zu den Fenstern unserer Wohnung. Wenn ich ehrlich war, dann klangen zwei Tage allein zu Hause himmlisch, doch was tat man nicht alles, um seinen Bruder zu unterstützen?

Also riss ich mich zusammen, stieg hinten ein und schloss die Taxitür. Dieser Ausflug konnte für alle Beteiligten durchaus interessant werden.

Kapitel 32

Ethan

Die Zugfahrt dauerte knapp zwei Stunden und ich freute mich von Herzen, als wir ausstiegen und meine Großeltern uns bereits erwarteten.

„Ethan", rief meine Grandma und breitete ihre Arme aus, um mich an sich zu ziehen. „Wie schön, dass du da bist. Himmel. Du wirst jedes Mal erwachsener."

Ich lachte. „Hallo, Grandma. Ich freue mich auch sehr, hier zu sein."

„Lass dich ansehen. Meine Güte. Ich konnte deinen Vater zwar nie leiden, aber das gute Aussehen hast du eindeutig von ihm geerbt."

„Ach, Eloise. Nun lass doch mal den Jungen", sagte mein Großvater und umarmte mich ebenfalls. „Schön, dass du da bist und wie nett, dass du deine Freunde mitgebracht hast."

„Lasse kennen wir ja schon", sagte meine Großmutter leise. „Aber ist das Mädchen da deine neue Freundin?"

Ich schnaubte amüsiert. Meine Großeltern waren genau wie Maggie der Meinung, dass es höchste Zeit wurde, dass ich eine Frau fand und lagen mir regelmäßig damit in den Ohren.

„Ähm. Nein", sagte ich. „Darf ich vorstellen? Das ist Rike. Lasses Schwester aus Deutschland."

„Willkommen", sagte meine Grandma. „Es freut mich sehr, dich kennenzulernen, Kindchen. Wie hübsch du bist. Diese Kurzhaarfrisuren sind ja heutzutage der neuste Schrei."

Rike lächelte und streckte meiner Großmutter die Hand entgegen. „Es freut mich sehr, Sie kennenzulernen, Mrs. Coldwell."

„Aber nicht doch. Nennen Sie mich Eloise. Und das hier ist mein Mann Herbert. Wir freuen uns sehr, dass ihr das Wochenende bei uns verbringen werdet."

„Ich wollte mich sowieso nochmal bedanken, dass ihr James so ein gutes Angebot gemacht habt", sagte ich. „Er hätte sich seine Traumhochzeit sonst nie leisten können."

„Das haben wir gerne getan", versicherte meine Großmutter. „Ich freue mich vor allem, etwas Zeit mit dir verbringen zu können. Seitdem du aus Australien zurück bist, hast du dich noch keinmal bei uns sehen lassen."

Das stimmte. Ich hatte an der Uni einfach zu viel zu tun gehabt und jetzt tat es mir leid, dass ich mir nicht zumindest ein Wochenende genommen hatte, um meine Großeltern zu besuchen. Ich war alles, was sie von ihrer Tochter noch hatten und ich wusste, wie sehr sie mich liebten.

„Ich freue mich auch darüber", sagte ich daher und drückte meiner Großmutter einen Kuss auf die Wange.

„Jetzt aber Schluss mit der Gefühlsduselei", bestimmte mein Großvater. „Rein ins Auto. Wir fahren jetzt los. Die ersten Gäste sind bereits eingetroffen und bis heute Abend platzt unser Hotel vermutlich aus allen Nähten."

Kapitel 33

Rike

Das Hotel von Ethans Großeltern war ein kleines Familienhotel. Es hatte eine weiße Fassade, die dringend mal wieder einen Anstrich bräuchte und ein dunkles Schindeldach, doch der Vorgarten war gepflegt und ordentlich. Dort fand man einige zurechtgeschnittene Büsche und jede Menge Blumen.

Ich folgte meinem Bruder und den anderen ins Innere, wo alles eher rustikal eingerichtet war. Es gab maritime Dekoration mit Seesternen, Holzschiffen und Fischernetzen, die von der Decke hingen.

Eloise führte uns eine Treppe hinauf und zeigte uns dort eins der Zimmer. „Das hier ist eure Bleibe", erklärte sie Lasse und mir und deutete auf das Doppelbett.

„Tut mir leid, dass wir kein weiteres Zimmer mehr freihaben, aber das Hotel ist durch die Hochzeit komplett ausgebucht. Einige Gäste mussten sogar auf die Nachbarhotels ausweichen."

„Kein Problem", sagte ich sofort. Es war zwar ewig her, dass ich mir ein Zimmer mit Lasse geteilt hatte, aber es störte mich nicht. „Das Zimmer ist wunderbar. Wo schläft denn Ethan?"

„Ich schlafe gegenüber", erklärte Ethan und öffnete die Tür, um seinen Koffer in sein Zimmer zu stellen.

„Jedes Zimmer hat sein eigenes Bad", sagte Eloise voller Stolz, als wäre das nicht selbstverständlich. „Fühlt euch wie zu Hause. Ich gehe dann mal nach unten und mache uns Tee. Unsere Privaträume sind im Erdgeschoss. Dort haben wir einen Bereich nur für uns, damit wir auch etwas Privatsphäre bekommen."

Sie lächelte uns an und ging dann die Treppe herunter.

„Ich hole mal unsere Koffer hoch", sagte Lasse und verschwand, sodass ich mit Ethan allein zurückblieb. Das Zimmer war klein, aber sauber und gemütlich. Ich sah aus dem offenen Fenster und mein Herz schlug höher, als ich das Meer erblickte. Ich seufzte und sog die frische Luft ein.

„Komm. Wir gehen nach unten zu meiner Großmutter", schlug Ethan vor und ich nickte.

„Warst du als Kind oft hier?", fragte ich neugierig, weil mich das ganze Ambiente so sehr an mein eigenes Zuhause erinnerte.

„Nein. Nicht oft. Dafür ist Australien einfach zu weit weg. Ich glaube, ich war in meiner Kindheit nur dreimal in Whistable. Erst seitdem ich angefangen habe, in London zu studieren, bin ich regelmäßiger hier und ich genieße es jedes Mal."

Das konnte ich mir gut vorstellen. Ethan öffnete eine Tür neben der Bar und führte mich in einen Flur, der uns eindeutig in die Privaträume seiner Großeltern brachte. Schuhe standen in einem Schuhschrank und auf einer Kommode befanden sich alle möglichen Fotos. Darunter auch einige von Ethan als Kind und von einer jungen Frau, die ihm sehr ähnlich sah.

„Ist das deine Mutter?", fragte ich und Ethan nickte.

„Ja. Das war sie. Ich wusste gar nicht, dass meine Großeltern hier so viele Bilder von ihr aufgestellt haben."

Er fuhr mit dem Finger über eins der Fotos und ich sah den Schmerz in seinem Blick, den die Erinnerung an seine Mutter mit sich brachte. Auf einmal fühlte ich mich wie ein Eindringling in diesem Haus.

„Ist … ist es wirklich okay, dass ich hier bin?", fragte ich unsicher. „Ich könnte auch im Hotelzimmer bleiben, solange ihr Kaffee trinkt."

Ethan lachte. „Unsinn. Meine Großeltern würden mir die Ohren langziehen, wenn ich dich oben im Hotelzimmer sitzen lasse. Abgesehen davon, dass Lasse gleich auch zu uns stoßen wird."

„Okay, dann … danke. Ich weiß es sehr zu schätzen, dass wir hier übernachten dürfen."

„Dank nicht mir, sondern meinen Großeltern. Sie freuen sich immer, wenn Besuch kommt."

Ethan ging weiter und ich folgte ihm in eine kleine Stube, wo seine Großmutter bereits dabei war Tee zuzubereiten. Es wirkte so heimelig, dass sich mein Herz vor Sehnsucht zusammenzog. Als sie uns bemerkte, lächelte Eloise freundlich und winkte uns näher.

„Kommt rein, kommt rein", sagte sie. „Ich freue mich so sehr, dass ihr hier seid. Ethan. Hol doch mal bitte einen weiteren Stuhl aus dem Wohnzimmer. Dein Großvater sollte auch jeden Moment hier sein. Und du, Kindchen, setz dich. Hier hast du einen Keks."

Sie stellte mir einen Teller mit Keksen vor die Nase und Ethan schmunzelte.

„Ich bin gleich wieder da", versprach er und ließ mich mit seiner Großmutter allein.

Eloise wandte sich mir zu und begann mir von ihrer Familie und dem Hotel zu erzählen. Sie erinnerte mich sehr an meine eigene Großmutter mütterlicherseits, an die ich mich leider kaum erinnern konnte. Sie war gestorben, als ich noch sehr klein gewesen war, aber mein Großvater hatte oft von ihr gesprochen und mir alle möglichen Geschichten über sie erzählt. Neben meinen Eltern und Lasse war er für mich meine wichtigste Bezugsperson gewesen und ich vermisste ihn schmerzlich.

Ethans Großmutter würde auf jeden Fall eine besonders schöne Herzmuschel in meiner Sammlung bekommen. So viel war sicher.

Kapitel 34

Ethan

An irgendeiner Stelle war mein Plan, Rike auf Abstand zu halten, schief gegangen. Nicht nur, dass ich sie geküsst und sie eine halbe Nacht in meinen Armen getröstet hatte. Nein. Jetzt saß sie auch noch mit meiner Großmutter in deren Stube und wurde von ihr mit Keksen gefüttert.

Und das Schlimmste war, dass mir dieses Bild sogar noch gefiel. Meine Großmutter umhegte Rike wie ihre lange verloren geglaubte Enkeltochter. Nur, dass sie gar keine Enkeltochter hatte. Meine Mutter war das einzige Kind meiner Großeltern gewesen und sie würden ihren Verlust vermutlich nie ganz verwinden.

„Hier ist der Stuhl", sagte ich und stellte ihn neben den von Rike, um mich zu setzen.

Im selben Moment klopfte es und meine Großmutter öffnete Lasse die Tür.

„Lasse", sagte sie fröhlich. „Komm doch rein. Es ist so schön, dich mal wieder zu sehen. Gut schaust du aus."

„Danke, Eloise", erwiderte Lasse und folgte ihr in die Stube. Er setzte sich zu uns und meine Großmutter fragte ihn über seine Arbeit an der Bühne und sein Liebesleben aus.

„Ich kann nicht fassen, dass so ein hübscher Kerl wie du noch niemanden gefunden hat", sagte die alte Dame. „Obwohl unser kleiner Ethan hier ja auch nicht besser ist. Seht ihn euch an. Ein Bild von einem Mann und immer noch Single."

Sie kniff mir in die Wange und ich verdrehte die Augen.

„Grandma. Das ist wirklich kein Drama. Ich habe im Moment andere Sorgen als Frauen."

„Ja, natürlich. Das sagst du jedes Mal. Ich habe mich ja schon oft gefragt, ob du in Wirklichkeit nicht auch auf Männer stehst und dich deswegen nicht binden willst. Nur, damit du es weißt. Falls du mir irgendwann Lasse als deinen neuen Freund vorstellst, dann wäre ich hocherfreut. Obwohl mir dann vermutlich leibliche Urenkel verwehrt bleiben würden, aber Hauptsache ist ja, du bist glücklich."

Rike lachte leise und sah ihren Bruder an. „Siehst du. So sollten Eltern und Großeltern reden. Nicht so wie unsere Eltern."

Meine Grandma wurde hellhörig und sah zu Lasse. „Ach. Waren eure Eltern etwa nicht so begeistert, als sie gehört haben, dass du auf Männer stehst?"

„Ganz im Gegenteil", sagte Lasse. „Mein Vater hat mir verboten schwul zu sein oder noch einmal darüber zu reden. Gebracht hat das natürlich nichts."

„Natürlich nicht", bestätigte meine Großmutter. „Liebe ist Liebe ist Liebe. Und sie ist etwas Wunderbares. Ganz gleich, wer sich in wen verliebt oder wie groß der Altersunterschied ist. Solange es einvernehmlich ist, finde ich, dass jeder jeden lieben darf und sollte."

Stolz regte sich in mir, weil ich genau wusste, dass man selten Menschen im Alter meiner Großeltern fand, die so dachten. Viele Leute dieser Generation waren engstirnig und stark von den Vorurteilen der Vorzeit beeinflusst. Doch meine Großeltern taten nicht nur so, als wären sie tolerant, sondern lebten es auch. Bei ihnen war jeder willkommen und ich glaubte, dass es ihnen tatsächlich nichts ausmachen würde, falls ich irgendwann erklärte, ich würde einen Mann lieben oder eine Frau, die dreißig Jahre älter war als ich.

„Ich finde es schön, dass Sie das sagen", bemerkte nun auch Rike. „Meine Eltern sind recht scheinheilig, wenn es um das Thema Liebe geht. In Bezug auf andere sind sie tolerant, aber sobald es um ihre eigenen Kinder geht, wollen sie am liebsten, dass wir so ‚normal' wie möglich sind und bloß nicht anecken."

„Ach. Ein bisschen anzuecken ist doch ganz nett. Mit deinem Outfit wirst du doch sicherlich auch manchmal blöde Blicke ernten, oder Rike?"

Rike errötete, aber zuckte dann mit den Schultern. „Eigentlich nicht", behauptete sie. „Ich komme aus einem kleinen Dorf und da sind die Leute es gewohnt, dass meine Kleidung eher zweckdienlich als hübsch ist."

„Hast du denn einen Freund?", fragte meine Großmutter neugierig.

„Nein."

Meine Großmutter seufzte. „Unglaublich. Drei junge Singles an einem Tisch, die sich offensichtlich gut verstehen und trotzdem nichts miteinander anfangen wollen."

Ich lachte. „Man kann auch einfach nur befreundet sein."

„Da hast du recht, mein Junge. Doch ich gebe die Hoffnung nicht auf, dass ich eines Tages auch deine Hochzeit gestalten darf."

„Ich schätze, bis es soweit ist, bist du hundert", scherzte ich und sie schlug mir gegen den Arm.

„Sag doch sowas nicht. Immerhin will ich noch meine Urenkel erleben."

Bei ihr hielt ich das sogar für möglich. Sie hatte meine Mutter jung bekommen und war daher gerade erst siebzig. Mein Großvater ging hingegen auf die achtzig zu und man merkte ihm sein Alter langsam aber sicher an.

„So. Ich würde ja wirklich gerne noch weiter quatschen, aber ich bin der Trauzeuge von James und sollte als solcher längst bei ihm sein", sagte Lasse nach einer Weile. „Was ist mit dir, Rike? Begleitest du mich?"

„Natürlich tue ich das", sagte sie. „Immerhin bin ich nur deinetwegen mitgekommen. Vielen Dank für den Tee."

Sie lächelte meine Großmutter an und diese winkte ab. „Immer gerne, Kindchen. Viel Spaß heute Abend. Wir sehen uns sicherlich nachher noch im Speisesaal."

Ich sah den beiden noch kurz hinterher, bis sie im Flur verschwunden waren. Der Polterabend von James und Eddy fand in dem Restaurant des Hotels statt und meine Großmutter hatte alles dafür vorbereiten lassen. Vermutlich hatte sie sogar extra ein paar Kellner mehr angeheuert, damit heute und morgen alles glatt lief.

Sobald Rike und Lasse fort waren, setzte sie sich neben mich und drückte meine Hand.

„Diese Rike ist auf ihre ganz eigene Art bezaubernd. Sie ist wirklich ein besonderes Mädchen", sagte sie und ich lächelte bei dem Gedanken daran, dass meine Großmutter gar nicht wissen konnte, wie besonders Rike war.

„Das ist sie wirklich", sagte ich daher nur. „Etwas ganz Besonderes."

Kapitel 35

Rike

Ich war noch nie auf einem Polterabend gewesen. In Deutschland nicht und in England schon mal gar nicht. Doch wie es aussah, gestaltete so etwas ohnehin jeder anders.

James und Eddy hatten für den Abend das komplette Restaurant des Hotels gemietet, in dem Platz für circa siebzig Leute war. Allerdings waren nicht alle Plätze besetzt. Das würde wohl erst morgen bei der richtigen Hochzeit der Fall sein.

Es gab zum Glück keinen Dresscode, sondern jeder konnte anziehen, was er wollte. Daher hatte ich mich wie so oft für eine Jeans und ein weites Shirt entschieden.

Als wir ankamen, wurde ich sofort in eine stürmische Umarmung gezogen.

„Rike!", rief der dunkelhäutige Mann überschwänglich. „Wie schön, dass wir uns endlich kennenlernen."

„Darf ich vorstellen?", fragte Lasse. „Das ist Eddy. James hast du ja schon kennengelernt."

„Hallo, Rike", sagte James und gab mir einen Kuss auf die Wange. „Es ist so schön, dich wiederzusehen. Es freut mich, dass du deinen Bruder begleitest. Er ist einfach ein Schatz."

Ich lächelte und betrachtete James eingehend. Es stimmte zwar, dass ich ihn schon gesehen hatte, aber da hatte er Theaterschminke getragen und sein Haar war total eigenartig gestylt gewesen. Jetzt war das anders. Er trug die Haare kürzer und ich verstand durchaus, was mein Bruder an ihm fand. James war groß, gut gebaut und attraktiv. Genau wie sein Verlobter, der einen Job als Model hatte. So viel hatte Lasse mir erzählt.

„Das ist er wirklich", sagte ich mit einem Lächeln. „Es gibt keinen besseren Mann als Lasse."

Eddy lachte. „Das wissen wir doch. Ich kann wirklich froh sein, dass James sich überhaupt für mich interessiert hat, obwohl er mit so einem tollen Typen wie Lasse zusammenarbeitet. Aber wie sagt man so schön? Wo die Liebe hinfällt."

Lasse rang sich ein Lächeln ab. „Tja. Es war wohl einfach nicht der richtige Zeitpunkt für uns", sagte er.

Es tat mir fast schon körperlich weh, zu sehen, wie sehr Lasse sich in James Gegenwart quälte, aber der schien nur Augen für seinen Verlobten zu haben.

„Ach, du wieder", sagte James zu Lasses Kommentar. „Zwischen uns wäre auch in hundert Jahren nichts gelaufen. Dafür sind wir uns viel zu ähnlich. Ein bisschen Gegensätzlichkeit ist für eine Beziehung gar nicht so schlecht."

„Oh ja", bestätigte Eddy. „Aber jetzt sollten wir dringend nochmal die Deko kontrollieren. Immerhin kommen die Gäste jeden Moment. Wo habt ihr denn Ethan gelassen?"

„Der kommt gleich nach. Er wollte noch ein wenig mit seinen Großeltern reden", erklärte Lasse.

„Gut. Ich hatte ja immer die Hoffnung, dass er irgendwann feststellen würde, dass er doch auf Männer steht und mit dir zusammen kommt. Doch das klingt nicht so, als wäre es der Fall."

Ich lachte. „Ethan? Reden wir hier von demselben Ethan? Der hat doch zehn Frauen an jeder Hand."

„Das heißt gar nichts", beschied Eddy. „Bevor ich mich geoutet habe, hatte ich auch jede Menge Frauen. Es hat eine Weile gedauert, bis mir klar geworden ist, dass das für mich nicht der richtige Weg ist."

Ich schluckte bei dieser Vorstellung. Konnte das sein? War Ethan möglicherweise tief in seinem Herzen auch vom anderen Ufer? Immerhin redeten alle davon. Aber nein. Das glaubte ich nicht. Doch bevor ich weiter darüber nachdenken konnte, waren James und Eddy schon verschwunden, um noch etwas mit dem Restaurantpersonal zu besprechen.

„Bist du dir wirklich sicher, dass du das morgen packst?", fragte ich meinen Bruder, als das glückliche Paar gerade anderweitig beschäftigt war. „Man sieht dir an wie sehr du leidest."

„Natürlich packe ich das. Es ist ja nicht James' Schuld, dass ich plötzlich Gefühle für ihn entwickelt habe."

Das stimmte zwar, aber dennoch tat mein Bruder mir leid. Es musste hart sein, zu sehen, wie der Mann, den man liebte, jemand anderen heiratete.

Ich half meinem Bruder noch etwas, an der Dekoration zu arbeiten und dann trafen bereits die ersten Gäste ein. Sie bestanden aus allen möglichen Altersgruppen und Ethnien und die Stimmung war von Anfang an ausgelassen.

Alle freuten sich riesig für James und Eddy und begrüßten sie herzlich. Auch Lasse schienen die meisten zu kennen. Nur ich fühlte mich fehl am Platz, weil die Leute mir gänzlich unbekannt waren.

Daher war ich erleichtert, als Ethan auftauchte. Auch er war leger gekleidet und trug ähnlich wie ich eine Jeans und ein schlichtes Shirt. Nur, dass er nicht alleine war, sondern an seinem Arm eine Blondine hing. Sie hatte ihre Lippen rot geschminkt und trug ein enges Kleid, das wenig der Fantasie überließ.

„Wer ist das denn?", fragte ich missmutig an meinen Bruder gewandt.

„Ach das. Das ist James' Cousine Phoebe. Die beiden kennen sich schon länger und waren schon mindestens zweimal zusammen im Bett."

„Ach ja? Ich dachte, in sein Bett schafft es jede Frau nur einmal."

Lasse zuckte mit den Schultern. „Wenn es gut war, dann macht Ethan offenbar Ausnahmen."

„Hmpf. Okay. Ich muss mal kurz zur Toilette", sagte ich und ging die Treppe hinunter zu den Damentoiletten.

Dort erleichterte ich mich und machte mich dann am Waschbecken frisch. Auch heute hatte ich wieder auf Make-up verzichtet, weil ich es für unnötig hielt, mich für einen Polterabend aufzubrezeln, aber wie es aussah, stand Ethan auf so etwas. Eine Tatsache, die mich irgendwie nervte. Warum musste eine Frau aussehen wie eine Barbiepuppe, um die Aufmerksamkeit eines Mannes zu erregen? Reichte es nicht, einfach nur man selbst zu sein?

Ich sah in den Spiegel und fand mich völlig okay so, wie ich war. Klar. Oliver hätte wegen der kurzen Haare vermutlich einen Schreianfall bekommen, aber ich fand, sie standen mir gut.

Ich wusch mir die Hände und wollte gerade die Waschräume verlassen, als die Blondine hereinkam, die ich gerade noch mit Ethan gesehen hatte.

Sie betrachtete mich eingehend und runzelte dann die Stirn.

„Ich schätze, du hast dich in der Tür vertan", sagte sie. „Die Männertoiletten sind nebenan."

Sogleich errötete ich. „Nein. Habe ich nicht", stellte ich klar. „Ich bin nämlich kein Mann."

„Bist du sicher?", fragte sie und ich verdrehte die Augen.

„Junger Mann. Das hier ist eine Damentoilette", fügte in diesem Moment eine ältere Frau hinzu, die gerade aus ihrer Kabine kam. „Bitte verschwinden Sie von hier."

„Wie ich schon sagte, bin ich aber kein Mann."

„Es ist mir gleich, als was Sie sich identifizieren, aber ein Mann ist ein Mann, solange er männliche Geschlechtsteile hat."

Da reichte es mir. Ich hob mein Shirt an und zog es so weit nach oben, dass alle Anwesenden deutlich meinen BH und meine kleinen Brüste sehen konnten.

„Reicht Ihnen das?", wollte ich wissen. „Oder soll ich unten herum auch noch blankziehen?"

„Ach, herrje", sagte die ältere Frau und hielt sich eine Hand vor den Mund. „Woher hätte ich das denn wissen sollen?"

Auch die Blondine murmelte eine Entschuldigung und ich verließ kopfschüttelnd die Waschräume. Mit hochrotem Kopf kam ich wieder bei Lasse an.

„Gott. Das war peinlich", sagte ich.

„Was ist denn passiert?"

„Ich wurde soeben auf der Frauentoilette darauf angesprochen, dass ich doch bitte die Männertoilette benutzen soll."

Lasse verhielt sich wie der liebende, mitfühlende Bruder, der er nun einmal war und lachte mich aus.

„Tja, Schwesterchen. Ein bisschen bist du ja selber schuld. Mit den langen Haaren wäre dir das nicht passiert."

„Haha. Wurdest du mit deinen langen Haaren denn schon mal gebeten auf die Frauentoilette zu gehen?"

„Nein. Aber das ist etwas anderes. Männer haben für gewöhnlich keine Probleme damit, wenn eine Frau auf ihre Toilette geht. Das ist sogar gar nicht so selten. Immerhin sind die Frauenklos meistens überfüllt."

Ich grummelte etwas vor mich hin und verschränkte die Arme vor der Brust, als Ethan zu uns trat.

„Na? Amüsiert ihr euch?", fragte er.

„Ich mich schon. Rike hingegen ist nicht so glücklich. Wie es aussieht, wurde sie auf der Toilette für einen Jungen gehalten."

Ethan sah mich mitleidig an. „Ich würde ja gerne behaupten, dass mir das nie passieren könnte, aber wir wissen ja alle, dass das gelogen wäre. Tut mir leid, Rike. Vielleicht hilft es dir ja, wenn ich dir sage, dass du aussiehst wie ein sehr hübscher und femininer Junge."

„Nein", widersprach ich. „Das hilft mir überhaupt nicht."

„Ethan. Da bist du ja", sagte in diesem Moment jemand und drängelte sich dazwischen. „Du glaubst nicht, was mir gerade auf der Toilette passiert ist. Da war ein Mädchen, das aussah wie ein Junge und ..."

Sie stockte, als sie mich entdeckte, und lief puterrot an.

„Phoebe. Darf ich vorstellen? Das ist Rike. Die Schwester von Lasse. Ihn kennst du ja schon, nicht wahr?", fragte Ethan.

„Ja, natürlich. Ich ... es tut mir so leid, was gerade passiert ist, Rike. Ich wollte dich wirklich nicht beleidigen."

„Schon gut. Mit dir hätte man ja auch noch reden können, aber diese andere Frau war wirklich unhöflich."

„Finde ich auch. Das mit dem Geschlecht ist heutzutage ja ohnehin irgendwie schwierig geworden, oder? Also von mir aus darf es jeder so machen, wie er es für richtig befindet. Wenn du nicht als Frau wahrgenommen werden willst, dann ist das absolut deine Sache."

Das saß. Ich klappte meinen Mund auf und machte ihn wieder zu, weil ich nicht wusste, was ich dazu sagen sollte. Mein Bruder wollte gerade für mich einschreiten, als zu meiner Überraschung Ethan das Wort ergriff.

„Ich finde nicht, dass man sich extra wie eine Frau kleiden muss, um als weiblich wahrgenommen zu werden", sagte er. „Rike ist wunderschön, genau so, wie sie ist. Dazu braucht sie weder Schminke noch sexy Klamotten. Es ist so viel mehr, was eine Frau ausmacht."

„Ist das dein Ernst?", fragte Phoebe und sah kurz zu mir. „Nichts für ungut, Rike. Aber mal ehrlich, Ethan. Würde es dir besser gefallen, wenn ich im Schlabberlook herumlaufe und meine Haare kurz schneide?"

„Nichts für ungut, Phoebe, aber ich glaube kaum, dass dir das stehen würde. Rike hingegen sieht damit super aus. Natürlich kann enge Kleidung bei einem Mann bestimmte Reaktionen hervorrufen, aber wenn man euch beide in einen Bikini stecken würde und dir die Schminke herunterkratzt, dann bin ich mir sicher, dass Rike keinen Vergleich mit dir zu scheuen braucht."

„Das ist doch ... also ..." Sie sah zu mir und schien zu überlegen, ob sie es wagen sollte, mich noch weiter herabzuwürdigen.

„Ja?", fragte Lasse nun herausfordernd. „Gibt es noch etwas, was du über meine Schwester sagen möchtest?"

Er legte bewusst einen Arm um meine Schultern und Phoebe schnappte empört nach Luft.

„Ich hole mir was zu trinken", sagte sie dann und stampfte davon.

„Danke", sagte ich in Ethans Richtung, sobald sie weg war. „Das war wirklich nett von dir."

Ethan zuckte mit den Schultern und nippte an seinem Getränk. „Ich habe nichts weiter als die Wahrheit gesagt", stellte er klar.

„Das klang bei unserem Kennenlernen noch ganz anders."

„Da kannte ich dich auch noch nicht."

Er sah mich vielsagend an und ich musste schwer schlucken, weil ich überhaupt nicht verstand, was seinen plötzlichen Sinneswandel bewirkt hatte. Immerhin hatte er mir klar gesagt, dass er keinesfalls etwas mit mir anfangen wollte, weil ich seine Mitbewohnerin und noch dazu seine Studentin war. Doch ganz offensichtlich empfand er trotzdem das Bedürfnis, mich zu verteidigen.

„Ich …", begann ich. Doch im nächsten Moment ertönte die Stimme von James, der alle zu Tisch bat.

„Willkommen, liebe Gäste", sagte er. „Ich freue mich riesig, dass ihr alle hier seid. Bitte setzt euch doch, damit das Essen serviert werden kann."

Ich setzte mich neben Lasse, während Ethan auf der anderen Seite Platz nahm.

„Was war das mit Ethan denn gerade?", fragte mein Bruder leise. „Am liebsten hätte ich euch zusammen allein gelassen."

„Ich habe keine Ahnung", gab ich zu. „Vermutlich ein Anflug von Beschützerinstinkt mir gegenüber."

„Ja. Das passt zu Ethan. Doch ich hatte das Gefühl, es wäre mehr als das. Wer weiß. Vielleicht wird aus euch beiden ja doch noch was."

Ich schüttelte vehement den Kopf. „Wohl kaum", sagte ich. „Und falls doch, dann sicher nichts Ernstes. Immerhin ist Ethan ganz offensichtlich beziehungsunfähig."

„Das kann ich leider nicht abstreiten. Aber wer weiß. Auch ein blindes Huhn findet mal ein Korn."

Ich runzelte die Stirn. „Bin ich in dieser Gleichung das blinde Huhn oder das Korn?"

Lasse lachte. „Spielt das eine Rolle?"

Darauf erwiderte ich nichts. Nicht nur, weil es tatsächlich egal war, sondern auch weil James und Eddy aufstanden, um eine kurze Rede zu halten und wir kurz darauf auf einen schönen Abend anstießen.

Danach wurde das Essen serviert und alle begannen sich den Bauch vollzuschlagen.

Kapitel 36

Ethan

Es war zum Verrücktwerden, aber aus irgendeinem Grund konnte ich die Augen nicht von Rike wenden. Nicht, weil sie heute besonders hübsch aussah, sondern einfach nur, weil sie sie selbst war. Phoebes Kommentare hatten ihr wehgetan. Das war offensichtlich gewesen. Doch sie überspielte das Ganze gekonnt und unterhielt sich angeregt mit Lasse und mit der Person, die neben ihr saß. Es war ein älterer Mann, der vermutlich ein Onkel von einem der beiden Bräutigame war.

Es war verrückt, aber egal wie oft Phoebe versuchte, mich in ein Gespräch zu verwickeln, mein Blick wanderte immer wieder zu Rike. Vielleicht, weil ich mir selbst verboten hatte, etwas mit ihr anzufangen. Vielleicht, weil der Kuss mit ihr mir auch nach mehreren Wochen nicht aus dem Kopf ging, aber vielleicht auch, weil ich sie einfach unheimlich mochte.

Zwischendurch beobachtete ich, wie sie sich heimlich Notizen auf einer Serviette machte, um sich die Namen der Personen zu merken, die sie heute kennengelernt hatte und ich war mir sicher, dass all diese Namen spätestens am Sonntagabend in ihrem Muschelglas landen würden.

Als Phoebe gerade aufgestanden war, um sich nochmal frisch zu machen, beugte ich mich zu Rike über den Tisch, die gerade wieder etwas aufschrieb.

„Und?", fragte ich. „Was für eine Muschel bekommt Phoebe?"

Sie zog eine Grimasse. „Ich schätze, eine Wellhornschnecke wäre ganz passend", sagte sie.

„Autsch. Ist das nicht dieselbe wie bei mir?"

„Stimmt. Dadurch sollte es doch passen, oder?"

„Du stellst mich mit ihr auf eine Stufe? Das tut echt weh."

Nachdenklich sah sie mich an. „Ich hatte dir ja schon gesagt, dass ich dich jetzt nicht mehr so einstufen würde. Eine Auster wäre ganz gut, aber eine Miesmuschel würde auch passen."

Ich runzelte die Stirn.

„Warum? Weil ich immer so mies gelaunt bin?"

„Nein. Miesmuscheln symbolisieren für mich etwas anderes. Sie haften fest an Steinen und anderen Oberflächen und sind oft in Gruppen zu finden. Diese Muschelart präsentiert für mich Menschen, die stark an ihre Freunde und Familie gebunden sind und auf die man sich verlassen kann. Du verteidigst die Menschen, die du magst. Das gefällt mir."

Das berührte mich mehr, als ich erwartet hatte. Schnell nahm ich einen Schluck von meinem Drink und sah dann zu Lasse, der gerade dabei war, sich etwas abseits mit James zu unterhalten.

Sie standen nah beieinander und schienen etwas Ernstes zu besprechen. Rike folgte meinem Blick und runzelte die Stirn.

„Sag mal ...", begann sie. „Du kennst Eddy und James doch schon länger, oder?"

Ich zuckte mit den Schultern. „James schon. Der gehörte damals bereits zu meinem Freundeskreis, aber Eddy habe ich erst vor ein paar Wochen kennengelernt, als ich aus Australien zurückgekommen bin."

„Okay. Denkst du, die beiden sind ein glückliches Paar?"

Nachdenklich sah ich sie an. Offenbar hatte sie einen ähnlichen Gedanken wie ich. Lasse hatte es mir gegenüber nie offen zugegeben, aber ich war nicht blind und wusste, dass er sein Herz an James verloren hatte. Es musste unglaublich hart für ihn sein, zu sehen, wie dieser jemand anderem das Ja-Wort gab.

„Ich denke schon", sagte ich schließlich. „James hängt sehr an Eddy und Eddy liest ihm jeden Wunsch von den Augen ab. Abgesehen davon geht es mich auch nichts an. Solange die beiden es für richtig halten, sollte man sich da nicht einmischen."

Rike nickte und nippte ebenfalls an ihrem Drink, während sie weiter ihren Bruder beobachtete. Ich verstand sie. Sie wollte ihn glücklich sehen, aber wir bekamen im Leben nicht immer das, was wir wollten. Damit mussten wir uns arrangieren.

Ich hätte mich gerne noch weiter mit Rike unterhalten, aber in diesem Moment kam Phoebe zurück und verwickelte mich in ein neues Gespräch über ihr BWL Studium. Sehr schade. Dabei hätte ich mich viel lieber weiter mit Rike über Muscheln unterhalten.

Kapitel 37

Rike

Der Abend war nett und ich war fast schon enttäuscht, als die ersten Leute sich nach und nach verabschiedeten, um am nächsten Tag fit für die Hochzeit zu sein.

Da Lasse der Trauzeuge war, blieben er und ich bis zum Schluss, bevor wir uns ebenfalls verabschiedeten. Mein Bruder wirkte bedrückt, schien sich aber insgesamt gut im Griff zu haben. Als wir unser Zimmer betraten, gähnte ich ausgiebig.

„Das war ein wirklich schöner Abend", sagte ich. „Ich habe jede Menge neuer Namen gesammelt."

Lasse hob die Augenbrauen. „Ach ja? Wie viele waren es?"

Ich sah auf die Serviette. „Fünfzehn", erwiderte ich. „Allerdings habe ich Brandon heute gar nicht gesehen."

„Du meinst Brandon Lionel Cox? Den Schriftsteller?"

„Genau den. Er hat gesagt, er würde kommen."

„Soweit ich weiß, stößt er erst morgen dazu. Woher kennst du ihn?"

„Ethan hat ihn in seinen Kurs geholt, damit er uns ein paar Fragen beantworten konnte. Das war spannend."

„Das kann ich mir vorstellen. Brandon ist auf jeden Fall eine Nummer für sich."

Ich runzelte die Stirn. „Wie meinst du das?"

„Na ja. Sagen wir mal so. In Bezug auf seine Sexualität ist er nicht ganz festgelegt."

„Du meinst, er ist bisexuell?"

Auf diese Idee war ich noch gar nicht gekommen, aber irgendwie passt es.

Lasse nickte. „Das ist er. Und zwar ganz offen, was ich super finde. Eddy hatte vor ein paar Jahren mal was mit ihm."

Ich ließ mich auf dem Bett zurückfallen und schloss die Augen. „Und dann lädt er ihn auf seine Hochzeit ein?"

„Warum nicht? Einer von James' Exfreunden ist auch mit seinem neuen Mann hier. Solange man sich noch gut versteht, spricht doch nichts dagegen."

„Auch wieder wahr, aber ich muss jetzt dringend schlafen. Sonst stehe ich die Hochzeit morgen bestimmt nicht durch."

„Ich auch nicht. Also fein. Dann gute Nacht und danke, dass du mir zur Seite stehst. Das weiß ich sehr zu schätzen."

„Immer gerne. Schlaf gut, Bruderherz."

Der Wecker klingelte am nächsten Morgen für mein Verständnis viel zu früh. Lasse und ich gönnten uns ein schnelles Frühstück, während Ethan noch im Bett blieb, weil er später mit seinen Großeltern zusammen frühstücken wollte. Ein bisschen beneidete ich ihn darum, aber ich hatte meinem Bruder versprochen ihn zu unterstützen und das würde ich auch tun.

Also machte ich mich zurecht und begleitete Lasse in den Garten des Hotels, wo wir uns um die letzten Vorbereitungen kümmerten.

Als wir nach draußen kamen, wehte mir eine frische Brise entgegen und ich nahm mir einen Moment, um sie zu genießen. Die

Möwen kreischten und mein Herz zog sich vor Sehnsucht zusammen, weil wir so nah am Meer waren, aber ich keine Zeit hatte, um dort einen Spaziergang zu machen. Leider fand die Hochzeit nicht direkt am Strand statt, sondern in einem Pavillon auf einer kleinen Anhöhe, von der aus man das Meer in der Ferne sehen konnte.

Es war wunderschön hier, aber ich hätte alles getan, um meine Füße im Sand zu vergraben und eine Weile die Ruhe des Meeres zu genießen, wenn ich schon in der Nähe war.

Morgen. Morgen würde ich das tun, bevor wir losfuhren. Das nahm ich mir fest vor.

Wir kontrollierten noch einmal die Sitzordnung und die Tische und checkten, ob alles da war, was für die Trauung gebraucht wurde. Währenddessen gingen James und Eddy zum Strand, um die Hochzeitsfotos machen zu lassen. Sie hatten sich dazu entschlossen, diese schon vor der Zeremonie zu schießen, weil sie nicht wollten, dass die Gäste so lange auf sie warten mussten.

„So", sagte Lasse, als wir alles noch einmal kontrolliert hatten und wirkte dabei reichlich gestresst. „Ich denke, wir haben jetzt alles. In einer Stunde kann es losgehen."

Er zog einen Flachmann aus seinem knallgrünen Anzug und nahm einen großen Schluck. Irritiert sah ich ihn an.

„Du trinkst um diese Uhrzeit?", fragte ich.

„Ich trinke mir Mut an", erklärte Lasse.

Ich legte den Kopf schief. „Sollte das nicht eher der Bräutigam tun als der Trauzeuge?"

Er verdrehte die Augen und ich drückte seinen Arm.

„Hast du gestern eigentlich noch einmal mit James über alles gesprochen?"

„Nein. Ich habe ihm nicht gesagt, was ich für ihn empfinde. Das wäre einfach nicht fair. Er liebt Eddy und ich möchte seine Hochzeit nicht überschatten, indem ich ihm meine Gefühle aufbürde."

„Und was, wenn er sie erwidert? Ich meine ... das wäre doch zumindest eine Möglichkeit, oder?"

„Er hat nie Andeutungen in diese Richtung gemacht."

„Du denn?"

„Nein. Natürlich nicht. Er war ja mit Eddy zusammen."

„Hm. Vielleicht ist er aber auch nur mit Eddy zusammengekommen, weil er nicht damit gerechnet hat, dass zwischen euch mehr sein könnte. Ich finde, du solltest mit ihm sprechen. Sonst bereust du es vielleicht dein Leben lang."

In diesem Augenblick kamen Eddy und James mit der Fotografin vom Strand zurück. Sie sahen glücklich aus und lachten über irgendeinen Insider. Kurzerhand ging ich auf Eddy zu und nahm ihn zur Seite.

„Eddy", begann ich. „Ich hätte da noch eine Frage, was die Sitzordnung deiner Familie angeht."

Eddy nickte und folgte mir, während ich Lasse einen vielsagenden Blick zuwarf. Das war seine Chance. Jetzt oder nie. Ich konnte nur hoffen, dass er sie nutzen würde.

Kapitel 38

Ethan

Als ich in den Garten des Hotels kam, waren schon einige Gäste eingetroffen. James und Eddy begrüßten mich freundlich und ich gesellte mich zu den anderen Leuten, die mit Getränken in der Hand herumstanden und darauf warteten, dass die Zeremonie begann. Darunter auch Brandon.

„Hey, Ethan", sagte er und umarmte mich. „Schön, dich zu sehen."

„Freut mich ebenfalls. Dein Anzug ist klasse."

Ganz offensichtlich hatte Brandon die Kleiderordnung sehr ernst genommen, denn er trug einen blauen Anzug mit gelben Vögeln darauf, der auch an Karneval passend gewesen wäre. Insgesamt hatte ich noch nie eine derart farbenfrohe Hochzeitsgesellschaft gesehen. Die Frauen hatten komplett bunte Kleider an, die meisten Männer trugen hingegen einfarbige Anzüge, aber keiner davon war schwarz, grau oder beige, wie man es sonst häufig auf Hochzeiten sah. Stattdessen entdeckte ich welche in Grün, Gelb, Blau oder sogar Pink.

„Deiner ist ebenfalls toll", sagte Brandon. „Du siehst klasse aus."

„Danke."

Ich nippte an meinem Sekt, während ich meinen Blick schweifen ließ. Nicht weit entfernt entdeckte ich Phoebe, die sich für ein lilafarbenes Kleid entschieden hatte, das viel von ihrer tollen Figur zeigte. Doch dann fiel mein Blick auf Rike. Im ersten Moment hätte ich sie fast nicht erkannt, weil ich sie noch nie in derart weiblicher Kleidung gesehen hatte, doch sie war es eindeutig.

Sie trug ein enges Kleid mit heller Korsage und einem ausladenden, knallbunten Rock, der ihr unglaublich gut stand. Was mich allerdings noch mehr einnahm, war ihr Gesicht. Sie hatte sich geschminkt. Nicht stark, aber mit umso größerer Wirkung. Make-up konnte ich nicht an ihr erkennen, ihre Augen waren nur dezent betont, aber der Lippenstift war knallrot und zog meinen Blick geradezu magisch an. Auch ihr Haar hatte sie heute anders gestylt als sonst. Sie hatte einen Haarreifen mit kleinen bunten Blumen hineingeschoben und wirkte dadurch gleich viel femininer.

Mein Herz setzte einen Moment aus, als ich das sah und ich musste schlucken. Es stimmte, was ich zu Phoebe gesagt hatte. Rike war auch in ihrem Schlabberlook schön. Und trotzdem haute mich ihr Outfit heute geradezu um und das war etwas, womit ich nicht gerechnet hätte.

„Ist das da hinten Rike?", fragte Brandon und pfiff durch die Zähne. „Wow. Ich habe ja gleich geahnt, dass in ihr eine Hammerfrau steckt, obwohl ihr der jungenhafte Look auch sehr gut stand."

Ich presste die Lippen zusammen, weil es mich störte, dass er das sagte. Mir war bewusst, dass Brandon für beide Geschlechter etwas übrig hatte, also war Rike vermutlich genau sein Typ.

„Ja. Das ist Rike", bestätigte ich.

Brandon hob die Augenbrauen und lachte dann. „Ich sehe schon. Da bahnt sich etwas an. Dann lass ich dich mal in Ruhe mit ihr reden, aber nur zur Info. Wenn du sie dir nicht schnappst, dann tue ich das."

Mit diesen Worten mischte er sich unter die Menge und ich sah ihm kopfschüttelnd hinterher, weil mir klar war, dass ich diese Drohung ernst nehmen sollte. Langsam ging ich auf Rike zu.

Sie unterhielt sich gerade mit James' Eltern und lachte über etwas, doch als sie mich erblickte, entschuldigte sie sich und kam zu mir. Doch noch bevor ich die Gelegenheit hatte, ihr zu sagen, wie bezaubernd sie heute aussah, hatte sie meinen Arm ergriffen und zog mich weg.

„Hast du Lasse gesehen?", fragte sie. „Ich habe ihm gesagt, dass er mit James reden soll und das hat er getan. Seitdem ist er verschwunden."

„Mit ihm reden?", hakte ich nach. „Du meinst ... über seine Gefühle?"

Sie nickte und ein mulmiges Gefühl machte sich in mir breit.

„Tja. James ist hier, also stecken die beiden zumindest nicht in irgendeiner Besenkammer", scherzte ich. Doch Rike wirkte alles andere als amüsiert.

„Ethan", zischte sie. „Ich meine das ernst. Ich mache mir wirklich Sorgen."

„Also gut. Du hast recht. Wir sollten ihn suchen", sagte ich und ging voraus. Gemeinsam steuerten wir im Inneren des Restaurants den Flur mit den Toiletten an. Ich ging in das Männerklo hinein und checkte die Kabinen. Doch hier war keiner. Dachte ich zumindest, bis ich ein Schluchzen aus der letzten Toilette hörte.

„Rike. Komm schnell", sagte ich, bevor ich zu der Tür ging und sie langsam aufstieß.

Vor uns saß Lasse auf dem Boden. Er hatte eine Flasche Wodka umklammert und sah völlig fertig aus.

„Lasse?", fragte Rike bestürzt und beugte sich zu ihm herunter. „Was ist denn los? Was machst du hier?"

Er roch nach Alkohol und sein weißes Hemd war durchnässt. Er war in einem jämmerlichen Zustand.

„Ich habe getan, was du gesagt hast", schluchzte er. „Ich habe mit James gesprochen und er hat mir deutlich gesagt, dass er meine Ehrlichkeit sehr zu schätzen weiß, aber dass er Eddy über alles liebt und ihn heute auf jeden Fall heiraten wird."

Oh, Shit. Damit hatte ich nun nicht gerechnet.

Kapitel 39

Rike

Oh nein. Ich hatte meinen Bruder falsch beraten und jetzt war er einfach nur noch fix und fertig. So dermaßen traurig hatte ich ihn noch nie gesehen und mein Herz zog sich zusammen, weil ich ihm so sehr helfen wollte.

„Es tut mir leid", sagte ich und umarmte Lasse so gut ich eben konnte. „Aber zumindest hast du jetzt Gewissheit."

„Toll. Und inwiefern soll mich das trösten? Die Beziehung zwischen James und mir wird nie wieder dieselbe sein. Soviel ist klar. Ich habe alles kaputtgemacht."

Lasse zog eine Schachtel mit Ringen aus seiner Tasche und klappte sie auf. Es waren ganz offensichtlich die Hochzeitsringe der beiden Männer, die Lasse ihnen übergeben sollte.

„Ich kann das nicht", sagte er. „Ich kann da unmöglich rausgehen und so tun, als wäre nichts gewesen."

Das konnte ich sogar verstehen, aber gleichzeitig war es eine Katastrophe, wenn er jetzt einen Rückzieher machte. Immerhin wollten

James und Eddy gleich heiraten und verließen sich auf Lasse als ihren Trauzeugen.

„Oh, doch. Du kannst", sagte zu meiner Überraschung Ethan und nahm Lasses Gesicht in seine Hände. „Du bist der beste Freund, den man sich wünschen kann. Das weiß ich und das weiß James genauso. Deswegen hat er dich zu seinem Trauzeugen gemacht. Weil er dich schätzt und weil er weiß, dass man sich auf dich verlassen kann. Du bist da, wenn man dich braucht, also reiß dich zusammen und steh auf. Dein Kumpel braucht dich heute. Trauern kannst du immer noch, wenn das Fest vorüber ist."

Lasse starrte Ethan einen Moment lang stumm an und sah dann an sich herunter.

„Du hast recht", sagte er. „Aber ich ... ich kann doch so unmöglich neben den beiden am Altar stehen."

„Das stimmt. Wie viel hast du getrunken?"

Lasse hob die Flasche an, die noch zu drei Vierteln voll war.

„Nicht so viel. Der Wodka schmeckt grauenvoll."

„Gut. Dann müssen wir dich nur ein wenig wieder herrichten. Komm mit."

Ethan zog Lasse auf die Beine und schleifte ihn zum Waschbecken. Dort zog er sein Jackett aus und begann, sein Hemd aufzuknöpfen.

„Ähm. Was tust du da?", fragte ich irritiert.

„Was wohl? Ich gebe Lasse mein Hemd. Es ist ihm zwar sicherlich zwei Nummern zu groß, aber immer noch besser als nichts."

Lasse blinzelte perplex. „Und was wirst du anziehen?"

„Nichts", beschied Ethan. „Es ist ohnehin warm. Es reicht, wenn ich das Jackett trage und nach der Zeremonie kann ich in mein Zimmer gehen und mir ein Shirt anziehen."

Er wartete nicht auf Lasses Zustimmung, sondern zog sich das Hemd aus. Zum Vorschein kam seine trainierte Brust, die einfach zum Anbeißen aussah. Es war zwar nicht das erste Mal, dass ich Ethan so sah, aber jetzt erst fiel mir auf, dass er einen Sixpack hatte. So etwas hatte ich noch nie im wahren Leben gesehen. Ethan musste mehr Zeit im Fitnessstudio verbringen, als ich gedacht hatte. Einen

Moment konnte ich ihn einfach nur anstarren, doch dann riss Ethan mich aus meiner Faszination, indem er mir das Hemd reichte.

„Hier. Halt das bitte", sagte er. „Und du zieh dich aus. Die Zeremonie fängt gleich an."

Lasse nickte schnell und tat wie geheißen. Dann wusch er sich das Gesicht ab und warf sich Ethans Hemd über. Es war zwar tatsächlich zu groß, aber besser als das befleckte Hemd, das er vorher getragen hatte. Wenn das Jackett zu war, bemerkte man es fast nicht.

Ethan zog sich in der Zwischenzeit seine Anzugjacke wieder an und ich musste gestehen, dass er auch ohne Hemd überaus heiß darin aussah. Im ersten Moment fiel es gar nicht auf, dass etwas fehlte.

Sobald auch Lasse wieder vollständig angezogen war, half ich ihm bei der Krawatte.

„Du schaffst das", sprach ich meinem Bruder Mut zu. „Ich weiß, dass du das schaffst. Du musst hauptsächlich dastehen und den beiden die Ringe reichen. Ethan und ich sind ganz in deiner Nähe."

„Okay", sagte Lasse und wischte sich ein paar Tränen weg. „Danke. Ihr habt recht. Das hier ist James' Tag und jetzt wo ich weiß, dass er Eddy wirklich liebt, will ich ihm das auf keinen Fall verderben."

Ich lächelte sanft und gab ihm einen Kuss auf die Wange. „Das wirst du nicht. Da bin ich mir sicher. Und jetzt raus mit dir. Sonst startet die Zeremonie am Ende noch ohne dich."

Der Einzug des Brautpaars war wunderschön. James und Eddy hatten sich noch einmal zurückgezogen, um sich umzuziehen und während alle Gäste vor dem Pavillon auf ihren Stühlen saßen, wurde Musik gespielt und die beiden Männer kamen Hand in Hand den Gang zwischen den Stühlen entlang nach vorne. Im Gegensatz zu den Gästen, die alle bunt gekleidet waren, trugen die Bräutigame beide einen weißen Anzug. Sie strahlten so viel Liebe und Zusammenhalt aus, als sie vor den Standesbeamten traten, dass ich vor lauter Rührung kaum noch die Tränen zurückhalten konnte, obwohl ich die beiden kaum kannte. Gleichzeitig brach mein Herz für meinen Bruder, für den dieser Anblick sehr schmerzhaft sein musste. Ich sah nach vorne, wo Lasse in der ersten Reihe stand und sichtlich mit sich kämpfte.

„Keine Sorge", raunte Ethan mir zu, der neben mir saß. „Er packt das schon."

Ich nickte und wir setzten uns. Die Zeremonie war sehr stimmungsvoll und schön. Der Standesbeamte hatte sich offenbar im Voraus viel Zeit genommen, um die Geschichte der Beiden zu erfahren und baute einiges davon in seine Rede mit ein.

Als schließlich die Trauzeugen aufgefordert wurden, ein paar Worte zu sagen, griff ich ganz automatisch nach Ethans Hand und drückte sie, weil ich alles andere als sicher war, ob Lasse das packte.

Zu meiner Erleichterung entzog er sie mir nicht, sondern erwiderte den Druck. Dann beobachteten wir beide, wie Lasse nach vorne trat und sich räusperte. Er wirkte mitgenommen und wenn man genau hinsah, konnte man erkennen, dass das Hemd unter seinem Jackett Falten warf, aber ich ging davon aus, dass das den meisten nicht auffiel. Ich war Ethan so dankbar dafür, dass er keinen Moment gezögert hatte, um Lasse zu helfen. Das hätte sicherlich nicht jeder getan.

Dann begann Lasse zu sprechen.

„Lieber Eddy. Lieber James", sagte er und sah die beiden an. „Ich bin froh, dass ich heute hier stehen und diesen Tag der Freude mit euch begleiten darf. James. Ich kenne dich nun schon viele Jahre und wir haben einiges zusammen durchgestanden, daher freue ich mich von Herzen für dich, dass du jemanden gefunden hast, den du so sehr liebst, dass du den Rest deines Lebens mit ihm verbringen möchtest."

Er machte eine Pause und ich sah, wie er mit den Tränen kämpfte. Doch dann riss er sich zusammen und sprach weiter. „Ich wünsche euch beiden eine Ehe voller Liebe, Verständnis und Respekt. Ich hoffe, dass ihr immer miteinander kommunizieren werdet und euch in schweren Zeiten gegenseitig stützt. Alles Liebe euch beiden."

Ich empfand tiefes Mitgefühl für meinen Bruder, als ich James' liebevollen und gleichwohl dankbaren Blick erkannte. Ganz offensichtlich war er erleichtert, dass Lasse nichts Unangebrachtes gesagt hatte.

Als Nächstes folgte Eddys Schwester, die dem Paar ebenfalls ihre Wünsche mitteilte und schließlich wurden die Ringe getauscht. Als Lasse sie James überreichte, drückte dieser kurz seine Hand und ich hoffte von Herzen, dass die beiden es schaffen würden, Freunde zu bleiben, obwohl James jetzt über Lasses Gefühle im Klaren war.

Die Eheurkunde wurde unterschrieben und Lasse setzte ebenfalls seine Unterschrift als Trauzeuge darunter.

„Wundervoll. Das bürokratische haben wir damit geschafft", sagte der Standesbeamte und lächelte in die Menge. „Somit erkläre ich Sie beide hiermit zu Mann und Mann. Sie dürfen einander jetzt küssen."

Die beiden Männer sahen sich glücklich an und unter dem Gejubel der Menge küssten sie sich und gingen dann den Gang entlang in Richtung Hotel, wo die eigentliche Feier stattfinden sollte. Als Lasse an uns vorbeiging, hielt ich ihn auf und umarmte ihn fest.

„Du hast das wundervoll gemacht", sagte ich. „Ich bin so stolz auf dich."

„Danke. Und ich bin dankbar für eure Hilfe." Lasse nickte Ethan zu und lächelte. „Ich denke, das Schlimmste habe ich überstanden. Alles ist vorbereitet und durchorganisiert. Also kann ich mich jetzt zurücklehnen und mich auch ein wenig amüsieren. Immerhin gibt es hier jede Menge Männer, die auf Männer stehen."

Lasse ging weiter, bevor ich ihm widersprechen konnte und ich sah skeptisch zu Ethan. „Meinst du wirklich, er sollte sich heute Abend einem anderen Mann an den Hals werfen? Ich halte das für keine gute Idee."

Ethan zuckte mit den Schultern. „Dein Bruder ist erwachsen. Wenn er mit jemandem herummachen will, um sich abzulenken, dann ist das sein gutes Recht. Er wird schon wissen, was er tut."

Zögerlich nickte ich und ging mit Ethan dann zu den anderen in den Saal, um nach unseren Plätzen zu suchen. Sicher hatte Ethan recht. Mein Bruder würde schon wissen, was er tat.

Kapitel 40

Ethan

Die Hochzeitsfeier war ausgelassen und eine der schönsten, auf denen ich je war. Nicht, dass es besonders viele gewesen wären. Die meisten meiner Freunde und Bekannten waren noch unverheiratet, aber ich war mir sicher, dass diese hier den Vergleich nicht zu scheuen brauchte. Sie war ein Mix aus typischen Traditionen und skurrilen Adaptionen wie dem Werfen der Zylinder des Brautpaars anstatt des Brautstraußes.

Glücklicherweise fing ich ihn nicht und auch Rike blieb zu meiner Erleichterung leer aus, denn auch wenn ich nicht vorhatte ihr noch einmal näher zu kommen, so störte mich der Gedanke, sie könnte in absehbarer Zeit jemand anderen heiraten.

Das Essen war ebenfalls ein Traum. Es gab eine Hochzeitssuppe und als Hauptspeise gebratenen Lachs mit Spargel und Kartoffeln. Zum Nachtisch wurde die Hochzeitstorte hereingebracht, die selbstverständlich von Eddy und James angeschnitten wurde.

Danach folgte der Hochzeitstanz der beiden Männer, wobei sie lustigerweise den Tanz so einstudiert hatten, dass sie abwechselnd führten. Die ganze Zeit über beobachtete ich immer wieder Lasse, doch der schien tatsächlich beschlossen zu haben, heute Abend noch jemanden aufzureißen, denn er lachte viel und unterhielt sich mit verschiedenen Männern, während mir selbst Phoebe an den Hacken klebte. Als ich gerade überlegte Rike zu fragen, ob sie mit mir tanzen wollte, schmiss Phoebe sich regelrecht an meinen Hals.

„Tanzt du mit mir?", fragte sie. „Oh bitte, bitte. Ich freue mich schon den ganzen Abend darauf."

Eigentlich hatte ich keine große Lust, aber wusste auch nicht, wie ich Phoebe abweisen sollte ohne unhöflich zu sein. Also begleitete ich sie auf die Tanzfläche und führte sie in einen Foxtrott. Als ich sie herumwirbelte, lachte sie und strahlte mich an.

„Ich freue mich so, dass du mit mir tanzt", sagte sie. „Ich hatte schon befürchtet, du würdest gar nicht mehr aufhören diese Rike anzuschauen. Ich meine ... ich gebe ja zu, dass sie heute etwas hübscher aussieht als gestern, aber kurze Haare sind meiner Meinung nach eher was für Kerle."

Ich runzelte die Stirn. „Hat dir schon mal jemand gesagt, dass es unattraktiv ist, über andere zu lästern?"

Sie errötete. „Aber ich lästere doch nicht. Ich mache dich nur darauf aufmerksam."

„Tja. Du irrst dich. Sie sieht alles andere als männlich aus und ich bin sicherlich nicht der Einzige, der das so sieht."

Phoebe schaute über meine Schulter und lächelte. „Stimmt", gab sie zu. „Sie scheint sich prächtig zu amüsieren."

Ich fuhr herum und sah, dass Phoebe recht hatte. Brandon hatte seine Drohung wahrgemacht und war zu Rike gegangen. Die beiden unterhielten sich und lachten. Sie zeigte ihm ein Bild auf ihrem Handy und er umarmte sie spontan. Ein unangenehmes Gefühl durchfuhr mich. Das wurde sogar noch stärker, als ich sah, wie die beiden zusammen auf die Tanzfläche gingen.

Brandon legte ihr eine Hand an die Hüfte und führte sie selbstsicher herum. Mir wurde ganz anders, als ich das sah. Warum nur störte es mich so, dass sie mit einem anderen Mann tanzte? War ich etwa eifersüchtig? Das war doch Blödsinn. Warum sollte ich? Dafür gab es überhaupt keinen Grund. Immerhin war ich es, der beschlossen hatte, dass es besser war nichts mit ihr anzufangen.

„Erde an Ethan. Hier spielt die Musik", sagte Phoebe. „Lass die beiden doch tanzen. Sie geben ein schönes Paar ab."

Da hatte Phoebe recht, aber genau das störte mich. Sobald das Lied vorbei war, verabschiedete ich mich von Phoebe, die darüber alles andere als glücklich war, und ging zu Brandon und Rike hinüber, die zum Rand der Tanzfläche gegangen waren.

„Rike? Darf ich bitten?", fragte ich und streckte Rike die Hände entgegen.

Sie sah mich irritiert an und blickte dann fragend zu Brandon.

„Na, sieh mal einer an", sagte dieser und beugte sich zu mir vor. „Ich hatte dich ja gewarnt, dass ich sie mir schnappen würde, wenn du es nicht tust."

Er hatte so leise gesprochen, dass nur ich es hören konnte, und dennoch ließen seine Worte meinen Puls in die Höhe schnellen. Doch Brandon lachte bloß und drückte Rike einen Kuss auf die Hand.

„Es war mir eine Freude", sagte er. „Danke, dass du mir das Bild gezeigt hast. Es ist toll geworden und wenn du es mir schickst, dann werde ich es meinem Agenten weiterleiten. Wir sehen uns sicher später nochmal."

Rike errötete und sah Brandon hinterher, als würde sie es bedauern, dass er ging. Ich räusperte mich.

„Du hast ein Bild von euch gemalt?", erkundigte ich mich missmutig.

„Habe ich", bestätigte sie. „Das hatte ich doch schon angekündigt."

„Darf ich es sehen?", fragte ich etwas versöhnlicher, weil ich mich an die Situation erinnerte.

Rike zögerte, aber nickte dann und holte ihr Handy hervor.

„Hier", sagte sie und reichte es mir.

Ich musste schlucken, als ich das Bild sah. Rike hatte sich selbst und Brandon als Mangafiguren dargestellt, aber sie waren beide hervorragend zu erkennen und wirkten sehr glücklich auf dem Bild.

Trotz des Motivs kam ich nicht umhin wieder einmal ihr Talent zu bewundern.

„Wow", sagte ich und wischte neugierig zur Seite, weil ich hoffte, noch mehr Bilder von ihr zu sehen. Tatsächlich schien sie einen ganzen Ordner mit Leuten zu haben, die sie gemalt hatte. Lasse beim Kochen. Ihre Freundin Fiona beim Tanzen und ein paar andere Leute, die ich nicht kannte. Und dann war da ein Bild von mir. Auf einem Sessel. Mit einem Buch in der Hand. Ich wirkte sehr konzentriert und schien zu lesen. Neben mir stand meine Gitarre. Das Bild war liebevoll ausgearbeitet und wirkte lebensnah.

Bei dem Anblick blieb mir die Spucke weg.

„Du hast mich gezeichnet?", fragte ich fassungslos und Rike errötete erneut.

„Ja. Und?", fragte sie und nahm mir das Handy weg. „Ist das etwa verboten?"

„Nein. Ich wundere mich nur wie du das gemacht hast."

„Na ja. Du sitzt sehr häufig im Sessel und liest. Dieses Bild habe ich mir eingeprägt und als Hilfe für dein Gesicht habe ich eins der Fotos von deinem Facebook-Profil verwendet."

Ich nickte und kam nicht umhin mich geehrt zu fühlen, weil Rike mich gezeichnet hatte. Auffordernd streckte ich ihr die Hand entgegen.

„Das Bild ist toll geworden", sagte ich. „Aber was ist jetzt? Möchtest du mit mir tanzen?"

Rike runzelte die Stirn und sah mich an. „Du willst wirklich mit mir tanzen?", fragte sie irritiert.

„Sure. Warum auch nicht?"

Sie zuckte mit den Schultern. „Es überrascht mich nur. Immerhin hast du lange Zeit versucht, so viel Abstand wie möglich zu mir zu halten."

„True. Aber es spricht nichts dagegen, dass wir Freunde werden, oder?"

Rike nickte zurückhaltend. „Natürlich. Freunde."

Sie sagte das so, als wäre sie davon nicht überzeugt und wenn ich ehrlich zu mir war, dann ging es mir ähnlich. Denn das, was ich von

Rike wollte, ging weit über Freundschaft hinaus. Ich wollte sie wieder küssen, sie berühren und noch viel mehr mit ihr tun. Aber ich wollte sie auch in meinen Armen halten und vor allem beschützen, was ihr gefährlich werden könnte. So etwas hatte ich definitiv nie zuvor empfunden und es machte mir Angst. Mehr als ich vor mir selbst zugeben wollte.

Ich umfasste Rikes Hand fester und legte die andere an ihre Hüfte. Ihr Geruch stieg mir in die Nase und am liebsten hätte ich mein Gesicht an ihrem Hals vergraben, weil ich gar nicht genug von diesem Duft bekommen konnte. Sie roch nach Vanille und Kirschen. Genau der Ton ihrer Lippen, wenn ich jetzt darüber nachdachte.

„Ich glaube, ich habe dir noch gar nicht gesagt, wie schön du heute Abend aussiehst", sagte ich.

„Danke", erwiderte sie. „Ich hatte immerhin noch eine Wettschuld zu begleichen, indem ich ein Kleid anziehe. Andernfalls hätte ich mich vermutlich für einen ähnlichen Anzug entschieden wie du."

Ich lächelte. „Ich wette, dass du auch darin die schönste Frau des Abends gewesen wärst."

Rike sah zu mir auf.

Mit ihr zu tanzen war einfach. Sie folgte meinen Bewegungen ohne Probleme und drehte sich mit mir im Kreis. Während wir tanzten, hatte ich das Gefühl, als würden wir alle anderen Menschen um uns herum ausblenden. Als ein langsameres Lied kam, versank ich regelrecht in Rikes Augen und zog sie enger an mich, bis sie ihren Kopf an meine Brust lehnte und wir eng umschlungen hin und her tanzten.

Es fühlte sich richtig an. Nicht erzwungen, nicht aufgesetzt, sondern einfach nur richtig. Und das war ein wunderbares Gefühl.

Doch leider hielt es nicht allzu lange an, denn im nächsten Moment wurden die Gäste zu einer Polonäse aufgefordert und unser inniger Tanz wurde gestört. Rike löste sich von mir und sah mich schüchtern an.

„Willst du ...", begann sie und deutete auf die fröhlich feiernden Leute, die um uns herum eine Schlange formten.

Doch ich schüttelte den Kopf.

„Hast du Lust auf einen Strandspaziergang?", fragte ich stattdessen.

Sie sah sich überrascht um. „Jetzt?"

„Warum nicht? Seitdem wir hier sind, war ich noch nicht am Strand. Außerdem habe ich die Sehnsucht in deinen Augen gesehen, als wir bei der Zeremonie in der Ferne das Meer gesehen haben."

Sie nickte. „Da hast du recht. Ich vermisse das Meer, aber ..." Sie warf einen verstohlenen Blick auf ihren Bruder, der sich gerade mit Brandon unterhielt und ich zuckte mit den Schultern.

„Ich denke, Lasse kommt eine halbe Stunde ohne dich zurecht."

„Also gut", sagte sie. „Aber ich muss ihm zumindest Bescheid sagen."

Sie ging zu Lasse hinüber und flüsterte ihrem Bruder etwas zu. Der nickte nur, bevor er sich wieder mit Brandon unterhielt. Ganz offensichtlich verstanden die beiden sich blendend, was mich sehr für Lasse freute. Vielleicht fand er in Brandon ja heute Abend die Ablenkung, die er so dringend suchte.

Rike kam zu mir zurück und gemeinsam verließen wir das Restaurant, wobei ich ihr die Tür aufhielt und ihr den Vortritt überließ, wie meine Mutter es mir beigebracht hatte. Im Vorbeigehen schnappte ich mir eine der Wolldecken, die meine Großeltern draußen liegen hatten, für den Fall, dass den Gästen im Garten kalt wurde. Der Hauptstrand war nur zweihundert Meter entfernt, doch ich kannte mich aus und wusste von einer einsamen Bucht, die nur ein paar hundert Meter weiter lag. Hier gab es einen kleinen Strandabschnitt, der zwischen ein paar Dünen versteckt lag und zu dem kein offizieller Weg führte.

„Wo bringst du mich hin?", fragte Rike irritiert. „Wenn du mich irgendwo verscharren willst, hättest du mich auch in London in die Themse werfen können."

Ich lächelte. „Das würde ich dir nie antun. Wenn, dann sollte deine letzte Ruhestätte am Meer sein. Keine Sorge. Wir sind gleich da."

Wir erreichten die kleine Bucht, in der außer uns niemand war. Die Sonne ging gerade unter und tauchte den Strand in ein sanftes Licht.

Hier waren wir vollkommen allein und ich sah, wie Rike neben mir stehenblieb und tief die Luft einsog.

„Gott ja", sagte sie. „Es gibt nichts Besseres als frische Seeluft."

Da konnte ich ihr nur beipflichten. Es gab nicht vieles, was ich von Australien vermisste, aber die Tage in Perth am Strand gehörten definitiv dazu.

„Stimmt", sagte ich daher. „Es ist zwar nicht dasselbe wie in Australien, aber auch nicht übel."

Rike sah mich überrascht an und lächelte dann. „Stimmt ja. Du bist ein Beach Boy. Warst du in Australien oft am Meer?"

Ich zuckte mit den Schultern. „Als ich in Perth gelebt habe ja. Klar. Was gibt es Besseres, als surfen zu gehen, wenn der Wind richtig steht?"

Sie zog die Augenbrauen hoch. „Und trotzdem wolltest du unbedingt wieder nach London?"

„Ja. Ich meine ... ich liebe das Meer, aber ich liebe auch London und irgendwie passe ich hier einfach besser hin, wenn du verstehst, was ich meine."

Rike schlüpfte aus ihren Sneakers und vergrub die Zehen im Sand. Dann seufzte sie tief und schloss die Augen. Einen Moment lang schien sie vollkommen in sich versunken zu sein, bevor sie die Augen wieder aufmachte und mich ansah.

„Ganz ehrlich?", fragte sie. „Nein. Ich habe keine Ahnung, was du meinst. Ich hätte mein Zuhause nie verlassen, wenn es nicht unbedingt nötig gewesen wäre."

„Ach nein? Ich dachte, du wolltest die Welt kennenlernen und reisen."

„Ja. Schon. Das stimmt. Aber ich wäre ganz sicher immer wieder zurückgekehrt. Jetzt hingegen weiß ich nicht mehr, wo ich hingehöre, und das fühlt sich mies an."

Sie senkte den Kopf und wirkte betrübt. Sogleich schlüpfte ich ebenfalls aus meinen Schuhen und grub meine nackten Füße in den Sand.

„Jaaaa. Ich gebe zu, das habe ich vermisst", sagte ich und lächelte Rike an. „Sollen wir uns setzen?"

Ich deutete auf eine kleine Düne, von der aus man den Sonnenuntergang wunderbar sehen konnte und sie nickte.

„Gerne", sagte sie und gemeinsam beobachteten wir, wie der rote Feuerball langsam im Meer versank. Obwohl ich schon so oft hier gewesen war, hatte ich mir noch nie die Zeit genommen, den Sonnenuntergang zu beobachten und jetzt gerade verstand ich gar nicht mehr, warum. In Perth hatte ich das ständig getan, aber vielleicht hatte ich einfach den Vergleich gescheut, weil ich mir nicht vorstellen konnte, dass es an der Nordsee genauso schön sein könnte wie über dem indischen Ozean. Doch da hatte ich mich offenbar geirrt. Es war schön. Wunderschön sogar und das nicht nur, weil der Himmel aussah, als würde er in Flammen stehen, sondern vor allem wegen des Mädchens neben mir, das so glücklich wirkte, wie ich es noch nie zuvor bei ihr gesehen hatte. Sie schien von innen zu strahlen, als sie hier neben mir im Sand saß und wir gemeinsam dem Rauschen der Wellen und dem Kreischen der Möwen lauschten.

Ihre Füße hatte sie tief im Sand vergraben und sie betastete eine Muschel in ihrer Hand.

„Was für eine Muschel hast du da?", fragte ich neugierig.

Es war inzwischen recht dunkel geworden, aber es wunderte mich kein bisschen, dass Rike die Muschel problemlos bestimmen konnte.

„Das ist eine Venusmuschel. Von denen gibt es haufenweise an der Nordsee."

Sie zeigte sie mir und ich verstand sofort, woher sie ihren Namen hatte. Tatsächlich sah man diese Variante wirklich oft. Nicht nur hier, sondern auch in Perth, daher vermutete ich, dass sie auf der ganzen Welt verbreitet war. Sie hatte eine rundliche, leicht ovale Form und eine helle glatte Schale mit einem Streifenmuster.

„Ist das die Muschelart, der du dich selbst zugehörig fühlst?"

„Das weiß ich nicht", gab sie zu. „Sich selbst einzuschätzen ist nicht so einfach. Ich denke, das überlasse ich lieber anderen."

Überrascht hob ich die Augenbrauen. „Also ist in deinem Glas keine Muschel mit deinem eigenen Namen?"

„Nein. Es geht ja um die Menschen, die ich kennenlerne, und nicht um mich selbst."

„True, aber ist es nicht unsere Lebensaufgabe, uns selbst kennenzulernen? Immerhin verändern wir uns ständig."

Sie nickte. „Dann müsste ich wohl alle paar Jahre eine neue Muschel von mir in das Glas werfen."

„Warum nicht? Das wäre doch nur fair. Immerhin hast du selbst gesagt, dass du mir jetzt eine andere Muschel zuordnen würdest als bei unserem Kennenlernen."

Sie nickte nachdenklich.

„Mein Großvater hat damals gesagt, ich wäre eine Herzmuschel", bemerkte sie. „Weil ich herzlich und liebevoll bin. Durch ihn hat das Ganze mit dem Muschelsammeln für mich überhaupt angefangen. Trotzdem hat es nie eine Muschel mit meinem Namen in das Glas geschafft."

„Wie gesagt. Ich finde, das solltest du ändern."

Sie nickte und sah wieder zum Meer, wo die letzten Sonnenstrahlen inzwischen verschwunden waren.

„Wir sollten ins Wasser gehen", sagte sie da plötzlich und stand auf.

„Wie jetzt? Du willst schwimmen?"

„Warum nicht?", fragte sie und begann ohne Scheu, ihr Kleid auszuziehen, unter dem ein weißer BH ohne Träger zum Vorschein kam. Es war zwar dunkel, aber der Mond schien hell, wodurch ich die Konturen ihres Körpers gut erkennen konnte. Sie hatte eine wunderschöne Figur. Ihre Brüste waren zwar nicht besonders groß, aber sie hatte einen flachen Bauch und einen runden Apfelpo, wie ich ihn unter ihren schlabbrigen Klamotten gar nicht erwartet hatte. Sie trug blaue Panties, auf denen Hello Kitty zu sehen war, aber schien sich kein bisschen dafür zu schämen, dass diese nicht mit dem BH zusammenpassten.

„Also was ist jetzt?", fragte sie. „Kommst du mit?"

Schnell riss ich mich zusammen und nickte. „Sure", sagte ich und zog ebenfalls meine Klamotten aus.

Ich war froh, dass ich schlichte Boxershorts trug, wobei sich ein Lächeln auf Rikes Gesicht ausbreitete, als sie das Bild entdeckte.

„Homer Simpson?", fragte sie grinsend. „Ich hatte jetzt eher mit Spiderman gerechnet."

Ich lachte. „Spiderman? Warum?"

Sie zuckte mit den Schultern und tat gleichgültig. „Weil du beim letzten Mal eine mit Superman getragen hast. Und jetzt komm." Rike streckte mir die Hand entgegen und ich ergriff sie. Gleich spürte ich dabei wieder das Kribbeln in meinem Körper und fühlte den unbändigen Drang, Rike an mich zu ziehen und zu küssen.

Doch bevor ich das tun konnte, hatte sie mich bereits hinter sich hergezogen und begann in schnellen Schritten zum Meer zu laufen. Ich folgte ihr und ließ mich von ihrer Begeisterung anstecken, als wir das Wasser erreichten und sie fröhlich jauchzte.

„Fuck", rief ich, als ich die Kälte spürte. Doch Rike schien sie gar nicht zu stören.

Sie lachte lauthals und lief weiter ins Wasser hinein, bis wir bis zu den Knien in den Wellen standen.

„This is fucking cold", schimpfte ich, konnte ein Lachen dabei aber nur schwer unterdrücken.

"Ach was. Nun sei kein Weichei", erwiderte Rike. „Sobald man einmal drin ist, ist es gar nicht mehr so schlimm."

Ich schüttelte den Kopf. „No way. Noch weiter gehe ich definitiv nicht rein."

„Gut. Deine Entscheidung", sagte Rike, ließ mich los und stürzte sich in die nächste Welle.

Einen Moment lang sah ich ihr fassungslos hinterher, bevor ich einen Fluch ausstieß und ihr hinterhertauchte. Das Wasser war so kalt, wie ich es noch niemals zuvor erlebt hatte.

„Shit", schimpfte ich und schnappte nach Luft, während Rike neben mir ebenfalls mit den Zähnen klapperte.

„I-i-ist doch gar n-n-nicht so schlimm", behauptete sie.

„Gar nicht so schlimm? Das ist schweinekalt."

„Saukalt, heißt das."

„Yeah. Whatever."

Vor lauter Kälte schien ich mein komplettes Deutsch vergessen zu haben.

„Okay", lenkte Rike ein. „Du hast recht. Es ist schweinekalt. Aber irgendwie gehört das zur Erfahrung Nordsee dazu, oder?"

Sie grinste und spritzte mir Wasser entgegen.

„Aaaah", sagte ich und spritzte zurück. „Das wirst du bereuen."

Erneut bekam ich Wasser ab, woraufhin ich Rike kurzerhand packte und wieder ins Meer warf.

Sie schrie ausgelassen, bevor eine Welle sie verschluckte. Dann tauchte sie prustend wieder auf und warf sich auf mich. Ich stolperte in die nächste Brandung und landete mit einem Aufschrei komplett im Wasser. Das würde sie mir definitiv büßen.

Kapitel 41

Rike

Ich lachte lautstark, als Ethan im Wasser verschwand und wartete darauf, dass er wieder auftauchte, um mich nasszuspritzen. Ich zitterte zwar am ganzen Körper, aber das Ganze machte viel zu viel Spaß, um es jetzt zu beenden. Doch zu meiner Verwunderung tauchte Ethan nicht sofort wieder auf, sondern blieb verschwunden. In den ersten Sekunden machte ich mir darüber noch keine Gedanken, weil er vermutlich ein Stück weiter getaucht war und ich ihn deswegen in der Dunkelheit nicht sehen konnte, aber dann begann ich doch, mich zu sorgen.

„Ethan?", rief ich. „Ethan!"

Keine Antwort.

„Ethan! Wo bist du? Antworte mir."

Erneut hörte ich nichts außer des Rauschens der Wellen.

Panik überkam mich. Was, wenn die Welle ihn gegen einen Felsen geschleudert hatte. Es war hier zwar nicht tief, aber so etwas konnte trotzdem passieren. Vielleicht hatte er sich den Kopf angeschlagen und trieb jetzt irgendwo im Meer. Nein. Nein. Das durfte nicht sein.

„Ethan!", rief ich jetzt panisch und formte dabei die Hände zu einem Trichter.

„Oh nein. Gott nein", sagte ich mehr zu mir selbst, als zu irgendjemandem sonst. Das durfte nicht sein. Das konnte nicht sein. In dieser Dunkelheit würde ich ihn unmöglich finden. Hilfe. Ich musste Hilfe holen. Mit etwas Glück war er irgendwo an Land gespült worden und man konnte ihn retten.

Ich fuhr herum und wollte an Land rennen, als mich zwei Arme von unten packten und zurückzogen.

„Hab ich dich", rief Ethan und umschlang mich lachend mit seinen Armen.

Ich erschrak so sehr, dass mir die Beine wegknickten und Ethan mich halten musste.

„Ethan", brachte ich hervor, klammerte mich an ihm fest und begann dann zu schluchzen.

„Rike. Was …?"

„Herrgott. Ich dachte, du ertrinkst", schrie ich und schlug heftig gegen seine Brust. „Was ist nur in dich gefahren. Warum bist du nicht wieder aufgetaucht?"

„No worries. Ich wollte dich nur ein bisschen ärgern."

„Ärgern? Du warst ewig unter Wasser."

„Ja, aber du wusstest doch, dass ich lange die Luft anhalten kann. Von dem Spiel in der Uni. Du erinnerst dich?"

Jetzt wo er es sagte, erinnerte ich mich tatsächlich daran, aber gerade als er verschwunden gewesen war, hatte ich das völlig verdrängt.

„Du Mistkerl", schimpfte ich weiter. „Das war trotzdem nicht okay. Wie konntest du mir das antun? Ich dachte, du säufst ab."

„Es tut mir leid. Ich wollte dich nur ein bisschen foppen, aber dich nicht in Todesangst versetzen. Damn, girl. Du zitterst am ganzen Körper. Come on. Ich bringe dich an Land."

Er führte mich aus dem Wasser, aber ich rutschte immer wieder weg, weil ich inzwischen erbärmlich fror und mir der Schreck in den Knochen saß. Deswegen protestierte ich auch nicht, als Ethan mich kurzerhand auf den Arm nahm und an Land trug.

Als wir bei unseren Klamotten ankamen, setzte er mich ab und wickelte mich in die Wolldecke ein.

„Shit. Das war wirklich eine blöde Idee", stellte Ethan fest. „Wir haben nicht einmal Handtücher."

„Es ... geht bestimmt gleich wieder", behauptete ich. „Ich ... hatte nur Angst, dass ..."

Ich brach ab und Ethan rieb mir über die Arme. „No worries. Ich verstehe das. Wenn es andersherum gewesen wäre, dann hätte ich mir auch Sorgen um dich gemacht."

Ich schüttelte den Kopf. „Gott. Es ist mehr als das. Du warst nur wegen mir im Wasser, also wäre es meine Schuld, wenn dir etwas geschehen wäre. Es ist fast wie damals ... Oliver. Er ... er ist vor zwei Jahren meinetwegen fast gestorben."

Ethan hielt inne und strich dann sanfter über meinen Arm.

„Dein Exfreund?"

„Ja. Damals hatten wir eine schwierige Zeit. Oliver war ständig eifersüchtig und wollte mir Vorschriften machen mit wem ich meine Zeit verbringen darf und mit wem nicht. Das hat mich langsam aber sicher kaputt gemacht. Also habe ich das zwischen uns beendet."

Ethan brummte zustimmend und ich fuhr fort.

„Oliver war außer sich. Er hat mich beschimpft und mich im nächsten Moment wieder angefleht bei ihm zu bleiben. Er hat gesagt, dass er ohne mich nicht weiterleben kann und nicht weiterleben will, aber ich habe ihn nicht ernst genommen und bin hart geblieben. Zumindest, bis er mich eines Abends völlig betrunken anrief. Er war in einer Bar im Nachbardorf und drohte, er würde besoffen ins Auto steigen, wenn ich ihn nicht abholte und mit ihm redete."

Ich schüttelte den Kopf bei der Erinnerung und Tränen stiegen mir in die Augen.

„Ich hätte es nicht tun sollen. Ich hatte selbst etwas getrunken und war noch Fahranfängerin. Ich hätte mich unter diesen Umständen nie hinters Steuer setzen dürfen. Stattdessen hätte ich seinen

Eltern Bescheid geben oder ein Taxi zu ihm schicken sollen, aber das habe ich nicht getan. Ich fühlte mich noch nüchtern genug und bin zu ihm gefahren, um ihn abzuholen. Dann sind wir los und haben uns dabei gestritten. Das ist das einzige, woran ich mich erinnere." Ich machte eine Pause und wischte mir die Tränen weg. „Das Nächste, was ich weiß, ist, dass ich im Krankenhaus aufgewacht bin. Ich muss die Kontrolle über das Fahrzeug verloren haben. Ich war angetrunken und habe deswegen vermutlich die Kurve unterschätzt. Wir sind gegen einen Baum gedonnert."

Ethan sog geschockt die Luft ein und zog mich an sich. „Shit. Wie schlimm war es?"

„Ich hatte eine Kopfverletzung und lag mehrere Tage im Koma. Außerdem war mein Arm gebrochen und ich hatte überall Prellungen und Quetschungen. Oliver hat es allerdings deutlich schlimmer erwischt. Seine Beine waren komplett zertrümmert, weil der Motor ihm auf den Schoß gedrückt worden ist. Meine Kopfverletzung ist vermutlich daran schuld, dass ich mich nicht mehr bewusst an den Unfall erinnere, aber es ist eindeutig, dass ich die Schuld daran trage. Ich war die Fahrerin und ich hatte Alkohol getrunken."

„Aber du bist doch nur gefahren, weil er dich dazu gedrängt hat. Außerdem sagst du, ihr hättet gestritten. Bestimmt hat er dich abgelenkt."

„Das mag sein. Trotzdem lag es in meiner Verantwortung uns sicher nach Hause zu bringen. Ich hatte zwar nur zwei Bier, aber bis 21 gilt in Deutschland Null Toleranz, was Alkohol hinterm Steuer angeht. Ich musste eine satte Strafe zahlen und habe meinen Führerschein verloren. Doch viel schlimmer war, dass alle davon erfahren haben. Olivers Vater ist der Bürgermeister von Windholm und ihm gehört das halbe Dorf. Er und vor allem seine Mutter, haben dafür gesorgt, dass jeder davon erfahren hat, dass ich betrunken gefahren bin und Oliver meinetwegen für immer eingeschränkt sein wird."

„Eingeschränkt? Heißt das, er kann immer noch nicht wieder laufen?"

Ich schüttelte den Kopf. „Nein. Er sitzt nach wie vor im Rollstuhl. Allerdings ist er nicht querschnittsgelähmt, sondern seine

Beine waren so schwer gebrochen, dass man es nicht geschafft hat, ihre Funktion wiederherzustellen."

„Das heißt er kann schon noch ..." Ethan brach ab, weil es ihm offenbar unangenehm war, diese Frage zu stellen, aber er die Neugier trotzdem nicht unterdrücken konnte.

„Sex haben?" Ich schnaubte. „Dummerweise schon. Du hast ja keine Ahnung, wie oft ich mir gewünscht habe, es wäre anders."

„Dann verstehe ich nicht, warum du danach wieder mit ihm zusammengekommen bist. Du sagtest doch, du hättest ihn vor dem Unfall verlassen, oder?"

„Ja schon, aber wie hätte ich ihn in dieser Situation im Stich lassen können? Er hatte alles verloren. Meinetwegen. Er war bis dahin sehr sportlich gewesen und war beim Radrennfahren sehr erfolgreich. Er hat regelmäßig an Turnieren teilgenommen und war überall sehr beliebt. Seit dem Unfall ist alles anders. Er ist nur noch ein Schatten seiner selbst und wird von allen Leuten bemitleidet. Und natürlich gibt alle Welt mir die Schuld. Wie auch nicht? Ohne mich wäre das alles immerhin nie passiert."

Ethan verzog den Mund. „Hat Oliver dir auch die Schuld gegeben?"

„Oh ja. Er am allermeisten. Er meinte, ich wäre es ihm jetzt schuldig bei ihm zu bleiben. Ich hätte sein Leben zerstört und dürfte ihn nicht auch noch verlassen. Das wäre einfach nicht fair."

„Und du hast auf ihn gehört?"

„Natürlich habe ich das. Er wäre fast gestorben und war schwer verletzt. Die Ärzte sagten uns, dass er vermutlich nie wieder richtig würde laufen können und das machte ihn verständlicherweise fix und fertig. Wenn ich in diesem Moment wieder damit angekommen wäre, dass ich die Beziehung zwischen uns nicht mehr wollte, dann hätte ihn das endgültig umgebracht."

Ethan schüttelte den Kopf. „Ich finde nicht, dass es deine Schuld ist. Es war ein Unfall. Wenn er selbst gefahren wäre, dann wäre er vielleicht sogar tot."

„Tja. Das wäre dann mit Sicherheit auch meine Schuld gewesen."

Mir war klar, dass es verrückt klang, aber wenn einem über zwei

Jahre eingeredet wurde, dass man die Schuld an etwas trug, dann war es gar nicht so leicht, dieses Mindset wieder loszuwerden.

„Und du hast in den letzten zwei Jahren nie wieder versucht, Schluss zu machen?", fragte Ethan.

„Doch. Schon. Ich habe Oliver immer wieder gesagt, dass ich nicht mehr mit ihm zusammen sein will, aber er hat es jedes Mal geschafft, mir ein derart schlechtes Gewissen zu machen, dass ich zurückgerudert bin. Wie auch nicht? Immerhin hatte das ganze Dorf Mitleid mit Oliver und mir war klar, dass es nie zu dem Unfall gekommen wäre, wenn ich nicht gefahren wäre."

„Und jetzt? Jetzt glaubst du das nicht mehr?"

„Doch, aber inzwischen glaube ich, dass ich lange genug gebüßt habe. Ich habe gemerkt, wie unglücklich ich bin und denke inzwischen, dass Oliver die Beziehung genauso wenig glücklich macht wie mich. Er behauptet zwar, mich zu lieben, aber es fühlt sich nicht wie Liebe an. Gott. Es macht mich sicher zu einem schrecklichen Menschen, aber ich kann das nicht mehr. Ich kann mich nicht mehr belügen. Oder ihn. Wann immer er mich anfasst, wird mir übel. Ich hasse es in seiner Nähe zu sein und diese ständigen Gewissensbisse, die er mir macht. Jedes Mal, wenn er Schmerzen hatte, musste ich mir von ihm anhören, dass das alles nie passiert wäre, wenn ich nicht die Kontrolle über das Auto verloren hätte."

Ethan hörte mir schweigend zu und ich war froh, als er mir einen Arm um die Schultern legte und mich an sich zog.

„In den letzten Monaten wurde es immer schlimmer. Oliver wollte überhaupt nicht mehr, dass ich ohne ihn das Haus verließ. Angeblich wäre er auf mich angewiesen und bräuchte meine Hilfe. Die einzigen Orte, an die ich ohne ihn gehen durfte, war zur Arbeit und zum Joggen an den Strand, weil er wusste, dass er mich dorthin sowieso nicht begleiten konnte und dass es gut für meine Gesundheit war regelmäßig zu joggen. Ich war jeden Morgen dort und bin mindestens eine Stunde lang gelaufen, weil ich die Freiheit genossen habe, die es mir verschaffte. Einfach nur rennen. Ohne nachzudenken und ohne diese ständigen Vorwürfe im Ohr. Ich glaube, ohne das Meer wäre ich längst durchgedreht."

Ich lehnte meinen Kopf an Ethans Schulter und lauschte einen Moment auf die Wellen. Es beruhigte mich und meine aufgewühlten Emotionen. Die frische Luft, das Kreischen der Möwen und Ethans Nähe. Das alles gab mir so viel Frieden und Glückseligkeit, dass ich die schlechten Gefühle fast vergaß.

Allerdings nur fast, denn Oliver würde ganz sicher immer in meinen Gedanken bleiben.

„Mein Vater sitzt auch im Rollstuhl", sagte Ethan. „Es ist scheiße, aber es ist nicht das Ende der Welt. Er würde nie wollen, dass Maggie nur deswegen bei ihm bleibt, selbst wenn er auf sie angewiesen ist. Es gibt andere Menschen, die diese Lücke füllen können und wenn Oliver nicht komplett gelähmt ist, dann kann er viele Dinge mit Sicherheit allein erledigen. Er will es nur einfach nicht."

„Das stimmt. Und ich werde ganz sicher nie mehr zu ihm zurückgehen. Ganz egal was meine Eltern oder der Rest des Dorfes darüber denken."

Ethan drückte mir einen Kuss auf die Schläfe.

„Wolltest du damals deswegen, dass ich dich küsse? Um die Erinnerungen zu verdrängen?"

Ich nickte und schüttelte dann wieder den Kopf. „Ja. Wobei nein", sagte ich. „Nicht nur. Ich wollte vergessen. Ja. Aber ich wollte dich auch küssen. Ich war noch nie mit einem anderen Mann zusammen als mit Oliver und mit ihm fühlte es sich zum Ende hin nur noch falsch an. Ich wollte wissen, ob es mit dir anders ist. Ob es an mir liegt und ich einfach nicht dazu fähig bin Lust zu empfinden, oder ob es an Oliver lag."

Ethan runzelte die Stirn und strich mir dann sanft über die Wange und schließlich meinen Hals entlang. Ich erschauerte wohlig unter seiner Berührung. Inzwischen hatte ich aufgehört zu zittern und fühlte mich schlagartig besser.

„Wie ist das?", fragte er dann. „Magst du das?"

Ich nickte sofort. „Ja. Sehr sogar."

„Und das hier?"

Er beugte sich vor und drückte seine Lippen auf meinen Hals. Sie fühlten sich so warm und heiß an, dass mir erneut die Luft wegblieb, aber diesmal auf positive Art und Weise.

„Jaaa", keuchte ich.

„Gut. Dann sag mir was ich tun soll. Sag mir, was du möchtest und ich werde es machen."

Ich schluckte, als er dabei weiter an meinem Hals knabberte und seine Hände meinen nackten Bauch berührten.

Das war verrückt. Das hier war zwar ein ruhiger Strandabschnitt, aber wir waren draußen und theoretisch könnte uns jederzeit jemand entdecken. Trotzdem konnte ich nicht aufhören, Ethans Berührungen zu genießen. Selbst wenn es nur für diesen einen Abend war.

„A-alles, was ich will?", hakte ich nach.

Er brummte zustimmend und sah mich dann an. „Ich stehe nur nicht so darauf, gefesselt und ausgepeitscht zu werden, also …"

Ich musste lachen und schlug ihm gegen den Arm. „Auf sowas stehe ich auch nicht. Ich schätze, dass ich ziemlich normale Bedürfnisse habe. Ich weiß es nur nicht genau, weil es bisher hauptsächlich um Olivers Wünsche ging und nicht um meine."

„Tja. Das werden wir heute ändern. Also. Was soll ich tun?"

Erneut beugte er sich vor und knabberte an meinem Ohrläppchen. Es fühlte sich unglaublich gut an und ich musste schlucken.

„Ich … ich finde, du machst das schon ganz schön gut."

Ethan lachte leise. „Und was ist, wenn ich deinen BH aufmache? Denkst du, das könnte dir gefallen?"

„Gott ja", sagte ich. „Aber vor allem will ich, dass du die Initiative übernimmst. Du musst mich nicht jedes Mal fragen. Ich verspreche, es dir zu sagen, falls mir etwas nicht gefällt."

Überrascht hielt Ethan inne. „Bist du dir sicher?", fragte er. „Ich dachte …"

Er verstummte, weil er offenbar meine Gedanken nicht wieder zu Oliver lenken wollte, und das wollte ich genauso wenig. Doch wir mussten kurz darüber sprechen.

„Oliver war eingeschränkt", erklärte ich. „Das heißt, dass ich beim Sex für gewöhnlich oben war. Ich musste der aktive Part sein und alles dafür tun, damit es funktionierte und wenn er nicht kommen konnte, dann war es grundsätzlich meine Schuld. Ich selbst bin dabei ohnehin nie zum Orgasmus gekommen, also …"

„Moment. Du bist noch nie beim Sex gekommen?"

Ich biss mir auf die Unterlippe und schüttelte den Kopf.

„Damn, girl. We definitely have to change that."

Im nächsten Augenblick war Ethan über mir und küsste mich wieder so voller Leidenschaft, dass mir einen Moment lang schwindelig wurde. Ich breitete die Arme aus, sodass die Decke unter uns zum Liegen kam und schlang dann meine Arme um ihn.

Gleichzeitig schmiegte Ethan seinen großen Körper an mich, sodass ich seine Männlichkeit durch seine nassen Boxershorts spüren konnte. Es war so unglaublich gut und verheißungsvoll, dass ich kaum genug davon bekam.

Danach glitt er mit seiner Hand unter meinen Rücken, öffnete meinen BH und entblößte meine Brüste. Er umfuhr eine davon mit seiner Zunge und saugte meine Brustwarze in seinen Mund. Ich stöhnte auf und zog ihn näher.

„Ethan", keuchte ich. „Nicht aufhören."

„No worries. Das hatte ich auch nicht vor", knurrte er und wanderte mit seiner Hand zu meinen Panties. Er zog sie mir aus und ließ seine Finger zwischen meine Beine gleiten. Doch als er mit einem davon in mich eindringen wollte, hielt ich inne und versteifte mich.

„Nicht", bat ich. „Nicht mit dem Finger. Das mag ich nicht."

Ethan wirkte einen Moment irritiert, nickte dann aber. „Gut. Gut, dass du es sagst, dann … Wie ist es mit der Zunge? Darf ich dich damit verwöhnen?"

Ich schluckte schwer, weil ich mit diesem Angebot nicht gerechnet hatte. So etwas hatte Oliver nie getan und wäre vermutlich auch gar nicht auf die Idee gekommen.

„Bist du sicher?", fragte ich. „Macht es dir nichts aus? Immerhin bin ich nicht frisch geduscht oder so."

Ethan hielt mir einen Finger vor den Mund.

„Just relax", sagte er, bevor er zwischen meinen Beinen auf die Knie ging und begann, mich zu verwöhnen.

Kapitel 42

Ethan

Rike Lust zu schenken war so ziemlich das Beste, was ich je in meinem Leben getan hatte. Mir war es immer wichtig, dass die Frauen, mit denen ich zusammen war, auf ihre Kosten kamen, aber mit Rike nahm das nochmal ganz neue Dimensionen an.

Ich vergötterte sie und die kleinen Geräusche, die sie von sich gab, als ich mir einen Weg zwischen ihre Beine küsste. Ihre Haut war nach wie vor kühl, aber als ich ihre Mitte erreichte, war sie heiß und absolut bereit für mich.

Problemlos fand ich ihren Kitzler und umkreiste ihn, um ihr so viel Erregung wie möglich zu bereiten. Ich hörte dabei auf jedes ihrer Geräusche und reagierte auf all ihre körperlichen Reaktionen. Sobald sie zurückzuckte wusste ich, dass es zu viel war und wenn sie sich mir entgegen drängte, dann war ich eindeutig auf dem richtigen Weg.

Ich liebte alles daran sie zu lecken. Ihren Geruch, ihren Geschmack und das Gefühl, der erste Mann zu sein, der ihr diese Art der Befriedigung schenkte.

Sie war wie Wachs in meinen Händen und als ich tief mit der Zunge in sie tauchte, schrie sie verzweifelt meinen Namen. Ich reizte sie weiter und spürte, wie sie sich an mir rieb, bis sie sich unter mir versteifte und ihre Hände in meinem Haar vergrub, als sie kam.

Ich wartete, bis ihr Orgasmus abgeflaut war, bevor ich mich aufrichtete und zu ihr nach oben rutschte.

„Das war unglaublich", sagte Rike. „Ich danke dir. Ich hatte keine Ahnung, dass es sich so anfühlen kann."

„Bedank dich nicht zu früh", sagte ich neckend. „Wenn es nach mir geht, sind wir noch lange nicht fertig. Es sei denn, du möchtest es hier beenden."

Fragend sah ich sie an und versuchte, in dem spärlichen Licht des Mondes, ihr Gesicht zu lesen.

Die gesamte Situation war vollkommen surreal und in gewisser Weise sehr romantisch. Das Meer, die Sterne und das Rauschen der Wellen. Obwohl ich schon mit vielen Frauen geschlafen hatte, war Sex on the Beach bisher nicht dabei gewesen. Und ich war mir sicher, dass ich von nun an bei jedem Strandbesuch an Rike würde denken müssen.

„Nein", sagte Rike schließlich. „Ich will es nicht beenden. Im Gegenteil. Ich will dich in mir spüren. Ich habe nur kein Kondom dabei."

„No worries. Ich habe grundsätzlich eins in meinem Portemonnaie."

Ich zog es aus meiner Tasche und präsentierte es ihr. Ein Lächeln breitete sich auf Rikes Gesicht aus und sie gab mir einen Kuss.

„Na, dann", sagte sie. „Zeig mir wie es sein kann, wenn der Mann die Initiative ergreift."

Das brauchte sie mir nicht zweimal zu sagen. Ich war mehr als bereit für sie und streifte mir die feuchten Boxershorts ab. Dann legte ich das Kondom an und positionierte mich zwischen ihren Beinen.

„Bei gutem Sex geht es nicht darum, wer die Initiative hat", beschied ich ihr. „Sondern darum, dass es einem Spaß macht, dem anderen Lust zu schenken."

Wie zur Demonstration rieb ich mich an ihr, ohne in sie einzudringen. Sie stöhnte vor Lust und klammerte sich an mir fest.

„Natürlich kann man auch Sex haben, indem man nur auf sich selbst achtet, aber da könnte man genauso gut Selbstbefriedigung betreiben. Ist zwar ganz nett, aber eindeutig nicht dasselbe."

Wieder rieb ich mein Glied an ihr, während sie sich unter mir wand vor Lust.

„Ethan. Gott. Ich schwöre dir, wenn du nicht sofort in mir bist, dann tue ich dir weh."

Ich schmunzelte. „Ist das eine Drohung oder ein Versprechen?"

Sie hob ihre Hüften an und wie von selbst glitt ich in sie.

„Shit. That feels good", keuchte ich.

„Na, geht doch", erwiderte sie und schlang ihre Beine um meine Hüften, um mich näher zu ziehen.

Am liebsten hätte ich sie weiter gereizt, aber die Lust gewann die Oberhand und ich rammte mich so tief ich konnte in sie.

Sie stöhnte auf und es fühlte sich so gut an, dass ich einen Moment innehalten musste, um nicht sofort zu kommen wie ein Fünfzehnjähriger bei seinem ersten Mal.

„Du bist unglaublich", raunte ich in Rikes Ohr. „Sexy, cute and unbelievable."

Mit diesen Worten sammelte ich mich und begann sie zu nehmen. Erst langsam und dann immer schneller, bis ich es kaum noch aushielt.

Dann legte ich mir ihre Beine über die Schultern, um noch tiefer in zu gleiten und sie schrie auf vor Lust.

„Ethan. Oh Gott, Ethan. Hör nicht auf."

„No worries. Das hatte ich nicht vor", wiederholte ich und spürte im nächsten Moment, wie sich ihre Scheide um mich zusammenzog und sie erneut zum Orgasmus kam.

Diesmal ließ ich mich mitreißen. Ich beugte mich weit über sie, stieß ein paar weitere Male in sie und kam dann so heftig wie schon seit Ewigkeiten nicht mehr.

Sie senkte eins ihrer Beine, um mich näher an sich ziehen zu können und küsste mich zärtlich.

„Das war verrückt", stellte sie fest und ich nickte.

„Völlig verrückt."

Ich blieb noch einen Moment in ihr, um ihre Nähe zu genießen, aber zog mich dann widerwillig aus ihr zurück, weil ich das Kondom entfernen musste. Danach legte ich mich neben sie und wickelte die Decke um uns beide. Ich umarmte sie so fest ich konnte und liebte es, ihren inzwischen erhitzten Körper an meinem zu spüren.

Wir schwiegen beide, weil wir die Stimmung nicht kaputtmachen wollten, und es fühlte sich absolut richtig an.

Ich strich gedankenverloren über Rikes Arm und drückte ihr einen Kuss auf die Schulter, der sie Seufzen ließ und für diesen einen Moment wünschte ich mir, die Zeit anhalten zu können.

Kapitel 43

Rike

Wir hatten es getan. Wir hatten es tatsächlich getan und es hatte sich so dermaßen gut angefühlt wie nie zuvor etwas in meinem Leben. Keinen Augenblick hatte ich mich dabei unwohl gefühlt und es war so anders gewesen als mit Oliver, dass ich es gar nicht richtig begreifen konnte.

Mein Kopf lag wieder auf Ethans Brust. So wie in der Nacht, als er mich getröstet und gehalten hatte und ich fühlte mich rundum glücklich. Doch leider spürte ich irgendwann die Kälte, die zurück in meinen Körper kroch und begann zu zittern.

Trotzdem verkniff ich es mir etwas zu sagen, weil ich den Moment des Friedens zwischen uns auf keinen Fall kaputt machen wollte. Doch natürlich entging Ethan nicht, wie ich mich fühlte.

„Hey. Du bibberst ja", sagte er und rieb über meine Arme. „Möchtest du reingehen?"

„Nein", sagte ich und schmiegte mich enger an ihm. „Im Gegenteil. Am liebsten würde ich die ganze Nacht mit dir verbringen."

Ethan lachte leise. „Wir können gerne die Nacht zusammen verbringen, aber nicht hier draußen. Komm. Wir ziehen uns an und gehen zurück zum Hotel."

„Okay", sagte ich resigniert, weil ich einsah, dass ich mir hier draußen den Tod holen würde, und griff nach meinem Kleid.

Wir zogen uns an, wobei ich meine nasse Unterwäsche wegließ und in die Decke wickelte. Ich hatte Sand in den Haaren und meine Schminke war mit Sicherheit völlig zerlaufen.

„Oh Mann. Wenn ich so bei der Hochzeit auftauche, dann werden die Leute vermutlich denken, ich hatte einen Unfall."

Ethan schmunzelte. „Wie wäre es, wenn wir dann nicht zurück auf die Party gehen? Du hast doch sicher dein Handy dabei, oder?"

Ich nickte.

„Dann schreib Lasse eine Nachricht und komm mit in mein Zimmer", schlug Ethan vor.

Ich biss mir auf die Unterlippe und sah zögerlich zu ihm auf.

„Also ... willst du da weitermachen, wo wir vorhin aufgehört haben?"

„Nur, wenn du das ebenfalls willst. Ich werde dich auf keinen Fall zu etwas drängen. Es ist deine freie Entscheidung."

Er sah mich ernst an, weil ihm meine Geschichte ganz offenbar nahe gegangen war. Langsam nickte ich. Ich hatte zwar keine Ahnung, wo uns das Ganze hinführen würde, aber ich wusste, dass ich das hier wollte. Von ganzem Herzen. Egal ob es nur für diese eine Nacht war oder ob es zu etwas Längerfristigem führte.

„Ich will es", sagte ich dann und zog mein Handy hervor. Als ich sah, dass Lasse mir eine Nachricht geschrieben hatte, schmunzelte ich.

„Sieht so aus, als müsste ich meinem Bruder gar nichts erklären", sagte ich. „Lasse hat mir soeben geschrieben, dass er die Nacht in Brandons Zimmer verbringen wird. Vielleicht sollte ich beleidigt sein, weil Brandon sein Interesse so schnell meinem Bruder zugewandt hat."

Ethan verdrehte die Augen. „Dieser Mistkerl. Ich wette, dass er von Anfang an nur erreichen wollte, dass ich eifersüchtig werde."

„Hm. Ziel erreicht, würde ich sagen. Und jetzt komm. Immerhin haben wir dadurch sozusagen einen Freifahrtschein."

Ethan nickte und gemeinsam liefen wir so schnell es ging zum Hotel zurück. Hier war die Feier noch im vollen Gange und ich fürchtete mich ein wenig davor, wegen meines Aufzugs von allen Gästen dumm angeglotzt zu werden. Doch zu meiner Überraschung kannte Ethan offenbar einen Schleichweg. Er führte mich um das Hotel herum zu einem Nebeneingang, der glücklicherweise nicht verschlossen war.

„Hier werden die Lebensmittel angeliefert", erklärte er. „Die Köchin macht immer draußen ihre Raucherpausen, deswegen ist die Tür nie verschlossen, solange noch Betrieb herrscht."

Er führte mich an der Küche vorbei, wo tatsächlich noch ein paar Leute arbeiteten. Zum Glück bemerkte uns niemand. Dann ging es eine Treppe hinauf, die uns direkt zu den Aufzügen brachte. Ethan drückte den Rufknopf und wir warteten, als jemand um die Ecke bog. Wir konnten die Stimmen bereits hören, als die Tür sich in letzter Sekunde öffnete und Ethan mich hineindrängte. Schnell drückte er auf einen Knopf, der dafür sorgte, dass die Tür wieder zuging und wir in den dritten Stock fuhren.

„Das war knapp", kicherte ich und spürte das Adrenalin durch meinen Körper rauschen. „Wenn uns jemand gesehen hätte, hätte er vermutlich die Polizei gerufen so wie ich aussehe."

„Hm. Kann sein", erwiderte Ethan. „Aber wenn ich mit dir fertig bin, wirst du definitiv noch viel schlimmer aussehen."

„Ach ja? Da bin ich aber mal gespannt."

Ethan zog mich an sich, um mich wieder zu küssen. Die Türen öffneten sich und wir stolperten in den Gang, nur um kurz darauf Ethans Zimmer zu erreichen. Er schmiss die Tür hinter sich zu und begann im Laufen bereits wieder mich auszuziehen. Mein Kleid hing ohnehin auf halb acht und es dauerte nicht lange, bis ich nackt war. Ich zerrte ebenfalls an Ethans Hose und kurz darauf war er über mir und zog ein weiteres Kondom aus der Tasche.

„Ich habe noch zwei Stück", sagte er. „Die müssen reichen."

Ich zuckte mit den Schultern. „Von mir aus können wir die Dinger auch weglassen. Ich nehme sowieso die Pille, weil ich auf keinen Fall schwanger werden will."

„Wirklich?", fragte Ethan unsicher. „Und du würdest es ohne Kondom mit mir machen?"

„Warum nicht? Ich vertraue dir. Und wenn du sicher bist, dass du keine ansteckenden Krankheiten hast, dann ..."

„Ich schlafe sonst nie mit einer Frau ohne Kondom", stellte er klar. „Egal, wie betrunken ich bin oder wie scharf ich auf eine Frau bin. Ich habe es noch nie ohne gemacht. Aber ich habe auch noch nie einer Frau so vertraut wie dir."

Seine Worte rührten mich und ich streckte die Hände nach ihm aus. „Dann komm", sagte ich. „Ich will dich voll und ganz spüren."

Ethan nickte. Dann legte er das Kondom beiseite und legte sich auf mich. Er küsste mich lange und intensiv und sah mir dann tief in die Augen, als er ganz langsam in mich eindrang.

„Fuck, fühlt sich das gut an", zischte er. „Ich hatte keine Ahnung, was ich verpasse."

Das brachte mich zum Lachen. „Das kannst du die ganze Nacht haben", neckte ich ihn.

„Und das werde ich auch", erwiderte Ethan, während er tief in mich glitt und ein befriedigtes Stöhnen von sich gab.

Dabei rieb er in meinem Inneren über eine Stelle, die mich ganz verrückt machte. Meine Güte. Wie konnte sich das so unglaublich gut anfühlen?

„Gib mir mehr", wisperte ich, während er mir erneut in die Augen sah.

„Dein Wunsch ist mir Befehl", sagte er, bevor er wieder begann, mich mit langsamen und quälend intensiven Stößen zu nehmen und mir den Himmel auf Erden zu bescheren.

Kapitel 44

Ethan

Pläne für heute Nacht. Erstens: so oft mit Rike schlafen wie nur möglich. Zweitens: mich vor dem Morgengrauen rausschleichen. Drittens: so tun, als wäre das alles nie passiert.

Das hier war die beste Nacht meines Lebens. Mit Abstand. Mit Rike zu schlafen war wie eine Offenbarung. Es war so vollkommen anders als alles, was ich bisher erlebt hatte, weil es diesmal eben nicht nur um Sex ging.

Im Gegenteil. Es fühlte sich an, als würden nicht nur unsere Körper, sondern auch unsere Seelen miteinander verschmelzen und obwohl dieses Gefühl mir Angst machte, konnte ich gleichzeitig nicht genug davon bekommen.

Wir hatten Sex, gingen duschen, hatten dort wieder Sex und danach nochmal im Bett. Wir konnten kaum die Finger voneinander lassen, bis wir in den frühen Morgenstunden völlig erschöpft miteinander verschlungen einschliefen.

Ein paar Stunden später wachte ich auf und musste lächeln, als ich Rike sah, die neben mir auf dem Kopfkissen lag und so friedlich schlief wie ein Engel.

Sie war wunderschön und die Idee jetzt aufzustehen und zu gehen, wie ich es sonst zu tun pflegte, kam mir vollkommen abwegig vor.

Ich würde sie ganz sicher nicht hier zurücklassen. Nicht nach dieser wundervollen Nacht.

Stattdessen strich ich sanft mit meinem Finger über ihre Wange und mein Herz machte einen Hüpfer, als sie seufzte und ihre Hand auf meine nackte Brust legte. Sogleich meldete sich mein Penis wieder zu Wort, der heute Nacht eigentlich genug auf seine Kosten gekommen sein müsste. Doch das sah er offensichtlich anders, denn er stand steil gerade.

Trotzdem kam es mir nicht in den Sinn, Rike jetzt mit Sex zu wecken. Wenn ich mit ihr schlief, sollte sie zu jeder Zeit genau wissen, dass ich es war. Ich wollte auf keinen Fall, dass ihre Wahrnehmung ihr einen Streich spielte und sie am Ende noch dachte, es wäre ihr Ex, der da ungefragt in sie eindrang.

Hinzu kam, dass ich es mindestens genauso sehr genoss, sie zu betrachten. Sie sah atemberaubend aus. Ihre Haare standen nach allen Seiten hin ab und unter ihren Augen sah man trotz der Dusche noch einen Rest von der Mascara. Dennoch hatte ich nie ein schöneres Wesen gesehen.

Verdammt. Es musste mich wirklich erwischt haben, wenn ich dermaßen gefühlsduselig wurde.

Einen Moment lang überfiel mich Panik aufgrund all dieser Gefühle und ich war kurz davor, doch noch aufzustehen und Rike allein zu lassen, als sie die Augen öffnete, mich erkannte und lächelte. Dieses Lächeln ließ all die Ängste in mir verpuffen und sorgte dafür, dass ich mich entspannte.

„Hey", sagte sie.

„Hey", erwiderte ich und lächelte wie ein Idiot. „Hast du gut geschlafen?"

„Wie ein Baby."

Ich schnaubte. „Diese Redewendung werde ich nie verstehen. Babys schlafen in der Regel nur wenige Stunden am Stück und wachen dann weinend auf. Warum sagt man dann, man hat geschlafen wie ein Baby?"

Rike lachte. „Gute Frage. Das hat vermutlich jemand erfunden, der selbst keine Kinder hat und nur die schlafenden Babys von seinen Freunden zu Gesicht bekommen hat. Denn wenn sie schlafen, wirken sie unheimlich friedlich."

„Wenn es danach geht, musst du wirklich geschlafen haben wie ein Baby. Du sahst nämlich auch sehr friedlich aus."

„Hast du mich etwa beim Schlafen beobachtet? Creepy."

Ich lachte. „Ich dachte, das wäre romantisch. Bei Twilight sind doch auch alle total davon angetan, dass dieser Edward Bella in ihrem Schlaf bewacht."

Rike hob die Augenbrauen. „Du hast Twilight gelesen?"

„Klar. Ich wollte wissen, was an dem Hype dran ist, aber so ganz verstehe ich ihn nicht. Glitzernde Vampire? Jetzt mal ehrlich."

Rike zuckte mit den Schultern. „Es ist nur eine Geschichte und irgendwie ist es wirklich romantisch, dass er all seine Instinkte überwindet und sie beschützt, statt sie zu töten. Er ist immerhin ein blutrünstiger Vampir."

„Reden wir jetzt ernsthaft am frühen Morgen über Twilight?"

„Hey. Du hast damit angefangen."

Sie schubste mich spielerisch gegen die Brust, aber ich fing ihre Hand ab und zog sie auf mich. Wir rollten uns herum, bis sie unter mir lag und ich sie wieder küssen konnte.

„Oh, là là", sagte Rike. „Da ist offenbar schon wieder jemand wach."

Sie hatte anscheinend meine Erektion an ihrem Bein gespürt und ich küsste sie sanft auf den Mund.

„Beachte sie gar nicht", sagte ich. „Eine kalte Dusche und sie ist weg. Es sei denn natürlich, du hättest Lust auf noch eine Runde."

„Lust schon, aber ich bin so wund, dass ich erstmal eine Pause brauche. Allerdings könnte ich deinem Problem auf andere Art und Weise behilflich sein."

Sie sah mich keck an und ich brachte etwas Abstand zwischen uns, um sie zu mustern.

„Du meinst einen Blowjob? Nein. Das werde ich nicht von dir verlangen. Nicht nach allem, was du mir über deinen Ex erzählt hast. Ich will auf keinen Fall so sein wie er."

Ich hätte mich noch weiter in Rage geredet, aber Rike hielt mir einen Finger vor den Mund und schüttelte den Kopf.

„Du bist nicht einmal ansatzweise wie er", versicherte sie mir. „Außerdem verlangst du nichts von mir, sondern ich habe es dir angeboten."

Ihre Worte ließen mein bestes Stück erwartungsvoll zucken, doch ich schüttelte dennoch den Kopf.

„Das möchte ich trotzdem nicht. Du hast so schlechte Erinnerungen an Blowjobs. Ich will nicht, dass du dabei daran denken musst."

„Und ich fände es gut, wenn ich die schlechten Erinnerungen durch gute ersetzen könnte."

Sie sah mich an und schien es vollkommen ernst zu meinen.

„Bist du sicher?", fragte ich trotzdem nochmal nach. „Ich möchte nicht, dass du dich zu etwas gezwungen fühlst."

„Das tue ich nicht. Versprochen. Ich habe dir doch gesagt, dass ich direkt Nein sagen werde, wenn ich etwas nicht will."

So wie gestern, als sie mich davon abgehalten hatte, ihr den Finger in die Vagina zu schieben. Ich fand es gut, dass sie mir dabei klar gesagt hatte, was sie nicht wollte, und es beruhigte mich in gewisser Weise.

„Also gut", sagte ich. „Aber nur, wenn ich dich gleichzeitig auch verwöhnen darf."

Überrascht sah sie mich an.

„Du willst ..."

Ich nickte. Dann ließ ich sie los und positionierte mich so, dass wir in der 69er Stellung lagen. Ich küsste mich ihren Bauch entlang, während sie leise stöhnte und mich streichelte. Dann nahm sie mich in den Mund, während ich meine Zunge in sie gleiten ließ und wir einander ein weiteres Mal Vergnügen schenkten.

Kapitel 45

Rike

Die nächsten Wochen waren die mit Abstand schönsten meines gesamten Lebens. Mit Ethan zusammen zu sein, war unglaublich, selbst wenn wir das Ganze noch geheim halten mussten, weil Ethan nach wie vor mein Dozent war.

An der Uni taten wir so, als würden wir uns kaum kennen und wenn wir miteinander ausgingen, dann für gewöhnlich außerhalb von London. Das Einzige, was wir offen taten, war gemeinsam joggen zu gehen, weil uns das Vergnügen bereitete und unserer Ansicht nach nichts dagegensprach, wenn Dozent und Studentin nebeneinander herliefen und sich unterhielten.

Die einzige Person, die logischerweise wusste, was abging, war Lasse und der freute sich riesig für uns.

„Ich habe ja von Anfang an gewusst, dass ihr beide ein schönes Paar abgeben würdet", hatte er gesagt, als wir auf dem Rückweg von Whitstable mit ihm darüber gesprochen hatten. „Ich hätte eine Wette mit euch abschließen sollen."

„Dabei hättest du viel Geld gewinnen können", hatte Ethan zugegeben und so befreit aufgelacht, wie ich es selten bei ihm erlebt hatte.

Die Sommerkurse neigten sich langsam dem Ende zu, was mich sehr freute, denn sobald der Kurs von Ethan vorbei war, gab es für uns keinen Grund mehr unsere Beziehung geheim zu halten.

Ich hatte mich bereits für das nächste Semester regulär eingeschrieben und mein Visum war genehmigt worden. Theoretisch konnte also nichts mehr schiefgehen.

Auch meine Freundschaft zu Fiona war in letzter Zeit immer enger geworden, sodass ihr logischerweise nicht entging, dass es mehr als nur freundschaftliche Gefühle zwischen Ethan und mir gab.

„Also gut", sagte sie, sobald wir am Freitag unseren Kurs bei Ethan beendet hatten und in Richtung Bushaltestelle gingen. „Jetzt raus mit der Sprache. Was läuft da zwischen dir und unserem superheißen Dozenten?"

Ich riss die Augen auf und hielt ihr den Mund zu. „Nichts", sagte ich dann. „Überhaupt nichts. Sprich nicht so laut darüber."

„Warum denn nicht? Immerhin ist es offensichtlich, dass da was laufen muss. Ihr versucht zwar, unauffällig zu sein, aber ihr schmachtet einander an wie zwei liebeskranke Teufel, wann immer ihr euch unbeobachtet fühlt. Das ist fast schon niedlich."

„Tun wir nicht. Hör auf sowas zu sagen. Wenn die Universitätsleitung das mitbekommt, könnten wir beide der Uni verwiesen werden."

„Also gut. Gegenüber anderen schweige ich wie ein Grab, aber komm schon. Du kannst es doch nicht abstreiten, oder? Ich verspreche auch, dass ich es für mich behalte."

Unauffällig sah ich mich um, damit unser Gespräch keiner mitbekam und seufzte dann.

„Also gut. Du hast recht", lenkte ich ein. „Ethan und ich schlafen miteinander. Allerdings haben wir dem Ganzen noch kein Label aufgedrückt. Es fühlt sich nach mehr an, aber wir haben noch nicht darüber geredet, ob wir zusammen sind oder nicht. Immerhin dürfen wir offiziell gar nicht zusammen sein."

„Das ist natürlich verzwickt", gab Fiona zu. „Also wollt ihr es geheim halten, bis der Kurs vorbei ist?"

„Ganz genau."

„Und danach? Ich meine. Du willst doch weiter an der Uni studieren, oder?"

„Ja schon. Was uns angeht, wäre es sogar besser, wenn einer von uns die Uni verlassen würde, aber wir fühlen uns hier beide wohl und sobald Ethan nicht mehr mein Dozent ist, drückt die Uni bei sowas ein Auge zu. Er darf mich nur nicht bewerten."

„Stimmt. Sonst könnte es so wirken, als hättest du dir deine gute Note nur erschlichen oder als hätte Ethan dich unter Druck gesetzt, damit du mit ihm schläfst."

„Ganz genau. Dabei ist das absolut lächerlich. Ethan hat von Anfang an versucht, mich auf Abstand zu halten und ich konnte ihn überhaupt nicht leiden, weil er in dem Zimmer wohnt, das eigentlich für mich gedacht gewesen war und weil er mich für einen Jungen gehalten hat. Außerdem ist er ein schrecklicher Weiberheld."

„Hast du denn das Gefühl, dass er noch mit anderen Frauen ausgeht?"

„Nein. Im Gegenteil. Er verbringt jede freie Minute mit mir. Wann immer es möglich ist, fahren wir raus ins Grüne oder verschanzen uns ansonsten in seinem Zimmer, um ... naja, du weißt schon."

„Um jede Menge affengeilen Sex zu haben. Schon klar. Mann. Wie ich dich beneide. Ich will auch mal einen Kerl, der es mir heimlich besorgt. Kein Wunder, dass du in letzter Zeit immer so müde gewesen bist im Unterricht."

Ich errötete, weil es stimmte. Ich verbrachte jede Nacht mit Ethan und bekam daher dementsprechend wenig Schlaf. Es freute mich unglaublich, dass mir der Sex mit ihm so viel Spaß machte und Oliver offenbar doch nicht alles bei mir kaputt gemacht hatte. Nein. Bei mir war alles in Ordnung. Er war derjenige, mit dem etwas nicht stimmte und damit meinte ich ganz sicher nicht die Tatsache, dass er nicht mehr laufen konnte.

„Ich bin sicher, du findest auch noch jemanden, der perfekt zu dir passt", sagte ich voller Zuversicht und grinste dann. „Ethan hat noch einige alleinstehende Kollegen."

Fiona tat so, als müsste sie sich übergeben und schüttelte den Kopf. „Never ever. Ethan ist der Einzige, der vom Alter und vor allem vom Aussehen her eine gute Partie ist. Alle anderen Dozenten an dieser Uni stehen doch schon mit einem Fuß im Grab."

Das war zwar etwas übertrieben, aber ganz unrecht hatte sie nicht. Der Großteil unserer Dozenten war über sechzig und ganz sicher nicht für eine geheime Affäre geeignet. Es sei denn, man wollte dadurch wirklich seinen Notenschnitt verbessern.

„Auch wieder wahr", sagte ich daher. „Dann solltest du dich besser unter den anderen Studenten umschauen. Eine geheime Beziehung kann ich ohnehin nicht empfehlen. Es ist schon nervig, wenn man sich nie in der Öffentlichkeit umarmen oder gar küssen darf. Es gibt bisher auch nur wenig Fotos von uns, weil Ethan Angst hat, dass sie jemand sehen könnte."

„Aber es gibt Fotos, richtig?", fragte Fiona und ich grinste.

„Ja", gab ich zu und holte mein Handy heraus, um sie ihr zu zeigen.

„Hier", sagte ich und deutete auf ein Bild, das wir bei einem Ausflug in den Richmond Park gemacht hatten. Wir lächelten zusammen in die Kamera und im Hintergrund waren ein paar der freilebenden Hirsche zu sehen, die hier ihr Zuhause hatten.

Auf dem nächsten Bild saßen wir gemeinsam in einem Restaurant und prosteten uns zu. Auf dem dritten küssten wir uns sogar im Epping Forest vor einem Baum.

„Awwww. Das ist so süß", sagte Fiona. „Ich freu mich total für euch. Man sieht genau, wie glücklich ihr seid."

„Danke. Das sind wir wirklich. Also ... ich zumindest. Ich hoffe einfach mal, dass es Ethan genauso geht."

„Ganz bestimmt. Er wirft dir mindestens genauso oft heiße Blicke zu wie du ihm. Wenn man die Beziehung geheimhalten muss, ist man abends doch sicher umso heißer aufeinander, oder?"

Das konnte ich nicht abstreiten. Wir fielen allabendlich regelrecht übereinander her, obwohl wir beide eigentlich anderes zu tun hätten. Sowohl mein Manga, als auch Ethans Doktorarbeit litten ganz schön unter unserer Beziehung. Doch im Moment gab es einfach nichts, was mir wichtiger erschien, als mit ihm zusammen zu sein. Seit Tagen schob ich es vor mir her, meine Mutter anzurufen, die bereits mehrfach per Mail darum gebeten hatte und sogar schon Lasse deswegen belästigte. Auch sonst blieben viele Dinge auf der Strecke, aber das war mir im Moment egal. Ich war glücklich. Zum ersten Mal seit mindestens zwei Jahren war ich vollkommen glücklich und das wollte ich mir unter keinen Umständen kaputt machen lassen.

„Rike", sagte in diesem Moment Ethan hinter uns und mein Atem stockte, als er näherkam. „Warte bitte kurz."

„Hey", erwiderte ich irritiert, weil wir normalerweise nicht in der Öffentlichkeit sprachen.

Doch abgesehen von Fiona war niemand in der Nähe, der uns hören konnte.

„Ich wollte dir nur Bescheid geben, dass es bei mir heute später wird. Die Direktorin hat mich um ein Gespräch gebeten."

„Oh. Ist alles okay?"

„Ich denke schon. Vermutlich geht es um Professor Davis."

„Okay. Dann ... sehen wir uns später."

„Ist gut."

Er nickte uns zum Abschied zu und schenkte mir einen letzten Blick, der dafür sorgte, dass mir heiß und kalt wurde. Es war so eindeutig, dass er mich gerne küssen und umarmen würde, aber er riss sich zusammen und wandte sich ab. Kurz darauf war er wieder im Universitätsgebäude verschwunden.

Fiona seufzte. „Oh Mann. Ich bin offiziell neidisch."

„Du darfst neidisch sein, sobald wir uns nicht mehr verstecken müssen. Jetzt gerade finde ich es ziemlich anstrengend."

„Ja, ja. Das sagtest du schon, aber ein bisschen Geheimnistuerei hat auch was für sich."

Das Gespräch drehte sich langsam im Kreis, also verabschiedete ich mich von Fiona und beschloss nach Hause zu fahren, um an meinem Manga weiterzuarbeiten.

Ich hoffte nur, dass Ethan nicht allzu lange auf sich warten ließ.

Kapitel 46

Ethan

„Ich bin wirklich enttäuscht von Ihnen, Mister Wilson", sagte die Direktorin Professor Ashwood.

Sie war eine Frau Ende fünfzig mit weißem Haar und strengen Gesichtszügen. Sie trug eine Brille und musterte mich eingehend.

Sogleich rutschte mir das Herz in die Hose und ich straffte den Rücken.

„Darf ich fragen warum?"

Sie schüttelte den Kopf. „Als wenn Sie das nicht wüssten. Sie haben gegen eine unserer wichtigsten Universitätsregeln verstoßen und die besagt, dass kein Dozent jemals seine Machtposition gegenüber einem Studenten oder einer Studentin ausnutzen darf."

Okay. Nun war ich wirklich nervös und wusste nicht, ob ich alles abstreiten oder um Gnade winseln sollte.

„Ich ..."

„Ach sparen wir uns doch den Part, in dem Sie Ihre Unschuld beteuern. Ich habe Beweise. Mir sind diese Fotos zugespielt worden", sagte Professor Ashwood und warf mir ein paar Fotos auf den Schreibtisch, die Rike und mich in verschiedenen Situationen zeigten. Es waren alles Selfies, die wir ab und zu bei unseren Unternehmungen gemacht hatten. Rike und ich bei einem Spaziergang im Epping Forrest oder beim Essen in einem Restaurant, das in einem der Vororte Londons lag. Die Bilder wirkten auf den ersten Blick harmlos, doch als ich den Stapel weiter durchsah, kamen auch eindeutigere Fotos dazu. Wie wir beide uns aneinander schmiegten und schließlich ein Kuss, den Rike fotografisch festgehalten hatte. Natürlich wusste ich von diesen Bildern, aber ich hätte nie im Leben gedacht, dass Rike sie weitergeben würde. Immerhin schadete ihr das genauso sehr wie mir.

„Woher haben Sie diese Bilder?", wollte ich wissen.

„Das spielt keine Rolle. Hier geht es nicht um den Informanten, sondern um Sie und diese junge Frau. Mir wurde mitgeteilt, es wäre eine Ihrer Studentinnen. Allerdings hat der Informant keinen Namen genannt. Vermutlich, um die Person zu schützen. Wenn Sie zugeben, dass es eine Ihrer Studentinnen ist, werde ich davon absehen weiter nachzuforschen. Ansonsten könnte es sein, dass ich Sie beide der Uni verweisen muss."

Mein Mund wurde trocken. „Sie wollen mich rauswerfen? Einfach so?"

Professor Ashwood seufzte tief. „Mister Wilson. Sie lassen mir leider keine Wahl. Mir sind schon mehrfach Gerüchte zu Ohren gekommen, dass sie ... sagen wir mal ... häufig wechselnde Partner haben. Im Netz gibt es sogar Fotos von Ihnen, wo Sie als Frau verkleidet sind. Es geht mich nichts an, ob Sie Männer oder Frauen bevorzugen oder wie häufig Sie wechseln. Das ist Ihre Privatsache, obwohl Sie als Dozent natürlich eine Vorbildfunktion haben sollten. Aber wenn Sie nun etwas mit den Studentinnen aus ihren eigenen Kursen anfangen, dann geht das zu weit. So etwas dulden wir hier nicht."

Jedes ihrer Worte klang falsch. Was für eine Heuchlerin. Sie verurteilte sowohl die Tatsache, dass ich häufig wechselnde Partner hatte, als auch dass ich ihrer Auffassung nach bisexuell war. Ganz offensichtlich war sie eher konservativ eingestellt und hielt nichts davon, dass ich mein Leben so genoss, wie ich es für richtig hielt.

Was mich jedoch viel mehr beschäftigte war die Frage, woher die Direktorin die Bilder hatte. Wie hatte es jemand geschafft, an Rikes Fotos zu kommen? Hatte sie sie jemandem geschickt? Oder war sie gehackt worden? Aber wenn ja, von wem?

Ich räusperte mich. „Ich kann dazu nur sagen, dass alles einvernehmlich war und dass ich die Frau auf den Bildern schon kannte, bevor sie meinen Kurs besucht hat. Ich habe dieses Seminar nur übernommen, um Professor Davis einen Gefallen zu tun. Ansonsten wäre es nie dazu gekommen."

Professor Ashwood sah mich skeptisch an und nahm dann ihre Brille ab.

„Wie gesagt. Es tut mir leid, dass ich so handeln muss, Mister Wilson, aber mir bleibt keine Wahl. Sie sind gefeuert. Bitte räumen Sie Ihren Schreibtisch. Mir ist daran gelegen, diese Sache vertraulich zu behandeln und wenn Sie die Uni umgehend verlassen, dann muss niemand etwas von den Gründen erfahren. Somit werden Sie auch keine Probleme dabei haben, eine neue Anstellung zu finden."

Wie vor den Kopf gestoßen saß ich da und wusste nicht, was ich sagen sollte. Sie warf mich raus? Einfach so? Verdammt. Ich brauchte diesen Job. Wenn ich von der Uni flog, dann war ich auch meine Stelle als Doktorand los und das durfte keinesfalls passieren. Denn dann verlor ich mein Visum und musste früher oder später zurück nach Australien.

Das alles wäre nie passiert, wenn ich es so gemacht hätte wie immer und es mit Rike bei einem One-Night-Stand belassen hätte. Beziehungen machten nur Ärger und den konnte ich wirklich nicht gebrauchen.

Kapitel 47

Rike

Als ich zu Hause ankam, machte ich mir erstmal einen Tee und setzte mich dann auf das Sofa, um meine E-Mails zu checken. Zum wohl vierten Mal diese Woche, hatte ich eine Mail von meiner Mutter, die darum bat, ich solle sie anrufen. Langsam machte mich das stutzig. Vor allem, weil sie nicht einfach schrieb, was sie von mir wollte.

Also griff ich zu meinem Handy und wählte die Nummer von dem kleinen Laden meiner Eltern. Es dauerte nicht lange, bis sich jemand meldete, doch zu meiner Überraschung war es nicht meine Mutter, sondern eine völlig andere Stimme, die ich gar nicht kannte.

„Hallo. Hier spricht Rita Bäcker. Was kann ich für Sie tun?"

Irritiert sah ich mein Handy an. Hatten meine Eltern eine neue Aushilfe?

„Äh. Hallo. Hier ist Frederike Wagner. Ich hätte gerne meine Mutter gesprochen."

„Wen?"

„Meine Mutter. Hildegard Wagner."

„Oh. Ja. Natürlich. Einen Moment bitte."

„Ja?", meldete sich meine Mutter nach einer Weile. Sie klang erschöpft und fast so als hätte sie geweint.

„Mama", sagte ich. „Ich bin es. Rike."

„Rike? Na endlich. Ich versuche schon seit Tagen, dich zu erreichen."

„Tut mir leid. Ich hatte so viel in der Uni zu tun. Was ist denn passiert?" Meine Mutter schluckte schwer. „Ich wollte es dir persönlich sagen, weil ich es selbst nicht fassen kann. Seitdem du weg bist, machen die Bergmanns uns das Leben schwer. Direkt neben unserem Geschäft hat ein weiterer Tante-Emma-Laden eröffnet und der wird von den Bergmanns wie verrückt gefördert. Es gibt ständig irgendwelche Sonderangebote und alles ist viel schöner und moderner als bei uns. Dagegen haben wir überhaupt keine Chance."

Mein Mund wurde trocken, als sie das sagte.

„Seitdem ich fort bin, sagst du? Verdammt. Dann kann nur Oliver dahinterstecken."

„Oliver und seine Mutter natürlich. Die beiden tun alles, um uns im Dorf durch den Dreck zu ziehen. Jeder weiß inzwischen, dass du mit einem anderen Mann durchgebrannt bist."

„Was?" Mein Mund klappte auf. „Das stimmt doch gar nicht."

„Versuch gar nicht erst, es abzustreiten. Es ist doch offensichtlich, dass du einen anderen hast. Warum sonst hättest du gehen sollen?"

„Das hatte überhaupt nichts damit zu tun. Ich will nicht mehr mit Oliver zusammen sein und ich komme nicht zurück, nur weil er im ganzen Dorf Lügen über mich erzählt."

„Aber du musst zumindest mit ihm reden."

„Nein. Das muss ich nicht."

„Also lässt du deinen Vater und mich im Stich? Was sollen wir denn jetzt machen, wenn es weiter so schlecht läuft? Wir müssen ständig neue Leute suchen, weil wir nur wenig bezahlen können. Wir brauchen dich hier. Du musst mit Oliver reden und ihn dazu bringen, das neue Geschäft wieder zu schließen."

„Das kann ich nicht, Mama. Es tut mir leid. Ich würde dir gerne helfen, aber ich kann nicht mit ihm sprechen. Allein beim Gedanken daran dreht sich mir der Magen um."

„Aber warum denn? Oliver ist doch vollkommen harmlos. Er hat dir verziehen, dass du diesen Unfall gebaut hast, und er liebt dich. Das muss doch etwas wert sein"

„Er liebt mich nicht, sondern er will mich kontrollieren", widersprach ich. „Das ist keine Liebe."

Meine Mutter schwieg einen Moment. „Du willst uns also nicht helfen. Mein Gott. Ich verstehe dich einfach nicht. Du warst doch immer so glücklich hier in Windholm. Komm doch einfach nach Hause, vertrag dich mit Oliver und alles wird wieder gut."

„Das werde ich ganz sicher nicht. Du kennst nicht die Wahrheit, Mama. Die Wahrheit ist, dass Oliver alles andere als harmlos ist. Er hat mich zwei Jahre lang psychisch misshandelt und mich massiv unterdrückt."

Meine Mutter lachte ungläubig. „Wie denn das? Er sitzt im Rollstuhl, Herrgott nochmal. Wie soll er dich denn da misshandelt haben?"

„Indem er mich beschimpft und mein Selbstbewusstsein untergraben hat. Noch dazu hat er mich zu Dingen gedrängt, die ich überhaupt nicht tun wollte und mir eingeredet, dass alles, was bei ihm schiefläuft, einzig und allein meine Schuld ist."

„Du bist ja auch damals betrunken gefahren, also hat er damit gar nicht mal unrecht."

Ich schluckte schwer und schüttelte den Kopf. „Ich kann das nicht, Mama. Es tut mir leid, dass Oliver euch da mit reinzieht, aber ich kann auch nicht zu ihm zurückkehren. Du kannst doch unmöglich wollen, dass ich auf diese Erpressung von ihm eingehe."

„Rike ...", begann meine Mutter, als ich hörte, wie jemand die Wohnung betrat.

Ich sah auf und schaute in Ethans wütendes Gesicht.

„Wie zur Hölle sind unsere Fotos an die Uni gekommen?", fragte er und ich musste schlucken.

„Mama", sagte ich mit trockener Kehle. „Ich rufe dich zurück."

„Was? Aber du kannst doch jetzt nicht einfach auflegen."

Doch ich hörte nicht auf sie. Stattdessen beendete ich den Anruf und wandte meine volle Aufmerksamkeit Ethan zu.

„Ich habe keine Ahnung, wovon du redest", sagte ich. „Was ist denn los? Und warum bist du so sauer auf mich?"

„Das fragst du noch?", wollte Ethan wissen. „Die Uni hat Fotos von uns erhalten. Fotos, die du mit deinem Handy gemacht hast. Da frage ich mich doch, wie sie da wohl drangekommen sind."

Mein Mund klappte auf und wieder zu. „Sie haben was?", fragte ich.

„Nun tu doch nicht so unschuldig. Wahrscheinlich hast du sie ihnen zukommen lassen, damit wir uns nicht mehr verstecken müssen."

„Nein. Das habe ich nicht. Das würde ich nie."

„Ach nein? Seit zwei Wochen beschwerst du dich darüber, dass du keine Lust mehr auf dieses Versteckspiel hast. Tja. Herzlichen Glückwunsch. Das Versteckspiel ist hiermit vorbei. Ich bin nicht mehr dein Dozent. Ich wurde gefeuert. War es das, was du wolltest?"

„Nein! Das war es ganz sicher nicht. Herrgott, Ethan. Hör dir doch selbst zu."

Ethan schüttelte den Kopf und ging dann in sein Zimmer, wo er wahllos irgendwelche Dinge in einen Rucksack stopfte.

„Was hast du denn jetzt vor?", fragte ich ängstlich. „Wo willst du hin?"

„Weg. Ich werde ein paar Tage bei Freunden schlafen."

„Aber ... warum denn? Du kannst doch nicht wirklich glauben, dass ich der Uni Fotos von uns geschickt habe. Das wäre doch vollkommen unsinnig."

„Ich weiß nicht mehr, was ich glauben soll", stellte Ethan klar und schüttelte den Kopf. „Ich weiß nur, dass ich meinen Job verloren habe. Und das nur, weil ich mit dir zusammen bin. Hätte ich mich an meine eigenen Vorsätze gehalten und die Finger von dir gelassen, dann wäre das nie passiert. Fuck. Vielleicht verliere ich sogar meinen Platz als Doktorand wegen dieser Sache."

„Und was heißt das jetzt? Du gehst weg? Verdammt, Ethan. Ich habe die Fotos an niemanden geschickt. Warum auch? In einer Woche wäre die Wartezeit ohnehin um gewesen."

„Das spielt jetzt keine Rolle mehr. Ich verschwinde von hier. Dann kannst du endlich das Zimmer haben, das du von Anfang an wolltest."

Ich erstarrte und sah ihn fassungslos an. „Das ist nicht dein Ernst, oder? Das kannst du unmöglich so meinen."

Ethan antwortete nicht. Stattdessen ging er ins Bad und packte seine Zahnbürste und seinen Rasierer ein.

„Tut mir leid", sagte er dann. „Ich war noch nie der Typ für Beziehungen und das zwischen uns ist von Anfang an ein Fehler gewesen. Nur dumm, dass ich das eine Weile vergessen habe."

Ethan wollte die Wohnung verlassen, aber ich schüttelte den Kopf und verstellte ihm den Weg.

„Du kannst nicht einfach so gehen", sagte ich. „Um Himmels willen. Es tut mir ja leid, dass dir das passiert ist, aber es ist nicht fair, jetzt mir die ganze Schuld in die Schuhe zu schieben. Denn wenn du das tust, dann bist du kein Stück besser als Oliver."

Ethans Miene verfinsterte sich noch weiter und er sah mich von oben herab an.

„Dass du mich mit diesem Arschloch vergleichst, sagt mehr über dich aus als über mich."

Seine Stimme klang distanziert und mir lief ein Schauer den Rücken hinunter. Die Entschlossenheit, zu gehen, stand ihm ins Gesicht geschrieben, daher protestierte ich auch nicht weiter, als er sich an mir vorbeidrängte und die Wohnung verließ. Stattdessen ging ich zum Sofa, setzte mich und umfing meine Beine mit den Armen.

Und so blieb ich sitzen, bis ein paar Stunden später Lasse nach Hause kam.

„Hallo", rief er laut, als er das Wohnzimmer betrat. „Ich hoffe, dass ich euch nicht wieder nackt in der Dusche vorfinde. Ich ... Hey. Was ist denn hier los?", fragte er und setzte sich neben mich.

Ich hatte keine Ahnung, wie lange ich schon allein war, aber mein Körper fühlte sich komplett taub an.

„Ethan", krächzte ich. „Er ... er ist weg."

„Was? Aber warum denn? Wo ist er hin?"

„Ich habe keine Ahnung. Er ist einfach gegangen. Die Uni hat ihn gefeuert und er sagt, das wäre nur meinetwegen."

„Oh nein. Verdammt. Heißt das, sie haben von eurer Beziehung erfahren? Das ist natürlich ganz großer Mist. Aber das ist doch noch lange kein Grund, um einfach zu verschwinden."

Er nahm mich in den Arm und als ich seinen tröstlichen Geruch wahrnahm, konnte ich nicht mehr anders. Ich begann zu schluchzen und klammerte mich mit aller Kraft an ihn.

„Doch. Für ihn schon", sagte ich. „Er hat gesagt, das zwischen uns wäre von Anfang an zum Scheitern verurteilt gewesen und dass er sich nie auf mich hätte einlassen dürfen."

„Ach Mann. Das tut mir so leid, Rike. Ich meine ... wirklich wundern tut es mich nicht, weil Ethan noch nie eine Beziehung geführt hat, aber irgendwie hatte ich die Hoffnung, dass es mit dir anders sein könnte."

„Ich auch", gab ich zu. „Sonst hätte ich mich ja nie so in ihn verliebt."

„Hast du ihm das denn gesagt?", fragte Lasse. „Dass du ihn liebst, meine ich?"

Ich schüttelte den Kopf. „Nein. Dann hätte er sicher schon viel eher Reißaus genommen."

„Möglich. Das kann ich nicht abstreiten. Aber vielleicht braucht er auch nur etwas Zeit, um sich wieder einzukriegen."

„Das glaube ich nicht. Er war sehr deutlich in seinen Worten. Er hat gesagt, er würde ausziehen und dass er kein Interesse daran hat, mich nochmal wiederzusehen."

Lasse streichelte mir liebevoll über den Kopf und schaukelte mich hin und her. „Das tut mir so leid und ich werde ihm dafür auf jeden Fall noch in den Hintern treten. Soviel ist klar."

„Nein. Tu das nicht. Im Grunde genommen hat er recht. Er hat seinen Job verloren, weil er mit mir zusammen war. Das hätte nicht passieren dürfen."

„Und dennoch war es nicht deine Schuld."

„Irgendwie doch. Offenbar sind die Selfies, die ich von uns gemacht habe, an die Uni gelangt, obwohl ich keine Ahnung habe, wie das passiert sein kann."

„Das finden wir noch heraus. Und das mit Ethan wird sich bestimmt auch wieder einrenken. Du wirst schon sehen."

Ich nickte nur und ließ mich noch einmal von meinem Bruder umarmen, obwohl ich seinen Optimismus nicht teilte. Ethan hatte eine Entscheidung getroffen. Das hatte ich in seinen Augen gesehen. Und er hatte ganz sicher nicht vor, der Sache zwischen uns noch eine Chance zu geben.

Kapitel 48

Ethan

„Guten Morgen, Schlafmütze", sagte Brandon und öffnete die Vorhänge in seinem Gästezimmer. „Zeit zum Aufstehen."
Ich gab ein Brummen von mir und legte das Kissen über mein Gesicht.

Seit knapp einer Woche wohnte ich nun bei Brandon und fragte mich inzwischen, warum ich nicht schon viel eher auf die Idee gekommen war ihn zu fragen, ob ich bei ihm unterkommen konnte.

Brandon war zwar ständig unterwegs, aber sein Anwesen in London war riesig. Seitdem seine Romane durch die Decke gegangen waren und er Tantiemen in Millionenhöhe erhalten hatte, hatte er sich diese Stadtvilla am Rand von London gekauft und wohnte hier mutterseelenallein. Zumindest bis vor kurzem, denn seit ein paar Tagen hatte ich mich hier breitgemacht und bereute es kein bisschen.

Das Bett war bequem, die Aussicht war nett und Brandons Gesellschaft hatte ich immer schon genossen.

Auch wenn ich davon in den letzten Tagen nicht viel mitbekommen hatte, weil ich in Selbstmitleid badete und nicht wusste, was ich mit mir anfangen sollte.

„Nun komm schon", sagte Brandon und zog das Kissen weg. „Aufstehen."

„Wozu? Ich habe keinen Job mehr und mit meiner Doktorarbeit brauche ich auch nicht weiterzumachen, solange ich nicht weiß, ob Professor Davis mich noch betreuen kann."

„Wenn er es nicht tut, dann findet sich mit Sicherheit jemand anders", beharrte Brandon. „Und ein neuer Job ist auch kein Hexenwerk. Du könntest in der Bibliothek arbeiten. Oder in einer Bücherei. Da würdest du gut hinpassen."

„Hmpf", machte ich und setzte mich widerwillig auf. „Warum schert es dich überhaupt, was ich tue? Du musst doch sicherlich auf irgendeine wichtige Lesung oder zu den Dreharbeiten nach Island."

„Die starten erst nächsten Monat", widersprach Brandon. „Bis dahin kann ich dafür sorgen, dass mein Kumpel wieder auf die Beine kommt. Hast du eigentlich nochmal mit Rike geredet?"

Ich schüttelte den Kopf. Mit Rike hatte ich nicht gesprochen, obwohl ich mehr als einmal mein Handy in der Hand gehalten und darüber nachgedacht hatte, sie anzurufen. Doch ich hatte es sein gelassen, weil ich nicht wusste, was ich zu ihr sagen sollte.

Es tat mir inzwischen leid, was ich ihr an den Kopf geworfen hatte. Ich glaubte nicht, dass sie die Fotos an die Uni weitergeleitet hatte. Doch es war ein Fakt, dass ich nicht rausgeworfen worden wäre, wenn ich nicht mit ihr zusammen gewesen wäre und das ärgerte mich.

Warum nur war ich so unvorsichtig gewesen? Es war nur um wenige Wochen gegangen. Wenige Wochen. So lange hätten wir doch auch noch warten können mit unserer Beziehung.

Aber nein. Ich hatte mich Hals über Kopf da hineingestürzt. Etwas, das mir überhaupt nicht ähnlich sah. Dabei hatte ich genau gewusst, was es für Konsequenzen haben würde, wenn man uns erwischte. Und genau das war geschehen.

Man hatte mich gefeuert und jetzt wusste ich nicht mehr, was ich tun sollte.

„Hast du denn mit Lasse gesprochen?", fragte Brandon weiter.

Ich schnaubte. „Das müsstest du doch wissen, oder?"

Brandon und Lasse trafen sich nach wie vor, was mich sehr für die beiden freute. Vor ein paar Tagen hatte Brandon mir von einem der Treffen sogar den Rest meiner Klamotten mitgebracht, weil ich viel zu wenig eingepackt hatte und eindeutig mehr Socken brauchte.

„Auch wieder wahr", gab Brandon zu. „Ich soll dir auf jeden Fall von ihm ausrichten, dass du ein Idiot bist und dass Rike sich deinetwegen die Augen ausweint."

Das zu hören tat mir weh. Ich wollte nicht, dass Rike traurig war. Im Gegenteil. Ich wollte sie glücklich sehen.

„Ich verstehe dich einfach nicht", sagte Brandon. „Es ist so offensichtlich, dass du sie vermisst. Warum gehst du nicht zu ihr und redest mit ihr?"

„Das ist nicht so einfach", beharrte ich. „Ich weiß ja noch nicht einmal, ob ich ohne Job überhaupt noch in England bleiben kann."

„Wie kommt es überhaupt, dass du nicht die englische Staatsbürgerschaft hast? War deine Mutter nicht Engländerin?"

„Ja, schon, aber ich bin in Australien geboren und man hätte es extra beantragen müssen, damit ich die englische Staatsbürgerschaft bekomme und das ist nicht passiert. Deswegen bin ich offiziell Australier und kein Engländer."

„Okay. Das ist natürlich Mist, aber ich bin sicher, dass es eine Lösung für dieses Dilemma gibt. Wenn du in England bleiben willst, dann tu was dafür. Ich bin sicher, dass du an einer anderen Uni aufgenommen wirst, wenn du dich aktiv darum bemühst."

Ich schnaubte missmutig. In den letzten Tagen war ich zu nichts zu gebrauchen gewesen. Das war mir bewusst. Doch ich wusste nicht, wie ich aus diesem Tief wieder herauskommen sollte. Heute war der letzte Tag der Sommerkurse und ich konnte kaum fassen, wie nah wir dem Ziel bereits gewesen waren.

Hätte die Unileitung nicht diese Fotos von uns bekommen, dann hätte ich morgen mit Rike gefeiert, dass das Versteckspiel endlich ein Ende hatte. Ich hätte sie in der Öffentlichkeit geküsst und umarmt und wäre so glücklich gewesen wie noch niemals zuvor in meinem Leben. Stattdessen war alles anders gekommen. Ich war so unglaublich wütend auf das Schicksal und fühlte mich gleichzeitig vollkommen antriebslos.

„Also gut. Da du dich seit Tagen weigerst das Zimmer zu verlassen, habe ich für dich die Initiative übernommen und ein paar Erkundigungen angestellt. Dein Doktorvater ist zwar noch krankgeschrieben, aber er ist nicht mehr im Krankenhaus und ich habe ihn gerade hier am Telefon."

Nun war ich hellwach. „Bitte was? Du hast ihn am Telefon? Wieso das denn?"

„Damit du endlich mal wieder aus den Puschen kommst. Keine Sorge. Ich habe den Anruf auf stumm geschaltet, aber er wartet nur darauf, mit dir zu reden. Also. Willst du mit ihm sprechen?"

„Ob ich mit ihm sprechen will? Natürlich will ich das. Her damit."

Ich streckte die Hand aus und Brandon gab mir sein Smartphone. Ich stellte den Ton wieder an und drückte es mir ans Ohr.

„Professor Davis? Hier ist Ethan. Wie geht es Ihnen?"

„Ethan. Schön von dir zu hören. Mir geht es den Umständen entsprechend, würde ich sagen. Wie man sich nun mal so fühlt nach einem Herzinfarkt."

Ich nickte. Ich hatte bereits gewusst, dass er einen Herzinfarkt erlitten hatte, aber mehr hatte man mir nicht mitgeteilt.

„Das tut mir wirklich leid. Brandon hätte Sie nicht belästigen sollen."

Ich sah Brandon vorwurfsvoll an, weil das nun wirklich nicht nötig gewesen wäre. Doch der zuckte nur mit den Schultern.

„Ach. Schon gut. Noch lebe ich ja", sagte Professor Davis. „Ihr Freund hat mir mitgeteilt, dass Sie in einem ziemlichen Schlamassel stecken. Stimmt es, dass Sie eine Affäre mit einer Studentin hatten? Was haben Sie sich da nur eingebrockt?"

„Es tut mir leid", sagte ich reumütig. „Es ist allerdings keine Affäre. Ich kenne das Mädchen schon länger und konnte meine Gefühle für sie irgendwann nicht mehr leugnen. Es macht vermutlich keinen Unterschied, aber ich liebe diese Frau und will mit ihr zusammen sein."

Nun war es raus und ich staunte selbst darüber, wie wahr sich diese Worte anfühlten. Es war mir noch nie so schlecht gegangen wie in den letzten Tagen. Die Zeit nach dem Tod meiner Mutter mal außen vorgelassen. Und das lag nicht nur daran, dass ich meinen Job verloren hatte, sondern vor allem daran, dass ich Rike vermisste. Sie war ein wundervoller Mensch und ich war ein Idiot, weil ich sie einfach so hatte fallen lassen. Das wurde mir jetzt bewusst.

„Nun ja. Gegen Gefühle ist man bekanntlich machtlos", sagte Professor Davis. „Ich habe bereits mit Professor Ashwood gesprochen, aber die weigert sich ihre Entscheidung rückgängig zu machen. Das heißt, ich kann Sie leider auch nicht weiter als Doktorvater betreuen."

Das hatte ich bereits befürchtet und dennoch sank mein Herz, als ich das hörte.

„Das heißt aber nicht, dass dadurch alles verloren ist. Ich habe einen Kollegen am Kings College hier in London, der sehr gerne meine Rolle als Doktorvater für Sie übernehmen würde."

Ich horchte auf. „Wirklich?"

„Oh ja. Sein Name ist Professor Cartwright und das Kings College ist bekannt für sein Literaturstudium. Dort könnten Sie dann ebenfalls Kurse als Dozent leiten. Ich weiß, wie sehr sie an der Queen Mary University hängen, aber im Prinzip ist das Kings College viel mehr auf Literatur spezialisiert als wir und Sie hätten dort erheblich bessere Zukunftsaussichten."

„Das ... wäre wunderbar", sagte ich. „Vielen Dank. Ich weiß wirklich nicht, wie ich mich erkenntlich zeigen soll."

„Schon gut. Sie haben den Kurs für mich übernommen als ich es nicht konnte und ich bin sicher, dass Professor Ashwood Sie nicht rausgeworfen hätte, wenn Sie keinen Ersatz für Sie gehabt hätte. Ich mag Sie sehr, Ethan. Allerdings kann ich Ihnen nur raten am Kings College Ihre Fehler nicht zu wiederholen und die Finger von den Studenten dort zu lassen."

„Keine Sorge. Ich habe meine Lektion gelernt. Abgesehen davon, dass mein Herz inzwischen ohnehin nur noch einer Person gehört."

„Das freut mich zu hören. Ich werde Ihnen die Kontaktdaten von Professor Cartwright zukommen lassen und dann können Sie mit ihm über Ihre Doktorarbeit reden. Ich bin überzeugt, dass er nur wenig an Ihrer bisherigen Arbeit auszusetzen haben wird."

Mir fiel ein Stein vom Herzen, als ich das hörte und ich atmete erleichtert aus.

„Danke, Professor Davis. Vielen lieben Dank."

Wir verabschiedeten uns voneinander und ich reichte Brandon das Handy zurück.

„Danke, Mann", sagte ich und stand auf. „Dafür schulde ich dir was."

„Allerdings. Und was hast du jetzt vor?"

„Was wohl?", fragte ich. „Ich gehe duschen und dann werde ich mit Rike reden. Das hat jetzt oberste Priorität."

„Na endlich. Ich dachte schon, du würdest nie zu dieser Erkenntnis gelangen."

Kapitel 49

Rike

„Nein, Will", rief ich und warf Popcorn in Richtung Fernseher. „Wie kannst du ihr das nur antun? Du darfst Lou nicht verlassen. Das ist einfach nicht fair."

„Was ist denn hier los?", fragte Lasse, der gerade zur Tür hereingekommen war und irritiert den Fernseher anschaute. „Guckst du gerade ‚Ein ganzes halbes Jahr'?"

„Ja", schluchzte ich. „Und dieser Mistkerl möchte sterben, obwohl er Lou liebt. Das ist so ungerecht. Sie hat alles für ihn getan und er bricht ihr trotzdem das Herz."

„Rike. Er ist komplett gelähmt und will so nicht mehr leben. Das hat überhaupt nichts mit ihr zu tun."

„Mir egal. Es heißt doch, Liebe überwindet alles. Warum ist er dann nicht bereit für die Liebe zu leben? Für sie zu leben? Das raubt mir den Glauben an die Liebe."

„Gott. Du tust ja gerade so, als hättest du nicht gewusst, wie der Film endet. Du hast ihn doch mindestens schon zehnmal gesehen."

Das hatte ich. Und das, obwohl Oliver den Film hasste, weil er selbst im Rollstuhl saß und fand, dass der Film ihm suggerierte, er solle sich besser umbringen als so weiterzuleben wie er war, obwohl das meiner Ansicht nach überhaupt nicht stimmte. Jeder musste selbst wissen, ab wann das Leben für ihn nicht mehr lebenswert war. Hinzu kam, dass Will bis zum Hals gelähmt war und Oliver konnte ‚nur‘ nicht laufen. Alles andere funktionierte bei ihm hervorragend.

„Ja", sagte ich trotzig. „Und ich werde auch beim elften Mal noch heulen, weil es so traurig ist. Warum tut Will das? Ich verstehe es einfach nicht."

Lasse schüttelte den Kopf, setzte sich neben mich und sah mich an. „War heute nicht der letzte Tag deines Sommerkurses?"

„Ja. Und?"

Ethans Kurs war von einer jungen Frau übernommen worden, die einen komplett anderen Stil hatte als er. Das hatte es mir leicht gemacht, sie nicht miteinander zu vergleichen. Trotzdem fehlte er mir fürchterlich und am liebsten hätte ich mich für die letzten Tage krankgemeldet statt in die Uni zu gehen.

„Solltest du nicht mit Fiona feiern gehen oder sowas?", fragte Lasse und ich zuckte mit den Schultern.

„Sie hat mich gefragt, aber ich hatte keine Lust."

„Stattdessen vergräbst du dich hier und schaust traurige Filme?"

„Warum nicht? Die passen auf jeden Fall zu meiner Stimmung."

„Also gut. Das reicht. Wir machen folgendes. Du solltest dich dringend frisch machen und ich gehe so lange ein paar Sachen einkaufen, die wir brauchen. Dann kochen wir was zusammen und schauen uns gemeinsam eine Komödie an. Nichts zum Weinen, sondern was zum Lachen."

„Ach ja? Was soll das denn sein?"

„Wie wäre es mit ‚No hard Feelings'?"

„Ist das nicht dieser Film wo Jennifer Lawrence versucht eine männliche Jungfrau rumzukriegen?"

„Genau der. Oder kennst du den schon?"

„Nein. Noch nicht. Also gut. Okay. Ich mach mich frisch und du holst was zu essen."

„So mag ich mein Schwesterchen."

Er drückte mir einen Kuss auf den Scheitel und ging zur Tür. Doch bevor er verschwand, rief ich ihn nochmal zurück.

„Lasse?"

„Ja?"

„Wie geht es dir eigentlich wegen James? Ich war in letzter Zeit so auf mich selbst fixiert, dass ich dich gar nicht mehr danach gefragt habe."

Lasse seufzte. „Du meinst, ob ich Liebeskummer habe?"

Ich nickte.

„Nun. Es könnte besser sein, aber ich komme ganz gut damit zurecht, dass er jetzt verheiratet ist. Ich gönne ihm sein Glück und Brandon hat es wirklich drauf, mich von James abzulenken." Er zwinkerte mir zu. „Also mach dir keine Sorgen. Ich bin gleich zurück."

„Bis gleich", erwiderte ich und stand auf, um ins Bad zu gehen. Tatsächlich sah ich fürchterlich aus. Meine Haare standen nach allen Seiten hin ab und ich war total verheult. Vielleicht war es wirklich besser, wenn ich als nächstes etwas Lustiges guckte.

Ich kämmte mich und wusch mir das Gesicht. Dann zog ich mir ein frisches Shirt an und ging zurück ins Wohnzimmer, als es klingelte.

Irritiert ging ich zur Tür, weil ich keinen Besuch erwartete. Vielleicht war es Lasse, der seinen Schlüssel vergessen hatte. Doch als ich die Tür öffnete, hätte ich sie am liebsten sofort wieder zugeschlagen. Denn davor befand sich niemand anders als Oliver.

„Hi", sagte er.

Mein Mund wurde trocken und ich begann zu zittern.

Er war hier. Ich konnte nicht fassen, dass er tatsächlich vor meiner Tür stand. Oder besser gesagt saß. Denn er verharrte in seinem Rollstuhl und sah von unten vorwurfsvoll zu mir hoch.

Äußerlich hatte er sich in den letzten Wochen kaum verändert. Er hatte nach wie vor ein attraktives Gesicht mit braunen Augen und kurzem blondem Haar. Er war schlank und hatte sehr schöne Hände, die er regelmäßig pflegte.

Auf seiner Stirn war eine Falte zu sehen und seine Mundwinkel waren nach unten verzogen, was mir zeigte, wie unzufrieden er war. Doch von einer Sekunde zur anderen lächelte er mich an, als wäre nie etwas gewesen.

„Rike", sagte er. „Wie schön, dich zu sehen. Obwohl deine Haare absolut schrecklich aussehen. Aber das lässt sich leicht regeln. Ich werde dir eine Perücke besorgen, bis deine Haare wieder nachgewachsen sind."

Am liebsten hätte ich ihm die Tür vor der Nase zugeknallt, doch er war schneller und fuhr mit seinem Rollstuhl nach vorne, sodass ich die Tür unmöglich wieder zumachen konnte, ohne ihn wegzuschieben und das brachte ich nicht übers Herz.

Immerhin war ich mobiler als er und es wäre nicht fair, ihn so zu behandeln.

Stattdessen sah ich ihn an und versuchte das Zittern meiner Hände zu unterdrücken. In diesem Moment verfluchte ich die Tatsache, dass dieses Haus einen Aufzug hatte, denn sonst hätte Oliver es nicht ohne Hilfe hier hinauf geschafft.

„Oliver", sagte ich. „Wie kommst du denn hierher? Ich dachte, du hasst es zu fliegen."

„Tue ich auch. Bertram hat mich gefahren. Das ist der Fahrer, den ich habe, seit du fort bist. Wir sind mit dem Schiff nach England gekommen und dann nach London gefahren. Er wartet unten auf mich."

„Okay, und ... was machst du hier?"

„Was wohl? Ich bin hier, um dich nach Hause zu holen."

Mein Magen verkrampfte sich und ich ballte unwillkürlich die Fäuste.

„Ich bin hier zu Hause", beharrte ich. „Und ich komme ganz sicher nicht zurück nach Deutschland."

„Das können wir drinnen in Ruhe besprechen. Du wirst mich ja wohl kaum hier draußen sitzenlassen, oder?"

Doch. Das war genau das, was ich wollte. Doch ich riss mich zusammen und trat zur Seite. Oliver wollte mit mir reden und meine Eltern wollten, dass ich mit Oliver redete. Vermutlich wollte das gesamte Dorf, dass ich mit ihm redete und vielleicht wurde es endlich Zeit, dass ich mutig war und Oliver ins Gesicht sagte, dass ich es nicht mehr mit ihm aushielt. Also bat ich ihn herein.

Zum ersten Mal, seitdem ich hier wohnte, fiel mir auf, dass die Wohnung nicht komplett barrierefrei war, sondern dass eine Stufe nach unten ins Wohnzimmer führte. Für mich und die meisten anderen Menschen war diese Stufe kein Hindernis, doch für Oliver stellte sie logischerweise ein Problem dar und zwang mich dazu, hinter seinen Rollstuhl zu treten, um ihm zu helfen.

Ich tat das ganz selbstverständlich, weil ich es zwei Jahre lang gewohnt gewesen war, Oliver in jeder Situation zu helfen und ihm zu assistieren.

Es war nicht so, dass mich das störte. Überhaupt nicht. Wenn es beispielsweise mein Bruder gewesen wäre, der meine Hilfe bräuchte, dann wäre ich ihm jederzeit gerne behilflich gewesen. Doch es war Oliver. Der Mann, der meine Schuldgefühle seit Jahren dafür ausnutze, um mich zu erniedrigen, mich auszunutzen und mich zu Dingen zu zwingen, die ich nicht tun wollte. Der Mann, den ich eigentlich schon vor Jahren verlassen hätte, wenn nicht dieser unsägliche Unfall dazwischengekommen wäre.

Ich half Oliver die Stufe hinunter und parkte seinen Rollstuhl neben dem Sofa.

Er sah sich im Wohnzimmer um, wobei sein Blick an meinem Muschelglas hängenblieb, das neben dem Fernseher auf der Kommode stand.

„Ich hatte mich schon gefragt, wo das scheußliche Ding wohl geblieben ist", sagte Oliver gehässig. „Ich habe nie verstanden, warum du das tust. Was soll es bitte schön bringen, wenn man die Namen von Personen auf Muscheln sammelt?"

Ich atmete tief durch. „Es ist ein Hobby und ich mag es", stellte ich klar. „Mir bedeutet dieses Glas sehr viel, weil es nicht nur Namen, sondern auch all die Erinnerungen an die Personen der letzten Jahre beinhaltet."

Ich ging in Richtung Küche, um etwas zu trinken zu holen und wandte mich noch einmal zu ihm um.

„Wir haben leider keine Rhabarberschorle", sagte ich. „Kann ich dir stattdessen ein Wasser anbieten?"

„Kaffee wäre gut."

Ich hielt inne. „Den haben wir leider auch nicht. Von uns trinkt keiner Kaffee. Ich hätte nur noch Tee im Angebot."

„Keiner von euch? Du meinst deinen Bruder, deinen neuen Macker und dich?"

„Er ist nicht mein ..." Ich brach ab und atmete tief durch.

Dann holte ich zwei Gläser mit Wasser und stellte sie auf den Tisch.

„Hier", sagte ich. „Mehr kann ich dir leider nicht anbieten, obwohl ich sowieso nicht verstehe, was du hier willst. Ich dachte, in meinem Brief hätte ich bereits alles gesagt. Ich will nicht mehr mit dir zusammen sein und habe nicht vor, zurückzukommen. Also. Warum gehst du nicht wieder?"

Oliver lachte freudlos. „Wenn ich könnte, dann würde ich ja, aber Gehen ist seit zwei Jahren nicht mehr drin und ich denke, du weißt auch, warum das so ist."

„Ja. Das weiß ich. Wir hatten einen Unfall. Einen schlimmen Unfall, an dem ich sicher nicht unschuldig war, aber es war trotzdem ein Unfall und nie meine Absicht, dir zu schaden."

„Ach ja? Du hattest vor mich zu verlassen und als ich dagegen war, bist du mit mir gegen einen Baum gefahren. Für mich wirkt das, als hättest du vorgehabt, mich loszuwerden."

„Was? Nein! Das ist doch Unsinn und das weißt du. Wenn ich dich hätte tot sehen wollen, dann hätte ich mich doch nicht selbst hinters Steuer gesetzt, sondern dich fahren lassen. Ich wollte an dem Abend gar nicht fahren und habe es nur getan, weil du so betrunken warst."

Oliver schüttelte den Kopf. „Pah. Nur, dass du ebenfalls betrunken warst. Kein Wunder, dass wir gegen einen Baum gefahren sind."

„Ich hatte zwei Bier! Zwei", erinnerte ich ihn. „Du hingegen hattest ein komplettes Fass ausgesoffen."

„Ach ja? Das weißt du noch? Ich dachte, du könntest dich an nichts erinnern."

Das konnte ich auch nicht. Wie häufig hatte ich mir schon gewünscht, die Erinnerung würde zurückkommen. Wie häufig hatte ich gehofft, ich wüsste wieder, wie es zu diesem Unfall gekommen war. Denn dann müsste ich mich vielleicht weniger schuldig fühlen. Doch der Abend war wie ausgelöscht. Vermutlich hatte mein Gehirn beschlossen, dass die Erinnerung zu schrecklich war und es daher besser war, wenn ich mich nicht erinnerte.

„Es spielt keine Rolle, woran ich mich erinnere", beharrte ich. „Unser Alkoholpegel ist von der Polizei festgehalten worden."

„Also gut. Wie auch immer. Tatsache ist, dass es nur deinetwegen zu diesem Unfall kommen konnte. Egal, wie viel du getrunken hast. Ich bin deinetwegen ein Krüppel und du kannst mich jetzt unmöglich im Stich lassen. Ich verstehe ja, dass du eine Auszeit gebraucht hast. Du hast dir diesen Sommerkurs von ganzem Herzen gewünscht, aber der ist jetzt vorbei, daher bin ich gekommen, um dich nach Hause zu holen."

Mir wurde eiskalt, als er das sagte, und mein Magen drehte sich um vor Übelkeit.

„Nein", erwiderte ich. „Ich komme nicht mit dir zurück."

„Ich denke schon. Andernfalls sehe ich mich dazu gezwungen, deinen Eltern nicht nur den Laden kaputt zu machen, sondern sie noch dazu aus dem Dorf zu ekeln."

Wut erfasste mich. „Also stimmt meine Vermutung? Du bist schuld daran, dass meine Eltern ihr Geschäft verlieren? Und jetzt willst du mich damit erpressen?"

Er zuckte mit den Schultern. „Was du tust ist viel schlimmer. Erst verkrüppelst du mich und dann verschwindest du auf Nimmerwiedersehen. Ich bin auf dich angewiesen! Versteh das doch. Ich brauche dich! Und du bist es mir schuldig, dich um mich zu kümmern."

Aufgebracht schüttelte ich den Kopf.

„Ich bin dir überhaupt nichts mehr schuldig", widersprach ich. „Zwei Jahre lang habe ich alles getan, was du von mir wolltest. Du hast mich behandelt wie eine Leibeigene und eine Hure. Nein.

Falsch. Huren bekommen immerhin Geld für ihre Dienste. Für dich war ich sowas wie eine Sexsklavin."

„So hast du es empfunden, wenn wir Liebe gemacht haben? Das ist doch lächerlich. Du hast jedes Mal gestöhnt, wenn du auf mir saßest. Es war offensichtlich, dass es dir gefallen hat. Doch selbst wenn nicht, spielt es keine Rolle. Ich liebe dich und du gehörst zu mir. Ich habe dir genug Zeit gelassen, dich wieder abzuregen und jetzt bin ich hier, um dich dorthin zu bringen, wo du hingehörst. An meine Seite."

„Nein", wiederholte ich. „Das kannst du vergessen."

Oliver runzelte die Stirn. „Also ist es dir egal, wenn deine Eltern alles verlieren?"

„Nein, aber ich lasse mich auch nicht von dir erpressen. Ich kann das nicht, Oliver. Das zwischen uns ist aus und vorbei."

Nun wurde Oliver wütend. „Du egoistisches Miststück", schimpfte er und fuhr mit dem Rollstuhl auf mich zu. Aus Reflex machte ich einen Schritt zurück und brachte das Sofa zwischen uns. Ich war zwar mobiler als Oliver, doch wenn er mich einmal zu fassen bekam, dann konnte er mir durchaus Schaden zufügen. Er trainierte jeden Tag seinen Oberkörper und war deutlich kräftiger als ich.

„Du gehörst mir", brüllte Oliver und sein sonst so schönes Gesicht verzog sich zu einer Fratze. „Hör auf, vor mir wegzulaufen. Sonst verarbeite ich das komplette Wohnzimmer zu Kleinholz."

Wie zum Beweis fegte er die beiden Wassergläser vom Couchtisch, die klirrend auf dem Boden zerschellten.

Mit großen Augen sah ich die Scherben an und fühlte mich wie in die Vergangenheit zurückversetzt. Auch in Deutschland hatte Oliver regelmäßig irgendwelche Wutanfälle bekommen und ich hatte nachher das Chaos beseitigen dürfen. Natürlich war ich danach an allem schuld gewesen und hatte ihn auf jede erdenkliche Art und Weise besänftigen müssen.

Ich hatte mehrfach versucht, mit meinen Eltern darüber zu sprechen, wie schrecklich Oliver mich behandelte, doch die hatten es einfach abgetan, als wäre es nichts.

„Er sitzt im Rollstuhl", hatte meine Mutter immer gesagt. „Natürlich ist er unzufrieden und frustriert. Das ist doch kein Wunder. Immerhin kann er viele Dinge nicht mehr tun, die er gerne tun würde. Dein Vater und ich streiten uns auch ab und zu. Das ist vollkommen normal."

Doch das hier war anders. Ich konnte mir nicht vorstellen, dass Olivers Verhalten normal war und weigerte mich es weiter zu ertragen.

„Oliver! Hör auf!", rief ich. „Sonst rufe ich die Polizei."

„Ach ja? Und was willst du denen sagen? Dass dein verkrüppelter Exfreund deine Wohnung verwüstet hat? Das werden die wohl kaum ernst nehmen. Ich sitze im Rollstuhl, falls du es noch nicht bemerkt hast. Mich halten alle Leute für harmlos. ‚Der arme Junge. Das hatte er nicht verdient. Hätte Frederike doch nur keinen Alkohol getrunken an dem Abend.' So denken sie alle und das weißt du auch."

Oh ja. Das wusste ich nur zu gut. Doch inzwischen war es mir gleich.

„Es ist mir scheißegal, was sie denken", stellte ich klar. „Und es ist mir auch scheißegal, was du denkst. Es ist aus zwischen uns. Für immer."

„Aaaaah!", brüllte Oliver und rollte nach vorne in Richtung Fernseher. „Das wirst du bereuen."

„Nein nicht", rief ich, als er dem Gerät einen Stoß gab.

Der große Fernseher krachte zu Boden und ging dabei zu Bruch. Doch dann griff Oliver nach meinem Muschelglas.

„Nein!", kreischte ich. „Nicht das Glas. Bitte. Alles, nur nicht mein Glas!"

Doch Oliver hörte nicht auf mich. Er gab dem Glas einen Stoß und im nächsten Moment krachte es auf die Fliesen. Tausend Splitter und hunderte von Muscheln verteilten sich auf dem Boden. Doch Oliver ließ es nicht dabei bewenden. Um sicherzugehen, dass er möglichst viel Schaden anrichtete, fuhr er mit seinem Rollstuhl hin und her, um so viele Muscheln wie möglich zu erwischen. Er zerstörte sie unter seinen Rädern und machte auch vor der größten Muschel keinen Halt. Im Gegenteil. Er hielt genau darauf zu und wollte sie ganz bewusst zerstören. Doch das durfte ich nicht zulassen. Ich gab meine Deckung auf, rannte zu Oliver und ließ mich auf den Boden fallen, um die Muschel mit dem Namen meines Großvaters aufzuheben und vor ihm in Sicherheit zu bringen. Doch als ich aufstehen wollte, hatte Oliver mich gepackt und hielt mich brutal fest. Das hatte er früher schon manchmal getan, doch zum Glück waren meine Haare inzwischen so kurz, dass er kaum Halt daran fand.

„Verdammt", rief er und packte mich stattdessen im Nacken.

Ich schrie auf und warf die Muschel in Richtung Sofa, damit sie vor Oliver in Sicherheit war. Doch sie hüpfte herunter und brach entzwei.

„Nein!", schrie ich und wehrte mich mit aller Kraft gegen Oliver, damit er mich wieder losließ. „Du Arschloch!", rief ich und schlug auf ihn ein. „Wegen dir ist sie kaputt gegangen. Lass mich los! Lass mich gefälligst los!"

Ich erwischte ihn an der Oberlippe und er ließ locker, weil er so überrascht war, dass ich mich wehrte. Das hatte ich noch nie getan. Allerdings hatte er mich auch noch nie derart brutal angefasst.

„Du Schlampe hast mich geschlagen", brüllte er. „Du hast einen Rollstuhlfahrer geschlagen."

„Und ich werde das ebenfalls tun, wenn du nicht sofort die Finger von meiner Freundin nimmst."

Wir fuhren beide herum und sahen Ethan, der im Türrahmen stand und die Hände zu Fäusten geballt hatte. Ich war so erleichtert ihn zu sehen, dass mir die Tränen übers Gesicht liefen. Doch gerade als ich zu ihm rennen und mich in seine Arme werfen wollte, packte Oliver mich wieder und zog zu meinem Schock eine Pistole hinter seinem Rücken hervor, die er mir an die Schläfe hielt. Ein eiskalter Schauer lief mir den Rücken hinunter, als ich die Mündung an meiner Haut spürte.

„Keinen Schritt weiter", rief Oliver. „Sonst bringe ich sie um."

Kapitel 50

Ethan

Ich hatte noch nie etwas Schrecklicheres gesehen als Oliver, der der Frau, die ich liebte, eine Pistole an den Kopf hielt und drohte, sie zu erschießen. Mir wurde eiskalt und ich hob beschwichtigend die Hände.

„Holy shit. Cool down, man", sagte ich. „Kein Grund, auszuflippen."

Oliver lachte freudlos. „Ach ja? Das sagst du Wichser so einfach. Was machst du überhaupt noch hier? Ich dachte, ich könnte dich loswerden, indem ich die Fotos von euch an die Uni schicke. Hätte man dich für sowas nicht festnehmen müssen?"

„Du warst das?", fragte Rike. „Aber wie? Wie bist du an die Fotos gekommen? Die waren doch nur auf meinem Handy."

„Das wüsstest du wohl gerne, was? Ich habe immer noch den Zugang zu deiner Cloud. Du hast zwar deine Handynummer geändert, aber nicht deine Emailadresse oder dein Passwort, also konnte ich alle Fotos sehen, die du in den letzten Wochen gemacht hast.

Anfangs waren die noch harmlos, aber in den letzten paar Wochen waren einige dabei, die mich fast zur Weißglut getrieben hätten. Es wurde höchste Zeit, dass ich mir zurückhole, was mir gehört."

Er presste die Waffe stärker an Rikes Gesicht und sie stöhnte und zitterte vor Angst.

„Du tust mir weh", sagte sie. „Bitte. Lass uns in Ruhe darüber reden."

„Pah. Die Zeit des Redens ist vorbei. Du hast mir deutlich gesagt, dass du nicht zu mir zurückkommen wirst, also gehen wir über zu Plan B."

„Und was wäre Plan B?", fragte ich, um Olivers Aufmerksamkeit wieder auf mich zu lenken.

Verdammt. Wie lange quälte er Rike schon? Ich hätte sie nie allein lassen dürfen. Wie war ich auch nur eine Sekunde lang auf die Idee gekommen, sie hätte diese Fotos an die Uni geschickt? Wie unsinnig das war, war mir inzwischen selbst klar geworden. Deswegen war ich zurückgekommen, um nochmal mit Rike zu reden und sie um Verzeihung zu bitten.

Doch jetzt war für Schuldgefühle keine Zeit. Dieser Oliver war vollkommen durchgeknallt und ich musste es irgendwie schaffen, Hilfe zu holen.

„Wenn sie nicht mit mir zusammen ist, soll sie mit niemandem zusammen sein", stellte Oliver klar. „Ich kann ohne sie nicht leben. Das konnte ich damals schon nicht und heute erst recht nicht."

Rike wurde noch blasser als sowieso schon. „Was meinst du damit?", fragte sie mit zittriger Stimme. „War das damals etwa gar kein Unfall?"

Oliver lachte. „Als ob. Du warst quasi nüchtern, als du mich abgeholt hast. Ich habe alles versucht, um deine Meinung zu ändern und dich dazu zu bringen, zu mir zurückzukehren, aber du hast mir gar nicht zugehört. Du wolltest nichts davon wissen und hast nur immer wieder darauf bestanden, dass wir nicht zusammenpassen und dass ich ohne dich besser dran wäre. Aber das war gelogen. Ohne dich war mein Leben trist und grau und ich wollte auf keinen Fall so weiterleben. Also habe ich dir ins Lenkrad gegriffen, als du um die Kurve fahren wolltest und uns beide gegen den Baum gelenkt."

„Was?" Rike war genauso geschockt wie ich. „Du hast mir ins Lenkrad gegriffen? Also war ich gar nicht schuld an dem Unfall?"

„Nein. Das warst du nicht. Aber es war so leicht, dich das glauben zu lassen. Du konntest dich nicht an den Unfall erinnern und alle haben dir die Schuld gegeben. Warum hätte ich dir die Wahrheit sagen sollen? Ich wollte, dass du mindestens genauso sehr leiden musstest, wie ich und dass du bei mir bleibst. Und das hat funktioniert. Auf einmal hast du überhaupt nicht mehr von der Trennung gesprochen. Du hast dich um mich gekümmert und mir nach dem Unfall geholfen. Du warst sogar deutlich anschmiegsamer als vorher und hast alles für mich getan. Warum hätte ich die Sache dann bitte schön aufklären sollen?"

„Und warum erzählst du es mir jetzt?", fragte Rike. „Du denkst doch wohl nicht, dass mich das dazu bringen wird, zu dir zurückzukommen. Erst recht nicht, nachdem du mir eine Waffe an den Kopf gehalten hast."

„Der Plan ist auch nicht mehr, dass wir zusammen Heimkehren, mein Schatz. Dieser Zug ist abgefahren. Das habe ich inzwischen kapiert. Stattdessen will ich es endlich beenden. Ich habe jeden Tag Schmerzen und werde nie wieder laufen können. So will ich nicht leben, aber ich will auch nicht, dass du ohne mich glücklich wirst. Ich will, dass wir diese Welt gemeinsam verlassen. Du und ich. Für immer vereint. Wie es von Anbeginn vorherbestimmt war."

Fuck, fuck, fuck. Dieser Kerl war vollkommen übergeschnappt, aber ich wusste nicht, wie ich ihn daran hindern sollte, Rike etwas anzutun. Es war ein Wunder, dass er es nicht längst getan hatte und ich vermutete, dass ein Teil von ihm nach wie vor hoffte, Rike würde einlenken und doch noch mit ihm nach Deutschland kommen.

Genau denselben Gedanken schien Rike auch zu haben, denn sie hob nun die Hände und sah Oliver an.

„Okay, okay", sagte sie. „Du hast gewonnen. Ich … tue was du sagst. Ich kehre mit dir nach Hause zurück und ich verspreche, dass ich nie wieder versuchen werde, dich zu verlassen."

Es war so offensichtlich, dass sie log, doch ich konnte gut verstehen, warum sie es versuchte. Sie wollte Zeit gewinnen. Zeit, in der ich es schaffen musste, näher an die beiden heranzukommen und Oliver die Waffe abzunehmen.

„Als ob", sagte Oliver und schüttelte Rike. „Vor einer Viertelstunde hätte ich dir das vielleicht noch geglaubt, aber jetzt nicht mehr. Unser Ende ist unausweichlich, aber wenn du genau tust, was ich dir sage, dann werde ich möglicherweise deinen Freund hier verschonen."

Shit. Jetzt benutzte er auch noch mich, um sie unter Druck zu setzen. Sie sah kurz zu mir und ich erkannte die Entschlossenheit in ihrem Blick. Sie wusste genau wie ich, dass wir gegen eine Pistole keine Chance hatten. Verdammt. Rike hatte mir ja erzählt, dass ihr Exfreund Waffen besaß, aber warum hatte er sie mitgebracht? Hatte er das Ganze etwa geplant?

„Okay", wimmerte Rike schließlich und sah zu ihm auf. „Bitte hör auf damit, Oliver. Was soll ich für dich tun?"

„Du sollst bei mir bleiben, verdammt. Du sollst mich lieben, mich bedienen und alles tun, um mich glücklich zu machen. Ist das denn so schwer zu verstehen?"

„Nein. Ich ... ich habe es verstanden. Du hast recht. Ich hätte dich nie verlassen dürfen und es tut mir leid, aber bitte steck die Waffe weg. Ich flehe dich an. Steck sie weg."

„Nur, wenn du mich küsst. Beweis mir, dass du es ernst meinst."

Rike nickte und wandte sich ihm zu.

Also gut. Das reichte mir. Sollte er mich doch erschießen, aber ich würde ganz sicher nicht zusehen wie er Rike vor meinen Augen demütigte. Ich war nur wenige Meter von Oliver entfernt und als er zu Rike schaute, sprang ich nach vorne, um ihm die Waffe zu entreißen.

Doch Oliver war schneller. Er fuhr herum, sah mich kommen und drückte ab.

„Nein!", schrie Rike, als ein Schuss ertönte und ich einen dumpfen Aufprall in meiner Brust spürte.

Im ersten Moment tat es nicht einmal weh. Ich merkte nur, wie mir die Luft wegblieb. Dann sah ich das Blut, das meinen Körper hinunterlief und mir sackten die Beine weg. Ich hörte ein Gerangel zwischen Rike und Oliver und wollte ihr helfen, aber das war mir nicht mehr möglich, denn ich fiel zu Boden und verlor im nächsten Augenblick das Bewusstsein.

Kapitel 51

Rike

Ich sah, wie Oliver die Waffe auf Ethan richtete und vergaß in diesem Moment jede Vorsicht. Ich griff nach der Pistole und schaffte es, sie zur Seite zu reißen, sodass der Schuss nicht Ethans Herz traf, sondern eher seine Schulter. Doch Oliver hätte mit Sicherheit noch einmal gefeuert, wenn ich ihm nicht meinen Handballen gegen die Nase gerammt hätte.

Er schrie auf und ich entwand ihm die Waffe, um sie in den Flur zu schleudern. Dort war sie für Oliver unerreichbar, der sich immer noch stöhnend die Nase hielt.

„Du Schlampe", rief er. „Das wirst du bereuen. Du zögerst das Unausweichliche nur hinaus, denn wenn ich dich nicht haben kann, darf dich keiner haben."

Er packte mich am Hals und drückte mir die Kehle zu, während ich Ethan neben mir röcheln hörte. Ich wehrte mich mit aller Kraft, aber schaffte es nicht, mich aus Olivers Griff zu befreien.

Das Gefühl war mir nur allzu bekannt. Ich spürte die Panik, die mich jedes Mal ergriff, wenn ich wegen eines Asthmaanfalls keine Luft mehr bekam. Wenn mir die Atemwege anschwollen, wusste ich aber immerhin, was ich dagegen tun konnte. Ein Stoß meines Inhalators und es ging mir besser. Doch in diesem Fall war das nicht möglich, denn Oliver umklammerte meinen Hals so heftig, dass mir schwindelig wurde.

„Bitte", keuchte ich mit letzter Kraft. „Oliver. Bitte nicht."

Doch er hörte nicht auf mich. Da war so viel Hass in seinem Blick. Hass, weil ich ihn verlassen hatte und weil ich mich auf einen anderen Mann eingelassen hatte. Und ich wusste in diesem Moment, dass er mich töten würde. Er bluffte nicht, sondern würde das tatsächlich durchziehen. Doch gerade als ich glaubte das Bewusstsein zu verlieren, ging plötzlich jemand dazwischen. Lasse rannte auf uns zu und schlug mit aller Kraft gegen Olivers Arm, sodass dieser reflexartig losließ.

„Lass sie in Ruhe!", schrie er.

Dann gab er dem Rollstuhl einen Schubs, sodass dieser nach hinten ins angrenzende Bad rollte und dort umfiel, woraufhin Oliver auf dem Rücken landete.

„Was zur Hölle", rief Oliver, aber schaffte es nicht, aus eigener Kraft wieder hochzukommen. Lasse schob kräftig, bis Oliver samt Rollstuhl komplett im Bad verschwunden war, und schloss schnell die Tür.

Ich schnappte nach Luft und hielt mir eine Hand an den Hals, weil ich nach wie vor Panik hatte. Ich keuchte hektisch und fürchtete, dass der ganze Stress und die Panik nun auch noch einen Asthmaanfall auslösen könnten, aber das durfte ich nicht zulassen. Ethan brauchte mich.

„Rike", sagte Lasse panisch. „Ist alles in Ordnung?"

„Inhalator", krächzte ich. „In ... meiner Handtasche."

„Natürlich." Lasse reagierte schnell. Er holte meine Handtasche aus dem Flur und holte den Inhalator heraus. Ich nahm einen tiefen Zug und merkte, wie mein Körper sich entspannte. Sogleich fiel mein Blick auf Ethan, der bewegungslos am Boden lag.

„Oh Gott. Schnell, Lasse. Wir brauchen einen Krankenwagen und die Polizei. Ethan ..."

„Lieber Himmel. Natürlich."

Offenbar hatte er bisher gar nicht realisiert, dass Ethan ebenfalls verletzt war. Es war alles viel zu chaotisch gewesen. Schnell zog Lasse sein Handy hervor und rief einen Krankenwagen, während er weiter die Tür zum Badezimmer bewachte, hinter der Oliver schrie und donnerte. Ich krabbelte zu Ethan, der nach wie vor am Boden lag. Er war blass und ich drückte verzweifelt eine Hand auf seine Brust, um die Blutung zu stoppen. Er hatte bereits viel zu viel Blut verloren und seine Atmung war kaum wahrnehmbar.

„Ethan", rief ich verzweifelt. „Du musst bei mir bleiben, hörst du? Du darfst nicht sterben. Das kannst du mir nicht antun. Bitte. Bleib bei mir."

„Der Krankenwagen ist unterwegs", sagte Lasse. „Ich informiere jetzt die Polizei."

Ich nickte, nahm meinen Blick aber nicht von Ethan, der wie tot vor mir lag und sich nicht rührte.

„Du darfst mich nicht verlassen", wiederholte ich unter Schluchzern. „Du Idiot. Warum nur hast du dich eingemischt? Wehe, du stirbst mir jetzt. Das verzeihe ich dir nie, das schwöre ich."

Kapitel 52

Ethan

Ich hatte mich in meinem ganzen Leben körperlich noch nie so beschissen gefühlt. Mir tat alles weh, ich hatte Kopfschmerzen und mir war schwindelig. Ich hatte keine Ahnung, was passiert war, aber mir wurde schnell bewusst, dass ich in einem Krankenhaus lag.

Geräte piepten und ich war an unterschiedliche Kabel angeschlossen. Immerhin konnte ich frei atmen, obwohl jeder Atemzug unnatürlich schmerzte.

Ich blinzelte und sah das Bett, in dem ich lag, bevor mein Blick auf einen Hinterkopf mit kurzen Haaren fiel, der neben mir auf der Matratze gebettet war.

Ein Lächeln schlich sich auf mein Gesicht und ich versuchte, die rechte Hand zu heben, um Rike zu berühren. Doch die Bewegung schmerzte so sehr, dass ich aufstöhnte.

Sogleich riss Rike die Augen auf und sprang auf die Beine.

„Ethan!", rief sie und legte mir eine Hand auf den Arm. „Du bist wach. Gott sei Dank. Du bist wach."

Sie drückte den Rufknopf und lächelte mich an. „Gott. Ich bin so froh, dass du es überstanden hast."

„Hm", machte ich. „Kannst du mir auch sagen, was genau ich überstanden habe?"

Sie nickte. „Ja, natürlich. Du wurdest angeschossen. Von Oliver. Erinnerst du dich nicht?"

Ich hob die linke Hand, deren Bewegung keine Schmerzen auslöste und legte sie mir an die Stirn.

„Oliver? Gott. Ja. Fuck. Er wollte dich umbringen. Geht es dir gut? Hat er dir was angetan?"

Zu meiner grenzenlosen Erleichterung schüttelte Rike den Kopf. „Nein. Dazu ist es nicht gekommen. Ich konnte ihm die Waffe abnehmen und Lasse hat mir geholfen, ihn zu überwältigen und Hilfe zu rufen."

„Oh, thank God."

Ich war so froh, das zu hören, dass meine Schmerzen mir gleich viel weniger schlimm erschienen.

„Was ist mit Oliver passiert?"

„Er ist in psychologischer Betreuung und wird mit Sicherheit eine Strafe wegen Körperverletzung bekommen, obwohl er vorhat, auf Notwehr zu plädieren. Doch die Tatsache, dass er mit einer Waffe nach England gekommen ist, um mit seiner Exfreundin zu sprechen, sagt schon einiges über ihn aus. Er hat extra die Fähre genommen, um die Sicherheitskontrollen am Flughafen zu umgehen. Die Pistole gehört zwar legal ihm, aber am Flughafen hätte man trotzdem Fragen gestellt. Hinzu kommt, dass Lasse gesehen hat, wie Oliver mich gewürgt hat. Es stehen quasi drei Aussagen gegen eine und ich schätze, dass selbst sein Rollstuhl ihn nicht vor einer Strafe schützen wird."

„Das ist gut. Ich hoffe, sie sperren ihn ganz lange weg, für alles, was er dir angetan hat. Auch das mit deinen Muscheln tut mir schrecklich leid. Ich weiß, wie viel dir das Glas bedeutet hat."

Ich sah Rike an, wie schlimm es für sie war, dass all die Muscheln mit den Namen der letzten Jahre kaputt gegangen waren. Vor allem die ihres Großvaters.

„Halb so wild", behauptete sie trotzdem und winkte ab. „Es war ohnehin ein kindisches Hobby. Viel schlimmer ist doch, was er mit dir gemacht hat. Der Schuss hätte dich fast umgebracht. Sie mussten dich notoperieren und stundenlang wusste ich nicht, ob du es überleben wirst."

Tränen traten ihr in die Augen und ich wischte sie weg.

„Hey. Es ist alles gut", versicherte ich ihr. „Ich bin hier und du kannst sicher sein, dass es mehr braucht, um mich aus deinem Leben zu streichen."

„Ach ja? Dabei dachte ich, du wärst längst aus meinem Leben verschwunden. Heißt das, du hast mir verziehen?"

Ich legte den Kopf schief. „Im Grunde genommen gab es nie etwas zu verzeihen. Es tut mir leid. Es war nicht deine Schuld, dass die Fotos an die Uni geschickt worden sind. Und du kannst auch nichts dafür, dass ich mich in dich verliebt habe, obwohl ich dein Dozent war."

Rikes Augen weiteten sich. „Du hast dich in mich verliebt?"

Ich nickte. „Oh ja. Und zwar Hals über Kopf. Das hat mir schreckliche Angst gemacht, weil ich keine Ahnung hatte wie ich mit diesen Gefühlen umgehen soll. Aber das ist nicht dein Problem, sondern meins. Also falls du es nicht erwiderst, dann ..."

„Doch. Das tue ich", beeilte sie sich zu sagen und strahlte mich an. „Gott. Ethan. Ich liebe dich so sehr, dass ich dachte, es bringt mich um, als du so stark geblutet hast. Himmel. Diesen Anblick werde ich nie vergessen."

„Und ich würde jederzeit wieder dazwischen gehen, um dich vor einem Verrückten zu retten. Obwohl ich hoffe, dass du keine weiteren Exfreunde hast, die versuchen könnten, dich mit in den Tod zu reißen."

„Nein. Keine Sorge. Einer reicht mir voll und ganz."

Ich lächelte und strich Rike über die Wange. „Dann ist es ja gut. Ich würde dich jetzt unheimlich gerne küssen, aber ich schaffe es leider nicht, mich nach vorne zu beugen."

Rike lachte und wischte sich ein paar Tränen weg, bevor sie sich über mich beugte und mein Gesicht in ihre Hände nahm.

„Du kannst so viele Küsse haben, wie du möchtest", sagte sie. „Ich liebe dich so sehr und ich will nie wieder ohne dich sein."

Mit diesen Worten legte sie ihre Lippen auf meine und küsste mich, sodass all meine Schmerzen und Ängste für diesen Moment vollkommen vergessen waren. Sie war bei mir und es ging ihr gut. Das war alles, was zählte.

Epilog

Rike

Weihnachten in Windholm war stets eine schöne Zeit. Das Zentrum des kleinen Dorfes war mit Lichterketten geschmückt und auf dem Dorfplatz stand ein großer Tannenbaum. Es lag zwar kein Schnee, aber es war bitterkalt und ich zitterte ein wenig, als ich mit Ethan, meinem Bruder und Brandon auf das Haus meiner Eltern zuging.

„Bist du sicher, dass das hier eine gute Idee ist?", fragte Lasse mich leise, während die beiden anderen Männer sich hinter uns unterhielten. „Ich will auf keinen Fall, dass Papa gemein zu Brandon ist."

„Das wird er nicht. Und falls doch, dann gehen wir wieder. Es wird Zeit, dass unsere Eltern uns so akzeptieren, wie wir sind. Sonst können wir getrost auf sie verzichten."

Lasse nickte und atmete tief ein und wieder aus. In den letzten Monaten war das zwischen ihm und Brandon zu etwas Ernstem geworden und zum ersten Mal in seinem Leben hatte er sich getraut, einen Partner mit nach Hause zu bringen, um ihn unseren Eltern vorzustellen. Ich verstand, dass er nervös war. Das war ich auch. Immerhin hatte ich meine Eltern seit dem Desaster mit Oliver nicht mehr gesehen.

Oliver war von einem Richter für unzurechnungsfähig erklärt worden und man hatte ihn für unbestimmte Zeit in eine psychiatrische Klinik eingewiesen. Ich hätte ihn zwar lieber im Gefängnis gesehen, aber damit konnte ich mich ebenfalls arrangieren.

In den letzten Monaten war jede Menge passiert. Ich hatte mein Studium begonnen, Ethan hatte eine Stelle am Kings College ergattert und mein Manga nahm langsam konkrete Formen an. Am meisten freute ich mich darüber, dass Brandons Agent sich bei mir gemeldet hatte, nachdem dieser ihm unser Bild gezeigt hatte, und er wollte dringend mehr von mir sehen. Natürlich gab es keine Garantie, aber ich hatte große Hoffnungen, dass er mich vertreten würde, sobald meine Geschichte fertig war.

Ich sah mich nach Brandon und Ethan um, die jeweils eine Tüte Geschenke in der Hand hielten.

„Kommt ihr zurecht? Oder braucht ihr Hilfe?", fragte ich.

„Das geht schon", versicherte Ethan mir. „Begrüßt ihr erstmal eure Eltern."

Das kleine Haus meiner Familie lag direkt hinterm Deich, sodass man von hier aus das Meer und die Möwen hören konnte. Ich liebte diese Geräusche und fühlte mich gleich wohl. Unsere Mutter hatte eine Girlande um die Haustür geschlungen und auch den Buchsbaum im Vorgarten geschmückt, wodurch es sehr heimelig aussah.

Beherzt klopfte ich an die Tür und kurze Zeit später öffnete meine Mutter.

„Rike!", rief sie und fiel mir um den Hals. „Und Lasse. Wie schön, dass ihr da seid."

Sie lächelte breit und umarmte auch meinen Bruder fest.

Sie hatte sich hübsch gemacht und trug ein dunkelrotes Wollkleid, das ihren Bauch ein wenig kaschierte. Außerdem war sie geschminkt und strahlte regelrecht von innen heraus. Offenbar ging es ihr deutlich besser als noch vor einem halben Jahr und das freute mich.

„Hallo, Mama", sagte Lasse und stöhnte. „Vorsicht. Du erdrückst mich."

„Ach, Unsinn. Ich habe euch beide ewig nicht gesehen. Da werde ich euch doch ein bisschen drücken dürfen. Lasst euch ansehen. Gut schaut ihr aus. Und wen habt ihr uns da mitgebracht?"

„Mama", begann ich. „Das ist Ethan. Mein Freund."

„Hallo Frau Wagner", sagte Ethan und schüttelte ihr die Hand. „Es freut mich sehr, Sie kennenzulernen."

„Die Freude ist ganz auf meiner Seite. Und Sie sind ..."

„Das ist Brandon Lionel Cox", stellte Lasse ihn vor. „Er spricht leider kein Deutsch."

„Und ist er nur ein Kumpel, oder ...", fragte unsere Mutter vorsichtig.

„Nein", erwiderte Lasse. „Er ist nicht nur ein Kumpel. Er ist mein Freund. Mein fester Freund, um genau zu sein, und ich liebe ihn sehr."

Unsere Mutter wirkte ergriffen, als er das sagte und trat vor, um Brandon an sich zu ziehen. „Es freut mich so, dich kennenzulernen", sagte sie auf gebrochenem Englisch. „Wie schön, dass unser Lasse endlich jemanden gefunden hat."

Brandon lachte und erwiderte die stürmische Umarmung.

„Toll. Mir hat sie nur die Hand gegeben", sagte Ethan leise neben mir. „Muss ich jetzt beleidigt sein?"

„Ach. Das ist nur der Promibonus", feixte ich, obwohl ich nicht davon ausging, dass meine Mutter überhaupt wusste, wer Brandon Lionel Cox war. Sie war keine besondere Leseratte.

„Da seid ihr ja endlich", sagte in diesem Moment auch mein Vater und kam ebenfalls an die Tür.

Er umarmte mich fest und tat dasselbe mit Lasse, bevor er die fremden Männer betrachtete.

„Das ähm. Also ...", begann er und wusste dann offenbar nicht weiter.

„Liebling", sagte unsere Mutter. „Das ist Rikes Freund Ethan und das hier ist Lasses Freund Brandon. Die beiden sind uns sehr willkommen, nicht wahr?"

Unser Vater räusperte sich und setzte dann ein Lächeln auf. „Aber natürlich sind sie das", bestätigte er. „Immer rein in die gute Stube."

Heiligabend verlief zu meinem Erstaunen sehr entspannt. Unsere Mutter war Brandon innerhalb kürzester Zeit verfallen und selbst unser Vater schien den Schock nach kurzer Zeit überwunden zu haben. Denn er unterhielt sich ganz selbstverständlich mit Brandon und tat so, als wäre es überhaupt kein Problem für ihn, dass dieser mit Lasse zusammen war.

„Ich finde, er hält sich ganz gut", sagte meine Mutter leise, als wir in der Küche waren, um neue Getränke zu holen.

„Meinst du Papa?"

„Ja. Als ihr ohne Vorwarnung mit euren Männern hier aufgetaucht seid, habe ich kurz das Schlimmste befürchtet, aber seit der Sache mit Oliver ist Heinrich deutlich entspannter geworden."

„Apropos. Wie ist denn inzwischen die Stimmung im Dorf?"

„Gut", versicherte meine Mutter mir. „Olivers Eltern haben dafür gesorgt, dass niemand die Wahrheit darüber erfahren hat, was mit ihm passiert ist. Die meisten Leute glauben, er wäre in einer langen Reha."

Davon hatte meine Mutter mir bereits erzählt. Olivers Eltern hatten meinen Eltern ein sehr gutes Angebot gemacht, damit sie dichthielten und sie hatten es angenommen. Die Familie Bergmann hatte dafür gesorgt, dass der neue Laden den Standort wechselte und meinen Eltern noch dazu eine günstigere Miete für ihr Geschäft angeboten. Im Gegenzug behielten sie es für sich, dass Oliver versucht hatte, sich umzubringen und mich dabei mit in den Tod zu reißen. Der Nachteil war, dass nach wie vor alle dachten, ich wäre an allem schuld, aber das interessierte mich inzwischen nicht mehr. Sollten sie doch denken, was sie wollten.

„Das ist gut", sagte ich und sah zu Ethan, der sich gerade mit Lasse unterhielt.

Meine Mutter räusperte sich. „Ich wollte mich auch noch bei dir entschuldigen", begann sie dann. „Es war falsch von mir, dass ich Oliver ständig verteidigt habe. Ich hätte dir zuhören sollen. Wirklich zuhören. Aber ich war verblendet von dem Ruf und dem Geld der Bergmanns. Ich hätte dich unterstützen sollen, als du mich gebraucht hast. Es tut mir schrecklich leid, dass ich das nicht getan habe."

Ihre Worte versetzten mir einen Stich und ich schluckte schwer. Wie lange hatte ich darauf gewartet so etwas von ihr zu hören, doch Oliver hatte zuerst jemanden anschießen müssen, bevor sie mir endlich glaubte, dass er kein guter Mensch war.

Ich sah meine Mutter an. „Danke, dass du das sagst. Das bedeutet mir viel."

„Besteht denn die Hoffnung, dass du mir je verzeihen kannst?"

Ich lächelte schief. „Möglich wäre es", gab ich zu. „Immerhin hat Papa es auch geschafft, Lasses neuen Freund hereinzubitten, statt ihn aus dem Dorf zu jagen. Es geschehen also noch Zeichen und Wunder."

Meine Mutter umarmte mich fest. „Ich liebe deinen Bruder und dich", stellte sie klar. „Auch wenn ich nicht immer gut darin gewesen bin, euch das zu zeigen."

„Wir lieben dich auch", erwiderte ich. „Auch wenn es vielleicht ein paar Jahre dauern könnte, bis Gras über die Sache gewachsen ist."

„Mama!", rief Lasse in diesem Moment. „Rike! Wo bleibt ihr denn? Wir wollen endlich die Geschenke auspacken."

Ich nickte meiner Mutter zu und gemeinsam gingen wir zu den anderen hinüber. Wir hatten vor einer Weile die Regel ausgemacht, dass jeder nur ein Geschenk bekam, an dem sich alle beteiligten, damit man statt vieler kleiner Dinge lieber ein größeres Geschenk kaufen konnte. Mein Bruder bekam einen Modegutschein von seinem Lieblingsmodehaus und Brandon und Ethan bekamen von meiner Mutter jeweils einen von ihren selbst gestrickten Pullovern, die eigentlich für Lasse und unseren Vater gedacht waren, aber den beiden Männern sehr gut standen.

Als meine Eltern ihr Geschenk auspackten, bekamen sie große Augen.

„Sind das etwa Flugtickets?", fragte meine Mutter überrascht.

Lasse nickte. „Und Tickets für Harry Potter. Dann habt ihr keine Ausrede mehr, sondern müsst nach London kommen, um euch mein Stück anzusehen."

Die Miene meiner Mutter wurde weich.

„Das ist so lieb von euch. Natürlich kommen wir, nicht wahr, Schatz?"

„Auf jeden Fall", bestätigte unser Vater. „Es wird höchste Zeit, dass wir uns mal ansehen, was unser Sohn in London macht."

Ich lehnte mich an Ethan und der legte mir einen Arm um die Schultern.

„Jetzt ist dein Geschenk dran", sagte er und deutete auf ein besonders großes Paket, das in Geschenkpapier mit Schneemännern eingepackt war.

Meine Augen wurden groß. „Das ist für mich?", fragte ich.

„Allerdings", bestätigte Lasse. „Wir haben uns alle daran beteiligt."

Meine Eltern nickten und sahen mich erwartungsvoll an.

Gespannt griff ich nach dem Geschenk und wollte es umdrehen, um es besser öffnen zu können, doch Ethan schüttelte den Kopf.

„Du darfst es nicht hinlegen.", erklärte er. „Es sollte auf jeden Fall so stehenbleiben."

Ich hob die Augenbrauen und nickte dann. „Also gut. Dann wollen wir mal."

Vorsichtig zog ich das Geschenkpapier ab und öffnete dann den Karton, der darunter zum Vorschein kam. Als ich den Inhalt sah, schlug ich mir die Hände vor den Mund, weil ich es gar nicht fassen konnte.

„Ein Muschelglas? Ihr habt mir ein neues Muschelglas geschenkt?"

„Allerdings. Ich weiß, dass es dich frustriert hat, dass du so viele Muscheln verloren hast, aber das ist noch lange kein Grund, um aufzugeben. Wir haben so viele wie möglich wieder restauriert. Schau mal von unten."

Er hob das Glas hoch und Tränen der Rührung stiegen mir in die Augen, als ich die riesige Muschel erkannte, die ich meinem Großvater gewidmet hatte. Man erkannte, dass sie an drei Stellen geklebt worden war, aber das Wort OPA war nach wie vor gut erkennbar.

„Oh mein Gott. Ich kann nicht fassen, dass du sie aus dem Müll geholt hast."

„Wir haben alle deine Muscheln wieder aus dem Müll geholt", sagte Lasse mit stolzgeschwellter Brust. „Wir konnten zwar nicht alle retten, aber viele waren noch intakt und andere konnten wir kleben. Da, wo die Namen noch erkennbar waren, haben wir einfach neue Muscheln verwendet."

„Aber woher hattet ihr die?", fragte ich irritiert.

„Die haben wir gesammelt und sie zu euch nach London geschickt", erklärte meine Mutter. „Wir haben auch per Skype beim Entziffern der Namen geholfen. Immerhin kennen wir die meisten Menschen, denen du in den letzten Jahren hier in Windholm begegnet bist."

Nach wie vor fassungslos zog ich eine Muschel aus dem Glas und betrachtete sie. Elizabeth 15.12.23 stand darauf.

„Elizabeth?" Irritiert sah ich Ethan an. „Aber die habe ich doch erst vor ein paar Tagen getroffen."

„Das stimmt. Da du in den letzten Monaten selbst nicht mehr darüber Buch geführt hast, wen du kennengelernt hast, habe ich das für dich getan. Jeder Name, den du erwähnt hast, hat es mit Datum in das Glas geschafft. Vermutlich hättest du ab und zu eine andere Muschel gewählt als ich, aber ich dachte, das wäre schon okay."

Ein Schwall Endorphine durchflutete meinen Körper und ich warf mich Ethan an den Hals.

„Danke, danke, danke", sagte ich. „Ich dachte wirklich, ich hätte mit dem Muschelsammeln abgeschlossen, aber das hier zeigt mir, wie sehr es mir gefehlt hat. Danke. An euch alle. Das ist das schönste Geschenk, das ich je bekommen habe."

„Immer gerne", sagte Ethan und erwiderte meine Umarmung zärtlich. „Für dich würde ich alles tun."

Es klang wie eine Floskel, aber Ethan war bereit gewesen, sich eine Kugel einzufangen, um mich zu beschützen, insofern wusste ich, dass er diesen Satz vollkommen ernst meinte. Und mir ging es ebenso. Ethan war die Liebe meines Lebens und ich war überglücklich, ihn zu haben.

„Ist dein altes Schneckenhaus eigentlich noch in dem Glas?", fragte ich neugierig. „Oder ist es kaputt gegangen?"

Ethan verzog gequält das Gesicht. „Unfortunately not. Leider war es nicht mehr zu retten. Aber ich bin sicher, wir finden ein neues löchriges Schneckenhaus für meinen Namen."

Ich schüttelte den Kopf. „Auf gar keinen Fall. Ich habe dir ja gesagt, dass ich dir inzwischen etwas anderes zuteilen würde."

Ich sah zu meinen Eltern. „Habt ihr noch Muscheln hier?"

Meine Mutter nickte. „Ja, natürlich. Wir haben fleißig gesammelt."

Sie holte eine Tüte aus einer Kommode und reichte sie mir. Darin waren alle möglichen Exemplare. Herzmuscheln, Venusmuscheln, Schneckenhäuser und Schwertmuscheln. Doch schließlich fand ich, was ich suchte. Eine Auster.

Ich zog einen Stift aus meiner Handtasche und schrieb Ethans und meinen Namen darauf, bevor ich sie feierlich in das Glas legte.

Gerührt sah Ethan mich an. „Du schreibst unsere Namen zusammen auf eine Muschel?"

„Allerdings. Du hast es selbst gesagt. Es wird höchste Zeit, dass eine Muschel mit meinem Namen in dieses Glas kommt und eine Auster steht für mich für Treue und etwas sehr Wertvolles. Daher finde ich sie genau passend für uns."

Ich lächelte und Ethan schob mir eine kurze Haarsträhne hinter das Ohr und sah mich an.

„Ich liebe dich, weißt du das eigentlich?"

„Oh ja. Ich liebe dich nämlich ganz genauso."

Mit diesen Worten küsste ich ihn und ignorierte den Rest meiner Familie, weil ich noch nie in meinem Leben dermaßen glücklich gewesen war.

Ende

Liebe Leser/innen!

Es ist vollbracht. 2014 ist der erste Band meiner Barfußreihe erschienen und genau 10 Jahre später habe ich nun mit Barfuß über Muscheln Band 10 herausgebracht.

Ich habe schon so oft darüber nachgedacht die Reihe zu beenden, aber dann kamen mir immer wieder neue Ideen wie es weitergehen könnte und ich habe mich doch dazu entschieden den nächsten Band zu schreiben.

Mit dem zehnten Roman fühlt es sich jetzt für mich sehr rund an, daher gehe ich davon aus, dass die Reihe nun wirklich beendet ist. Doch man soll niemals nie sagen.

Wie immer möchte ich euch ein bisschen über die Entstehung zu diesem Buch erzählen. Anfang des Jahres war ich mit meiner Mutter und einer ihrer Freundinnen unterwegs, als wir darüber sprachen, wie schön es wäre zum 10-jährigen Jubiläum von Barfuß im Regen einen 10. Barfußband herauszubringen. Die Frage war nur welcher Titel passen könnte. Es entbrannte eine Diskussion und schließlich landeten wir bei Barfuß über Muscheln.

Das gefiel mir zwar, aber es passte nicht ganz zu dem Schauplatz London, den ich für Ethans Geschichte haben wollte. Also habe ich überlegt, wie ich dem Thema Muscheln mehr Raum geben könnte und bin schließlich auf die Idee mit dem Muschelglas gekommen. Von so etwas hatte ich noch nie in einem Roman gelesen und fand es richtig gut. Hinzu kommt, dass ich die Nordsee über alles liebe und als Kind regelmäßig im Urlaub dort war. So kam es dann, dass Rike aus einem kleinen Dorf an der deutschen Nordseeküste kommen sollte. Auch in London bin ich schon gewesen. Das war zwar nur für wenige Tage, aber die Stadt hat mir so gut gefallen, dass ich hoffe, etwas von dem Flair herübergebracht zu haben.

Kommen wir nun zur Danksagung. Als erstes danke ich meiner Mutter und ihrer Freundin für die Titelfindung und natürlich generell für ihre Unterstützung. Des Weiteren danke ich meinem Mann, der mit mir damals in London war und sowieso in allem hinter mir steht.

Außerdem bedanke ich mich wie immer bei meinen Lektorinnen Sarah Wedler und Nadine d'Arachart. Es freut mich sehr, dass ihr diesmal nicht viel auszusetzen hattet. Last but not Least bedanke ich mich natürlich bei euch liebe Leser/innen. Danke, dass ihr mir auch nach 10 Jahren noch treu seid. Und falls das hier euer erstes Buch von mir ist, dann hoffe ich, dass es euch neugierig gemacht hat und ihr auch den Rest der Reihe lesen werdet.

Wenn ihr über alle meine Bücher auf dem Laufenden bleiben wollt, dann meldet euch gerne für meinen Newsletter an unter
https://hannahsiebern.de/newsletter/
Ich freue mich auch immer über Mails oder Nachrichten bei Social Media.
Man liest sich.

Eure Hannah

Wenn ihr die Barfußreihe noch nicht kennt, dann solltet ihr euch das auf keinen Fall entgehen lassen. Jedes Buch ist unabhängig lesbar und beschreibt die Liebesgeschichte eines anderen Paares. Angefangen mit dem Roman über Janna und Josh.

Barfuß im Regen

Janna trifft an der Uni auf Josh- den süßen Jungen aus ihrer alten Nachbarschaft, mit dem sie schon als Kind barfuß im Regen gespielt hat. Doch ihre Wiedersehensfreude hält sich in Grenzen. Jannas letzte Beziehung endete in einer Katastrophe und hinterließ bei ihr tiefe Wunden. Um Männer macht sie seitdem einen großen Bogen und konzentriert sich lieber auf ihr Studium. Daher kann sie es gar nicht brauchen, dass Josh sie mit seiner sorglosen Art und seinen sturmgrauen Augen immer wieder aus der Reserve locken will.

Als die Umstände sie dazu bringen, mit Josh in eine WG zu ziehen, ist das Chaos perfekt. Vor allem, weil die Vergangenheit jeden Augenblick an die Tür klopfen könnte ...

Never lose Hope

Eine Straßensängerin und der reiche Sohn einer Adelsfamilie. Kann
das gut gehen?

Als Hope und David sich das erste Mal begegnen, stellt das Hopes
Leben komplett auf den Kopf. Nicht nur, weil der attraktive Kerl sie
mit seiner ach so feinen Art in den Wahnsinn treibt, sondern auch
weil seine adlige Familie ihr etwas wegnehmen will, das ihr mehr
bedeutet als alles andere auf der Welt.
Als die Umstände sie dann auch noch dazu zwingen, auf das Anwesen von Davids Familie zu ziehen, ist das Chaos perfekt. Sie weiß,
dass sie dringend Abstand zu David halten sollte, aber das ist leichter gesagt als getan ...

Über die Autorin

Hannah Siebern wurde 1986 in Münster (NRW) geboren und studierte an der Uni Dortmund Erziehungswissenschaft. Geschichten schrieb sie schon als Kind leidenschaftlich gerne. Ihre ersten Werke handelten von fiktiven Abenteuern, die sie mit ihren Freundinnen erlebte. Jahre später entdeckte sie dann ihre Liebe zu Fantasyromanen und schrieb mit 23 ihr erstes komplettes Buch.

Inzwischen lebt sie mit ihrem Mann, und ihrem Hund in Greven (NRW), und arbeitet bereits an ihrem nächsten Romanprojekt.

Besuchen Sie Hannah Sieberns Blog unter
http://www.hannahsiebern.de
Autorenseite auf facebook:
https://www.facebook.com/hannahsiebern/
Oder schreiben Sie ihr eine Mail unter
hannah@nubila-roman.de